叙说的文学史

（第二版）

乔国强 著

THE NARRATED LITERARY HISTORY

北京大学出版社
PEKING UNIVERSITY PRESS

图书在版编目 (CIP) 数据

叙说的文学史 / 乔国强著 . -- 2 版 . -- 北京 : 北京大学出版社 , 2024. 9. -- ISBN 978-7-301-35450-6

Ⅰ . I045；I109

中国国家版本馆 CIP 数据核字第 2024VT1854 号

书　　名　叙说的文学史（第二版）
XUSHUO DE WENXUESHI (DI-ER BAN)
著作责任者　乔国强　著
责任编辑　朱丽娜
标准书号　ISBN 978-7-301-35450-6
出版发行　北京大学出版社
地　　址　北京市海淀区成府路 205 号　100871
网　　址　http://www.pup.cn　新浪微博：@ 北京大学出版社
电子邮箱　编辑部 pupwaiwen@pup.cn　总编室 zpup@pup.cn
电　　话　邮购部 010-62752015　发行部 010-62750672
编辑部 010-62759634
印 刷 者　河北博文科技印务有限公司
经 销 者　新华书店
650 毫米 ×980 毫米　16 开本　26.25 印张　400 千字
2017 年 11 月第 1 版
2024 年 9 月第 2 版　2024 年 9 月第 1 次印刷
定　　价　108.00 元

目　录

绪　论

在20世纪80年代中期，中国文学研究界响起了重写文学史的呼声，其原因主要是一些国内学者认为以前的文学史写作的纵深度不够、学科研究范围过窄，以及缺乏对重要作家及其文本的研究。[①]换句话说，在这些学者看来，提出“重写文学史”考虑更多的是学科研究。当然，也有学者提出了不同意见，认为“重写文学史”不仅具有学科意义或“某种进化论和因果论的东西”，而且还因其“首先是一个历史事件”而具有“人文理念和社会关怀”的意义。[②]

应该说，以上这些观点强调了“重写文学史”的意义，但却并没有触及重写文学史的一些关键问题，如对

---

① 参见黄子平、陈平原、钱理群：《论“二十世纪中国文学”》，见《文学评论》，1985年第5期，第3—14页。

② 杨庆祥：《“重写”的限度：“重写文学史”的想象和实践》，北京：北京大学出版社，2011年，第95、94、98页。

文学史本质及其属性的认识。针对这一现象，有学者尖锐地指出："文学史重写的关键，不应是无限度地延伸其上界与下限，也不仅是对一部作品、一个作家，或某一文学事件重新给个评估与说法。这些因素自然都属于'重写'的范围，但说到底，它们并不是'重写'的逻辑基点[……]对于一个相对完备的文学史观，或文学史专著而言，除了要有相应的时空概念（上界与下限），以及众多的作家、作品、文学现象之外，更重要的，还必须要有一个能把这个框架体系支撑起来的理论'支点'，即它能为某一历史时空内的'为什么文学发展正好必然要走上它已经走上的这一特定方向'提供出有力的阐释依据与合乎逻辑的文化背景。"[①]这一观点指出了"重写文学史"写作与讨论中所存在的问题。文学史的写作与讨论需要考虑的不仅仅是一个时间上下限或评价具体作品的问题，而且还需要一个正确、恰当的文学史观来指导写作。假如缺少了这个，文学史的重写也不会走得太远。

那么，正确、恰当的文学史观又来自何处？这是文学史写作和讨论不得不面对的一个问题。

文学史观并非"与生俱来"的。它是在长期的文学工作实践中逐渐形成的。西方学者早在18世纪就开始对文学史写作进行讨论，先后有德国施莱格尔编写的《希腊罗马诗歌史》（Karl Friedrich von Schlegel, *The History of the Poetry of the Greeks and Romans*, 1798）和H. A. 泰纳（Hippolyte Adolphe Taine, 1828—1893）等人提出的自然主义文学史理论；从20世纪20年代开始，

① 姜玉琴：《肇始与分流：1917—1920 的新文学》，广州：花城出版社，2009 年，第 4 页。另引文内引用语见勒内·韦勒克、奥·沃伦：《文学理论》，北京：生活·读书·新知三联书店，1984 年，第 308 页。

西方对文学史的研究趋向多元化和系统化，并开始关注文学史的本质、文学与文学史、参考文献、版本等这样一些具体但却又十分重要的问题。从西方学者的诸种讨论中可以看出，文学史写作并没有一个固定的模式，随着时代的变换总会出现一些新的认识和诉求。尽管如此，并不意味着文学史想怎么写就怎么写，总有一些潜在的规则隐含在其中。当然，不同的研究者对文学史“规则”的设定可能也会不同。具体到我本人而言，我认为如要揭示正确的文学史观的来龙去脉，首先需要理清一系列与之相关的问题，如文学史与一般意义上的历史之间的关系、文学与文学史之间的关系等。

我们知道，一般意义上的历史与文学史之间一直是个很纠结的关系。说它们纠结，主要是源于两个方面的考虑：一方面是因为二者均包含有与“历史理论”和“史学理论”相关的事项——它们之间存在若干彼此涵盖的内容、类似的结构以及相同的价值取向等；另一方面因为二者之间存有许多不同之处，譬如，它们各自所面对的史实和史料有所不同，它们所运用的方法以及所期待的读者等相差也很大。何兆武先生认为，史家治史应包括三个方面的内涵：其一是“认识史料”；其二是“在确认史料之后，还必须对它做出解释”；其三是“史家对人性的探微”。[①]一般说来，这三个方面的内涵也同样适合于文学史家，尤其是第三点对文学史作者来说至关重要。所不同的是，一般意义上的史家所要处理的史料与文学史家所要处理的史料有许多不同之处。其中之一，便是一般意义上的史家在处理历史人物、历史事件、历史

① 何兆武：《历史与历史学》，武汉：湖北人民出版社，2007年，第5页。

文献时力求真实；而文学史家除了“求真”之外，还要面对“虚构”——虚构的文学作品、虚构的人物关系、虚构的时间与场景等。此外，一般意义上的史家与文学史家在写作方法、叙事策略以及期待的读者等方面也有很大差别。换句话说，虽说历史和文学史都要处理“过去发生的事件”并对过去的事件进行“理解和叙述”[①]，但是，二者在内涵、理解以及叙述三个方面均有所不同。

当然，一般意义上的历史与文学史的最大不同还在于，文学是文学史的基础，没有文学就谈不上文学史。为了论述方便，这里还需要对文学史中所说的文学临时做一个界定。从狭义上来说，该处所说的文学主要是指文学作家、作品、文学事件、文学思潮以及文学批评等；而从广义上来说，文学则是指与狭义文学相关的所有的人（作者、读者、批评家）、时间（或时代）、地点（或空间）、物品、意识形态、社会氛围、文化政策、印刷、市场流通等。打个比方，文学与文学史之间的关系就好比是盖房人和盖房子使用的物料与房子之间的关系。换言之，文学是文学史构建的基本要素，文学史作者会按照自己对文学史的理解、认识和叙事策略来进行选材、设计布局并构建成一个体系。与此同时，文学史作者在认识、选材、布局以及构建过程中，也会直接或间接地把自己的文化、政治、审美等诸多方面的价值取向贯穿于其中。

有什么样的文学史作者，就会有什么样的文学史观。应该说，文学史作者的文学史观是由多种因素促成的。除了那些局限

① 何兆武：《历史与历史学》，武汉：湖北人民出版社，2007年，第1页。

并缠绕着文学史作者的社会因素或体制与意识形态等之外，文学史作者个人的审美趣味、价值取向、文学修养、语言能力、叙事技巧等，也是形成其文学史观的一些重要因素。这样说并非在老生常谈，而是想通过重述这一“老生常谈”般的常识，来说明文学史观的多重性。这种多重性一方面说明了文学史内涵的丰富与厚重，另一方面也说明了文学史观的动态性和不确定性。诚如我们所知，无论是那些局限和缠绕着文学史作者的外部因素，还是与文学史作者相关的个人因素，都不是一成不变的。这些变化一则说明每个时代、每个民族、每种文化都会有自己的文学史观；再则说明文学史观的变化是永恒的。从历史的发展情况来看，统一的文学史观只是暂时的和相对而言的，不断地变化则是永久的法则——这就意味着文学史观又会因变化而缺乏确定性。

从文学史叙事的角度来看，文学史写作的虚构性对正确认识文学史来说是十分关键的。要了解这种虚构性的机理和缘由，我们则需要借助叙述学的一些基本理念和方法来进行剖析和探讨。从叙述学的角度来看文学史及其写作虽是一面之见，但也有着许多方便之处。它既可以让我们像外科医生解剖一样，进入文学史文本肌体的内部探测个究竟；也可以让我们借助这种审视，厘清文学史文本内、外之间的关联和互动关系，窥见一些深层结构所具有的意蕴，并藉此找出一些带有普遍性和规律性的东西。

这本《叙说的文学史》与其他那些探讨文学史写作的专著不同，它关注的焦点不是该如何评价具体的文学事件、作家、作品以及在文学史上的地位，而是通过对文学史文本叙事的讨论，来看清文学史叙事的一些带有本质性的问题及其属性和特点。这个讨论是建立在对西方学者文学史观梳理的基础上的；讨论的内容分别是文学史叙事的述体、时空和伦理关系、文学史中“秩序”的叙事、文学史的表现叙述、文学史的虚构问题、文学史的三重世界与三重叙述，以及文学史的叙事性等问题。

归根结底，这本书讨论的是有关文学史的叙事问题，特别是文学史文本内部结构的一些关系问题。我认为，从叙事的角度观察文学史，文学史是一种具有一定叙事性的文本，其本质是一种没有走出虚构的叙事；而从文学史文本内部的结构来看，文学史文本是由真实世界、虚构世界和由可通达性而构建起来的交叉世界这样一个三重世界构成的。这也就意味着文学史的虚构不是一种单维度的虚构，而是至少有三重意义的虚构，即文学史所记载和讨论分析的文学作品的虚构（真实世界的虚构）、文学史文本内部构造与叙述层面意义上的虚构（虚构世界的虚构），以及文学史中各个相互关联的内部构造与外部其他世界之间关系的虚构（交叉世界的虚构）。这种三重世界的存在及其存在方式，一方面揭示了文学史文本内部肌理结构所具有的虚构性的一面——文学史文本是由作者按照自己的文学史观、价值取向以及叙说方式将各种同质和异质的史料构建起来的；另一方面，与其相关的三重叙述所采用的叙述策略折射出了文学史虚构性的另一面——这种虚构性具体体现在文学史叙说的整个过程之中，如作者的视角、材料的遴选、篇章结构的安排、对文学史实的阐释、对文学作品的解读、对文学的批评及对相关批评的评价、对读者反应的释说等。

强调文学史文本的虚构性并不是否定文学史文本还有其具有真实性的一面。只是这种“真实性”不是一种独立自主存在的真实，而是一种与其他世界相勾连而存在的真实。这种“真实性”

可以从作者、人物以及读者三个层面来进行划分和讨论。不过，需要说明的一点是，考虑到文本化这一因素，文学史文本中的这个“真实性”是在“可能”框架下的“真实”，而并非绝对意义上的实际发生或真实存在。

从叙事的角度讨论文学史还有不少其他的路径，如文学史的叙事秩序、文学史的叙事时空伦理、连接的叙事意义、文学史的表现叙事等。本书也都做了相应的探讨和尝试。毋庸讳言，无论是国内还是国外有关文学史讨论的文献众多，但是目前似乎还没有或很少有从叙事的角度来讨论文学史的。同样，也没有人讨论文学史的虚构性问题。出现这一现象的原因自然有许多，其主要原因恐怕是因为多数学者对文学史叙事性的研究理念还不够理解。当然，这与体制或文化氛围、意识形态等也有一定的关系，因为文学史历来都是以“史”的名义高高在上的，它是权威的象征。在这样的一种氛围下，怀疑文学史或者宣称文学史具有虚构性，不啻于对权威的怀疑或挑战。

文学史的研究并没有固定的章法，不同的研究者应该有不同的研究思路。通过现有的文献考察发现，西方学者多半是围绕着文学史写作方法、文学史与其他学科之间关系等来讨论文学史，“见仁见智”者多，取得的共识却寥寥无几。其实，这也是很自然的事情。文学史写作本来就有一个较漫长的演化过程；对文学史写作的理解和认识自然也会随着这一过程的进展而不断地得到更新和修正。在西方众多的观点中，拉尔夫·科恩在《文类理论、文学史以及历史变化》一文中，提出的从符号学角度来看文学史写作的观点是很有启发性的。他认为，文类其实就是一种文化分类系统。在这个系统内，文本构成了一个个不同的小的文类系统；这些小的系统又彼此汇合，共同构成一些大的系统，从而形成并规定了一定的文化性质和特点，文学史的因子、转换、目的及其构建等也可以由此得到解释。[①]另外一位学者杰罗米·麦克伽恩的《他的历史、她的历史、他们的历史、我们的历史》一文，也很有参考价值。他指出，既然历史一词是一个多元的概念，那么按理说，书写历史也应该以一种多元的形式来进行。但实际情况却不是这样，而更多的是倾向于书写一种属于自己的单一的历史，并借此机会表示这样的历史是一个完整、统一和连续的整体。20世纪的文学史基本上就是按照这个路数来写的。[②]麦克伽恩这话说得非常正确，回头看看我们自己出版的文学史，几乎清一色的都是这种“属于自己的单一的历史”。我们总是书写这种“属于自己的单一的历史”说明了什么问题呢？这样写的“动因”和“目的因”都有哪些？应该说，这是一些应该面对且值得深思的问题。

西方讨论文学史的话题自然远不止于这些。除了上面提到的这两种观点外，在这本书的第一章中，还对西方学者的一些其他重要观点进行了较为全面的梳理和评价。在这里需要特别予以说明的是，书中没有对国内的相关文献进行梳理和评价，并非因为这些文献不重要，而主要是因为国内已有学者做了一些类似的工作，没有必要赘述。此外，还有两点也需要说明一下：一是这本

① See Ralph Cohen, “Genre Theory, Literary History, and Historical Change,” in David Perkins (ed.), *Theoretical Issues in Literary History*, Cambridge and London: Harvard University Press, 1991, pp. 85-113.

② See Jerome McGann, “History, Herstory, Theirstory, Ourstory,” in David Perkins (ed.), *Theoretical Issues in Literary History*, Cambridge and London: Harvard University Press, 1991, pp. 196-205.

《叙说的文学史》的主要内容出自本书作者近十余年来发表的一些有关文学史叙事研究的论文。这些论文整合到这本书里时，出于篇章结构的需要，对部分内容做了一些修改和补充。这本书主要由十个章节组成；各个章节之间既有一定的关联，也可以独立存在。二是这部讨论文学史写作的书，虽在论证过程中用了不少国内文学史的例子，但却不是一本研究中国文学史写作的专著，更多是为了论述的方便而已。总之，这是一本从叙事的角度对文学史叙事原理进行讨论的书。

第一章

西方众说纷纭的文学史

自从出现文学史——这种记载着文学的发生和发展变化的史书体裁以来，国内外各类文学史著作数量已经多得不能用“汗牛充栋”来形容，其编写体例之杂芜和混乱也已不能用“仁者见仁，智者见智”来涵盖。文学史究竟是怎样的一种史书，西方学者并无定论。他们大都从文学和历史这两个维度或文学与现代主义和后现代主义等角度来进行讨论；既未能提出自己系统的文学史观，也未能对文学史书写内部构建的规律进行探讨，更没有对已有的文学史书进行分析和评价。这种复杂的情况或许可以从下面各节对不同年代西方学者讨论的梳理中窥见一斑。不过，他们所提出的问题角度新颖，讨论的方法也多种多样，值得我们思考和借鉴——这也是做此梳理的一个主要目的。

在这一章中，对西方学者有关文学史讨论的文献梳理，大体上分为四个部分，前三个部分是按时间来进行的，即分为20世纪50—60年代、20世纪70—80年代和20世纪90年代以来。需要说明的是，这三部分采用转述的方式①梳理西方学者的基本观点，并在此基础上进行评价。较之于其他的学者，韦勒克较为系统地论述了自己的文学史观。因此，在这一章的第四部分将单独对他的文学史观进行梳理、分析和评价。

第一节　20 世纪 50—60 年代

西方学者早在18世纪就开始了对文学史写作进行讨论：先后有德国施莱格尔编写的把时代精神和民族精神引入文学批评之中的《希腊罗马诗歌史》；19世纪后泰纳等提出了自然主义文学史理论；20世纪20年代，美国学者安德烈·莫利兹也注意到了文学史写作中的诸多问题。他在《文学史的问题与方法》（Andre Morize, *Problems and Methods of Literary History*, 1922, 1950, 1966）一书中，就文学史写作中所应关注的十二个问题和相对应的解决方法提出了讨论，如文学史写作对象与方法、作为补充和工具的参考文献、版本问题、建立批评文献、对史料的调查与阐释、文学史中的时序问题、真实性与属性问题、诗化问题、文学史中的传记处理问题、成功与影响问题、文学

① 为避免误解，特作如下说明：除本书作者在梳理中所作的分析和评价外，这一章中所梳理的观点均出自源文献；所采用的注释方法是在提到所梳理的文献名称时即注明出处，此后不再一一注明文献的具体页码。另外，由于篇幅原因，这里只能择要梳理和评价部分文献。下同。除需要外，不再一一说明。

史与思想史和风俗史的关系问题等。[①]从莫利兹所讨论的问题和提出的应对方法可以看出，文学史写作早在20世纪20年代就出现了像参考文献、版本等这样一些带有根本性的问题。20世纪40年代末，美国学者勒内·韦勒克和奥斯汀·沃伦在其合著的《文学理论》（René Wellek and Austin Warren, *Theory of Literature*, 1949）一书中，也对文学史的时代命名等问题提出了不同的看法。随后从20世纪50年代开始，不断有学者就文学史写作的一些基本问题进行讨论，如莫里斯·毕晓普的《文学与文学史》（Morris Bishop, "Literature and Literary History," 1951）、罗伯特·E. 斯皮勒的《文学史过时了吗？》（Robert E. Spiller, "Is Literary History Obsolete?" 1963）、霍华德·M. 琼斯的《文学史的本质》（Howard M. Jones, "The Nature of Literary History," 1967）、J.M. 卡梅伦的《文学史问题》（J. M. Cameron, "The Problems of Literary History," 1969）、罗伯特·韦曼的《文学史中过去的效值与现在的意蕴》（Robert Weimann, "Past Significance and Present Meaning in Literary History," 1969）等。

就我有限的阅读所知，在国内，似乎很少有学者把文学与文学史当作一回事放在一起来讨论；更没有学者会认为文学史"低于"文学。与国内的情况相比较，国外学界的情况较为复杂一些，确有学者把文学与文学史之间的关系当作问题而特意提出来进行讨论；从英美两国的文学史的撰写情况来看，国外的学者似

① See Andre Morize, *Problems and Methods of Literary History*, New York: Noble Offset Printers, Inc., 1966.

乎是默认了文学史“低于”文学的这一观点。

美国康奈尔大学的历史学家、法国文学教授莫里斯·毕晓普在《文学与文学史》[①]一文中谈到了这两点。毕晓普的这篇文章写得很别致。他先是在文中设置了一个名叫麦克的反对者，让他来质疑文学的价值，然后再对反对者麦克的质疑进行反驳。这位反对者麦克认为，文学所涉及的都是过去的一些经验，都是一些传统的东西。与自然科学相比较，文学既缺乏准确性，又对人类认识自然和社会无所帮助。我们或许能从文学中了解到一些东西，但是，天文、地理、物理、化学等告诉我们的东西更多、更确切、更有用。我们现在生活在20世纪，到了该把那些无用的死东西扔掉的时候了。毕晓普面对他的这番言论，争辩说文学作品中蕴含着智慧。反对者麦克闻听此言后挖苦道：“你已经研究文学多年，你很有智慧吗？如果文学能给人们以智慧，大学管理人员、市长、大商人等都会到你家的门前请你赏赐一点智慧！”他认为，原来至高无上的文学现在只不过是一种假设，为数越来越少的人还愿意相信这种假设。以此类推的必然结果就是，文学的集合，即文学史就更无足轻重了。[②]

毕晓普承认文学史在世界文学界中的窘况，正如他说：“总体来看，文学史在世界的地位很低。除非课堂使用，没有人愿意出版有关文学史方面的书。我们都想写文学史，但几乎没有人愿意看，更没有人愿意买。[……]文学本身遭到了威胁。现在正是

① 以下对莫里斯·毕晓普主要观点的梳理详见 Morris Bishop, “Literature and Literary History,” in *The French Review*, Vol.24, No. 5 (Apr., 1951), pp. 415-420.

② Ibid., pp. 415-416.

我们拯救文学的时候。”[①]而他所提出的拯救文学的方法主要就是一种，即“为大多数学生尽可能地提供一种直接的文学经验；而且让这种经验尽可能地完整”[②]。实事求是地说，相比较反对者的有力质疑，毕晓普的反驳和辩护都显得有些无力，他所提出的拯救方法也十分有限。不过，我们从毕晓普的文章以及从国内外学者一般避而不谈文学与文学史的关系中，可以发现一个值得我们深思的问题，即似乎没有哪位学者分得清文学与文学史之间的关系；抑或说，在他们看来，文学与文学史之间的关系是一个不言自明的问题，根本没有必要进行讨论。其实不然。

严格说来，毕晓普对文学与文学史之间的关系认识是建立在文学重要性这一基础之上的。他认为，文学对了解本民族和其他民族的过去、认知那些已知和未知的神秘世界以及增长我们的智慧等，都具有十分重要的作用。相比较而言，文学史显然就要比文学逊色一筹。他这样说的理由是，如果说文学不是那么重要，那么，文学史就只能满足人们的一部分好奇。文学史会让人们多少有点激动，但不会让人们的灵魂长久地躁动不安。用毕晓普的原话说：“文学是我们必须要保卫的大本营；文学史则只是大本营派出的一个前哨。”[③]这话的意思是，虽说文学史不如文学本身那么重要——在西方，文学史出版甚至都很困难；但是，我们还是要保卫文学史这个古老的堡垒——假如堡垒被攻陷了，文学也就会受到直接的威胁。也就是说，他把文学史放在了一个从属

① Morris Bishop, “Literature and Literary History,” in *The French Review*, Vol. 24, No. 5 (Apr., 1951), p. 418.

② Ibid., p. 418.

③ Ibid., p. 417.

于文学的地位。

毕晓普另外一个重要的观点是，文学既存在于时间之中，又超越于时间。他虽没对这一观点展开论述，但是，其却对我们认识文学的重要性有所启发。总之，对毕晓普而言，文学本身才是更值得重视的：我们应该“选择那些激发学生想象力的作品”，而不是让学生“了解那些作品对文学理论发展有所帮助的事情”[①]。应该说，毕晓普用其理论出色地阐发了他对文学重要性的认识；然而，他将文学与文学史相互对立起来的观点却是偏颇，不值得我们借鉴的。

文学史的本质问题也是构建文学史观和文学史写作绕不过的一个核心问题。美国哈佛大学历史学家、文学批评家霍华德·M. 琼斯教授在《文学史的本质》[②]一文中，提出了三种文学史的写法，并在此基础上讨论了文学史的本质问题。

首先，琼斯认为，收入文学史中的作品有的是因为美；有的是因为这些作品促进了现代艺术的产生和发展；还有的是因为它们重构了人类久远的文明和生活。虽然我们不能细细道来罗马中庭或中世纪小教堂是何等面貌，也不能保留或描摹早期普利茅斯等地的风景，更不能重建坐落于克诺索斯的克里特宫殿，但是，我们可以通过文学中表现出来的细节来重现这些地方的价值系统。不过，琼斯同时认为，像考古学家那样把一些作家作品的细瓷碎片小心谨慎地粘贴到一起的并非文学史，而只是撰写文学史

① Morris Bishop, “Literature and Literary History,” in *The French Review*, Vol.24, No. 5 (Apr., 1951), p. 418.

② 以下对霍华德·M. 琼斯主要观点的梳理详见 Howard Mumford Jones, “The Nature of Literary History,” in *Journal of the History of Ideas*, Vol. 28, No. 2 (Apri.-Jun., 1967), pp. 147-160。

的一个前期准备。文学史写作需要进行某种带有想象力的重构和有所侧重的洞见。常见的问题是，有些政治和社会史学家并没有受过文学教育，也没有所谓美学的或批评的训练，他们只好借用其他学科知识，天真地以为把文学作为一个次一级的话题进行分类，然后按照百科全书或词典的体例进行排列就算写出文学史了。他们可以罗列事实，找到论据，找到精确的版本日期，或某教堂注册的时间等，但是，他们却既弄不懂某一时期出现的那些躁动是如何展现出来的，也说不出看到图书馆里陈列的艾米利·迪金森房间时的感觉，即那些对某一时代生活、文化、色彩以及思想文化运动的感觉。

其次，琼斯认为，还有一种文学史虽然写得有些自以为是，但是却具有一定的可读性。这类的文学史让人感到其作者不是在与一堆僵尸打交道，而是在思考人类活动中文学一隅里的那些血肉之躯的生活和情感。这类的文学史作者相信文学发展中有一种融合并阐释了民族文学存在的某种统一原则或主要规律。最典型的例子是泰纳所著的《英国文学史》（*History of English Literature*, 1856—1865）一书。泰纳在这本书中试图析出某种社会的和道德的规律。他将民族文学终极特性概括地阐释为环境、民族和时代。也就是说，要想析出民族文学的秘密，只要研究环境、民族特点以及历史时刻就可以。比如说，贝多芬如果出生在阿拉伯国家，他就不会成为我们所知道的那个自我折磨的天才，所以说环境重要；民族也重要，假如华兹华斯是一位出生在亚马孙河上游的印第安人，他就不会承袭所有隐藏在亨利五世背后的盎格鲁—撒克逊文化传统；时代也重要，泰纳举的例子是《爱丽丝梦游仙境》（*Alice in Wonderland*）。泰纳所提出的这三大要素

——环境、民族和时代，在琼斯看来有一定的道理，但与此同时他认为，涉及具体的作品时，泰纳的论述却有些不伦不类，即有流于笼统宽泛之嫌。

最后，琼斯有些过于武断地把一些按非此即彼、是非判断的方法来撰写的文学史，称为马克思主义类的文学史。比如说，有学者将自由派说成是好人，而将保守派说成是坏人；不选边站的人则是徘徊在审美边缘的人。他认为，这类文学史通常是由集体编写的，称为“骆驼笔法”，即由一群人把诸多的马组合到一起称其为骆驼。其可借鉴的先例是剑桥版的古代历史、中世纪史以及现代史。第一部按照这种“骆驼笔法”撰写的文学史是1907年开始出版的十四卷本《剑桥英国文学史》（*Cambridge History of English Literature*），后来又出版了第十五卷。从个别章节来看，这套文学史写得还是很好的，但是，放在一起来看，则有些良莠不齐。随后按此种方法编撰的《剑桥美国文学史》（*Cambridge History of American Literature*）也有类似情况。尤其是每章后所附参考书目在范围和准确性方面，也各不相同。更为糟糕的是，这类文学史书好像是一个万花筒，缺乏一个统一的视点。还有一些用来做教科书的单行本文学史，虽然它们是由一个作者撰写的，但是，由于其教科书的性质，会因“风向”的转变而转变，而缺少关注文学史在美学和哲学层面上的意蕴。

那么，一部真正的文学史应该是怎样的？首先，琼斯认为，任何一部伟大的艺术史本身应该是一部艺术作品。亨利·亚当斯的《杰斐逊和麦迪逊执政时期的美国史》（Henry Adams, *History of the United States During the Administrations of Jefferson and Madison*, 1889—1891）就是其中一例。这类史书有三个特点：其一是史书作者本人有参与感，即这类史书作者有历史的想象力、移情能力以及相信自己所从事的研究对人类文化具有重大的意义。从这个角度上来说，几乎任何史书都不可避免地具有一定的偏见。没有史书作者个人的深度参与感，就写不出一部具有洞见的史书；同样，史书作者不具备移情能力，也就无法保证史书的非个性化和客观化。其二是这类史书作者对自己所撰写的对象十分熟稔，并能够与其同呼吸共命运。换句话说，史书作者能够掌握翔实的历史资料，想象着自己参与到这些历史事件之中。不过，这么说并非说史书作者要带着感情去写，而是说史书作者并不是在欣赏文学之艺术或科学之美。他们应该超出这些天真的范围，要沉浸在知识之中，从具体的事物中上升到哲学层面，过着一种“双重生活”：一种活在当下；另一种活在人类的故事中，但是却是那么地聪慧、饱学，富有生命力，富有哲理、人性以及幽默感。其三是这类史书都有一个完整的结构，即有一个类似亚里士多德所说的那种开始、中间以及结尾。将这些结构部分整合在一起或构建成一部悲剧，或构建成一座比例适当的建筑物。部分要融入整体，而不能各行其是，杂乱无章。或用琼斯的原话说：“就一部伟大的史书写作而言，不管它是否与政治或音乐相关，都要考虑到其整体结构的美学因素。这些美学因素与史实的细节同样重要。”①

其次，琼斯还认为，文学史书写还要区别文学研究的必要技巧和文学史写作模式之间的关系。像所有其他种类的史书一样，

① Howard Mumford Jones, “The Nature of Literary History,” in *Journal of the History of Ideas*, Vol. 28, No. 2 (Apri.-Jun., 1967), p. 158.

文学史也要讲究准确。不能混淆作家个人的创作历程，即我们既不能混淆每部作品创作的先后次序，也不能弄错影响他们创作这些作品的个人经历。最后，我们既要确保入选文学史的作品不是仿制的赝品，也要弄懂作品中每一个词语的确切含义。换句话说，文学史写作对文学作品既要做具体的文本批评，也要对其语言特点加以甄别，看看所使用的语言属于何一种类，如是现代英语，还是外来语或古英语等。总之，在琼斯看来，说到底，文学史是属于文化范畴。作家们参与到他们所处时代的文化、思想或政治活动之中。他们了解他们那个时代里的各类人物，如国王、政治家、画家、音乐家、诗人，甚或将军、牧师或商人等。一个时代不只是表现在诗歌、戏剧或散文、小说和文学批评里，也表现在哲学、美术、国际外交、城市或乡村生活中。从这个角度上说，虽说全面把握一个时代的文化几乎是不可能的，但是，文学史写作确实需要在最大程度上全面把握相关时代的文化，使之具有对人类文明思考的足够空间感。

应该说，琼斯的文学史观有一定的启发意义，同时也具有一定的局限性。他对三类文学史的介绍与批评，有助于我们了解西方已有的文学史类型。他的问题主要在于，这篇名为对文学史本质进行讨论的文章，虽部分地说出了文学史的一些属性，但是，对文学史本质的讨论却并未抓到问题的实质。另外，他提出的文学史写作想象力问题与勒内·韦勒克所批判的“文学的重建论”[①]几乎如出一辙。韦勒克认为：“我们在批评历代的作品

① 参见勒内·韦勒克、奥斯汀·沃伦：《文学理论》，刘象愚等译，南京：江苏教育出版社，2005年，第34—36页。

时，根本不可能不以一个20世纪人的姿态出现……我们不会变成荷马或乔叟时代的读者，也不可能充当古代雅典的狄俄尼索斯剧院或伦敦环球剧院的观众。想象性的历史重建，与实际形成过去的观点，是截然不同的事。”[①]从这个意义上说，这样的文学史因其“言人人殊，破碎而不复存在”，实际上是“不可能成立的说法”，或者至少“降为一系列零乱的、终至于不可理解的残编断简了”。[②]也就是说，琼斯的文学史观基本上还是“文学的重建论者”（reconstructionists）的文学史观。

除了本质问题之外，文学史写作究竟还存在哪些问题呢？在美国印第安纳大学J. M. 卡梅伦教授看来，首要的问题是文学史是否要从具体的事物上升到哲学层面。他在《文学史问题》[③]一文中，借“选择”和“语言”这两个词语的使用来进行推理，认为我们说“他的选择愚蠢”或“俄语这种语言不好学”时，既不会去追问“选择”是什么意思，也不会去怀疑人们真的会做出选择，更不会说：那些野蛮家伙说的是语言吗？他按照这样的逻辑对文学史是否需要上升到哲学层面进行了推理，认为对过去艺术产品进行叙说的文学史没有必要持有什么哲学观点。假如文学史与某种哲学相关联，那么，在这样的一种文学史中要说的话就会大不相同。用他的原话说就是：“假如对自然科学来说是真实的，那么对社会的和文学的历史考察也是真实的。那种认为休谟和康德对放在火炉上的一壶水持有不同看法的观点不过是一种误

① 勒内·韦勒克、奥斯汀·沃伦：《文学理论》，刘象愚等译，第 36 页。

② 同上。

③ 以下对 J. M. 卡梅伦主要观点的梳理详见 J. M. Cameron, “Problems of Literary History,” in *New Literary History*, Vol. 1, No. 1, New and Old History (Oct., 1969), pp. 7-20。

解而已。”[1]这也就是说，在他看来，关注哲学问题或试图将历史学家关注的问题转换成哲学家关注的问题，其本质反映了人们对现有文学史家和对文学史这门学科的不满，也说明研究文学史的方法从根本上说是受限的。

其次，卡梅伦对文学史所应该关注的虚构作品的真实性问题也进行了讨论。他认为，虚构作品无所谓真与假。据此推理，虚构的描写具有描写的形式，但这种描写并不能称之为描写，就像在梦中梦到了谋杀，其实并没有真的谋杀一样，而只是梦到谋杀的形式或过程。从这个意义上说，并没有什么前提可以用来说明描写本身的真与假。在他看来，新批评的一个基本原则可用来解释这一现象，即新批评主义者认为，语言的艺术就是将词语按照一定的顺序排列起来。从这一观点出发，叙事和描写或许会被用各种不同的方法构建起来，但并不能影响其真实性。因为，对其真与假的判断主要是要看叙事和描写的事情或状态，是否能与现实中的事情或状态相呼应。比如说，小说是一种最具有虚构品质的作品，然而，小说也常常被认为是具有模仿性的作品。我们无法在现实中找到与福楼拜的《包法利夫人》（Gustave Flaubert, *Madam Bovary*, 1856）相呼应的人物和故事，然而，假如我们对此作品提出真实性问题似乎却也并无不可。

其实，要想说明真实性问题，首先需要说明在哪个层面上来界定这个所谓真实性。卡梅伦前面所讨论的真实性问题是与现实相关联的，而并非与小说内部叙述逻辑相关联。他在论述中似乎

① J. M. Cameron, "Problems of Literary History," in *New Literary History*, Vol. 1, No. 1, New and Old History (Oct., 1969), p. 8.

也意识到这个问题，并引用查尔斯·狄更斯、丹尼尔·笛福和简·奥斯汀三位作家的小说开篇来说明虚构小说的真实性问题。他认为，较之童话故事的开篇（“曾经”或“很久以前”），所引的这三部小说的开篇还是具有一定真实性的，即故事内部逻辑上的真实性，而非与现实相呼应的真实性。

虚构作品的真实性问题与社会现实之间的关系问题，的确是文学史写作必须要面对的问题。问题是，卡梅伦所讨论的虚构作品的真实性问题与文学史有何关系？纵观文章的全貌，他其实是想说明，文学作品是虚构的，不能也无法与现实社会进行一一对应。因此，将虽具有一定模仿性的文学史中所包含的文学作品结构与内容，还有经济、宗教、政治等被称之为社会背景之类的东西并置在一起是不妥的。他通过绕大弯的方式，即通过说明文学作品与社会现实的异质性来强调文学史写作应该把二者有机地融合起来，而不是简单地排列或并置。应该说，他的这一想法是可取的，至少在一定程度上说明了文学作品与社会现实之间的异质关系。当然，其不足之处在于，他的这一论证并不足以说明虚构作品与文学史之间的问题实质和全部关系。

第二节　20世纪70—80年代

进入20世纪70年代后，英美学者对文学史中的问题讨论有所深入，问题所涉及的范围也有所扩大。这一时期发表的主要论文有理查德·H. 富格的《浪漫化的文学史》（Richard H. Fogle, “Literary History Romanticized,” 1970）、汉斯·罗伯特·姚斯的《挑战文学理论的文学史》（Hans Robert Jauss, “Literary

History as a Challenge to Literary History," 1970）、罗伯特·韦曼的《法国结构主义与文学史：批评与再思考》（Robert Weimann, "French Structuralism and Literary History: Some Critiques and Reconsiderations," 1973）、弗里德里克·詹姆逊的《文学史的祛神秘化》（Fredric Jameson, "Demystifying Literary History," 1974）、杰兹·派尔克的《文学史中的一些方法论问题》（Jerzy Pelc, "Some Methodological Problems in Literary History," 1975）、富兰克林·沃克的《论文学史写作》（Franklin Walker, "On Writing Literary History," 1976）、戴维·洛奇的《历史主义与文学史》（David Lodge, "Historicism and Literary History," 1979）等。

英国剑桥大学（后来约克大学）著名文学批评家F. R. 利维斯（Frank Raymond Leavis, 1895—1978）曾不看好文学史。他认为，文学研究所关注的应该是作品之间、各种"过去"之间，以及"过去"与"现在"之间的关系。把研究这些关系放到文学史这个话题下是不妥当的。[①]理查德·H. 富格在《浪漫化的文学史》[②]一文中，提出了与利维斯相左的观点，认为利维斯的想法不过是"一种令人赞叹的理想"[③]而已。

富格认为，对文学史而言，这种把文学研究仅限于对个别作品的研究是一种束缚。抑或说，那种把文学研究看成是基于读者个人经验对具体文学作品所进行的一种研究，或把它看成既是我

① Cf. Richard Harter Fogle, "Literary History Romanticized," in *New Literary History*, Vol. 1, No. 2. A Symposium on Periods (Winter, 1970), p. 237.

② Ibid., pp. 237-247.

③ Ibid., p. 237.

们的出发点也是我们的落脚点的观点是不妥的。他认为，文学史关注的应该是想象的文学，其目的也就在于其本身。文学史应具有哲学的品质，哲学研究只包含区别，哲学家明白，区别是存在的，但区别并不等于分开。套用这个思路的话，文学史和文学批评之间只是区别而不能分开。从实践的角度来看，二者虽然不可能同时进行，但是在具体操作中二者应该相互承认对方存在的合理性。他举例说，在讨论有关霍桑的作品时，在不断增大的文学史和文学批评容量这一语境里，作为文学史作者，我就应该尽量地把事情说清楚。比如说，在阐释他的作品时，要格外反对那种将文学批评与文学史研究进行绝对区别（即分开）的做法。研究霍桑要看他的传记、已出版的笔记，以及所处时代的历史观念和社会氛围等，即研究霍桑不能无视其作品所处的语境。换言之，批评家在客观地表达自己对作品的看法时，其客观性会部分地依赖于其文学史观。

与此同时，富格也意识到，错误地运用文学史研究方法将会导致写出来的文学史，要么无个性可言；要么让人感到存有阅读障碍，无法理解作者所言何意。他注意到有两种导致将文学批评和文学史研究分裂开来的极端情况：其一是，文学史家无视想象类作品的存在。对这类文学史家而言，除了文学事实之外，其他的都是“主观的”和“印象的”，不足以说明问题；其二是，文学史家无视史料的语境，根本不懂如何做文学研究。在富格看来，这两种极端的观点都是不可取的。他认为，恰当的文学史写作和研究的前提是，应该采取一种暂时的相对主义研究方法。这种方法的基点是历史，即采用这种方法需要面对大量可能成为研究障碍的史料。然而，这种方法为文学史家提供了一个观察的窗口，并能让文学史家看到复杂事物的因果关系及其延续性。从这个角度来看，文学史的理论应该是有机的，而不是固定的或一成不变的；在考虑其恰当的目的的同时，也应该考虑其灵活的研究方法。

就如何处理文学史中的文学作品而言，富格的观点是，文学史常常要研究文学作品之间的互动或平行关系，有时还会强调作家之间的影响关系。但是，一个值得研究的作家却既不可能是一个所有资源的集合体，也不可能是外在于作家本身的产品。这并不等于说这些资源、影响或思想潮流是不存在的或没有价值的，而是说假如它们没有经过一定观念组织起来，则是没有生命和无意义的。换句话说，文学的真相根本上说是隐喻性的；在文学平行关系和资料中发现的真相其实也是隐喻性的。正所谓诗歌的意蕴和隐喻的意蕴一样，都好像是开平方，只有其极限，而永远无法用一个理性的数字来表达。简言之，富格的这篇名为《浪漫化的文学史》其实蕴含了两层意思：一是试图通过浪漫主义文学的分析来阐释文学史的内涵；二是通过对文学史中存在的问题和阐释文学史所需要重视的问题来“祛浪漫化”。

从标题上看，当时在美国加州大学任教（现为美国杜克大学教授）的文学批评家和文论家弗里德里克·詹姆逊发表在同一时期的《文学史的祛神秘化》[①]，似乎是一篇与之相呼应的文章。詹姆逊在发表这篇文章之前，已经出版了三部著作，即《萨特：一种风格的起源》（*Sartre: The Origins of a Style*, 1961）、《马克

① 以下对弗里德里克·詹姆逊主要观点的梳理详见 Fredric Jameson, “Demystifying Literary History,” in *New Literary History*, Vol. 5, No. 3. History and Criticism I (Spring, 1974), pp. 605-612。

思主义与形式：二十世纪辩证的文学理论》（*Marxism and Form: Twentieth Century Dialectical Theories of Literature*, 1971）以及《语言的牢笼：对结构主义和俄国形式主义的批评综述》（*The Prison-House of Language: A Critical Account of Structuralism and Russian Formalism*, 1972）。也就是说，詹姆逊从他撰写的第一部著作起，已经逐步开始研究并部分地接受了马克思主义的文学思想。他在这篇文章中沿着他之前三部著作的思路和写作风格，在梳理西方已有的文献中提出自己的看法。不过，需要指出的是，詹姆逊文中所说的文学史并不是指一般意义上的文学史，而是指文学与历史之间的关系；而且，历史在他的语境中更多的是指社会现实，而并非一般意义上的历史。

詹姆逊通过梳理埃里克·奥尔巴赫（Erich Auerbach）、彼得·布鲁克斯（Peter Brooks）、托马斯·麦克法兰（Thomas McFarland）、南希·斯特卢沃（Nancy Struever）以及弗兰克·克姆德（Frank Kermode）等人的观点，提出了一个以意识形态为核心的文学史观。他认为，在现实中文学批评只有政治批评、大学课堂以及批评理论三种路径可供选择。（一）所谓政治批评是指文学界的存在要依赖于先前已经构建起来的那个更大的社会机制，即社会机制决定着文学界的存在，也就是决定着批评的存在。而新近所出现的某种艺术并非植根于某种集体生活之中，而是植根于社会的反常状态之中。（二）就大学课堂而言，詹姆逊借用理查德·奥赫曼（Richard Ohmann）和路易斯·坎普（Louis Kampf）的观点，即认为如果说老一代资产阶级读者已经消失了，那么，还有一个地方保留了下来，那就是大学。就理解文学研究中的本质与问题而言，大学这个地方非常具体地体现了社会的体制。大学里的那些批评家们很少为文学批评做点事，反思他们的所作所为不是为了完成一般意义上的文化使命，而是为了教学。（三）就批评理论而言，詹姆逊是借用法兰克福学派或阿多诺的“否定的辩证法”的理念来进行讨论的。他认为，作为一位批评家和知识分子，阿多诺的高明之处在于他不愿意回避自己的这种双重身份并脱离后现代语境来讨论问题。后现代的语境是，不管我们是否是批评理论家，也不在乎我们的意识形态和意向如何，我们都在使用个人话语来讨论问题。在詹姆逊看来，阿多诺的策略是，在这个碎片化的世界里，我们的责任是不要过早地把我们的观点普遍化，而应该使用我们个人的且带有一定偏爱的知识和经验来不知疲倦地指出，并标记那些不完整且为必需的碎片化本质。

应该说，詹姆逊对文学批评的认识起于上述三点，也止于这三点。他在梳理弗兰克·克姆德的观点时指出，他赞成克姆德对文学研究中历史所扮演角色的论述，即认为阐释活动的模式就是调节文本中对立符号的过程。克姆德把文学史说成是一种无意义变化和创新的涌流。詹姆逊对此有条件地表示赞同。他的条件是，这种“涌流说”完全指的是形式。不然的话，这种“涌流说”会导致误解。或用他的话说：“假如不是延续下来的那些各执自己地方价值观和偏见的一代代人的不断逝去，‘历史这场噩梦’就什么都不是。然而，同样的情况是，这种延续是有内容的。从历史上看，成问题的就是这些具体而独特的一代代人按照一种确定顺序的延续。同样，成问题的还有这些具体而独特的对某一特定文本的历史阅读。这些阅读不只是那些想象的作品或全部的总和。从逻辑上说，这种历史阅读会一下子看到所有可能得到的阐释。”[①]结合前面对克姆德观点的评述，其实詹姆逊在这里最想说明的至少有两点：其一是（文学的）历史有两种，一是文学形式的嬗变史；二是文学文本的阅读史。前者会像涌流一样一波一波地出现；后者则是一种对以往成见的承续。这种对以往阅读成见的承续在当下阅读中会同时涌现出来。这种“同时涌现”的观点虽有些接近新历史主义的观点，但是，詹姆逊并没有往下走，即他并没有按照“同时涌现”的逻辑把历史看成是“当下的”，而是转而讨论文学阐释的多元化问题，并借此来祛神圣化或神秘化。

归结到文学史祛神秘化的问题，詹姆逊提出，除了意识形态，世上不会再有对事物的具有特权的阐释。也就是说，在他看来，对文学的阐释而言，意识形态是唯一具有特权的途径，也是文学史祛神秘化的一把钥匙。他根据这种把意识形态看成是一种具有阐释特权的逻辑假设，推衍出三种与历史经验相关联的一般专业领域，即政治、历史本身以及社会经济学。他在此所说的政治，是指最初由孟德斯鸠在讨论政治体制（包括君主政体、独裁专制或共和政体）的决定性影响时提出来的那种政治；历史本身则是指现在所说的历史主义（historicism）；而社会经济学则是指现实中的社会阶级和资本主义结构。坦率地说，我以为詹姆逊的这篇名为《文学史的祛神秘化》的文章，除了再次祭出意识形态这面旗帜之外，其实并未触及有关文学史神秘化这一核心问题，即解决如何祛神秘化的问题似乎不在他的讨论范围之内。严

① Fredric Jameson, “Demystifying Literary History,” in *New Literary History*, Vol. 5, No. 3. History and Criticism I (Spring, 1974), p. 611.

格说来，詹姆逊在讨论中，并没有触及文学史的本质问题，他主要想说清楚的是，何为文学史的阐释域。这种讨论因其单一性只能说明与文学史相关问题的一个方面，而无助于对文学史本质和文学史内部的认识。

杰兹·派尔克在《文学史中的一些方法论问题》[①]一文中，在探讨文学史写作方法问题的同时，还触及文学史命名等的一些内部问题。

派尔克的讨论是先从“文学史”这一术语入手的。他认为，“文学史”这一术语即便是涵盖了文学领域里的一些思考，也因其研究不属于科学性的学科领域而缺乏准确性。文学史中尽管对文学作品有所介绍、对作家的天才想象力以及丰富的知识有所赞赏，然而，从现有的文学史来看，它们并没有担负起给读者提供信息、向读者解读史实、引起读者的共鸣或塑造读者的美感并赢得读者认同的重任。所以做出这种评价是因为把文学史当成一门艺术而不是当成一门科学来看。他认为，“文学史”这个术语主要有两层意思，一是指“文学的历史”；二是指文学这个学科领域。假如用来分析作品的著作称为“文学史”或某个研究机构称为“文学史系”，那么这两种情况指的都是一个广义的学术领域，其中应该包括与文学相关的多门学科，如“纯”文学、文学理论、文学社会学、文学心理学、文学符号学、文学史方法论、文学理论方法论、美学基础、文化史基础、文化哲学史基础、伦理学基础以及社会学、语言学、心理学、政治经济史等学科。如

① 以下对杰兹·派尔克主要观点的梳理详见 Jerzy Pelc, “Some Methodological Problems in Literary History,” in *New Literary History*, Vol. 7, No. 1, Critical Challenges: The Bellagio Symposium (Autumn, 1975), pp. 89-96。

此说来，文学史的这种宽泛性和异质性并非由于文学本身没有这门学科，也不是由于文学研究者不能集中精力研究同质的问题，而是因为文学史家在研究文学时，就不可避免地要涉及上面提到的诸多学科。假如文学史仅仅局限于文学与历史这两个方面，那么，这样的文学史研究会很贫乏，对文学史研究这门学科的研究方法也不会有多大改进。

从方法论的角度来看文学史也会有诸多问题。首先，就与文学相关的一组学科（如历史学、社会学、心理学、哲学等）而言，其研究方法相互间差异很大；其次，文学史关注的是文学作品这类特殊的文本，阐释这类文本会有许多或大或小的关联现象；最后，文学史的研究方法缺乏准确性。特别是关于最后一点，派尔克认为，文学史不像其他理工类学科有明确的学科研究论题。文学史研究要面对许多历史上已经证实了的不同观点。这样一来，文学史研究会有许多角度：其一是把研究限定在文学作品及与其相关的问题上；其二是把研究拓展到所有与文学作品有关联的问题上，如作者与读者、作者与某一特定的作品、众多作者与众多作品等。然而，不管把研究限定在哪个方面，都要面对许许多多的关系，这就需要确定几乎无法确定的研究论题。还有一个不得不面对的悖论是，任何一种对文学史研究论题的界定都很难说是专门针对文学史研究的，其主要原因之一就是文学史研究所使用的术语，基本上都是从语言学、心理学、哲学、社会学、历史学等其他学科借用的。这些基本问题影响了文学史研究整套的理论概念。

鉴于此种情况，派尔克提出自己的解决方案。他认为，既然文学作品是一种语言实体，就应该从符号学的角度来进行分析研究。这种符号学的分析研究主要包括以下三个方面：句法的、语义的以及语用的。句法研究是对文本内部的各种因素展开研究；语义研究是对文本或其因素与文本外相关事项所进行的研究；而语用研究则是对文本及其作者和文本及其读者进行研究。假如认可文学作品不过是一种普通的语言实体，即文本是由那些没有经过特殊处理的言论构成的，那么，符号学的分析研究则需要三种能力，即语言学的、哲学的、一级心理学的。语言学研究牵涉到语言的语法等；哲学研究牵涉到语言逻辑和认识论，如是等等。

然而，在派尔克看来，文学作品并不是一种普通的语言文本，而是一种经过特殊处理过的文本。比如说，文学作品有两个鲜明的特点：一是作品中的名称都是虚构出来的，包括人物和物体。它们在文本中存在着，但又不是一种真实的存在；二是作品中有引自虚构人物说话的直接引语。第一个特点让我们对文学表达中的名称做出区别，不知道哪些是真的，哪些是作者有意虚构出来的。现象学研究会把文本中的所有这些物体或事情存在的状态都看成是策划出来的；而把直接引语看成是一种有意图的表达。文学研究要描述的是对某一文本的认知价值和某些语义特点，以便展现真实作者想在文本表达的经验。文学研究要描述这些方面时，不会把文本看成是未经处理的普通话语表达，而是要运用语言学、逻辑学等分析方法，析出文本中语句的意图本质。因此，派尔克认为，不管是从广义还是狭义的角度来看，作为一门学科的文学史（至少其中的某些）定理是基于对言语方式的理解，而不是基于经验资料。

从这个角度讲，在文学学科研究操作方法中，解释起到了重要的作用。具体地说，有如下两个步骤：一是要弄懂解释与描述之间的区别，即二者回答了不同的问题。前者要回答的是“为什么如此”；而后者要回答的是“那是什么”。二是要弄懂要回答“为什么”时未必总要做出解释，而是可以用在操作方法上与解释相关联的，但却又有所不同的说明。二者的区别在于用来进行说明的陈述，并未在事先被认为是真实的而是处于证实之中；而用来解释的陈述则在事先就已经被看成是真实的。据此，派尔克认为，对文学史而言，史学家常常随意而宽泛地使用解释。他将这种解释概括为如下五种类型，即（一）通过描述所进行的解释；（二）通过指出某一特定结构及其功能的事实情况所进行的解释；（三）通过界定所进行的解释；（四）通过指出（某一事实）来源所进行的解释；（五）通过指出其因果所进行的解释。在派尔克看来，前四种解释或多或少都与描述有关，而最后一种解释才是严格意义上的解释形式，也是自然科学所常用的一种解释形式。自然科学规律是用来说明一定的事实，其实就是对某一事件的解释。也就是说，一种对事件的陈述就是从已知科学规律与对已知事件陈述的交叉关联中推衍出来的。派尔克认为，许多学科都在借用相关学科的规律来进行自己的推衍。文学史研究也不例外。

不过，严格说来，尽管在历史性陈述中也有明确的时间概念，但是，历史性陈述只是一种历史性概括，而不是其他自然科学那样总结出来的规律。这样一来，又会引起一个问题，即这种历史性概况是否就是总结出来的历史性规律，且进而可以用来预测未来的事件？有关这个问题，其观点见仁见智。但是，有一点是清楚的，即在对文学这门学科所进行的阐述中，已经把这种历史性陈述看成是它本身的一些特有的因素，文学文本本身也包含了一些伪历史性陈述，即这些陈述是有关虚构事件的陈述。总之，派尔克认为，鉴于文学史是一种横跨众多学科的研究领域，很难用一两种研究方法概而论之。唯有用一种评估的方法才可以把这些跨学科的研究方法统领起来。这个评估可以从三个方面看，即功效、心理以及情感[①]。这三个方面的评估既是对文学史的评估，也是对文学作品的评估。研究者的任务是要意识到不管何时自己所作的评估，都不要把自己的评估清晰明确地表达出来；而且还要意识到在解释某一评估时，要弄清楚自己解释的是评估的客体，还是进行评估的那个人的价值体系。

我们从上述梳理中可以看出，派尔克强调的重点，实际上是文学史及文学史研究的跨学科性质。这说明他认识到了文学史并非只是指文学本身的历史，而是还关联到与文学相关的诸多方面。同样，文学史研究也不能单一地研究文学本身，而是要把与之相关的诸多方面结合起来看。应该说，派尔克的这些观点对我们认识文学史及文学史研究的性质有很大的启发性。不过，作为一种对方法论进行探讨的文章，强调这些似乎还不够，至少还需要说明产生相关方法论的理论基础是什么、如何来确定方法论的研究的价值取向等。至于评估问题，派尔克其实并没有触及问题的实质。评估对象并不是个问题，应该成为问题的首先是用来评估的带有取向性的价值和方法，而这两点派尔克都没有涉及。

---

① 关于派尔克提出功效、心理以及情感三个方面评估的具体含义，参见 Jerzy Pelc, "Some Methodological Problems in Literary History," in *New Literary History*, Vol. 7, No. 1, Critical Challenges: The Bellagio Symposium (Autumn, 1975), p. 96。

20世纪80年代，有关文学史的讨论仍然十分热烈，主要有克里斯蒂·V. 麦柯唐纳的《文学史：是从里向外地阐释的吗？》（Christie V. McDonald, "Literary History: Interpretation Inside Out?" 1981）、S. P. 莫汉迪的《位于话语边缘的历史：马克思主义、文学以及阐释》（S. P. Mohanty, "History at the Edge of Discourse: Marxism, Culture, Interpretation," 1982）、乔纳森·卡勒的《当代批评"史"中的问题》（Jonathan Culler, "Problems in the 'History' of Contemporary Criticism," 1984）、格里高利·S. 杰依的《保罗·德·曼：文学史的主体》（Gregory S. Jay, "Paul de Man: The Subject of Literary History," 1988）、迈克·卡顿的《重写文学史》（Michael Cadden, "Rewriting Literary History," 1989）等。总的来看，在这一时期，虽然西方学者对文学史中的许多方面的问题作出了探讨，然而，这些探讨仍然没有厘清文学史与一般历史之间的关系。他们虽然也对文学史的本质问题进行过探讨，但是，他们在讨论文学史的本质时，却忽略了文学史的内部组成因素及对这些组成因素在叙述过程中所扮演的角色、所具有的功能、所发生的变化以及所蕴含的意蕴进行探悉。

20世纪80年代初，克里斯蒂·V. 麦柯唐纳的《文学史：是从里向外地阐释的吗？》[①]一文，引发了这一时期对文学史的讨论。麦柯唐纳在文章的开篇提出了一个发人深省的问题："阐释是导向完整理解文学作品的一个可终止的共时性行为，还是按文本时间系列所揭示的文本语境和读者复杂关系处于一种变化之

① 以下对克里斯蒂·V. 麦柯唐纳主要观点的梳理详见 Christie V. McDonald, "Literary History: Interpretation Inside Out?" in *New Literary History*, Vol. 12, No. 2, Interpretation and Literary History (Winter, 1981), pp. 381-390。

中？”[1]换句话说，在麦柯唐纳看来，由于对发生在文本与读者之间阐释性质的认识大相径庭，我们要弄清楚是应该把历史分析当作文学研究的基础，还是把阐释看成是文学史的根本内容，这就需要论证这样一个二元对立的定义和分级系统，即外部的文学史与内部的文学分析之对立关系。他的论证是在梳理许多已有的有关文学内部和外部批评思想观点的基础上展开的，比如说，诺思罗普·弗莱（Northrop Frye, 1912—1991）的原型批评思想、保罗·赫纳蒂（Paul Hernadi, 1936—　）有关欲望的观点、马里奥·瓦尔戴斯（Mario Valdés）对形式与主体间或历史方法的调节、杰罗米·麦克伽恩（Jerome McGann, 1937—　）的文学外部批评观点、罗兰·巴尔特（Roland Barthes, 1915—1980）的文本论等。

麦柯唐纳认为，上述理论家们的讨论基本上都是围绕着结构和文本这两个话题展开的。弗莱提出的原型批评理论分离文学史的历时与共时研究。在他看来，文学尽管会因时间的推移而发生变化，但是，对文学研究而言，找出系统分析的可能性才是最为重要的。基于对这一理念的认识，他认为文学是词语按照一定的顺序排列起来的，其组织结构是内在的，而且是重复出现的，不受文学史的支配。麦柯唐纳认为，弗莱据此提出文学阐释的两个途径：一是随心所欲地进行阐释，在这阐释的迷宫里徜徉；二是把文学看成一个总体形式，而不只是用这个名称来集合现有的文

① Christie V. McDonald, “Literary History: Interpretation Inside Out?” in *New Literary History*, Vol. 12, No. 2, Interpretation and Liteary History (Winter, 1981), p. 381.

学作品。[1]保罗·赫纳蒂根据弗莱的观点和海登·怀特在《元历史》（Hayden White, *Metahistory*, 1973）一书中提出的观点，就文学结构的源头问题提出了讨论：文学的文类是不是从历史结构中衍生出来的；或史书著作的结构是不是从人类的想象（所有那些体现了神话与文学原始类型的叙事作品）中生长出来的。在赫纳蒂看来，对上述二者进行选择，其实也就是选择把史书著作看成是一门科学还是一门阐释学。

麦柯唐纳认为，马里奥·瓦尔戴斯与他们的研究路径有所不同。他提出应该考察一下小说作为文学类别的严格定义。他的目的是调和形式与主体间或历史方法之间的关系。这样一来会出现两种情况：一是说所有的文本必须看成是历史的，因为所有这些文本都是出现在某一具体的历史时刻；二是说文本的任何分类将会指向文学分类稳定的特点。也就是说，文学文本中变化的部分是由历史所决定的；而未变化的部分则是通过叙述声音、人物、时间以及世界等叙事结构来确认的。瓦尔戴斯就是通过这两种不同的分析系统，来找出一种能解释变化的“功能性分类逻辑”。不过，尽管艺术的目的所关注的是形式特点与历史阐释之间的内在关系，但是，瓦尔戴斯却把它看成是一种依赖意图系统体现出来的道德秩序。瓦尔戴斯还有一个重要观点是，如果叙事形式就像人对现实的看法那样会随着时间的变化而变化，那么，所构建的分类法就应该是一种启发性的模式，它应该能让人们更好地理解读者与文本之间的关系。

① See Northrop Frye, *The Anatomy of Criticism: Four Essays*, Princeton: Princeton University Press, 1957, p. 315.

麦柯唐纳在梳理杰罗米·麦克伽恩主要观点时指出，麦克伽恩赞同文外批评方法，而反对文内批评，认为文内批评无视历史研究的必要性。他把文内批评看成是一种把文学作品定义为特殊的语言文本的批评。这种批评认为，每一部作品都是与其语言结构等价概念的。他认为，整个20世纪的文学批评都脱离了历史语境，对“原有的历史语境”和“批评行为的直接语境”不加以区分。另外，麦克伽恩的另外一个重要观点也值得重视，即他对文本这一术语的误用提出了批评，认为使用者常常把它误认为是一个完整的或超出具体和实际文本性的概念。他反对现代文学批评中把诗歌也看成是文本。他认为，我们应该在纯粹物质的或非个人的框架内来处理诗歌的材料。或用他的话说：“不同的文本……表现为不同的诗歌。”[①]也就是说，麦克伽恩通过确定文本分析是在物质材料形式中进行的这一观点，将诗歌阅读与作者构建的诗歌历史和编者再度构建的诗歌历史区别开来。

麦柯唐纳还评介了罗兰·巴尔特的两个主要观点。其一是巴尔特对文本这一术语的使用也提出了自己的看法。在巴尔特看来，交叉学科指的并不是单纯地把已有的各类具体学科知识都囊括进来的一个容器，或者说它并不能提出一个话题，然后将其应用到不同的分析之中。交叉学科是要构建一个新的客体，即文本，它不属于任何某个具体的学科。其特征是符码与符码系统之间的关系。也就是说，只要其相关的话语本身不出现问题，那么，这对关系最终意味着文本分析将只能成为一门科学。其二是

① Christie V. McDonald, “Literary History: Interpretation inside out?” in *New Literary History*, Vol. 12, No. 2, Interpretation and Liteary History (Winter, 1981), p. 385.

巴尔特认为写作并不把交流，而是把空间看成是一个主要的功能。在空间里，主体将探索自己在进入语音系统时是如何同时建构和解构的。巴尔特的这些观点说明，这一时期文学自身的存在倒成了某种意义上的一个问题；而现代性允许多元化写作则是一种历史自身的困局。

麦柯唐纳还认为，巴尔特对文本进行编码，认为文本是属于传播方法论领域里的，破坏了传统上原有的分类，而且总是一种受局限的经验。这个观点实际上是把文本与作品相对立了。也就是说，巴尔特把作品看成是一种物质的碎片，认为作品总是通过能指走向所指。而文本却永远不会完全被其理论话语所限制，因而也永远不能成为一种原始文本（Ur-text）。不过，巴尔特对文本的认识也有一个变化的过程：他在早期把文本看成是一种总体结构，用来分析偶然出现的文本；后来在《S/Z》一书中则不认为有某种超越数个（或所有）文本的模式，并以此用来假定每个文本都有自己的模式，都要区别对待各自的不同之处。针对巴尔特先后提出的这些观点，麦柯唐纳认为，假如文内研究方法指的是那些把文学作品当作"语言文本的特殊种类"的研究方法；或如果认为文本特征寄寓于其与符码之间的关系之中的话，那么，德里达在《论语法学》（*Of Grammatolgoy*, 1967）一书中所提出的符号学批评，就仍然与文学史批评相关联着。

麦柯唐纳在围绕着结构和文本问题评介了上述学者的观点之后，又从写作（writing）与口语（spoken language）之间的关系上，来讨论文学的文内与文外批评问题。他认为，不仅现代语言学给予口语以优先地位，索绪尔也十分肯定地指出语言与写作是两个不同的符号系统，后者的存在只是为了表达前者。也就是说，索绪尔在对语言与写作做出这样界定的结果，是在分离言语内部系统与外部关联的同时，构建了语言学的边界。不过，麦柯唐纳也注意到，德里达不喜欢这种二元对立的观念，以及在价值方面所作非此即彼的选择，而是更倾向于复杂的历史观，即一种不能用线性术语来想象的历史观。

除此之外，麦柯唐纳还梳理了另外其他一些学者[①]有关阐释历史与文本观点，并在此基础上指出，如果说文学文本与其所使用的语言有着天然的联系，那么，就必须要回答这样一个问题，即文学史是其来源还是其变体。对巴赫金而言，文学仍然可以用历时和共时两种术语来进行描述，而更为重要的是要认识到在每个历史时期语言都会出现变化。麦柯唐纳同意巴赫金的观点，认为语言的确蕴含了一种共存性，即社会意识形态中的过去与现在之间的相互矛盾。这种共存性恰好就是语境的一个特点。在这个语境中，文本与读者交汇相处。在麦柯唐纳看来，自我界定的工作是在作为语言的一个有机部分的文学文本内进行的，而这也正说明了阐释终将会成为文学史。麦柯唐纳的观点实际上再次回到了有关文本在共时与历时两个维度上进行阐释的问题上来。他把文学史和文学作品阐释问题的认识与对语言的认识放在一起讨论，所强调的是文学文本共时特性与历时的嬗变。

---

① 如唐纳德·海德里克（Donald Hedrick）、S. P. 罗森鲍姆（S. P. Rosenbaum）、伊万·瓦特金斯（Evan Watkins）、麦克·里法特尔（Michael Riffaterre）等。参见 Christie V. McDonald, “Literary History: Interpretation Inside Out?” in *New Literary History*, Vol. 12, No. 2, Interpretation and Liteary History (Winter, 1981), pp. 386-389。

格里高利·S. 杰依在其《保罗·德·曼：文学史的主体》[①]一文中，围绕着德·曼的观点，梳理并讨论了主体与文学史之间的关系问题。在梳理德·曼的观点之前，杰依在文章中首先提出的问题是，在解构之后，文学史写作的走向问题。早在1949年，韦勒克和沃伦在其合著的《文学理论》一书中也提出了类似的问题，即他们曾问道："撰写文学史即撰写一部既是文学的又是历史的书可能吗？"[②]他们二人强调的是文学的内部和形式研究，文学史也应该按此道理进行操作，即文学史写作要寻找出作为艺术的文学的演化轨迹，而不是仅仅罗列一些文献来描述一个国家的或社会的发展历史。[③]针对韦勒克和沃伦的问题和主张，杰依认为，当代文学理论尽管强调文本、话语以及修辞，但却再次迫使我们去思考究竟是哪种关系将文学与历史、政治、心理分析等其他人文学科关联起来？如何来看待这个关系，将会在很大程度上决定着我们将如何来构建文学史。

就德·曼的文学史观而言，杰依认为，德·曼似乎是站在韦勒克、沃伦为代表的新批评与意识形态批判之间，既对文学史与政治等其他因素之间的关联持有怀疑态度，也反对韦勒克、沃伦等新批评和形式主义者把文学理论构建在美学基础之上。杰依认为，德·曼所持有的这种将文学与政治、文学与形式主义相分离的立场源自海德格尔，并在此基础上重新阐释了马克思主义和萨

---

① 以下对格里高利·S. 杰依主要观点的梳理详见 Gregory S. Jay, "Paul de Man: The Subject of Literary History," in *MLN*, Vol. 103, No. 5. Contemporary Literary (Dec., 1988), pp. 969-994。

② René Wellek and Austin Warren, *Theory of Literature*, 3rd. ed., New York: Harcourt Brace, 1956, p. 252.

③ Ibid., pp. 252-253.

特对矛盾、异化以及差异等问题的看法。在德·曼那里，“分离就存在而言是与生俱来的，即社会形式的分离源自本体的和形而上的姿态。对诗歌而言，这种分离永远存在”[①]。德·曼的这种文学史写作中的诗学本体论观点，引发了另外一个问题，即“某个存在体的历史是否会像文学那样自相矛盾[……]。实证主义的文学史会把自己看成是一种经验数据选集。这种文学史完全不是一种有关文学的历史[……]。从另一方面看，对文学所进行的内部阐释会被看成是反历史或非历史的，然而，这种阐释却常常预示批评家自己所没有意识到的一种文学史观”[②]。换句话说，德·曼认为，文学史通过误导我们进入文内或文外的方式删改了文学本来的面目[③]；我们的文学研究不能自降身份，变成一种针对指示对象的研究。

针对这一问题，德·曼在讨论中还进一步指出，我们虽然不能否定语言的指示功能，但是，把这种功能作为一种模式用来认识自然或现象就成问题了。他与詹姆逊也不同。詹姆逊的文学史观是通过运用一种“政治无意识”理论及其富有象征意义的社会矛盾解决方案，把文本性和解构置于辩证唯物主义之下。而德·曼则转向关注被整体论所忽视了的主体问题。因此，德·曼格外强调与主体相关的一个词，即“自我”。对德·曼而言，自我是共时与历时或意识与历史的结合点。一部纯粹的“文学”史应该消除其作者；抑或说，文学史作者的自我不属于文学史；作为意

---

① Paul de Man, *Blindness and Insight: Essays in the Rhetoric of Contemporary Criticism*, 2nd edition, rev. Minneapolis: University of Minnesota Press, 1983, p. 240.

② Ibid., p. 163.

③ Ibid., p. 165.

识史的文学史应该约束写作。具体地说，如果说文学有历史的话，那么，这个历史就应该是由不同质的时刻、时间差异、延宕、停顿、连接等组成的。这些因素原则上来说是不一致的，也不会发生在同一时刻。“自我”是以名称和时段的面目出现的。它的存在确立了时间的差异性。就具有连接和身份功能的所指——效应而言，自我占据了一个稳定的位置，尤其是在它作为意义的起源而进行言说时更是如此。

总的来看，杰依对德·曼的文学史主体的讨论，更多的是围绕着“拟人修辞法”（figure of prosopopeia），并从不同角度（如系谱）来介绍德·曼描述主体（经常改用“自我”）在阅读中所遇到的“困境”以及由此而引发的诸种情况。对德·曼而言，“拟人修辞法”是“一种对缺席、死去或不发声实体的省略虚构”，它提供了带有声音的“一种面具或一张脸”并因此而成为“自传的修辞”。[①]德·曼话语中的prosopopeia这个词类似于德里达提出的一个变体，即prosopon-poiein，其意思是“给一张脸，并因此而蕴含原来的那张脸可能丢掉了或不存在了”[②]。德·曼把这个词语及其变体看成是主要的修辞，因为在他看来，这个词语及其变体损毁或丑化了由作者、语法以及相关关联所制造出来的意义面具。“自我”是拟人修辞面具中的一种，解构性的修辞制造了一种混乱但意义明确的主体。不过，德·曼也有自相矛盾之处，如他在批判“基因谬误”（genetic fallacy）[③]的同

① Paul de Man, *The Resistance to Theory*, Minneapolis: University of Minnesota Press, 1986, pp. 75-76.

② Ibid., p. 44.

③ See Gregory S. Jay, “Paul de Man: The Subject of Literary History,” in *MLN*, Vol. 103, No. 5. Contemporary Literary (Dec., 1988), p. 977.

时，却又承认系谱在历史中不可或缺的地位。对德·曼而言，这种基因模式在回忆时间性的同时，还将它看成是一种当下的意义，且与记忆、认识、想象等范式不可分割。应该说，德·曼对这些与文学史相关话题的讨论很有启发意义。只是这种讨论，特别是对主体性的讨论，缺乏了一种较为深入的发掘，没有揭示出隐含在“拟人修辞法”背后由解构而引起混乱的诸种原因，特别是与文学史相关的原因。

20世纪80年代中期，国内学者已经开始讨论重写文学史的问题。这种讨论似乎也波及美国。美国普林斯顿大学迈克·卡顿教授在20世纪80年代末也参与到这场讨论之中。他在《重写文学史》[①]一文中，提出了重写美国文学史的问题。不过，他提出这一问题的出发点与中国学者的出发点有所不同：中国学者在讨论重写文学史时，主要是想打破以前文学史写作的窠臼，在纵深度、学科研究范围以及重要作家及其文本研究等方面进行“重写”；而卡顿在谈及文学史（主要是美国文学史）重写时，讨论的是美国戏剧在美国文学界和大学课堂里所处的地位。有学者认为，美国戏剧被文学史家、理论家以及教授们忽略了；美国戏剧因商业化而入不了文选和大学课堂。现在，戏剧在复活的美国文学经典中应该有一席之地。卡顿同情美国戏剧所处的弱势地位，但又不完全赞同不由分说地把戏剧编入文选或让其进入课堂。他认为，要想给美国戏剧定位，首先需要讲出给它定位的道理来，即要说出它好在哪里，要有一个适应一定文化语境的方法来阐释

① 以下对迈克·卡顿主要观点的梳理详见 Michael Cadden, “Rewriting Literary History,” in *American Quarterly*, Vol. 41, No. 1 (Mar., 1989), pp. 133-137。

它。女性主义者、非洲裔美国人、西班牙裔美国人、亚裔美国人、同性恋者等看重戏剧，他们就是通过把戏剧纳入到自己的话语体系里（或用史密斯的话说，纳入到他们的语境里）的方法来表达自己对戏剧的看法。概而言之，卡顿对重写文学史的观点主要有三点：一是为美国戏剧没有进入文学史而抱不平；二是强调美国戏剧要想进入文学史，首先需要发现或创造出一些用来阐释戏剧且适应一定文化语境的方法；三是论证了哪些戏剧家该进入文学史。也就是说，他对重写文学史的论述局限于对戏剧这一文类的认识，而并没有从广义上讨论文学史重写的内涵和方法。

第三节　20 世纪 90 年代至今

20世纪90年代以来，西方多数学者仍然继续探讨文学史本身的内涵及其相关理论；部分学者开始拓展到一些相关学科或相关领域的问题，如社会学、全球化、世界文学等。这一时期的主要著述有戴维·珀金斯编选的《文学史中的理论问题》（David Perkins, *Theoretical Issues in Literary History*, 1991）和他自己撰写的《文学史可能吗？》（*Is Literary History Possible*? 1992）两部著作；还有温戴尔·V. 哈里斯的《什么是文学“史”？》（Wendell V. Harris, “What Is Literary ‘History’?” 1994）、古斯塔夫·兰苏等的《文学与社会学》（Gustave Lanson, N. T. Rand and R. Hatcher, “Literary and Sociology,” 1995）、罗伯特·艾尔洛德特的《文学史与对确定的探索》（Robert Ellrodt, “Literary History and the Search for Certainty,” 1996）、埃里克·梅克兰与克里斯多夫·普兰德噶斯特合著的《文学史导论》（Eric Méchoulan and Christopher Prendergast, "Introduction: Literary History," 1999），以及罗伯特·D. 休姆的《文学史的建构与合法性》（Robert D. Hume, "Construction and Legitimation in Literary History," 2005）等文章。另外还有安德斯·佩特逊编选的《文学史：走向全球视野：跨时间与文化的文学观念》（Anders Pettersson, *Literary History: Toward Global Perspective: Notions of Literature Across Times and Cultures*, 2006）；瓦尔特·F. 维特的《全球化与文学史，或对比较文学史的再思考：全球性》（Walter F. Veit, "Globalization and Literary History, or Rethinking Comparative Literary History: Globally", 2008）等从比较的角度，围绕着全球化问题展开对文学史的讨论文章等。因篇幅原因，本节将选择几篇较为重要文章和著述中的部分主要观点进行梳理。

1991年出版的戴维·珀金斯的《文学史中的理论问题》①是一本论文集。书中辑入了包括序言在内的14位学者有关文学史的论述。其中拉尔夫·科恩的《文类理论、文学史以及历史变化》（Ralph Cohen, "Genre Theory, Literary History and Historical Change"）、约翰·弗洛的《后现代主义与文学史》（John Frow, "Postmodernism and Literary History"）、杰罗米·麦克伽恩的《他的历史、她的历史、他们的历史、我们的历史》（Jerome McGann, "History, Herstory, Theirstory, Ourstory"）等文章颇有新意和见地。

① 以下对戴维·珀金斯主要观点的梳理详见 David Perkins (ed.), *Theoretical Issues in Literary History*, Cambridge and London: Harvard University Press, 1991。

拉尔夫·科恩在《文类理论、文学史以及历史变化》[①]一文中，通过梳理文类理论进而探讨了文学史以及相关历史变化问题。他借用电影理论家里克·阿尔特曼有关电影文类的观点[②]，认为文类的嬗变所依据的是文类内部构建因子的改变、作品本身的目的以及外部观众或读者的诉求。嬗变的过程是通过增加、减少，或重新命名结构因子或目的等方式来完成的。比如说，小说这一文类就是通过吸取出现在18世纪的小故事书、报纸、宗教自传体作品、忏悔书、历史以及传奇等叙述因子构建而成的。一种新的写作方法出现之后，经过作家们的跟随模仿和批评家的命名与分析讨论之后，才会逐渐地稳定下来。不过，还有另外的一种情况，即有些作品的文类归属仍然待定，如詹姆斯·乔伊斯的《芬尼根的守灵夜》（James Joyce, *Finnegans Wake*, 1939）。

科恩根据对文类嬗变的认识，来推衍文学史同样也存在的类似问题，并进而提出文学史与学科、国家之间的关系的问题。他在论证中提出，假如说一部文学史是跟情景相关的，那么，所牵涉的问题是否会因语言社团的不同而随之发生变化呢？中世纪传奇是不分国界和语种的；然而，到了现代，传奇则局限于英国和美国。如此说来，传奇这一文类是依据历史语境，还是随着读者群的变化而变化？这是文学史必须要面对的问题。从这个角度来看，文类其实是一种文化构建；想要了解它们与文化力量之间的

---

① 以下对拉尔夫·科恩主要观点的梳理详见 Ralph Cohen, "Genre Theory, Literary History, and Historical Change," in David Perkins (ed.), *Theoretical Issues in Literary History*, Cambridge and London: Harvard University Press, 1991, pp. 85-113。

② See Rick Altman, *The American Film Musical*, Bloomington: Indiana University Press, 1987.

关系，就需要找出它们再次出现或消失的原因。换句话说，研究文类嬗变情况，其实也就是研究文学作品的文类史。具体地说，文类史既对某文类中增加或减少某些结构因子进行研究，也对文类本身的存在或消亡进行研究。另外，文类史研究还注重分类，但同时也意识到任何一种单一的分类都是有局限性的。比如说，一种文类的文本既是这一类的文本，同时它们也有可能是跨文类的，即与一种或多种其他文类相融合。我们可以通过了解这一文类的过去及其他，与同时存在的文类之间的差异来做出鉴别其文类的属性。

科恩从对文类嬗变的考察和研究，推衍到从文类的角度来考察和研究文学史。从文类研究的角度来看，文类批评应该着重研究变化问题，比如说，研究悲剧就要找出并解释悲剧人物、阶级、经济权威及其对立面等因素的变化；要找出并解释莎士比亚的戏剧《威尼斯商人》（William Shakespeare, *The Merchant of Venice*, 1596—1599）如何向乔治·李洛的《伦敦商人》（George Lillo, *The London Merchant*, 1731），或现代主义文本如何向后现代主义文本转化的。简而言之，从符号学的角度来看，文类其实就是一种文化分类系统。在这个系统内，文本构成了一个个不同的小的文类系统；这些小的系统又汇合在一起，共同构成一些大的系统，从而形成并规定了一定的文化性质和特点，文学史的因子、转换、目的及其构建等也可以由此得到解释。应该说，这种从文类的角度来看文学史对文学史的研究颇有启发意义，因为文学史中也不可避免地要处理文类的嬗变问题，从这嬗变中不仅可以理出文类的发展与变化，而且也可以看出文学史的嬗变情况。

这部论文集中的另一篇值得提及的文章，是约翰·弗洛的

《后现代主义与文学史》[①]。

弗洛在进入讨论后现代主义与文学史这一关系问题之前，首先对“后现代”这一术语提出了质疑。他认为，现在使用的后现代中的“后”（post）只是一个在时间上与现代主义逻辑相呼应的概念，而并非一个意指有别于现代主义的“另类”（alternative）概念。准确地说，后现代主义是现代主义的一个阶段，用哈贝马斯的话说是“下一种风格”（next style）[②]。其基本表现姿态是现代主义对现代的破坏。从发展逻辑上讲，这种破坏是现代主义自身的一种需要[③]。或用让-弗朗索瓦·利奥塔的话说，这种破坏更像是一种对过去的抑制，而非对过去的克服[④]。这是一种说法。对“后现代”的另外一种说法是把它看成是后现代对叙事需要的一种回应。不过，这种叙事不是一种对现代的单纯的延续，而是一种辩证的反驳。也就是说，在弗洛看来，现代主义叙事已经达到绝对的窘迫点，已经把资料发掘殆尽，因而竭尽所能还是与当下毫无关系。后现代主义在此时的介入就不是一

① 以下对约翰·弗洛主要观点的梳理详见 John Frow, “Postmodernism and Literary History,” in David Perkins (ed.), *Theoretical Issues in Literary History*, Cambridge and London: Harvard University Press, 1991, pp. 131-142。

② See Jürgen Habermas, “Modernity—An Incomplete Project,” in Hal Foster (ed.), *The Anti-Aesthetic: Essays on Postmodern Culture*, Port Townsend: Bay Press, 1983, p. 4.

③ See Stanley Rosen, “Post-Modernism and the End of Philosophy,” in *Canadian Journal of Political and Social Theory*, 9/3 (Fall, 1985), p. 92；also John Frow, “Postmodernism and Literary History,” in David Perkins (ed.), *Theoretical Issues in Literary History*, Cambridge and London: Harvard University Press, 1991, p. 132.

④ Jean-François Lyotard, “Note sur les sens de ‘post-’,” in *Le Post-moderne expliqué aux enfants*, Paris: Galilée, 1986, p.121; also in John Frow, “Postmodernism and Literary History,” in David Perkins (ed.), *Theoretical Issues in Literary History*, Cambridge and London: Harvard University Press, 1991, p. 133.

种延续，而是一种立场的改变。现代主义在实践中对纯洁和无能等已失去了信心；后现代主义则捡起这些被现代主义丢弃或边缘化的资料，运用另类的力度来进行书写。这标志着后现代主义不再在高雅文化和低俗文化的二元对立之间构建自己的计划。

弗洛讨论后现代主义与文学史之间的关系这一话题，是从罗兰·巴尔特有关"现代"的观点出发的。巴尔特曾说过："成为现代——真的不想知道我们是无法重新开始的？"[①]弗洛据此推衍说，文学现代主义完全与此困境相呼应。在他看来，现代主义一方面制造出不同的产品（即重新开始或制造出新的产品）并让各种不同达到了令人无法理解的程度，另一方面又让制造领域达到了饱和，新的产品无法进入到这一领域。按照这种方式来进行界定，实际上就等于说现代主义文学是一种例外，甚或处于不可能的境地。当然，这一界定也可以看成是现代主义文学史范式的一个隐喻，即任何一种历史都是断裂的。这样一来，价值判断就成为文学史实践的核心问题。那些竭力想有些与众不同的文本其实是属于历史的。或者更确切地说，历史是其创新和巩固之间运动的动力。

弗洛的讨论其实在这里运用一种推理置换的方式，先说由于后现代生产已经达到了饱和，在这种语境下任何历史都是断裂的，后现代主义文学成为一种"例外"；然后又推演说，在这种语境下价值判断成为了文学史实践的核心；文学史通过对后现代文学进行文本互文性关联和批评而得到并巩固了自己应有的

① John Frow, "Postmodernism and Literary History," in David Perkins (ed.), *Theoretical Issues in Literary History*, Cambridge and London: Harvard University Press, 1991, p. 131; Roland Barthes, *The Rustle of Language*, trans. Richard Howard, London: Basil Blackwell, 1986, p. 64.

地位。文学史其实就是由这种关联和批评而构成的，不必完全采用年代排列的顺序。在这里，弗洛与保罗·德·曼德达成了一致①，认为文学史其实就是文学的批评史。

弗洛还从利奥塔和詹姆逊有关现代主义与后现代主义，特别是詹姆逊有关现代主义对审美变化、商品化、市场价值等问题的论述那里得到了灵感，认为如果我们能够正确理解当代审美生产的节奏，那么，我们就会对文学史模式提出一个迥然不同的思考，即文学史要把审美生产中出现的一些“小类别”文学产品样式，当成一种新的审美规范。这些“小类别”的文学产品变化之多端和迅疾，给人一种眼花缭乱，甚至没有变化或停滞的感觉。或如伊安·钱伯斯所说的那样，“电子产品的再生产用一种不断碎片化和重组拼贴的方式，为我们提供了不同的姿态、意象、文体以及文化。‘新’消失在一种永久的当下之中。随着‘新’的终结——一种与线性、一系列‘进步’以及‘现代主义’相关联的概念——我们进入一种不断地进行引用和文体与时尚的循环之中；一种对‘现在’进行不间断的蒙太奇之中”②。也就是说，在后现代范式里，时间是一种封闭的循环，既不导向任何地方，也不能被打破。所谓的新颖只是一种无目的的变化运动，充其量

---

① 保罗·德·曼认曾说：“我们要想成为一个好的历史家，必须牢记我们平常所说的文学史其实与文学毫无或甚少关系。[……] 文学阐释 [……] 其实就是文学史。”译自 John Frow, “Postmodernism and Literary History,” in David Perkins (ed.), *Theoretical Issues in Literary History*, Cambridge and London: Harvard University Press, 1991, p. 132。另见 Paul de Man, *Blindness and Insight: Essays in the Rhetoric of Contemporary Criticism*, 2nd edition. 1971 rpt. Minneapolis: Minnesota University Press, 1983, p. 165。

② Iain Chambers, *Popular Culture: The Metropolitan Experience*, London: Methuen, 1986, p. 190.

不过是进一步加强了其原有的封闭。简言之，假如弗洛和钱伯斯等学者的观点是值得商榷的：虽说我们似乎不应该再用传统的观点来看待文学史及其变化，但是，认为这种语境下的文学史不会再有一种价值的交感结构，即不能为确切的阐释提供一种基础，却是需要进一步讨论的。

这部论文集中还有一篇值得梳理的文章，是杰罗米·麦克伽恩的《他的历史、她的历史、他们的历史、我们的历史》[①]。他在这篇文章中指出，既然历史一词是一个多元的概念，那么按理说，书写历史也应该以一种多元的形式来进行书写。但是，他认为实际情况却不是这样，而是倾向于书写一种属于自己的单一的历史，并借此机会表示这样的历史是一个完整、统一和连续的整体。这种写法的历史有三种模式，即退步的、进步的以及循环的三种。20世纪的文学史基本上就是按照这个路数来写的。

麦克伽恩认为，秉持这种理念的文学史作者想象着有一种线性的文学史，将文学作品与历史研究区别开来，把历史的史实与诗歌中的事件相混淆。诗歌中的事件具有开放的且多重的意蕴或象征性。如果用历史研究的方法来阐释诗歌中的事件，并使其与历史的史实融为一体，则会导致琐碎化或庸俗化；而如果在诗歌中找出什么历史背景且将其意义局限在这一背景之中，那么，诗歌创作缘起的一些资源及其意蕴就会大打折扣，甚或荡然无存。也就是说，诗歌的历史化与社会事件的历史化不同，诗歌的历史化不应该具有线性的或单一的意义。在麦克伽恩看来，产生这种

① 以下对杰罗米·麦克伽恩的主要观点的梳理详见 Jerome McGann, “History, Herstory, Theirstory, Ourstory,” in David Perkins (ed.), *Theoretical Issues in Literary History,* Cambridge and London: Harvard University Press, 1991, pp. 196-205。

误解有多种原因，其中之一是没有弄清楚事实或事件中都蕴含了一些什么因素，分不清哪些是诗的因素，哪些是诗之外的因素。其实，每一个事实或事件都是嵌在一套不确定的、多极的或重叠的网络之中。在文学史写作过程中，作者需要从这个网络中选取一个或多个切入点，然后再为所选取的材料进行构建，并开始采用一种线性的形式对这些材料进行阐释。这种线性安排本身又表现为一种因果关系，给读者造成一种假象或幻觉，以为这些事实或事件都是由某些因素决定的。由此看来，不管是哪一种历史（这种或那种，他的或她的，他们的或我们的），实际上历史都是处于一种不可决定的领域里。从这个角度来看，书写文学史，特别是在处理文学作品时，尤其要注意不能混淆历史史实和文学作品中的事实。应该说，麦克伽恩区别历史史实和文学作品中的事实（或事件）是颇有见地的和启发意义的。我在书中的第六章论述文学史的三重世界时，对此问题也做了较为系统的分析和论述。

戴维·珀金斯在自己撰写的《文学史可能吗？》[①]一书中，首先回顾了历史上有关文学史及其相关研究的一些主要观点。他指出，有关文学史的概念和例证在亚里士多德的著作中就已经出现。及至18和19世纪，文学史写作和研究开始趋于成熟，并且形成了多种理念与模式，如黑格尔派、自然主义、实证主义、马克思主义、形式主义、社会主义、后现代及其变种学派，如达尔文主义、韦伯、阿多诺、福柯、布鲁姆等。就文学史写作的内

① 以下对戴维·珀金斯的主要观点的梳理详见 David Perkins, *Is Literary History Possible?* Baltimore and London: The Johns Hopkins University Press, 1992。

容而言，有关于民族文学的、断代的、传统的、流派的、区域的、社会阶级的、政治运动的、族裔的、女性的、同性恋的等。在19世纪，文学史该写什么似乎已不是问题了。有学者认为，文学史中不能只包含某些文学类别，如诗歌、戏剧和小说，而且还应该包含与之相关的哲学、神学以及其他相关学科。①进入到20世纪后，学术界形成了以下三个基本观点。（一）文学作品是由历史语境形成的。持有这一观点的人认为，这种观点能够更好地说明文学产生的缘由，即能够把文本特点解释为一种产品和社会结构的一种表达，或一种生活、信仰以及文学体制的方式。（二）文学所产生的变化是一种发展的变化。这种观点的理论假设是事情总是要经过一系列的变化才会有发展的，而事情的发展变化是在前一件事情的基础上发生发展变化的；后出现的事情部分地蕴含了前一个事情，即前后二者有着转换与持续的关系，解释了后一部作品是从前面那一部作品直接演化而来的。（三）这种变化是一种思想、原则或超个人实体的展现。这里所说的超个人实体指的是下列几种情况：1. 某种文类，如诗歌；2. 某个时代的“精神”，如古典主义或浪漫主义；3. 反映在文学作品中的某个族裔、地区、人民或民族；4. 它也可以被称为“理想的整体”或“逻辑主体”，如民族、宗教、阶级等。这些实体是通过超越个体的内涵、价值、目的等方面而存在的。意大利学者贝奈戴托·克罗齐（Benedetto Croce, 1866—1952）也曾有过类似的表

① See Emile Legouis and Louis Cazamian, *A History of English Literature,* 2nd., rev., New York: Macmillan, 1930, 2: xiii.

述：文学史展现的是“民族意识”[①]的发展，给作品提供了一种目的观和广泛的社会意义。

不过，在实际写作中，许多文学史撰写者则更为注重作品本身所具有的意蕴，如探讨作品中所反映出的“19世纪的心理”“英国人的心理路程”[②]“美国人的生活”等。这也难怪文学史在繁荣之际却又遭到了抨击。抨击者的主要理由是，这样写出来的文学史是推演出来的，明显地不合情理。长期以来，学术界一直都在为文学史的研究基础和研究方法进行争论，但是，这些争论不过是些学派之争，而并没有取得个一致的认识。比如说，有学者认为，文学史所秉持的历史语境主义观点似乎能解释通不少的问题，但是却不能解释清楚作家的个人天分。换句话说，历史语境主义观点解释不了为何在同一时期，甚或在同一地点创作出来的作品会有质量上的差异。[③]也有学者认为，文学史在强调社会或集体对文本影响力的同时，却忽略了对文本作者的研究，而且这种情况一直持续到今日。

珀金斯在总结上述观点后认为，撰写文学史的目的可以有六种：（一）回忆过去的文学，包括那些现在已经不再被关注的文学；（二）通过筛选作家、作品和把他们构建成一种有内在关联

① Benedetto Croce, Introduction to Francesco de Sanctis, *History of Italian Literature,* trans. Joan Redfern, New York: Harcourt, Brace, 1931, 1: vi.

② See René Wellek and Austin Warren, *Theory of Literature*, New York: Harcourt, Brace, 1942, p. 263.

③ See Edmond Scherer, Essays on English Literature, New York: Scribner’s, 1891, p. 36; Emile Faguet, Politiques et moralistes du dix-neuviéme siécle, 3rd. ser. Paris: Lecéne, Oudin, n.d., p. 268; David Perkins, *Is Literary History Possible?* Baltimore and London: The Johns Hopkins University Press, 1992, p. 7.

的作家和作品的方式，来构建那个已经逝去的过去；（三）通过将文学作品与作品中的人物与历史语境相关联的方式，来阐释文学作品及其人物；（四）描述文本的风格和文本中所表达的作者的和时代的世界观等；（五）为没有机会看到作品的读者，讲述作品内容或引述作品的某些片段；（六）通过筛选、阐释以及评价等方式，让文学的过去来影响现在，为未来的文学和社会提供有益帮助。

不过，在珀金斯看来，虽然分为这六种目的，但是，它们并非截然分开的，而是完全可以相互融合的。问题的关键是，不管有何写作目的，一部文学史的总体目标应能再现并阐释过去。再现过去指的是告诉读者过去是怎样的；而阐释过去则是指解释为何如此，即解释文学作品为何塑造了这些人物和文学作品为何演化发展的。换句话说，只有对过去文学的陈述，而没有对过去文学的阐释也算不上是文学史——这种阐释必须得是客观的。

需要指出的是，从叙事的角度来讨论文学史在西方学术界十分罕见。珀金斯是最早从叙事的角度讨论文学史为数不多的学者之一。[①]他在《文学史可能吗？》一书中单列一章，专门讨论文学史的叙事问题。他指出，虽然历史叙述是一种已经得到公认的形式，但是，人们通常并不把文学史看成是一种叙事。在他看来，文学史中具有叙事的一些基本因素。比如说，文学史常常会从时间的角度来描述某种状态的转变；这种转变是通过叙述者来叙述的。这种叙事策略与一般小说的叙事策略几乎毫无二致。他

① 以下对戴维·珀金斯有关文学史叙事论述的主要观点的梳理详见 David Perkins, *Is Literary History Possible?* Baltimore and London: The Johns Hopkins University Press, 1992, pp. 29-51。

从事件、情节、作者等这些叙事特征出发，探讨了文学史叙事的特点。他还特别指出，多数文学史写得之所以不能令人满意，其原因主要是因为文学史中对作品的批评章法不一。多数文学史在叙述中不得不用大段的批评文字来进行评价。这样一来，叙述就会被打断。这似乎是一个悖论：一方面文学作品自身都有一定方面内容超出自身的价值，这些价值作为源头文献用于文学史中；另一方面，文学史写作所使用的作品这一源头文献，却又无法很好地融入文学史的叙述中。换句话说，一方面文学史作者要描述文学作品；另一方面文学史作者还要构建文学史的叙述。前者要求不时地停下来做一些批评的回应；后者则要求叙述有一定的连贯性和叙述势头。除此之外，珀金斯还就文学的分类、历史语境、文学史的功能等问题展开了颇有见地的讨论。由于篇幅原因，不在此一一梳理。

1994年，温戴尔·V. 哈里斯在《什么是文学“史”？》[①]一文中，提出了一些颇为新颖的观点。首先，他在这篇文章中再次就学术界对文学史认识的混乱和偏差提出了自己的看法。他认为，有两个交织在一起的原因造成了这种认识上的混乱：一是因给“文学史”这一术语附加了太多的内涵，而致使在使用这一术语时出现了含混模糊；二是源自当代学术界对语言学介入和文学史撰写中所遇到的各种困难等。一些文学理论家认为，词语并不能指向语言以外的现实，言说历史事实会被看成是一种天真。为了进一步阐释这一观点，哈里斯引用特伦斯·豪基斯的话

① 以下对温戴尔·V. 哈里斯的主要观点的梳理详见 Wendell V. Harris, “What Is Literary ‘History’?” in *College English*, Vol. 56, No. 4 (Apr., 1994), pp. 434-451。

说："语言[……]不能依靠'现实'的模式来构建自身的信息，而是要依靠其内在的和自足的规则。"[①]也就是说，从表面价值来看，在这种情况下撰写文学史会受到语言构建的限制。其结果是，许多有关文学史的文章都表露出一种不安情绪，即是该牺牲史实来满足意义的构建，还是该舍弃意义而尽力展现史实？或者调和二者间的关系？

哈里斯指出，既然没有一种无可置疑的所谓第一原则，人类所有的判断都是相对而言的，而且对任何事实的信仰都是无法摆脱一定的限制；那么，要求文学批评家或文学史家实事求是地记叙历史事实是天真的，也是不可能的。而从另一个方面来看，假如历史只是一种叙事结构，那么，占统治地位的则是彻头彻尾的虚构，结果造成一方面"我们不能用知识分子的信仰来写文学史"，另一方面，"我们还不得不阅读文学史"[②]这样一种充满悖论，或颇有反讽意味的现状。

另外，哈里斯还认为，从根本上说，人类的观点会随着时代的变迁而有所改变，人类所有的建构也都具有一定的不确定性，人类观点的改变是一种不断进行确定的行为。假如从这一观点出发进行推演的话，我们不能说自己的理解行为出了问题，这么说实际上就等于说我们并没有弄明白理解力为何物。因为理解力不仅都是当下的或我们所生活在这个世纪的产品（比如说对文艺复兴的理解），而且还是处在不断变化、不断构建之中。从这个意义上来看，哈里斯强调的有两点：一是理解力的当下性或时代

① Terence Hawkes, *Structuralism and Semiotics*. London: Methuen, 1977, pp. 16-17.

② David Perkins, *Is Literary History Possible*? Baltimore and London: The Johns Hopkins University Press, 1992, p. 17.

性；二是理解行为的改变与构建。结合这两点来说，当下对文学史理解的关键是与我们的理解力和理解行为相关的。就文学史而言，与理解力和理解行为相关的主要则是文学史的主题。

哈里斯认为，文学史的主题常常处于一种二元对立之中。没有一种研究完全是客观的，我们能发现什么或发现多少，在很大程度上受到我们想探寻什么或探寻多少意愿的限制。原则上说，历史研究只不过是探寻那些能展示的东西，而不是真实的或确切的东西。探寻的方法可以在共时和历时两个维度上进行。共时研究维度是指用历史研究中的发现来研究意义，即文学作品作者的意义域，并在这个意义域内进一步研究作者的确切意图；而历时研究维度则是指，对按时间顺序选取的文本和历史上的一些重大文学创新实践情况所进行的研究。这方面的研究牵涉到两个方面：一是研究先后出现的文本之间的关系和内部影响；二是研究外部因素对文学创作的影响。当然，这两个方面的每个方面还需要再进一步地细化，即可以分为研究文学的“类型史”（按照一定类型要求的文本出现的顺序、变化或发展）和研究一般意义上的文学历史（综合的文学史）。

哈里斯把文学史分为多个种类，如侧重于按时间顺序来记叙文学史实的文学史、观察作者与文本之间关系变化的文学史，以及阐释这些变化的内部研究和侧重于对社会等因素影响外部研究的文学史等。内部研究关注的是文本如何变化的，但并不分析这种变化的原因；外部研究则会牵涉到文本变化等问题。简言之，哈里斯虽没有直接告诉我们何为文学史，但是，他通过细分文学史研究的各种类别，间接地界定了何为文学史，对我们理解文学史及其分类具有一定的启发性。

进入21世纪，西方学术界对文学史讨论的热情仍然持续不减。瓦尔特·F. 维特在《全球化与文学史，或对比较文学史的再思考：全球性》[①]一文中，从比较的角度，围绕着全球化问题展开对文学史的讨论。维特认为，进入现代社会以来，全球化的概念发生了很大的变化：原来的全球化是在一些“知名”国家和地区之间所进行的经济、文化或军事的和平交流；而现在的全球化则是真正意义上的全球化，即几乎所有的国家和地区都参与了进来，无论是在数量上还是在质量上都发生了很大的变化。在这种全球化的人文及其发展态势均发生变化了的形势下，从事文学研究的学者理应肩负起重新评价文学史、文学传统、文学理论及批评实践的重任，即学者们需要去探究，在全球跨文化市场中，文学的商品化给意义的阐释所带来的影响和冲击。

维特还指出，在谈论全球文学时，还需要对一些相关术语做出界定和区别。从历史上看，文学很早就是一种全球现象，比如说文学被称之为“口头诗歌”（oral poetry）或“未被书写的文学”（literature of unlettered）。[②]这些术语暗示，在早期的文化与语言共同体中，诗人写诗或发表诗并不受到诗人自己或听众是否懂得文学这一情况的限制。现在，文学全球化了，发挥作用的不仅有图书市场，而且还有作家、批评家、读者以及其他起到调节作用的机构等。鉴于此种情况，维特认为，研究全球文学

---

① 以下对瓦尔特·F. 维特的主要观点的梳理详见 Walter F. Veit, “Globalization and Literary History, or Rethinking Comparative Literary History: Globally,” in *New Literary History*, Vol. 39, No. 3, Literary History in the Global Age (Summer, 2008), pp. 415-435。

② See Walter F. Veit, “Globalization and Literary History, or Rethinking Comparative Literary History: Globally,” in *New Literary History*, Vol. 39, No. 3, Literary History in the Global Age (Summer, 2008), p. 416.

的理论假设，应该把文学作品看作一个审美论证的系统。由此推演开来，作为人类交流的一种习俗，文学作品就不应该再有国家和语言的限制。文学史的写作应该将这些因素考虑在内。另外，维特在论述中，还围绕着全球文学这个话题，提出了两个重要的术语，即“世界文学”（world literature）和“宇宙文学”（universal literature）[①]。他的主要观点是在全球化的语境下，文学史是完全有可能走向融合的。

同年，弗朗西斯·弗格森在题为《星球文学史：文本的地位》（Frances Ferguson, “Planetary Literary History: The Place of the Text,” 2008）[②]一文中，也提出了一个关于文学全球化的新概念——“星球文学史”。不过，从目前的情况来看，这些颇有新意且具有进步性的探讨还有待于批评实践和时间的检验。

第四节　韦勒克的文学史观

在这一节里专门把勒内·韦勒克（René Wellek, 1903—1995）的文学史观，独立出来讨论，主要是出于两方面的考虑：一是他对文学史的问题讨论显得更为集中和完整；二是他的文学史观在学术研究界有着广泛的影响。如果说前面所介绍的那些文学史观更多体现着一家之言的特色，还没有被人们所普遍理解和接受，那么韦勒克的文学史观则有着广泛的影响。

---

① universal一词中，除了有“宇宙”一意外，还有多种意思，如“普遍的”等，将“universal literature”译为“宇宙文学”既想兼顾从地域角度看其中内涵较为丰富的一意，又想兼其所蕴含的普遍价值一意。

② See Frances Ferguson, “Planetary Literary History: The Place of the Text,” in *New Literary History*, Vol. 39, No. 3, Literary History in the Global Age (Summer, 2008), pp. 657-684.

韦勒克出生于维也纳，是一位从事比较文学研究的美国著名学者，在学术界有着非常好的学术声誉。其去世时，罗伯特·M. 托马斯在《纽约时报》上公开赞誉他为“批评家中公正的批评家”[①]。其人格、批评魅力可见一斑。韦勒克所涉猎的研究内容非常广泛，文学史问题是他研究的一个方面。20世纪40年代他分别在《文学艺术作品存在的方式》（“The Mode of Existence of a Literary Work of Art,” 1942）[②]、《文学史的六种类型》（“Six Types of Literary History,” 1947）这两篇文章和《文学理论》（René Wellek and Austin Warren, *Theory of Literature*, 1949）[③]一书中，较为集中地讨论了文学史问题，提出了不少发人深省的问题和深刻的见解。

实事求是地说，国内外文学史编撰者虽然非常重视韦勒克，但是似乎并未意识到在韦勒克和沃伦合著的《文学理论》一书中，所提到的以往文学史分期混乱问题的重要性[④]，也很少考虑

① Robert McG. Thomas Jr., “René Wellek, 92, a Professor of Comparative Literature, Dies,” *New York Times* (November 16, 1995).

② See René Wellek, “The Mode of Existence of a Literary Work of Art,” Southern Review, VII, 1942, pp. 735-754. 他在这篇文章中的主要观点在后来的著述中重复出现。本书在评介他后来的著述中会提到在这篇文章中的观点，因篇幅原因，此处不再赘述。

③ 在韦勒克和沃伦合著的《文学理论》中，有关文学史相关章节主要源自韦勒克的那篇《文学史的六种类型》，即这一章节的写作是由韦勒克完成的。为叙述方便，通常把《文学理论》中所表达的文学史观视为韦勒克的文学史观。

④ 韦勒克在与沃伦合著的《文学理论》一书中指出：“由于我们现在所使用的这些术语或称呼的来源很混杂，所以还是显得有些乱。‘基督教改革运动’来自基督教会史，‘人道主义’主要来自学术史，‘文艺复兴时期’来自艺术史，‘共和政体时期’和‘王政复辟时期’则来源于特定的政治事件……这种术语上的混乱几乎在任何一种其他文学中都是存在的。”见勒内·韦勒克、奥斯汀·沃伦：《文学理论》，刘象愚等译，南京：江苏教育出版社，2005 年，第 316 页。

他们所提出的文学理论、文学批评与文学史三者之间的关系问题。应该说，韦勒克的《文学史的六种类型》一文及他与沃伦合著的《文学理论》一书，至今对我们文学研究和文学史撰写还发挥着巨大影响。该书从不同侧面详细探讨了文学史的性质、文学史的写作方法等，并且指出了某些已有的文学史观的错误。今日重新阅读这部著作，有助于我们深入思考与文学史写作等相关的诸多问题。

韦勒克在《文学史的六种类型》一文中，梳理并评价了文学史的肇始与流变。①他在文中指出，在文艺复兴和17世纪期间，文学史指的是任何一种作家和作品的类别。第一本由英国人威廉·凯夫（William Cave, 1637—1713）写的文学史类的书，被题名为《教会文学史手稿》（*Scriptorum Ecclesiasticorum Historia Literaria*, 1688）。在这部文学史手稿中，收录在内的基本上都是宗教作家及其作品。而从英国历史上来看，弗朗西斯·培根（Francis Bacon, 1561—1626）则是第一个提到过“文学史”②的人。不过，韦勒克认为，培根所说的文学史并不是指诗歌和想象类文学的历史，而是指学问的历史或一种包括法律知识、数学、修辞以及哲学在内的知识史。亨利·哈莱姆（Henry Hallam, 1777—1859）依据培根的观点，撰写了四卷本的《十五、十六、十七世

① 以下对勒内·韦勒克主要观点的梳理详见 René Wellek, “Six Types of Literary History,” in James L. Clifford and et al., *Egnlish Institute Essays*, New York: Columbia Unviersity Press, 1947, pp. 107-126。

② In *Advancement of Learning and De Augmentis Scientiarm*. See *Works*, ed. J. Spedding, Ellis, et al., III (London, 1857), p. 329; I, 502-504; 转引自 René Wellek, “Six Types of Literary History,” in James L. Clifford and et al., *Egnlish Institute Essays*, New York: Columbia Unviersity Press, 1947, p. 108。

纪欧洲文学导论》（*Introduction to the Literature of Europe in the Fifteenth, Sixteenth, and Seventeenth Centuries*, 1837—1839）。在这部导论中，哈莱姆讨论了神学、逻辑、法律、数学以及诗歌与戏剧。这种名为文学史的“文学史”主要包含的是思想史，传播启蒙精神。大致说来，现代文学史的撰写在很大程度上受到他们的影响，将文学史写成一部表达思想和学问的著作。

韦勒克认为，进入19世纪浪漫主义时代，文学史被赋予了新的意义。随着浪漫主义的民族主义热情的高涨，特别是在德国，“文学史”成为一种文化和古典日耳曼文明的完整学科。其目的是要创建并描绘民族理想和民族意识的“民族精神”。其代表人物是施莱格尔兄弟（August Wilhelm Schlegel, 1767—1845; Karl Wilhelm Friedrich Schlegel, 1772—1829）。1831年，英国哲学家、散文家、历史学家托马斯·卡莱尔（Thomas Carlyle, 1795—1881）将这种民族精神介绍到英国。他指出：“一个民族的诗歌史是这个民族、政治、科学以及宗教的精华。诗歌史学家应该按照顺序和发展情况来记录一个民族的最高目标。”[1]英国的文学教授亨利·莫里（Henry Morley, 1822—1894）和文学批评家W. J. 考托普（W. J. Courthope, 1842—1917），对这种把文学史看成是一种研究“民族成长”史书的看法表示赞同。[2]还有一位英国学者埃德温·格林劳（Edwin Greenlaw, 1874—1931）在他的《文学

① In an review of William Taylor of Norwich Historic Survey of German Poetry, reprinted in Miscellanies (Centenary ed., New York, 1899), II, pp. 341-342; 转引自 René Wellek, “Six Types of Literary History,” in James L. Clifford and et al., *Egnlish Institute Essays*, New York: Columbia Unviersity Press, 1947, p.109。

② See Henry Morley, *English Writers: The Writers before Chaucer*, “Preface”, London, 1864; W. J. Courthope, A History of English Poetry, London: 1895, I, xv.

史领域》（*Province of Literary History*, 1931）一书中，也指出文学史家不应该把自己局限在写纯文学或那些印刷出版了的作品或手稿之中，而应该拓展到整个文明史，其中要包括绘画、音乐或人类学的一些知识。①

浪漫主义之后，由于受到实证主义和自然科学的影响，在这一时期文学史被看成是一种用来解释文学的一门学科，强调历史因素和外部环境对文学发展变化所起到的决定性作用。19世纪末，相对主义和历史主义的出现对文学史观念也产生了影响。这一时期的主流观点是所谓富有客观性的历史观，即回到从前某个历史时刻。换句话说，在韦勒克看来，这种历史观看重前期的接受标准、试图凭借想象力进入前人的心灵里或揣摩前人的态度、拒绝判断和批评。其理论假设是人们的看待事物的标准、理解力和价值取向等会随着时代的变迁而发生深刻的变化。由此而可以推演说，人们在不同时期具有着不同的个性。

另外，韦勒克还注意到20世纪美国学者提出的一些新观点：哈丁·克莱格（Hardin Craig, 1875—1968）认为，文学研究最新的和最好的时期就是“避免了时代错位式的思考”②。E. E. 斯托尔（E. E. Stoll）试图重建英国伊丽莎白时期舞台的一些习俗和那个时期观众的要求。还有一种相对狭隘的文学史观。这种文学史观受到黑格尔的辩证法和达尔文的进化论影响，认为文学是在

① See Edwin Greenlaw, *Province of Literary History*, Baltimore, 1931. Johns Hopkins Monographs in Literary History, I. See René Wellek, “Six Types of Literary History,” in James L. Clifford and et al., *Egnlish Institute Essays*, New York: Columbia Unviersity Press, 1947, p.109.

② Hardin Craig, *Literary Study and the Scholarly Profession*, Seattle, Wash., 1944, p. 70; 转引自 René Wellek, “Six Types of Literary History,” in James L. Clifford and et al., Egnlish Institute Essays, New York: Columbia Unviersity Press, 1947, p.111。

其自身内部发展的；文学有其自己的历史；这种历史书写应与生产这些文学的社会条件等相对隔离开来。从这个角度讲，文学史家的任务与艺术史家或音乐史家的任务相类似，关注的是文学艺术的变化、发展以及延续，而不必在乎作家的个人生平经历、读者、社会环境等因素。

归纳起来，韦勒克认为自文艺复兴以来所出现过六种类型的文学史是：（一）作为书的历史的文学史；（二）作为知识历史的文学史；（三）作为民族文明历史的文学史；（四）作为社会学方法的文学史；（五）作为历史相对论的文学史；（六）作为文学内部发展历史的文学史。[①]韦勒克对这六种文学史的类型都持有不同的看法。首先，针对第一和第二种文学史类型，他认为文学史既不应该是书的历史，也不应该是思想史。思想史是一项很重要和很值得讨论的话题，但是，它毕竟在写作方法和标准方面与文学史不同，属于另外一个话题。简单说，文学史属于一种“稀释冲淡了的思想史”[②]。其次，他认为，假如把文学史看成是一个民族的文明史，那么，这种历史只是把文学当成一种文献或某种征候。这样一来，其批评的价值标准注定是非文学的。再次，他认为，社会学方法虽然较之其他方法有很大的优越性，但是其局限和危险也同在。社会学研究方法主张分析文学与社会之间的因果关系，而这种方法恰恰无法很好地对研究对象进行描绘、分析和评价。从次，就文学史所采用的历史相对主义研究

① See René Wellek, “Six Types of Literary History,” in James L. Clifford and et al., *Egnlish Institute Essays*, New York: Columbia Unviersity Press, 1947, p.113.

② Arthur O. Lovejoy, *The Great Chain of Being: A Study of History of an Idea*, Cambridge: Harvard University Press, 1936, p. iv.

方法而言，韦勒克认为，这种方法本质上是依靠想象力或一种能与逝去时代的“同精神”。从这个角度来看，这种方法是靠不住的，也是错误的。最后，韦勒克认为，从文学内部发展的角度来研究文学史，是最能够接近文学史本身的涵义的。这种研究方法具有明晰的标准，不仅适合于各种文类的文学史，也适合于某个民族的文学史甚或世界文学史。①

应该说，韦勒克对六种类型文学史的评介，对我们了解和研究欧美历史上曾经出现过的文学史类型有很大的帮助。他对这六种类型的分析和评价，对我们该如何理解文学史的内涵也具有一定的启发作用。然而，作为“新批评”派的重要成员之一，韦勒克有些观点也是狭隘和偏颇的。他的基本文学史观是在“新批评”这个理论框架内构建的，延续了“新批评”派其他主要成员的思想主张。换句话说，他在与沃伦合著的《文学理论》一书中进一步发展了的文学史观，是从新批评理论家，如艾略特、兰瑟姆等人所提出的理论框架中推演发展而来的。韦勒克与艾略特、兰瑟姆等人在表述和论证上可能有所不同，但是他们的理论基点却是极为契合的。因此，在全面分析、评价韦勒克的文学史观之前，需要先回顾一下“新批评”派的一些基本主张和观念，特别是“有机整体观”“文学本体论”“文学价值观”等基本概念，对我们认识和梳理韦勒克的文学史观会大有裨益。

要讨论“有机整体观”这一概念，必须要追溯到艾略特在《传统与个人才能》（*Tradition and Individual Talent*，1917）一

① See René Wellek, “Six Types of Literary History,” in James L. Clifford and et al., *Egnlish Institute Essays*, New York: Columbia Unviersity Press, 1947, pp.114-122.

文中所提出的一个观点。这一观点实际上是针对于19世纪浪漫主义诗学中的两个根深蒂固的观念，即原创性和个性价值观而提出来的。也就是说，艾略特不同意浪漫主义诗学过于强调、拔高所谓“原创性”和“个性”在作品中所起到的作用。[①]他的“有机整体观”是对浪漫主义诗学过于张扬自我力量的一种批判。

这种观点是一种什么样的观点呢？艾略特在文中这样说，一种必不可少的历史观应该“不仅感觉到过去的过去性，而且也感觉到它的现在性”；这种相互关联的历史观会促使作者在写作时，“感觉到从荷马开始的全部欧洲文学，以及在这个大范围中他自己国家的全部文学，构成一个同时存在的整体，组成一个同时存在的体系”[②]。这个“同时存在的体系”是由“现存的不朽作品联合起来形成一个完美体系”[③]。而这个“完美体系”又与当下的作品之间形成一种有机的互动关系，即是说，“在新作品来临之前，现有的体系是完整的。但当新鲜事物介入之后，体系若还要存在下去，那么整个的现有体系必须有所修改，尽管修改是微乎其微的。于是每件艺术品和整个体系之间的关系、比例、价值便得到了重新的调整；这就意味着旧事物和新事物之间取得了一致”[④]。从上述引文中可以看出，艾略特所强调、看重的显

---

① 需要指出的是，艾略特的这一观点并非他的原创。在他之前，马修·阿诺德（Matthew Arnold, 1822—1888）在为自己的《诗选》（*Poems*, 1853）第一版所写的“序”中和 W. H. 佩特（Walter Horatio Pater, 1839—1894）的论“文体”一文中就曾论述过类似“非个性化”的问题。See Louis Menand, “T. S. Eliot,” in A. Walton Litz, Louis Menand and Lawrence Rainey, *The Cambridge History of Literary Criticism*, Vol. VII, p. 31.

② T. S. 艾略特：《传统与个人才能》，见《艾略特文学论文集》，李赋宁译注，南昌：百花洲文艺出版社，1994 年，第 2 页。

③ 同上，第 3 页。

④ 同上。

然并不是某位诗人写下的某个具体作品，而是作为一个完美体系的整个文学史以及这个具有完美体系的整个文学史与具体作品之间的有机互动关系。或用他的话说：“过去决定现在，现在也会修改过去。”[①]显然，在艾略特看来，一个完整的文学史的架构是处于不断变化之中的，一部文学作品价值的大小，主要取决于它与这个文学史框架之间互动关系的深浅。

韦勒克在表达自己的文学史观时，也提出了一个与艾略特的文学史观相类似的文学史的体系观，也涉及对个别作品与文学史之间互动关系的描述，如他在《文学理论》中所提出的“透视主义”（perspectivism）中的文学整体观和他对艺术作品的双重品行（“永恒的”和“历史的”）的认识等[②]，都不同程度地与上面所介绍的艾略特的观点相一致或相类似。从某种程度上看，韦勒克所说的这个“透视主义”本身就与艾略特所强调的那个“完美体系”遥相呼应。韦勒克说：

> 我们必须接受一种可以称为“透视主义”的观点。我们要研究某一艺术作品，就必须能够指出该作品在它自己那个时代的和以后历代的价值。一件艺术品既是“永恒的”（即永久保有某种特质），又是“历史的”（即经过有迹可循的发展过程）。[……]“透视主义”的意思就是把诗，把其他类型的文学，看作一个整体，这个整体在不同时代都在发展着，变化着，可以互相比较，而且充满着各种可能性。[③]

① T. S. 艾略特：《传统与个人才能》，见《艾略特文学论文集》，李赋宁译注，第 3 页。

② 参见勒内 · 韦勒克、奥斯汀 · 沃伦：《文学理论》，刘象愚等译，第 37、306 页。

③ 同上书，第 37 页。

上述引文中，至少有两点可以与艾略特的文学史观相一致：其一是韦勒克所说的“透视主义”核心观点中的“整体性”。这个“整体性”实际上与艾略特文学的整体发展观是完全一致的。其二是他所非常注重的具体文学作品与“整体性”之间的关系。在他看来，我们要研究某一艺术作品，不仅“必须能够指出该作品在它自己那个时代的和以后历代的价值”，而且还“必须把文学视作一个包含着作品的完整体系，这个完整体系随着新作品的加入不断改变着它的各类关系，作为一个变化的完整体系它在不断地增长着”。[①]简言之，他的这一贯穿了《文学理论》始终的思想与艾略特的文学史观是完全一致的。

我们虽然还没有充分的证据十分肯定地说韦勒克就是根据艾略特的文学史观发展了自己的文学史观的，但是，从他们在表达文学史观时，一致地首先注意到文学史的体系性问题和个别作品与文学史之间的互动关系问题，就很能说明他们的文学史观在宏观理论框架上是高度暗合的，即他们的价值取向是完全一致的。

另外，艾略特的“有机整体观”除了指称一种互为关联、完美体系的宏大文学史之外，还指具体作品微观上的整体性和内部各部分以及整体之间关系的有机性。正如他在分析西里尔·特纳的《复仇者的悲剧》中的一个“片断”后指出：

> [诗中的]丑和美是相互对照和相互抵消的。相互对照的感情的这种平衡固然存在于和这一段剧词有关的戏剧情景里，但是只有那个情景却还不足以导致这种平衡。这种平衡，打个比方来说，就是该剧本所提供的结构上的感情。但

① 勒内·韦勒克、奥斯汀·沃伦：《文学理论》，刘象愚等译，第306页。

> 是，剧本的总的效果，它的主要的调子，却由于这一事实，即与这个结构上的感情具有表面一点也不明显的相似性的一些流动的感受，和它结合起来，给我们提供了一种新的艺术感情。[①]

也就是说，在艾略特看来，作品的各个部分之间既是一种有机的结合，又与作品的整体相联系。也就是说，在欣赏或批评一部作品时，仅仅对作品的“情景”，即局部进行分析是远远不够的，只有对构成作品的每一部分与作品的整体相联系才能正确地评价一部作品。这种从微观上看具体文学作品的有机整体性，在韦勒克那里也有所表述。比如，他在《文学理论》中所说的“对一件艺术品做较为仔细的分析表明，最好不要把它看成一个包含标准的体系，而要把它看成是由几个层面构成的体系，每一个层面隐含了它自己所属的组合”[②]，这一说法显然与艾略特论述的具体文学作品内部整体与个体之间的关系有着异曲同工之妙。

艾略特在提出“有机整体观”的同时，还从创作论的角度提出了作者创作要“非个性化”的主张。从艾略特文学史观体系的角度来看，他的“非个性化”理论是从“有机整体观”中推演而来的，也是他的文学史“有机整体观”的一个重要组成部分。诚如他说，既然诗人是处在文学史这个整体之中的，而“艺术的原料却是一成不变的”，那么，判断一个诗人的作品是否有价值就要看他的作品是否符合“过去的标准”。[③]换句话说，艾略特认

---

① T. S. 艾略特：《传统与个人才能》，见《艾略特文学论文集》，李赋宁译注，第10页。

② 勒内・韦勒克、奥斯汀・沃伦：《文学理论》，刘象愚等译，第168页。

③ T. S. 艾略特：《传统与个人才能》，见《艾略特文学论文集》，李赋宁译注，第4页。

为，应把诗人放在历史这个维度来看，任何一位诗人只有在与前人的对照中才能彰显出他所具有的价值。

艾略特从文学史和创作论的角度，把前人的创作当作今人创作的参照标准。不过，他似乎觉得这样说还不足以说明问题，他在此基础上进而又提出了诗人在创作时，要消灭个性和个人感情的主张：“诗歌不是感情的放纵，而是感情的脱离；诗歌不是个性的表现，而是个性的脱离。”[①]也就是说，他认为诗歌唯有脱离了“感情”和“个性”，“才可以说艺术接近了科学”[②]。从表面看来，艾略特的这个说法有些过于极端。按理说，诗歌原本就是一门区别于科学的艺术。不过，艾略特的这种说法其实是另有所指的。他反对从社会历史、道德、心理以及作者传记等角度切入到文学中来的传统批评方法，即主张用脱离“感情”和“个性”的方法来切断作者与作品之间的关联。他把这种不依靠外在背景的批评，称之为“诚实的批评和敏锐的鉴赏”，其特征是“不是针对诗人，而是针对诗歌而作出的”。[③]文学批评应该从文本自身出发，即注重发掘文本自身的构成、独立性，而不是把其当作是对作家经历、社会历史背景的注释。这或许是艾略特最想表达的意思。

艾略特在《传统与个人的才能》中所倡导的这种关注作品自身的批评观，以及加上在前面所论述到的文学作品是宏观和微观相结合的“有机整体观”，成为了韦勒克文学史观中的两个重要的理论支点。当然，韦勒克文学史观的正式形成，还与兰瑟姆所

① T. S. 艾略特：《传统与个人才能》，见《艾略特文学论文集》，李赋宁译注，第11页。
② 同上书，第5页。
③ 同上书，第6页。

提到的文学本体论有一定的关系。

文学本体论是兰瑟姆在1934年撰写《诗歌：本体论札记》（“Poetry: A Note on Ontology”）时所提出的一个概念。他说：“一种诗歌可因其主题而不同于另一种诗歌，而主题又可因其本体即其存在的现实而各不相同。一种杰出的文学批评理论最近就产生于区分这种不同。因此，批评或许再次像康德当初想做的那样能以本体分析为依据的。”[①]这段引文中包含了两层意思。（一）他认为诗歌有不同的“主题”，或为概念诗（坚决论述概念的诗；或柏拉图式的诗），或为事物诗（详细论述事物的诗），或为玄学诗（其含义是简单、超自然、奇迹般的）。[②]它们虽因其“主题”不同或“本体上的区别”[③]而各不相同，但却都是以“本体”的身份而存在的。（二）他主张批评要以对诗歌本体的分析为依据，不要去考虑文本以外的其他因素。兰瑟姆虽然推崇“本体”分析，但是在这篇文章里他并没有充分地展开讨论本体论批评的主旨和内涵，而是借助于推崇“事物诗”来表达他的这一观点的。他认为，事物具有本体的地位：“事物是不变的，变化的是概念——它们按照人类沉浸于征服自然的崇高希望中的最新模式而变化。所谓事物不变指的是：概念总得把事物看作其起源的；还指的是：不论哪些概念把事物作为出发点而起飞离去，事物是既不变更也不缩小的。”[④]显然，这一段话的意思

① 约翰·克娄·兰色姆：《诗歌：本体论札记》，蒋一平译，见赵毅衡：《“新批评”文集》，北京：中国社会科学出版社，1988 年，第 46 页。

② 同上书，第 49 页。兰色姆在行文中有时将“事物”与“意象”混用。

③ 同上书，第 47 页。

④ 同上书，第 56 页。

就是说，无论“概念”怎么变化，而衍生出这些概念的“事物”是不变的，而所谓的“事物”也就是指“本体”。兰瑟姆如此强调“事物”的本源性和独立性，其实就是强调要把文学作品作为一个独立自足的存在物加以研究。这一点，即把文学作品从其他因素中独立出来，使之成为一个不需要依赖所谓社会、历史背景等就能显示自身意义的观念，给韦勒克带来了深刻的影响。他在《文学理论》第一版的“序言”中就坚定不移地宣称：“文学研究应该是绝对‘文学的’。”[①] 这种“绝对的‘文学的’”的说法，无疑与兰瑟姆所强调的“本体”有异曲同工之意。

1941年，兰瑟姆在《新批评》一书中，再次论及诗歌的本体论问题。他说：“诗歌作为一种话语的根本特征是本体性的。诗歌表现现实生活的一个层面，反映客观世界的一个等‘级’，它试图恢复我们通过感知与记忆粗略认识到的那个更丰富多彩、也更难驾驭的本原世界。”[②]兰瑟姆认为诗歌的本质特征是“本体性”，而所谓的“本体性”就是指与那个更难以认识的“本原世界”相联系的特性。换句话说，世界是复杂、多样，难以认识的，而诗歌的最终目的是要恢复、抵达“本原世界”，而这一目的的实现则必须要依靠诗歌自身的本体性，即本体性在此具有把“现实生活”与“本原世界”联系、沟通起来的功能，用兰瑟姆的话说就是：“诗歌提供一种知识，这种知识有着迥然有别于其他知识的本体个性。”[③]正是诗歌中的这种“本体个性”，带领

① 勒内·韦勒克、奥斯汀·沃伦：《文学理论》，刘象愚等译，第2页。

② 约翰·克娄·兰色姆：《新批评》，王腊宝、张哲译，南京：江苏教育出版社，2006年，第192页。

③ 同上。

人们抵达那个“本原世界”。

兰瑟姆在该处对本体论的认识，似乎与最初的认识有互相矛盾的地方：他最初认为诗歌作为一个独立自足的存在物，与外部世界是没有联系的；而后来他又提出诗歌与“本原世界”的联系。这也就相当于说，诗歌其实并不是一个独立自足的存在物。尽管“本原世界”在兰瑟姆所说的语境中与“现实世界”不同，有高于“现实世界”的意思，但是归根结底这个“本原世界”也与诸如宗教、道德等因素有所关联的。该如何理解以上的两种意思？或者说哪一种意思更能代表他的本体论含义？

纵观兰瑟姆的全部论述，会发现他的诗歌本体论实际上是更指向诗歌文本的独立自主性的。他所提出的那个诗歌与“本原世界”的联系，并不是想要说明诗歌承担着与宗教、道德沟通的任务，而是想说明诗歌本身就构成了一个“本原世界”，并因此而具有独立的本体论地位。应该说，兰瑟姆提出的这个本体论诗学也并非一时心血来潮，而是在“新批评”的理论框架内推演的；或更为确切地说，是对艾略特的“非个性化”理论的演化。正如赵毅衡所说，兰瑟姆的“本体论”是从“艾略特的‘非个性’（impersonality）论演变而来的”[①]。二者的区别在于，艾略特的“非个性化”理论是将作者的个性、感情排除在外，即试图通过对创作中的表现论搁置的方式，来实现文本的回归；兰瑟姆的本体论诗学则是将文本外因素排斥在外，即通过不考虑文本外因素的干扰，从而将批评的目光专注于文本自身。

① 参见赵毅衡：《新批评——一种独特的形式文论》，北京：中国社会科学出版社，1986年，第15页。

其实，如果往深处挖掘的话，艾略特的理论也是有其精神来源地的。具体说，他在正式提出自己的批评观之前，首先对当时英国批评界，特别是对米德尔顿·默里所提出的“依靠内心声音”①的观点进行了批驳。默里认为，“认真地质问自己的人最终将会听到上帝的声音”②。他还对当时的批评家进行劝告，告诫他们只要继承到如下的一点就可以了，“即一种感觉，那就是在别无他法的情况下他们必须依靠内心的声音”③。艾略特不同意以默里为代表的这种“辉格党原则”④。他指出，默里等人“对寻找任何共同原则的这件事根本不感兴趣”；他们所感兴趣的“不是原则，而是个人”⑤。相反，艾略特关心的是“原则”，而不是“个人”。在艾略特这里，对“个人”感兴趣，就意味着“一点也不关心文学的完美性[……]对艺术并不感兴趣”⑥。而“原则”性则是与“文学的完美性”联系在一起的。显然，艾略特的那两个著名的批评标准，即如同艺术家的创作一样，批评也关乎一个“体系问题”，即“一种不自觉的共同性”⑦以及从作品以及构成作品网络的有机整体的相互关系中来阐释与评价作品的观点，或用艾略特的话说就是，“在一种与创作活动相结合的情况下，批评活动才能获得它的最高的、它的

① T. S. 艾略特：《批评的功能》，见《艾略特文学论文集》，李赋宁译，南昌：百花洲文艺出版社，1994 年，第 69、71 页。

② 同上书，第 70 页。

③ 同上书，第 69 页。

④ 同上书，第 72 页。

⑤ 同上书，第 71、72 页。

⑥ 同上书，第 72 页。

⑦ 同上书，第 65 页。

真正的实现”[①]，就是在对默里等人的批判基础上确立与形成起来的。

从上面的简单梳理和论述不难看出，无论是西方的某种文学理论还是某种批评观念，它们的形成与演进都不是偶然的，总是会有一个相互承传与借鉴关系的。这一点在韦勒克那里表现得更是异常鲜明。他的理论自然有其所独有的特色，但是，总体说来，艾略特所开创的那种从历史的维度，宏观且富有动态地考察文学作品的传统，以及兰瑟姆所强调的那种从文学本身来研究文学的观念，都给他带来了无限的启发。甚或可以说，他的包括文学价值观在内的一整套文学史观，都是在综合了艾略特与兰瑟姆的本体论诗学，以及艾略特的“有机整体观”和“非个性化”理论的基础上提出并发扬光大的。所以说，从某种意义上看，韦勒克既是“新批评”理论的继承者，又是这一理论的集大成者。他的理论中除了有艾略特和兰瑟姆的影子外，新批评派的其他成员，如威廉·燕卜荪（William Empson, 1906—1984）、艾伦·退特（Allen Tate, 1899—1979）、克林斯·布鲁克斯（Cleanth Brooks, 1906—1994）、威廉·K. 维姆萨特（William Kurtz Wimsatt, Jr., 1907—1975）等人所分别提出的“含混”“张力”“悖论”“反讽”以及“意图谬见”等批评术语，也对其理论的形成与发展产生了一定的影响，或与之形成了一定程度的互补。只不过这种影响不如前两者来得那么直接和明显罢了。

需要说明的是，由于韦勒克的许多有关文学史的思想观点是在赞同或批判他人的基础上阐发出来的，因此对他的文学史观的

① T. S. 艾略特：《批评的功能》，见《艾略特文学论文集》，李赋宁译，第 73 页。

介绍就不得不沿着他的论证方式来进行，即在考察韦勒克对他人的赞同或批评中，来梳理或总结他的有关文学史的一些主要观点。

韦勒克在《现代文学批评史：1750—1950》（*A History of Modern Criticism, 1750—1950*）一书中，对“新批评”作出了十分肯定的评价，他在书中是这样说的：

> 我不掩饰自己的深信不疑的观点，即新批评表述了或重新确认了许多未来将会再次重申的基本事实：审美转化的具体特性、艺术作品标准的存在。这种标准形成一种结构，一种统一体、连贯性和整体性。它不能被任意解释，并且相对地独立于它的起源和效果。新批评家还令人信服地表达了文学的功用不在于提供抽象的知识或信息、启示或规定的思想，他们发明了一种阐释的技巧，常常能成功地揭示与诗的形式相区别的作者隐含态度和解决的或未解决的张力和对立：这种提供判断标准的技巧不会因逢迎当下时髦、伤感且简单的理论而被轻易地打发掉。①

从他的这段充满溢美之词的评价中，不难看出他对这个先于自己的“新批评”理论的完全认同。正如我们在前文中所说的那样，韦勒克文学史观的基本理论框架就是在继承艾略特、兰瑟姆等同派前辈和同辈的理论观点的基础上构建而成的。不过，说韦勒克承袭了“新批评”的理论基点和框架，并不是说韦勒克的理论是对其前辈和同辈理论的被动接受与翻版。相反，他在继承中

① René Welleck, *A History of Modern Criticism 1750—1950* (Vol. 6), New Haven and London: Yale University Press, 1986, p. 157.

又重新构筑了“新批评”理论。比如说，他所提出的文学理论、文学批评以及文学史三者之间的辩证关系，就在很大程度上突破了其前辈和同辈“新批评”派成员们的那种相对狭小的理论框架，以及较为宽泛理论阐述的表达方式，并由此而构建出了自己文学史观的理论基点和理论框架。

韦勒克在阐述自己的文学史观时，首先谈到的是文学理论、文学批评以及文学史三者之间的关系。他这样做的目的是让文学史在整个文学研究的版图中能拥有一个恰当的定性和定位，即透过文学理论、文学批评这两个维度来更好地认识文学史。因此，他的有关文学史的所有论述都是围绕着这三者及其间的关系展开的。接下来就具体看一下韦勒克是如何确定这三者的关系的。

首先，在韦勒克的研究中，文学理论、文学批评、文学史三者之间是一种动态的相辅相成、相互包容的辩证关系。他说：

> 文学理论不包括文学批评或文学史，文学批评中没有文学理论和文学史，或者文学史里欠缺文学理论与文学批评，这些都是难以想象的。显然，文学理论如果不植根于具体文学作品，这样的文学研究是不可能的。文学的准则、范畴和技巧都不能“凭空”产生。可是，反过来说，没有一套问题、一系列概念、一些可资参考的论点和一些抽象的概括，文学批评和文学史的编写也是无法进行的。①

从上述的这段引文并结合着韦勒克在他处的言论看，他最想

① 勒内·韦勒克、奥斯汀·沃伦：《文学理论》，刘象愚等译，第 33 页。

说明的问题有三个：

（一）一个合格的文学史家，必须要精通文学理论和文学批评，正如他所说："文学史家不必懂文学批评和文学理论的论点，是完全错误的。"[①]显然，在韦勒克看来，文学批评和文学理论是进入文学史编写过程中两个绕不过去的"坎"。因为，所谓的文学史是指在"一个与时代同时出现的秩序（simultaneous order）"内所进行的对"具体的文学艺术作品"[②]的研究。一牵涉到具体的文学作品，就必然要牵涉到如何评价和筛选这些作品的问题。这样一来，就需要一系列的判断标准和美学范畴等。而这些问题的解决不是文学史自身能解决的了，它必须要依赖于文学理论，需要文学理论来给其提供美学上的帮助。但是文学理论也不是凭空产生的，它也是在文学批评的具体实践中，逐步发现了诸如"文学的原理、文学的范畴和判断标准等类问题的研究"[③]的。也就是说，在研究文学史之前，必须得先研究文学理论和文学批评，后两者是前者的先决条件。它们之间的关系是，文学史编写是基于文学理论和文学批评之间的互动，并与文学理论和文学批评形成一种相辅相成、相互渗透的"三位一体"的关系。

（二）文学批评处理的是一些"事实"材料。这些材料的处理，又需要以准则、范畴、技巧等为主要内容的文学理论的指导。但是，正如前文所说，文学理论也不是凭空产生的。它是从可供批评实践的诸多"事实"材料中抽象概括出来的，没有这个

① 勒内·韦勒克、奥斯汀·沃伦：《文学理论》，刘象愚等译，第 39 页。

② 同上书，第 32 页。

③ 同上。

过程，文学理论也就不可能产生。

（三）由于文学史的编写主要是在文学理论的指导下处理“事实”材料，即文学批评，但是由于“‘事实’材料”都并非“事实”的，用韦勒克的话说：“在文学史中，简直就没有完全属于中性‘事实’的材料。材料的取舍，更显示对价值的判断。”[①]一部作品的选取和篇幅的取舍是这样，一个年份和一部书名的确定是这样，作品的渊源与影响的判断也是这样。所有的这一切“首先需要我们接受这样一个重要的原则才能得到解决”[②]。也就是说，要编写一部文学史是无论如何也离不开价值判断，即文学理论的指导的。绕了一圈，文学史、文学理论、文学批评谁也离不开谁，环环相扣。

韦勒克的文学史观就是这样一个看似周而复始、往复循环的怪圈。其实归根结底，还是回到了他对文学作品存在方式的认识上。说得更为具体些，就是回到了他对艾略特的“有机整体观”、兰瑟姆的本体论等所作的修正、演化而来的对文学存在方式的认识上。他在此所做的工作和推演的逻辑是，将这种具有历史动态感的对文学存在的辩证认识，进行了拓展并应用到了对文学史存在的论证中。

正如前文所说，韦勒克继承了艾略特和兰瑟姆等所提出的文学是以不依靠外在条件和因素的一种独立存在的思想，那么，这种思想表现在韦勒克这里，是以何种形态存在的？或者说，他在其理论中是如何表达这种思想的？要全面把握韦勒克的文学史

① 勒内·韦勒克、奥斯汀·沃伦：《文学理论》，刘象愚等译，第33页。
② 同上书，第33—34页。

观，这些问题是需要做出回答的。

韦勒克的基本观点是，文学作品是一种意向性存在的“经验的客体”（an object of experience），一种蕴含价值的“决定性结构”（structure of determination）。所谓“经验的客体”指的是一件“只有通过个人经验才能接近它，但它又不等同于任何经验”[①]的艺术作品。这句话不难理解，指的主要是文学作品内容的一种存在，即构成文学作品的内容既是一种个人的经验，又不是一种个人的经验，它是一种从个人经验中抽象出来的具有普遍意义的经验。

比较难以理解的是“决定性结构”这句话。它在该处的意思大概有两层：其一是说“一件艺术作品如果保存下来，从它诞生的时刻起就获得了某种基本的本质结构，从这个意义上说，它是‘永恒的’，但也是历史的”[②]。这里所说的“本质结构”，是指类似于语言背后起着决定性作用的一整套规则。这种结构的本质，是历经多年都可以不变的。但是，这种“结构”本身却并非一成不变的，相反它是处于动态之中的，是“在历史的进程中通过读者、批评家以及与其同时代的艺术家的头脑时发生变化。这样，这套标准体系就在不断成长、变化，在某种意义上总是不能圆满地实现”[③]的。显然，韦勒克在此把结构的本质与结构的本身区别了开来。这两个不是一回事，一个是不变的，另一个是变的。其二是说这种结构与价值或标准[④]是并存的，既没有无价值

① 勒内·韦勒克、奥斯汀·沃伦：《文学理论》，刘象愚等译，第 172 页。

② 同上。

③ 同上书，第 173 页。

④ 在韦勒克的话语体系中，“价值”和“标准”两个术语基本是同义的。

的结构，也不存在无结构的价值。任何一种结构都有其价值取向；反之，任何一种价值都寓于某种结构之中。甚或如他所说，“在标准与价值之外任何结构都不存在。不谈价值，我们就不能理解并分析任何艺术品。能够认识某种结构为‘艺术品’就意味着对价值的一种判断”[①]。价值与结构是紧密联系在一起的，就宛如一个铜板的两面，缺一不可。

韦勒克对文学作品存在性的这番认识，就决定了他对文学史的性质以及具体内涵的认识。换句话说，我们在前面所介绍的韦勒克对文学史、文学理论和文学批评三者间的关系认识，也正是建立在对文学作品存在性的认识基础上的。至此，这三者间的关系也大致可以这样归纳起来：文学史是在对文学这种意向性存在的“经验客体”进行的批评中，归纳或“提炼”出表达“决定性结构”或价值体系（包括文学的原理、文学的范畴和判断标准等）的文学理论，然后在此理论的指导下，以文学系统内的、“一个与时代同时出现的秩序”的前后逻辑关系，在综合通过读者、批评家等人头脑的文学批评的基础上，构成文学史的写作框架。显然，在文学史的这个写作链条中，文学理论和文学批评是必不可少的两大参照。这其实正是韦勒克文学史观的特点，即格外强调文学史、文学理论、文学批评之间的相互依存性和生成性。三者之间的核心是文学批评中归纳或“提炼”出来的揭示“决定性结构”或代表价值体系的文学理论。

韦勒克的这种文学史观与艾略特的文学史“有机整体论”有所关联，但又有所不同。二者的区别在于，艾略特主要强调的

① 勒内·韦勒克、奥斯汀·沃伦：《文学理论》，刘象愚等译，第173页。

并不是某位诗人写下的某个具体作品，而是作为一个完美体系的整个文学史和这个具有完美体系的整个文学史与具体作品之间的有机互动关系。另外，艾略特还强调作品的整体性和内部各部分与整体之间关系的有机性。也就是说，艾略特的这个“有机整体论”的重点，是投放在文学史自身这个框架以及具体作家、诗人与这个框架之间关系上，而并没有涉及文学史与文学理论、文学批评之间的依存关系，也没有关注一部具体的文学作品在当下和以后的价值，用韦勒克的话说就是：“我们要研究某一艺术作品，就必须能够指出该作品在它自己那个时代的和以后历代的价值。一件艺术品既是‘永恒的’（即永久抱有某种特质），又是‘历史的’（即经过有迹可寻的发展过程）。”[①]以上的这两点，即艾略特所没有顾及的两点，恰恰构成了韦勒克文学史观的特点。尤为重要的是，他的文学史观不仅考虑到了艾略特所没有顾及的这两个问题，而且还更加强化、凸现了由相互关联的历史片段所形成的那种历史整体性和动态性。这一点从他反对“文学的重建论者”（reconstructionists）和所提出的“透视主义”中，能直接或间接地反映出来。

有“文学的重建论者”认为，“文学史本身有其特殊的标准与准则，即属于所在时代的标准与准则”，并主张批评者要“设身处地地体察古人的内心世界并接受他们的标准，竭力排除我们自己的先入之见”，“只需要探索原作开始的那个时代的意义即可”。[②]另有一些“文学的重建论者”主张“文学史的重要目的

① 勒内·韦勒克、奥斯汀·沃伦：《文学理论》，刘象愚等译，第37页。

② 同上书，第36、34页。

在于重新探索出作者的创作意图”[①]。这些我们广为熟知并在一定程度上认可的说法，在韦勒克看来却存在着严重的弊端。他认为，这些主张会使文学史给人一种“文学批评只有一个标准，即只要能取得当时的成功就可以了”[②]的感觉。或者说，这样的文学史“言人人殊，破碎而不复存在”，或者至少“降为一系列零乱的、终至于不可理解的残编断简了”，因而在实际上是“不可能成立的说法”。[③]他还进一步指出：

> 一件艺术品的全部意义，是不能仅仅以其作者和作者的同代人的看法来界定的。它是一个积累过程的结果。历史重建论者宣称这整个积累过程与批评无关，我们只需探索原作开始的那个时代的意义即可。这似乎是不必要实际也是不可能成立的说法。我们在批评历代的作品时，根本不可能不以一个20世纪人的姿态出现：我们不可能忘却我们的语言会引起的各种联想和我们新近培植起来的态度和往昔给予我们的影响。我们不会变成荷马或乔叟时代的读者，也不可能充当古代雅典的狄俄尼索斯剧院或伦敦环球剧院的观众。想象性的历史重建，与实际形成过去的观点，是截然不同的事。[④]

毫无疑问，韦勒克认为文学史是不可能依据想象来重建的。他提出的原因是，20世纪的批评者在面对以往时代的作品时，根本不可能真正进入到以往的时代中去，更不可能建立起一套所谓

① 勒内·韦勒克、奥斯汀·沃伦：《文学理论》，刘象愚等译，第34页。

② 同上书，第35页。

③ 同上书，第36页。

④ 同上。

的“属于已在时代的标准与准则”，文学史的编写如果是建立在这样的一种“想象”基础上，其结果就可想而知了。

尤为重要的是，韦勒克认为这种依据想象所重建的文学史，还会“导致了对作家创作意图的极大强调”①，这就更使文学史的写作进入了误区。他这样说的依据是，一件艺术作品的意义既不止于，也不等同于作者的创作意图。这意思就是说，其一，一件艺术作品一旦脱离了创作者，它与创作者就没有必然的关系了，即“作为体现种种价值的系统，一件艺术品有它独特的生命”；其二，对一件艺术品展开评价，是不可能完全按照产生那个作品的时代的标准来评价的，即“一件艺术品的全部意义，是不能仅仅以其作者和作者的同时代人的看法来界定的。它是一个累积过程的结果”②。正是基于以上认识，韦勒克说，一般文学批评家应该享有“根据今天的文学风格或文学运动的要求，来重新评估过去的作品”③的特权。

韦勒克既反对只关注已在时代的标准与准则，或强调用一种不变的价值、标准来评判文学作品的绝对主义，也反对以作家意图、作品原义为批评标准的相对主义。他在总结上述各种“主义”的错误和缺憾之后，提出了“透视主义”（perspectivism）这样一种文学史的研究方法。④韦勒克指出：

> 我们要研究某一艺术作品，就必须能够指出该作品在它

① 勒内·韦勒克、奥斯汀·沃伦：《文学理论》，刘象愚等译，第35页。

② 同上书，第36页。

③ 同上书，第37页。

④ 参见王春元：《文学理论·中译本前言》，韦勒克、沃伦：《文学理论》，刘象愚等译，北京：生活·读书·新知三联书店，1984年，第7页。

自己那个时代的和此后历代的价值。一件艺术品既是“永恒的”（即永久保有某种特质），又是“历史的”（即经过有迹可循的发展过程）[……]“透视主义”的意思就是把诗，把其他类型的文学，看作一个整体，这个整体在不同时代都在发展着，变化着，可以互相比较，而且充满各种可能性。[①]

也就是说，韦勒克提出的这个“透视主义”有两个基本的观点：其一，文学史就是一个有批评的参与、做出价值判断并指出其存在价值以及意义的“一个整体”；其二，一件艺术作品一旦产生，就有其不变的特质（结构），但因艺术作品又是“经验的客体”，所以在历史的长河中，不同时期批评和价值判断的参与也会给它留下不同的历史印记。抑或进一步说，艺术作品在历史维度中，以动态的和比较的方式存在着，并在“价值”指导下所进行的这种动态的和比较的批评过程中，被赋予了各种不同的意义。

除此之外，韦勒克的“透视主义”也揭示了文学史的另外一些特质。首先，他认为，文学史既不同于那些只对过去感兴趣的社会史、作家传记，也不同于对个别作品的鉴赏。它“不是恰当的历史，因为它是关于现存的、无所不在的和永恒存在的事物的认识”，因此它“既是历史的，从某种意义上来看也是现在的”。[②]也就是说，在韦勒克那里，文学史具有二重属性，一方面它是关于那些永恒存在的具体作品的“结构”——文学史如同

① 勒内·韦勒克、奥斯汀·沃伦：《文学理论》，刘象愚等译，第37页。

② 同上书，第305页。

文学作品一样，也自有其“永久保有的某种特质”；另一方面，文学史由于和文学作品一样，都是一种“经验的客体”，所以也都是在读者的不断解读中“意向性存在”的，即有一种“现存”性。文学史就是这样的一种“历史”与“现存”的统一。在这一点上，他与艾略特有所不同：他看重的是“历史”与“现存”的统一；而艾略特则强调的是传统的分量。

其次，韦勒克承袭了艾略特文学史观的基本理念，认为文学史是“一个包含着作品的完整体系，这个完整体系随着新作品的加入不断改变着它的各种关系，作为一个变化的完整体系它在不断地增长着”[①]。不过，他比艾略特更往前迈进了一步，认为这种增长或发展“不只是指变化，甚至不只是指有规律的和可以预言的变化”，而是“在生物学所阐发的意义上加以使用”——“由从鱼脑到人脑的变化”，即承认“不仅是要假定有变化的系列，还要假定这变化系列有它的目的”。[②]显然，韦勒克非常重视这种变化——认为这个“完整体系”的变化不是一般意义的变化，而是一种类似于“从鱼脑到人脑”的“质”的改变。当然，在肯定这种“质”的变化同时，他又承认，这种生物学所阐发的意义与“恰当意义的‘历史进化’之间仍然存在着重要区别”，所以需要认识到文学史写作既要“保持历史事件的个性，但又不是把历史过程变成连续发生的但却互不关联的事件的堆积”[③]。那么，在文学史的具体写作中该如何把握好这个“变”与“不变”的分寸？

① 勒内·韦勒克、奥斯汀·沃伦：《文学理论》，刘象愚等译，第306页。

② 同上书，第306—307页。

③ 同上书，第308页。

韦勒克给出的办法是，需要“把历史过程同某种价值或标准联系起来”[①]。无疑，在他这里，某种价值或标准成为构建文学史框架的“筋骨”和尺度。这就意味着任何入选文学史的作家、作品、事件等都要与这一“筋骨”相匹配，即都要经过它的挑选、检验和评价。因为“只有这样，我们才能谈论历史进化，而在这一进化过程中每一个独立事件的个性又不被削弱”[②]。

可见，“价值说”在韦勒克的文学史观中占有十分重要的地位，正如他说：“不谈价值，我们就不能理解并分析任何艺术品。”[③]价值不仅给具体文学作品以意义，而且还是构建文学历史的依据和原则。它与文学史之间的逻辑关系是相互依存的，即“价值本身只能产生于对这一发展过程的观照之中”，或者说“历史的过程得由价值来判断，而价值本身却又是从历史中取得的”。[④]在该处，“价值”即等同于韦勒克所说的“文学理论”；“从历史中取得”即是从“文学批评”中取得。由此看来，韦勒克的“透视主义”和对文学史性质的认识说到底，强调的还是我们在前面已经讨论过的那个关系——他提出的文学史与文学理论和文学批评之间的关系。

韦勒克给文学史写作所设置的任务也是从他的这个“透视主义”角度考虑的。他在此的推演逻辑是，既然文学作品的存在既是“永恒的”——文学作品内“某种结构上的坚实性在很

① 勒内·韦勒克、奥斯汀·沃伦：《文学理论》，刘象愚等译，第 308 页。

② 同上。

③ 同上书，第 173 页。

④ 同上书，第 308 页。

长一段时间里都保持不变”，[①]又是“历史的”——“在历史过程中，读者、批评家和同时代的艺术家们对它的看法是不断变化的”[②]。而文学批评的任务，即“透视主义”所主张的，是要“指出该作品在它自己那个时代的和以后历代的价值”[③]。从这个角度看，韦勒克认为建立在此之上的文学史写作，就应该面临如下的两大任务：一是描述一部个别艺术作品在历史的进程中所发生的变化，或者确立该作品在文学传统中的确切地位，用韦勒克的话说就是“确立每一部作品在文学传统中的确切地位是文学史的一项首要任务”[④]；二是在“类型”研究的基础上，把整个文学的内在发展规律揭示出来，即“按照共同的作者或类型、风格类型、语言传统等分成或大或小的各种小组作品的发展过程，并进而探索整个文学内在结构中的作品的发展过程”[⑤]。

韦勒克之所以提出这两项任务，主要是因为他秉承了艾略特的有机整体观。他认为，每一部个别的艺术品不是像极端“个人人格至上论”（personalism）者所认为的那样，“都是完全孤立的[……]既无法交流也无法让人理解”[⑥]，而是如艾略特在《传统与个人才能》中所申明的那样，文学是“现存的不朽作品联合起来形成一个完美体系。由于新的（真正新的）艺术品加入到它们的行列中，这个完美体系就会发生一些修改”[⑦]。或如韦勒克自

① 勒内·韦勒克、奥斯汀·沃伦：《文学理论》，刘象愚等译，第 305 页。
② 同上。
③ 同上书，第 37 页。
④ 同上书，第 311 页。
⑤ 同上书，第 37 页。
⑥ 同上书，第 306 页。
⑦ T. S. 艾略特：《传统与个人才能》，见《艾略特文学论文集》，李赋宁译注，第 3 页。

己所说："我们必须把文学视作一个包含着作品的完整体系，这个完整体系随着新作品的加入不断改变着它的各种关系，作为一个变化的完整体系它在不断地增长着。"[①]而他把类型发展作为在文学史写作的第二个任务，则是基于对文学本体存在的考虑，即文学作品存在的内涵是"由一些标准组成的一种结构"[②]。文学史的任务就是观察这种结构的"变"与"不变"，"如何变"或"向何处变"，以及该结构与文学史完整体系之间的关系。

韦勒克文学史观的另一贡献是，他还从"透视主义"角度出发，对文学史分期问题提出了自己的看法。他认为，以往的文学史分期"只不过是许多政治的、文学的和艺术的称呼所构成的站不住脚的大杂烩而已"[③]。如"'基督教改革运动'来自基督教会史，'人道主义'主要来自学术史，'文艺复兴'来自艺术史，'共和政体时期'和'王政复辟时期'则来源于特定的政治事件"[④]等。更有甚者，许多用作文学史分期命名的词语，如"文艺复兴""浪漫主义"等，并非与该时期文学同时出现的，而是有一段时间上的间隔。在他看来，上述的这些分期法虽然可以给文学史分期以启发或提示，但由于这种分期与文学自身的关系不是太大，所以他认为，并"不应该用它们来规定我们自己的方法和分期法"[⑤]。

那么，韦勒克所使用的文学分期法是一种什么样的分期法

---

① 勒内·韦勒克、奥斯汀·沃伦：《文学理论》，刘象愚等译，第 306 页。

② 同上书，第 167 页。

③ 同上书，第 317 页。

④ 同上书，第 316 页。

⑤ 同上书，第 317 页。

呢？他认为，这种分期法必须得符合两个条件，一个是要“纯粹按照文学的标准来制订”；另一个是其“出发点必须是作为文学的文学发展史”[①]。也就是说，文学史的分期必须要和“文学”紧密相关，正如他说：“分期就只是文学一般发展中的细分的小段而已。它的历史只能参照一个不断变化的价值系统而写成，而这一个价值系统必须从历史本身中抽象出来。因此，一个时期就是一个由文学的规范、标准和惯例的体系所支配的时间的横断面，这些规范、标准和管理的被采用、传播、变化、综合以及消失是能够加以探索的。”[②]这样的分期法，就把文学从以往的那些非文学化的思潮中解放了出来。

韦勒克对文学史分期的这种划分方法，究其根本还是与他对文学批评的理解是一脉相承的。从某种意义上说，他将“新批评”的文本批评思想，拓展为了文学体系内的“内部研究”；将文本批评所关注的内在“结构”，以分期、分类型的方式与历史的线索串联起来，并用当下的眼光或价值尺度加以评判，以此来构成他的文学史框架。

还有一点需要加以注意，韦勒克所主张的文学史观并非一种“静止的”文学史观，而是一种“动态的”文学史观。诚如前文所说，他强调文学史写作的出发点“必须是作为文学的文学发展史”，即显然是强调文学史写作应该是文学内部的事情，与社会、政治、作者以及读者等因素都无关，但这也并不表明他真的就完全囿于文学自身，对其他一律不管不顾。比如说，他认为写

① 勒内·韦勒克、奥斯汀·沃伦：《文学理论》，刘象愚等译，第318页。

② 同上。

“文学发展史”即是要写出文学的变化及其变化的逻辑关系，而且这种变化还不是“保守的”，而是“开放的”，是在原有的基础上向前、向外、向上、向多元等多维度发展的。他的这种“发展”的观点是新颖的，具有辐射性和拓展性。其他“新批评”派成员对此很少进行讨论或涉及，所以颇为值得我们思考和重视[①]。

在理论的表述上，韦勒克尽管在多处表达其与艾略特有所不同的文学史观，如他对艾略特在《传统与个人才能》一文中提出的“历史意识”[②]不以为然，称其为“不过是古典主义和传统的另外一种名称”[③]。但是，必须要承认的是，他的文学史观基本上是从“新批评”那里发展而来的，特别是从艾略特的文学史观那里因袭而来的，因而其局限性也是明显的，下面择要论之。

首先，从总体上看，韦勒克对文学存在的认识是偏颇的。我们知道，尽管文学的发生与发展有其自身的规律和特点，即有相对的独立性，但是，作为人类的一种精神活动和社会实践，文学并不是单独存在的，无法从与之相互依存的诸多关系中完全彻底地抽离出来。不管从哪个角度来看，它的产生和发展都与其之前或同时代的其他社会实践和精神活动，有着程度不同的关联。所以如要想全面、透彻地揭示文学的本质、存在的方式、演化的真相等，只研读文学文本自身，显然还是不足以说明问题的。

这是一个显而易见的常识性问题。但是韦勒克非但不予以重

---

① 遗憾的是，韦勒克在提出这一发展观后没再展开论述。

② T. S. 艾略特：《传统与个人才能》，见《艾略特文学论文集》，李赋宁译注，第 2 页。

③ 勒内·韦勒克：《文学史上的演变概念》，见雷内·韦勒克：《批评的概念》，张金言译，第 43 页。

视，反而把某些批评家和文学史家“根据某些其他的人类活动所提供的因果关系的解释”[①]视为是探索文学进程的一种阻碍，这无疑是错误的。这表明他从根本上误解了文学存在的本质和方式。事实上，韦勒克也并非在所有的时刻都完全否定“外部”因素对文学的影响。他在《文学史上的演变概念》一文中，就曾指出文学的社会性：“文学只是作为一个有机统一体来看的历史过程的一部分。文学依靠社会，代表社会。”[②]显然，他并没有把文学完全从社会中分离出来。遗憾的是，不知什么原因，他没有把这一思想融入他的文学史观中来，显露出他的文学史观中有不一致的地方。

其次，韦勒克的文学史观中其实还杂糅了阐释学和新历史主义的一些基本观点。当然，这并不是说韦勒克的文学史观中不可以杂糅这两种观点，而是说他在套用这些观点时有一些片面，从而也就导致了某种程度上的不恰当的论证。比如说，他认为，“作家的‘创作意图’是（is）文学史的恰当的（proper）课题这样一种观念，看来是十分错误的。一件艺术作品的意义，绝不仅仅止于，也不等同于其创作意图；作为体现种种价值的系统，一件艺术品有它独特的生命”[③]。他的这一观点，无疑就是来自于阐释学的。就有阐释学者认为，一件艺术品自诞生以来，就是一个客观存在物，独立于其作者，有其自身的价值。从阐释的角

① 勒内·韦勒克、奥斯汀·沃伦：《文学理论》，刘象愚等译，第 304 页。

② 勒内·韦勒克：《文学史上的演变概念》，见雷内·韦勒克：《批评的概念》，张金言译，第 40 页。

③ 勒内·韦勒克、奥斯汀·沃伦：《文学理论》，刘象愚等译，第 36 页。原译文似不妥，引用中已做修正。

度来看，这种观点似乎也有些道理。但是，作为一种社会的“生产”和“存在”，文学作品从来就无法摆脱与其“生产”和“存在”相关的各种因素，特别是它的直接生产者——作家。

当然，不把一部作品的价值和意义与作者的创作意图拴连到一起，也有一定的道理，毕竟二者之间是不能等同的，但是这种“不等同”并不应该成为将对作家意图的研究排斥在文学研究之外的恰当理由。文学作品研究既要看作家及其作品之间的等同关系，也要看他们二者之间不等同关系。其实，“不等同”也是文学创作中的一种较为普遍的现象，应该是文学研究的重要内容之一。总之，无论是从批评实践还是从论证的逻辑上看，不能因为“不等同”，就拒绝对这一现象进行研究。

韦勒克反对把作家的创作意图作为文学史研究课题的这一观点与维姆萨特提出的“意图谬见”（intentional fallacy）的观点如出一辙。他们二人在论证中都犯了同样的一个错误，即只采用了一些个别的例子，并从有利于自己论点的角度来论证，而并没有从“正”“反”两个方面同时展开论证，更未做出令人信服的量化分析。其说服力当然是要令人质疑的。

应该说，一味地强调作家创作意图的研究是不全面的。同样，完全拒绝研究作家的创作意图也是有失偏颇的。在全面考察作家意图与其作品之间关系的基础上，找出其“相同”点或“不相同”点的原因，并由此而揭示造成这种“同”与“不同”的带有规律性的一些因素，也应该是文学研究的“恰当的课题”之一。从这个角度上说，文学批评不但应该研究作家与其作品之间的关系，而且还要着重地探讨二者之间“同”与“不同”的原因，由此也可总结出一些创作上的规律。

与此相一致，韦勒克在套用新历史主义的观点时，也犯有同样的片面性错误。比如说，韦勒克认为：

> 一部个别的艺术作品在历史进程中不是一直保持不变的。当然，艺术确实也有某种结构上的坚实特性是在很长一段时间里都保持不变的。但是，这种结构是动态的；在历史过程中，读者、批评家和同时代的艺术家们对它的看法是不断变化的。解释、批评和鉴赏的过程从来没有完全中断过，并且看来还要无限期地继续下去，或者，只要文化传统不完全中断，情况至少会是这样。[①]

这段话看上去强调的是“艺术作品”的“变”，似乎韦勒克接受了新历史主义的一些观点。然而，暂且不说这个观点与前文中所介绍的韦勒克关于艺术作品“有其独特生命”的观点有些相悖，就是这个观点自身也是经不起推敲的。他所说的“个别的艺术作品”，如果指的是绘画，则有可能不会一直保持不变。它会随着岁月的流逝，因其色泽、材质等的变化而发生变化；但如果这个“个别的艺术作品”指的是文学作品，则不应该这样理解。文学作品与绘画等艺术不同，它具有自身的独特性，岁月可能会使人们遗忘它，也可能会因不同时代的读者、批评者对其不同的理解和诠释而改变了它的命运，但却不能改变它的原貌，或如韦勒克所说的“结构”。也就是说，一部文学作品的“变”与“不变”是两个层面上的事情，不可以混为一谈。这是问题的一个方面。

① 勒内·韦勒克、奥斯汀·沃伦：《文学理论》，刘象愚等译，第305页。

问题的另一方面，韦勒克的这一观点似乎能给人一种颇有历史的动态感，但实际上他又走向了另外一种意义上的“形而上”。他在批驳“文学的重建论”时曾经正确地指出过：“想象性的历史重建，与实际形成过去的观点，是截然不同的事”①，意思是说“想象”是不可能把过去的事情复原出来的，即强调实证主义的重要性。然而，当他在批判他们所持有的文学批评的“整个累计过程与批评无关”②的观点时，又彻底地否定了文学“实证主义”方法在文学批评中的运用价值。正如他说：“我们不会变成荷马或乔叟时代的读者，也不可能充当古代雅典的狄俄尼索斯剧院或伦敦剧院的观众。”③在这里，他其实偷换了概念，即运用了一种最简单的无法论证的论证方法——没有什么人可以说自己能变成荷马，也没有什么人可以充当古代雅典的狄俄尼索斯剧院或伦敦剧院的观众。他运用这样的一种方法来论证，得出错误的结论是不可避免的。

文学批评者不可能，也没有必要成为该作品出版时代的读者，但是，我们有可能从相关史料中或多或少地了解该时期的读者。换句话说，不可能成为荷马时代的读者与不了解荷马时代的读者是两个不同的概念。前者是一个不需要论证的事实，后者则是文学批评，特别是文学史写作所应努力克服的困难。

最后，韦勒克的文学进化（evolution）观也是值得商榷的。韦勒克曾尖锐地指出了自亚里士多德以来的种种文学进化观的错误，并且立场十分坚定地说：“我们必须抛弃在文学的发展

---

① 勒内·韦勒克、奥斯汀·沃伦：《文学理论》，刘象愚等译，第36页。

② 同上。

③ 同上。

和从生到死的封闭化过程之间作生物学的类比的观点。”[①]他在后来的《文学史上的演变概念》一文中，又再次地重申了自己的主张，认为把达尔文或斯宾塞的“进化论”用于文学上是错误的[②]。他还批判了黑格尔的文学进化观，指出：“黑格尔引进了一个显然不同的演变概念。辩证法代替了连续性原理。突然出现的革命性变化、对立物的互变、废除以及同时存在的保留构成历史的动力学。”并因此指责说：“黑格尔的演化论在否认逐渐变化原理。”[③]但是，他自己提出的文学进化观非但没有彻底摆脱他所反对的文学进化观点，反而比黑格尔的进化观还倒退了许多。他在谈及自己的文学进化时指出，真正接近历史进化概念的前提是，首先要“假定有变化的系列，而且还要假定这变化系列有它的目的。系列的各个部分必须是达到最后结构的必要条件”[④]；其次是“必须多少能保持历史事件的个性，但又不是把历史过程变成连续发生的但却互不关联的事件的堆积”[⑤]。他承认文学是一个带有目的性的有变化的系列，这个系列的变化会“形成一个具有开头和结尾的真正互相联系的事物的系列”[⑥]。也就是说，他的文学进化观既没有否认文学进化的线性方向，也没有反对说文学进化有一个包括开头、结尾在内的过程。他虽然在后来写的《文学史上的演变概念》一文中，认为黑格尔提出的

① 勒内·韦勒克、奥斯汀·沃伦：《文学理论》，刘象愚等译，第307页。

② 参见勒内·韦勒克：《文学史上的演变概念》，见雷内·韦勒克：《批评的概念》，张金言译，第47页。

③ 同上书，第37、48页。

④ 勒内·韦勒克、奥斯汀·沃伦：《文学理论》，刘象愚等译，第307—308页。

⑤ 同上书，第308页。

⑥ 同上。

突然出现的带有革命性的变化和对立物互变观点是正确的[①]，但是，他在早些时候写的《文学理论》中申明自己的文学进化观时，却没有意识到黑格尔的观点的正确性，或者他有意无意地忽略了黑格尔这一颇有辩证意味的进化观。

如果说韦勒克与自己批判过的其他文学进化观点有所不同，主要是为了体现他所特别强调的那个“构成结构真正本质”[②]的价值。这也可以看作是他独辟出来的“蹊径”。但是，韦勒克独辟的“蹊径”，即他的文学价值观是仅限于文学内部的，是较为狭隘的。另外，虽说韦勒克并不截然地排斥所谓的外部研究，即传记研究、心理学研究、社会学研究、思想史研究以及文学与其他艺术比较的研究，但是，他认为只有内部研究才能揭示文学之为文学的根本，才是文学研究的正途。正如他说：“文学研究的合情合理的出发点是解释和分析作品本身。无论怎么说，毕竟只有作品能够判断我们对作家的生平、社会环境及其文学创作的全过程所产生的兴趣是否正确。”[③]而他之所以如此重视这个内部研究，是因为在他看来，这个内部研究之根本就是与“决定性结构”相关联的“价值”。

在韦勒克那里，所谓的“结构”（structure）指的就是“一切需要美学效果的因素”，其本质是“经历许多世纪仍旧不变。但这种‘结构’却是动态的：他在历史的进程中通过读者、批评

① 参见勒内·韦勒克：《文学史上的演变概念》，见雷内·韦勒克：《批评的概念》，张金言译，第48页。

② 同上。

③ 勒内·韦勒克、奥斯汀·沃伦：《文学理论》，刘象愚等译，第155页。

家以及与其同时代的艺术家的头脑时发生变化”[①]。在他的这个“结构”之中，还有一个被其奉为至高无上的“决定性结构”（structure of determination），即文学作品的“价值”。而这个“价值”的内涵是“结构、规范和功用”，代表了“文学的本质”。[②]韦勒克认为二者的关系是，“价值”并“不依附于结构而是构成结构的真正本质”[③]。

显然，韦勒克虽然注意到了“结构”和“价值”的相对性和相互之间的依存关系，颇有些深奥的辩证意味，但在绕了许多弯之后，其落脚点最终还是回到了“新批评”派试图建立的所谓审美价值体系与社会价值体系无关的那个框架中去。诚如他自己所说：“文学研究应该是绝对‘文学的’。”[④]“绝对‘文学的’”，就把文学与其外部的一切联系切断开了。因此说，韦勒克的文学史观说到底，其实坚持的还是对文学内部的研究，而不是与其相关的历史的、社会的、思想史的或心理等背景的研究，总体上没有超出“新批评”对文学的认知范围。

概而言之，从以上所进行的评介和论述中可以看出，西方学者在讨论文学史这一话题时，更多的是从“观念”出发来进行讨论的，而并没有进入到文学史写作的内部构架、文学史叙述的性质与特点等方面进行探讨。即便是韦勒克提到过“决定性结构”，但也没有详细说明这个“决定性结构”究竟为何。说到

① 勒内·韦勒克、奥斯汀·沃伦：《文学理论》，刘象愚等译，第157、173页。

② 勒内·韦勒克：《文学史上的演变概念》，见雷内·韦勒克：《批评的概念》，张金言译，第49、48页。

③ 同上书，第48页。

④ 勒内·韦勒克、奥斯汀·沃伦：《文学理论·第一版序》，刘象愚等译，第2页。

底，文学史毕竟还是一种叙事。从这个意义上说，探讨文学史撇开叙事这一层面是不完整的和不彻底的。正是基于这一考虑，接下来的几章将侧重于从叙事的角度来探讨文学史的诸多话题，如文学史叙事的述体、时空和伦理关系、文学史中"秩序"、文学史的三重世界等，以期能够从另一个侧面揭示文学史叙事的本质及其内涵。

第二章

文学史叙事的述体、时空和伦理

一般说来，寻找经验科学领域里的普遍规律或科学假设的最有效途径之一，是尽可能地寻找该科学领域的范式。符号学的范式研究在这方面为我们提供了一些经验。当然，强调符号学并非认为符号学的范式研究才是文学史研究的唯一方法，而仅仅是认为符号学的范式研究能给予我们不少启发，至少它们所提出的一些概念，会为我们研究文学史的范式提供很多方面的帮助。不过归根结底，文学史的研究毕竟不同于一般的作品文本的研究，它涉及的面要广泛得多，如史学、伦理学等方面的问题就是回避不掉的。换个角度说，与探讨其他所有叙事文类一样，探讨文学史叙事也首先必须面对叙事的述体及其相关的问题。当然，这里所说的述体既与一般意义上的叙述者有着共同的特点，也与他们（她们）有着许多不同之处。符号学的研究方法和叙述学有关叙述者的基本理念以及其他学科，如历史学、伦理学等，均为我们研究文学史中的述体及其相关问题提供了有效的分析工具。基于这一考虑，本章试图用符号学、历史学、伦理学等跨学科的一些基本知识，来阐述文学史叙述中的述体、时空及其伦理关系，并进而探讨在此基础上所形成的文学史叙事范式。

第一节　叙述的复杂性与述体的多重性

如果说文学史研究与其他经验科学一样，都是隶属于科学研究的范畴，那么其根本目的也会像其他科学那样，寻求一种相对稳定的普遍规律或科学假设，以期能够对文学的历史给予一个较为科学的解释。这无疑是一种从认识论的维度上来看待、观察文学历史的做法。

不过，目光仅仅停留在认识论的层面上还是不够的。我们还应该从方法论的维度上来考虑文学历史学家为获得科学的解释而采用的方法。这样一来，似乎就不可避免地出现一个悖论：一方面，从认识论的维度上看，文学历史也是一门科学，它要求其所叙述的对象是客观的历史事实，并要求所叙述历史事实之间的联系具有可解释的逻辑性，或者说这种“联系”能够被科学的方法所能证实，如哲学家和史学家卡尔·G. 亨佩尔（Carl Gustav Hempel, 1905—1997）在《普遍规律在历史中的作用》（“The Functioning of General Laws in History,”1942）一文中所提出的那种覆盖律模型[①]；另一方面，从方法论的维度上看，任何方法的选择都无法避免其主观性，都离不开选择者所处的历史时代及其自身价值取向的约束。也就是说，选择是一种主观性的行为，是要受到时代和环境的制约的，而所有的这些选择最终都是要体现、落实到由选择者构建而成的文学历史叙述的文本上。这个认识和选择之间的悖论本身恰好也说明了文学史叙述的复杂性。

除此之外，文学史叙述的复杂性还表现在对于叙述主体的认识上。一般说来，我们在研究文学史叙事时，考虑更多的是叙事逻辑，即更多的是想揭示被叙事件之间的内在逻辑关系，而甚少关注叙述者与文学史之间的逻辑关系。这个忽略是不应该的，诚如我们所知，文学史写作的方法可能会有多种多样，也会因时代或社会环境的差异而有所不同，但无论怎么写都离不开收集、筛选资料和组织安排筛选好的资料这两大环节。这可谓是完成一部文学史写作的前提。而这两大任务的完成都离不开文学史的撰写者：他们判断文学史的起止年限，阶段划分、命名，事件的因果关系；他们规定详述或略述的作家、作品和如何衔接叙述的中断；他们还承担对文学史相关资料的考据，并在文学史文本中说明这些相关资料的来源，然后还要将这些经过他们考据的资料融入总体的叙述框架中。总之，一部文学史书看上去包罗万象，丰富无比且又衔接连贯顺畅，好像是自然生成的一样，其实所有的

① 亨佩尔认为，科学的历史解释中必须包括一组关于在一定的时间和地点中特定的时间 C_1、C_2、C_3……C_n 发生的陈述，一组普遍假设的陈述。这两组陈述都合理有效地被经验事实所证实，以此为依据，可以合乎逻辑地推断出有关事件 E 发生的判断。这样，对事件 E 的解释才是真实的。参见亨佩尔：《普遍规律在历史中的作用》，杜蒲、柳卸林译，见何兆武主编：《历史理论与史学理论》，北京：商务印书馆，1999 年，第 869—970 页。

这一切都是由撰写者安排和决定的。也就是说，一部文学史该如何架构以及采用何种方法架构，都是由撰写者个人（或集体）所决定的。

这是否意味着在撰写者与文学史之间可以画等号？问题的复杂性又在于，文学史家或者说文学史撰写者又并不直接等同于文学史文本中的那个叙述者。二者的关系颇为复杂——既亲密无间，又有所不同。所谓的亲密无间是说文学史家与文学史叙述者在很多情况下实际上就是一个人，即文学史家就是文学史叙述者。说它们不同又是因为文学史家不能完全等同于叙述者。其原因有两个：一是文学史家在文学史叙述中使用的是第三人称，而并非表明他/她自己身份的第一人称，所以不能把二者截然等同起来；二是在某种意义上说，任何一种文学史叙事其实都是一种集体性的叙事。这一点或许会有人不同意，几个人或者一群人合写的文学史，可以说是一种集体性的叙事。而一个人撰写的文学史怎么能说是集体性的叙事？以个人的名义撰写的文学史看起来与“集体”没有关系，其实还是有着密切关系的，因为他/她都是生活在具体的时代和具体的环境中的，不知不觉中就会受到来自于集体意识的侵蚀和影响，这都会导致以个人名义写就的文学史，其实最终反映的主要还是那个时代的共鸣意识。这其实是正常的，正因为文学史有这样的一种从个体者“我”，走向群体性的“我们”这样一种功能，才赋予了文学史的存在价值。

可见，以往那种把文学史家，即文学史撰写者与文学史文本里的叙述者直接等同起来的看法是不确切的，也是不完全正确的。这种看法忽略了存在于二者之间的这种撕扯不清的复杂关系，即也就是忽略了“述体”的存在方式、内涵以及影响等重要问题。那么，何谓文学史的“述体”呢？

“述体”（instance énonçante）这一概念，是由法国符号学家高概（Jean-Claude Coquet, 1928—2023）提出来的，其意是指“话语产生的中心”。[①]它既可以指身体，即叙述者“自己身体”，“属于我的东西，自己所属的领域”；也可以指说话的人——那个努力表达身体感受经验的理性的人。[②]高概认为，身体与理性的人之间的关系是，“身体不言语，它行动，它感受痛苦，感受愉悦，但它不说话。只有理性的人才能把身体的行动、痛苦及愉悦表达出来”[③]。“述体”是一个处在叙述类作品中的核心现实问题：它把自己和外部世界的联系建立起来。可见，高概提出的“述体”是一个“二重”的概念——身体和说话的人，即所强调的是要一切从身体出发，身体是“我”的意义空间的非语言性中心。[④]

法国结构主义语言学家E. 本韦尼斯特（Émile Benveniste, 1902—1976）也提出了叙事中的“二重述体”的概念。他所谓的“二重述体”也有两层意思，其一是指反射现实的、被他称作参照对象的产生意义的人；其二是指形式因素、语言指示，即被他称为参照体的文本因素，所有被印刷、被书写之物。[⑤]本韦尼斯特的“二重述体”与高概的“二重述体”有所不同：前者指“产生意义的人”和文本因素；后者指“身体”和“表达身体”

① 参见高概：《话语符号学》，王东亮编译，北京：北京大学出版社，1997年，第21页。
② 同上。
③ 同上。
④ 同上。
⑤ 同上。

的人。

高概、本韦尼斯特两人提出的“述体”和“二重述体”概念，对于文学史的写作与研究具有很大的启发和指导意义。按照他们两人提出的“述体”与“二重述体”之概念，文学史写作可以有以下的两种“述体”结构：

结构1：高概的二重述体

述体1：身体——文学史家本人的身体存在

述体2：表达身体的人——文学史家投射到文学史文本中的叙述者

或

述体1：本源述体（话语：“我”）

└── 述体2：投射述体（叙事：“他”）[①]

结构2：本韦尼斯特的二重述体

述体1：产生意义的人——投射到文学史文本中的文学史家或文学史叙述者

述体2：文本因素——文学史文本或被印刷、被书写之物[②]

上文的结构1是将不言说的文学史家的身体和言说的文学史家分离了开来，强调的是文学史家的身体存在，暗示了文学史家的社会存在（身体）决定了文学史家社会意识的表达（叙述）。

① 参见高概：《话语符号学》，王东亮编译，北京：北京大学出版社，1997年，第22页。

② 同上书，第21页。

不过，这个二元结构中把言说的文学史家仅仅视为是“表达身体的人”，似乎没能完全揭示出文学史家在文学史写作中的功用和意义。

事实上，言说的文学史家并非仅仅是表达自己的身体，而且还赋予自己的表达和由其整合的文学史资料以某种意义。结构2似乎是在将结构1合二为一的基础上，增加了“文本因素”一项，但却又忽略了不言说的文学史家的社会存在。如果将以上的这两个“二元的结构”，合并、修改为一个“三元的结构”，似乎更能揭示出不言说的文学史家本身、言说的文学史家以及文学史文本三者之间的关系。下面的这个就是我在此基础上所提出的一个“三重述体”结构。

结构3：本书作者的三重述体

述体1：身体——文学史家本人的身体存在

述体2：表达身体的人或产生意义的人——文学史家投射到文学史文本中的叙述者

述体3：文本因素——文学史文本或被印刷、被书写之物

显然，结构3在整合了结构1和结构2的基础上，形成了一个新的三重述体。与结构1和结构2相比，这个结构3的特点是，它一方面说明了身体的存在决定着表达身体的文学史家，即文学史家投射到文学文本中的那个叙述者；另一方面还把文学史家投射到文学史文本中的叙述者所代言的“文本因素”吸收进来，形成一个较为完善的框架结构。

换句话说，结构3旨在说明以下三方面的问题。（一）身体

存在本身显现出自身的意义：身体尽管不言不语，但是它的存在方式、经验感受决定着言说者的文学史家，抑或说是人的感性认识决定理性认识的意向性。（二）身体被外界赋予了一定的意义：身体虽然不会说话，但是它的存在和感受并不是独立的，而是要受到其所处的时代和环境的制约的。换句话说，身体处于何种时代、何种社会环境，就会有与之相对应的存在方式和感受经验——身体的意义在很大程度上是由其所处时代和社会环境界定的。（三）被外界赋予了一定意义的身体，最终会影响或决定文学史家对史学文本的构建。

不言说的身体与文学史文本间的密切关系可见一斑。当然，这种影响和决定并不一定是线性的和单向度的，更多情况下可能是波浪起伏和多向度的。为了能更好地说明这个问题，可以从一些具体的事例来看。

我们先来假定不言说的身体对某个文学现象或文本的感受是正面的。这样一来，言说的文学史家对其的表达就有了几种选择，即正面的、反面的，或者正反两面都有。也就是说，从理论上看，言说的文学史家在面对某个文学现象或文本时，有着多种的言说方式，但是从中国文学史，特别是现当代文学史的写作情况来看，言说的文学史家多半都会沿着某种特定的单向性的方向走，即常常会受到不言说的身体的调控。这种状况的形成当然与特定的时代境遇有关，应该说是正常文学史写作中的特例。

当然，说不言说的身体决定言说的文学史家，并进而决定了文学史文本这个文学史叙事的范式，至此还只是停留在一个假设上。这个假设是否能成立，还需要做一些“证伪”的工作，即通过具体的事例，考察一下文学史写作的实际情况是否如结构3所示。王瑶的《中国新文学史稿》是新中国成立以后出版的第一部新文学史专著，而且其本人也是中国现代文学学科的奠基人之一。以此为例，看一下王瑶不言说的身体是如何影响、决定作为史学家言说的王瑶及其所撰写的文学史文本的形态的。①

夏中义在与刘锋杰合著《从王瑶到王元化》一书的序文中曾评介说②，王瑶从1934年考入清华大学中文系伊始，就是一位政治活跃分子。不久，他加入了中国共产党，后因回乡恰遇“卢沟桥事变”，未能随学校南迁，困于家乡，也因此与党组织脱离。1942年，他回到西南联大的清华中文系续读，成为朱自清的得意门生，著《中古文学史论》。他在该书中“把魏晋名士要隐世但又不甘于隐的痛苦揭示得淋漓尽致，其实他是把自己作为知识分子想从政，却不顺，只能治学，却又在心底隐隐然不甘于学的生命体验写进去了。所以完全可以把作为文史专著的《中古文学史论》作为隐喻作者的微妙心史来读”③。1949年后，教育部让他出任中国现代文学史教材大纲编写组成员，接到任务的他“激情澎湃，颇有回归母亲怀抱的感觉。他把整个中国新文学史理解为中共领导的新民主主义革命史的分支”④。

夏中义在对王瑶的评介中提到了两个关键的时间，即1934

---

① 所以以王瑶为例，实在是因为中国学者的命运与中国这片土地的特殊紧密关系。就我有限阅读所知，欧美学者鲜有此类情况发生。即便有，也不似发生在中国的事情这样独特。这也说明我的论点和论证存有一定的缺陷，有待同仁指正、完善。或许本节以“中国文学史叙事的述体、时空及其伦理关系”为题更为妥帖些？

② 参见夏中义、刘锋杰：《从王瑶到王元化·代序》，桂林：广西师范大学出版社，2005年，第13—15页。

③ 同上书，第14页。

④ 同上。

年和1949年。不过，他在序文中并没有解释王瑶为何在这一年进入清华后即成为一名政治活跃分子，也没有解释王瑶为何在1949 年教育部让他出任中国现代文学史教材大纲编写组成员，会产生“激情澎湃，颇有回归母亲怀抱的感觉”的缘由。钱理群在《“挣扎”的意义——读〈王瑶全集〉》一文中道出了其个中原委。钱理群认为，王瑶出身贫寒，“为着生活，也为着渴求真理，一直流浪在外，并且时时有一种与幼时同伴‘隔离的孤独的感觉’——这孤独感其实是伴随了先生的一生的”①。钱理群在文中所提到的“贫寒”“挣扎”和“流浪在外”等词语，真实地道出了王瑶身体的存在状态。身处在这样一种不如意，被一种力量排斥在外的状态下，自然会有“隔离”“孤独”等情绪涌上心头。

1934年，国内的形势发生了很大的变化：国民党政府加紧了对社会上反政府势力的镇压。仅上海一地，国民党政府就查禁了进步刊物76种，进步文章、书籍更是高达149种，还暗杀了倾向抗日民主的民族资产阶级代表人物——《申报》的主持人史量才。与此同时，国民党的军队也开始大规模地进攻苏区。由于中共临时中央在江西瑞金召开的六届五中全会上继续执行了错误的“左”倾路线，致使中共第五次反围剿以失败而告终，共产党领导的红军被迫走上了长征的路途。②就是在这一年，王瑶进入清华大学中文系读书。我们今天无法真切地知道他当时是否了解这

① 钱理群：《“挣扎”的意义——读〈王瑶全集〉》，见孙玉石、钱理群、温儒敏、陈平原编选：《王瑶和他的世界》，石家庄：河北教育出版社，2000 年，第 317 页。

② See http://news.xinhuanet.com/ziliao/2004-10/15/content_2094338.htm.（检索日期：2009 年 2 月 13 日）

些情况，但完全可以想象到，作为一名刚刚步入高等院校且有追求的热血青年，他应该或多或少地知道国共两党的政治立场，并且会积极地参与到这场革命大潮之中的。这一点从他晚年所写的《自我介绍》一文中，可以得到证实：“惟斯时，曾两系囹圄，又一度主编《清华周刊》。”[①]“两系囹圄”是指他由于积极参加了“一二·九”运动，被国民党两次抓住投入监狱。这不难理解，许久以来激荡在他心中的“隔离”“孤独”感，加之汹涌的外部斗争形势，都会促使初涉政治的王瑶，成为夏中义所说的那种“政治活跃分子”，并进而加入中国共产党的队伍。自然，并不是说所有类似于王瑶这样处境与感觉的人都会做出这样的选择，也完全有可能是另外的选择。王瑶在这样的境遇下做出这样的选择，恰好说明他是一个敏锐的人，对生活的感悟能力和对世事的理解都是不同凡响的。换句话说，他的这种选择，是一种在感性的基础上所作出的正确的理性意向性选择。

1949年新中国从一片废墟上诞生，任何一个只要是对新中国没有敌对情绪的人，尤其是那些历经磨难的知识分子，都会为自己的国家重获新生而感到由衷地高兴和自豪的。作为一名从旧社会走过来且富有亲身感受的知识分子，王瑶由于得到中央政府（教育部）的重用，而从内心深处产生出“激情澎湃，颇有回归母亲怀抱的感觉”，是一件再正常不过的事情了。这种心情是未经历此时、此事者所不能体悟的。可以想象，身处新中国的王瑶，其身体徜徉在四周欢乐的氛围里，不用再像过去那样为生活而焦虑，为战乱而忧闷了。他的感官更是因为新中国成立后不

① 王瑶：《王瑶全集》第8卷，石家庄：河北教育出版社，2000年，第103页。

久，即被国家所重用而沉浸在一片愉悦之中。应该说，此时他头脑中的意识与身体感官是互为一致的，即意识只是单向、线性地表达了身体的感觉。从某种程度上说，这种“表达”是必需的，甚至成为身体生存需求的一种仪式。这不难理解，当一个人对某件事情、某个人抱有感激之心时，他在思维方式和举止言谈等方面会自觉或不自觉地顺从着这种感激之心，而且也惟有这样做，才会觉得心安理得。

但是，王瑶毕竟不是一个普通的人，作为一位治学严谨的学者，融入其精神中的学识、学养又无法使他完全听任身体感官愉悦的操控。于是，便出现了一种被钱理群喻为“自我生命的挣扎”[①]状况。这种“挣扎”表现在其《中国新文学史稿》的写作中，就是不言说的身体与该书中言说的叙述者之间出现了对撞与分裂，乃至于悖论。王瑶在撰写《中国新文学史稿》时，用的是毛泽东的“新民主主义理论”作为建构新文学的指导思想的。正如他说，新文学是为“新民主主义的政治经济服务的，又是新民主主义革命的一部分，因此它必然是由无产阶级思想领导的，人民大众的，反帝反封建的民主主义的文学。它的性质和方向是为新民主主义革命的任务和方向来决定的”[②]。这种把新文学与新民主主义革命紧密地联系在一起的做法，说明王瑶在主观上是想发现、追踪新文学与新民主主义革命之间的内在逻辑，即重点在于说明、印证新文学与新民主主义革命的关系。可是在具体的论

① 钱理群：《“挣扎”的意义——读〈王瑶全集〉》，见孙玉石、钱理群、温儒敏、陈平原编选：《王瑶和他的世界》，第318页。

② 王瑶：《中国新文学史稿》（上），上海：新文艺出版社，1953年7月第一次重印，第8页。

证过程中，他又会常常脱离这一前提，情不自禁地用极富艺术感染力的言语来评价作品，显示出对作品自身艺术价值的倾心，这种“情不自禁”也从另一侧面反映了他自身所处时代、环境与学术自觉性之间的矛盾。

这种矛盾和悖论在《中国新文学史稿》一书中表现得非常明显。这种明显性还表现在王瑶以毛泽东的《新民主主义论》的分期标准为依据，把新文学的上限设定在了1919年。尽管新文学到底应该从哪一年算起，学术界一直有不同的看法，但是，正如有研究者针对王瑶的这一设定所说那样：

> 以1919年作为“新文学”的发端，的确与新文学的发展事实不符。1919年是一个重要的年份，其重要性主要表现在五四运动的爆发，而五四运动是一场“外争国权，内惩国贼”的学生爱国运动。从性质上讲，理应归属进政治的范畴。把“新文学”的起点设置在这一年，显然有用政治问题取代文学问题的嫌疑。[①]

确实如此，这意味着王瑶要把文学与革命历程、政治斗争捆绑到一起，正如在后来出版的“修订本”中，他对此所作的补充：“‘新文学’一词中‘新’字的最准确的解释，就在于文学与人民革命的紧密联系。”[②]无疑，他把文学与革命紧密地扭结于一体了。

---

① 姜玉琴：《肇始与分流：1717—1920的新文学》，广州：花城出版社，2009年，第136页。

② 王瑶：《中国新文学史稿·重版代序》（上），上海文艺出版社，1982年11月修订重版，第3页。

对于个中原因，也有不少的研究者曾经探讨过，如温儒敏是从王瑶在写作该书稿期间所发生的两件事，来诠释书中所出现的这种分裂与对撞的。他是这样说的：

> 对王瑶而言，来自“学术生产体制”的更大的约束和冲击是两件事，一是从1951年11月开始，文艺界配合“三反”“五反”形势，对知识分子实行思想改造运动，并进行有关高等院校文艺教学中错误倾向的讨论，王瑶首当其冲，成为重点批判对象；接着，1952年9月，随着院系调整，王瑶从清华调到北大中文系不久，出版总署委托《文艺报》召开座谈会，对《史稿》（上册）提出许多政治性批评。[①]

也就是说，新中国成立以后王瑶的日子过得并不逍遥。如果说对知识分子的思想进行改造，针对的还是所有的知识分子，那么出版总署对已出版的《中国新文学史稿》（上册）所提出的批评，而且还是“政治性批评”则是针对王瑶一个人的。这就不能不令对“重用”一直怀有感激之心的王瑶产生警觉。

显然，王瑶在《中国新文学史稿》中所表现出来的“革命性”“政治性”有一部分的原因是来自外界的压力。正是这种压力使他的文学史观不得不与时俱进，即他最真实的文学史观被搁置了起来，然而王瑶毕竟又是一位不同于政客的学者，尽管理智上他知道这个《中国新文学史稿》应该尽可能地往革命上和政治上靠拢，但是当他面对着生机勃勃的文学作品时，他又会忘记其初衷，不自觉地偏移到了文学文本上来。温儒敏也注意到了这一

---

① 温儒敏：《王瑶的〈中国新文学史稿〉与现代文学学科的建立》，《文学评论》2003年第1期，第25页。

现象，正如他说：“在多数涉及创作评价的章节中，我们还是看到了一个非常有艺术感悟力的王瑶[……]进入艺术评点时，擅于调动自己平时阅读中积累的大量艺术感受，通过不同创作趋向的比较与艺术传承变异的勾勒，准确地凸现作家作品的风格特征。其中不时引述前人的精辟评论，但更多是撰述者自己的辨识，自己的声音，往往三言两语，曲中筋骨，给人印象极深。”[①] 温儒敏的这段评说，恰好揭示出处于“三重述体”中的王瑶所面临的窘迫：作为言说的叙述者王瑶，想沿着“革命”和“政治”的维度来构建他的《中国新文学史稿》；可是自己不言说的身体，也就是那个以身体为代表的感性的王瑶，却常常不自觉地让自己偏离了这个维度。这二者之间的矛盾和冲突，反映到文学史叙事的文本中就会出现文学史观不一致，甚至前后矛盾等问题。

这种现象在中国现当代文学史的写作中极为普遍。不仅国内如此，即使海外的一些学者在研究中国现当代文学时，也会出现这种情况。如夏志清那部影响甚大的《中国现代小说史》在这方面表现得也极为明显。夏志清也如王瑶一样陷入“三重述体”的矛盾中，只不过他与王瑶的情况有些不同：他是作为言说的叙述者想让文学史沿着艺术性的这根主线构建起来，但是那个不言说的身体却总要受到意识形态的影响。正像这部小说史出版后不久，即20世纪70年代有海外学者评价说：“作者（夏志清）学问之渊博，批评眼光之独到，在此一览无遗。当然，他的政治立场，和他对在此书讨论到的大多数作家的意识形态之敌视，也

① 温儒敏：《王瑶的〈中国新文学史稿〉与现代文学学科的建立》，《文学评论》2003年第1期，第30—31页。

是一样显而易见的。”[①]这个看法是正确的，纵览其文学史，会发现一个有趣的现象，凡是被我们的研究者、文学史所重视的小说家，在他的文学史框架中都会得以调整，不是说完全不提，而是说要降低对其艺术成就的肯定，如面对20世纪30年代的左翼作家这个群体，我们要大写、特写的当然是茅盾、巴金、丁玲、老舍诸人，但是夏志清却说：“20世纪30年代初期，左翼名小说家要多少有多少，我特别看重张天翼、吴组缃，表示我读了好多齐名的作家后，认为这两位的艺术成就最高。”[②]除了在排位上不同之外，夏志清还把张爱玲、钱锺书等以往我们的文学史中没有提及的小说家收入了进来，尤其是张爱玲所占的篇幅比鲁迅还多了两页纸。

这一现象说明，就言说的叙述者而言，不存在任何无意义的叙事。每一个叙事都有其指向和意蕴，都是自我解释的，即都折射出叙述者的身体现实存在与叙述者的立场观点和价值取向二者之间的复杂关系。

第二节　文学史叙事的多重时空

在西方，有关文学叙事空间理论已有不少建树，如西摩·查特曼（Seymour Chatman）提出的“故事空间”和“话语空间”，认为“故事事件的维度是时间，而故事存在物（人物和环境）的维度是空间”[③]；加布里埃尔·佐伦（Gabriel Zoran）提出

① 夏志清：《中国现代小说史》，刘绍铭译，桂林：广西师范大学出版社，2014年，第20页。

② 同上书，第13页。

③ 程锡麟等：《叙事理论的空间转向》，傅修延主编：《叙事丛刊》第一辑，北京：中国社会科学出版社，2008年，第201页。

的建立在虚构世界基础之上的强调读者参与构建的空间理论，认为“空间是一种读者积极参与的建构过程”并“从纵向区分了构成空间的三个层次（地志学、时空体与文本）”[①]；W. J. T. 米歇尔（W. J. T. Mitchell）和玛丽-劳尔·瑞安（Marie-Laure Ryan）两人分别从不同侧面所提出的四个类型空间说；安·达吉斯坦利和J. J. 约翰逊（Ann Daghistany and J. J. Johnson）提出的开放空间与封闭空间说；大卫·米克尔森（David Mickelsen）分析的叙事中的三个形式问题等。[②]比较而言，对文学史叙事的时空关系，则很少有人进行较为系统的阐述。

美国文学理论家勒内·韦勒克提出的“透视主义”（perspectivism）[③]，触及文学史叙事的一些时空关系。他说：

> 我们要研究某一艺术作品，就必须能够指出该作品在它自己那个时代的和以后历代的价值。一件艺术作品既是“永恒的”（即永久保有某种特质），又是“历史的”（即经过有迹可寻的发展过程）。相对主义把文学史降为一系列散乱的、不连续的残编断简，而大部分的绝对主义论调，不是仅仅为了趋奉即将消逝的当代风尚，就是设定一些抽象的、非文学的理想（如新人文主义[newhumanism]、马克思主义和新托马斯主义等批评流派的标准，不适合于历史有关文学的

① 程锡麟等：《叙事理论的空间转向》，傅修延主编：《叙事丛刊》第一辑，北京：中国社会科学出版社，2008 年，第 202 页。

② 同上书，第 197—215 页。

③ 前文已经提到，在韦勒克和沃伦合著的《文学理论》中，有关文学史相关章节的写作是由韦勒克完成的。为叙述方便和避免误解，重申把《文学理论》中表达的文学史观视为韦勒克的文学史观。

> 许多变化的观念）。“透视主义”的意思就是把诗，把其他类型的文学，看作一个整体，这个整体在不同时代都在发展着，变化着，可以互相比较，而且充满各种可能性。①

显然，韦勒克认为没有宏观眼光的相对主义和绝对主义，都不可能揭示出文学和文学史的本质价值，唯有既强调“永恒的”，又强调“历史的”，即把文学、文学史视为“一个整体”的透视主义，才有这种可能性。另外，韦勒克的这番有关文学史叙事动态的话非常重要，从中可以窥出多重的时空关系。

结合他在该书中其他处的言论看，他的主要观点可以大致归纳如下。其一，文学作品一旦产生了，就有其存在的空间并显现出自身的价值。另因为文学作品原本就是一种“经验的客体”，所以在历史的长河中，不同时期的批评和价值判断的参与都会给该作品留下不同的历史印记。这并不难理解，不同时期的批评者都会用自己的“经验”来验证这个“经验的客体”，自然会在其留下自身的印记。一名合格的文学史家就应该在文学理论的指导下，从包括当下在内的各个时期的不同视域，对文学作品、文学历史事件做出价值判断。也就是说，真正的文学史家应该把这些历史印迹忠实地辑录下来。其二，艺术作品在历史维度中，是以动态的和比较的方式存在着的，并在“价值”指导下所进行的这种动态的和比较的批评过程中，被赋予了各种不同的意义。文学史家应该在这个由创作和批评活动生产出来的“空间”中，确立文学史叙事的时间起止点和空间范围。

---

① 参见勒内·韦勒克、奥斯汀·沃伦:《文学理论》，刘象愚等译，南京：江苏教育出版社，2006年，第37页。

韦勒克提出的这个“透视主义”虽然不是专门讨论文学史叙事时空问题的一种理论，但是对我们认识文学史的叙事时空有很大的启发意义。不过，需要指出的是，就韦勒克所涉及的时空论述来看，也有尚未论及之处，如他对文学史叙事中时间和空间的具体内涵没有界定；没有详细阐述文学史叙事的时空层次；没有明晰地表达出文学史家在重塑时间与空间两维度中所发挥出的主体性作用。这些在韦勒克的“透视主义”理论中没有得到解答的问题，也正是本节要探讨的问题。

先从探讨文学史叙事中时间与空间的具体内涵问题开始。一般说来，文学史叙事中的时间与空间是一个既对立又统一的范畴。这容易理解，一定的时间总是寓于一定的空间内，一定的空间也总是寓于一定的时间内。二者的关系是你中有我，我中有你的相互依存、不可分割的关系。在这一大前提之下，二者的相互依存关系又可以表现出多种形式，如一定的时间内可能有多个空间的共时存在；一定的空间里也会有多个时间或时段的存在。总之，二者会有多种组合、匹配形式。为了使这种组合和匹配有据可循，本节将根据西摩·查特曼提出的双重时空观（“故事时空”和“话语时空”）[①]、董乃斌给文学史所做的“四本”（文本、人本、思本、事本）的界定[②]，并结合着韦勒克的“透视主义”来综合区分，文学史的时空大致可以分为两个部分，那就是将文学史家（述体）叙述的“文本”（以作品为主）和“人

① Seymour Chatman, *Story and Discourse: Narrative Structure in Fiction and Film*, Ithaca and London: Cornell University Press, 1983, p. 96.

② 参见董乃斌主编：《文学史学原理研究》，石家庄：河北人民出版社，2008 年，第 9—10 页。

本”（以作家为中心）归于“故事时空”；将文学史家（述体）参与解释的“思本”（主要是指有关文学的思想见解或韦勒克所说的“以后历代价值”）和“事本”（有关文学的一切事情）归于“话语时空”。从上述的分类来看，“故事时空”和“话语时空”清清楚楚、一目了然，但在文学史的实际叙事中，二者其实是难以截然分开的，往往是以叠现、融合或交叉的形式存在，二者之间并没有一个明确的边界。

显然，以上只是说明了文学史叙事中文本时空归类的范畴问题；而文学史叙事时空述体与文本之间的时空关系还没有涉及。詹姆逊在《后现代主义，或晚期资本主义的文化逻辑》（*Postmodernism, or, the Cultural Logic of Late Capitalism*, 1991）一书中提出：“我们的心理经验及文化语言都已经让空间的范畴、而非时间的范畴支配着。”[①]这句话有些晦涩，按照其他研究者的解释，詹姆逊的意思是时间已经变为永恒的当下而成为空间了。我们同过去的关系也是空间的[②]。他的这一观点无疑道出了当下与过去之间的关系，从逻辑上讲是正确的。其实，作为述体的文学史家与其所处理的材料和对此材料所做出的解释情况也是如此：以往所有的文学史材料都汇集到了当下的文学史家面前，从而“变为永恒的当下”了，并进而成为具有当下性的空间。不过，从文学史的写作情况来看，我们却无法因为时间在某种程度上已经变为当下性的空间，而把我们同过去关系中的“时

① 詹明信：《晚期资本主义的文化逻辑》，张旭东编，陈清桥等译，北京：生活·读书·新知三联书店，1997年，第450页。

② 参见程锡麟等：《叙事理论的空间转向》，见傅修延主编：《叙事丛刊》第一辑，北京：中国社会科学出版社，2008年，第200页。

间”从“成为”的“空间”中剔去。可见，时间和空间虽共寓于一个事物的统一体中，但各自却有着自己的不同指向、功能、诉求或意义。

从实践上来看，文学史写作是由述体（文学史家）来完成的，是述体以当下的处境和今人的视域来遴选并构建文学的历史阶段、叙述并解释文学作品和历史事件、探寻文学历史的发展规律，以及展望文学历史的未来等。也就是说，文学史的时空有其独特性，既不应该只以文学史的文本来界定，也不应该将时间和空间二者因其当下性而合二为一。文学史叙事的时空既应将文学史家这个起着主导作用的述体，纳入到时空范围及其关系网络中，也应该将时间和空间作为一个对应的范畴来考虑。惟有如此，才能呈现出如韦勒克所说的那样，完成文学史本应该完成的使命——“指出该作品在它自己那个时代的和以后历代的价值”。

简言之，文学史的时间是由述体（文学史家）决定的、寄寓于一定空间内的一段历史时间。与此相一致，文学史的空间也是由述体（文学史家）决定的、寄寓于一定历史时间内的空间。毫无疑问，不管是文学史的时间还是文学史的空间都是自然存在的，即不管你意识到没有意识到，它们都是存在在那里的，但是作为史学意义上的时间和空间却都是由述体重构出来的。从这个意义上说，文学史叙事的时空应该是一个三维的时空，即述体时空、故事时空和话语时空，而不是舍弃了“述体时空”的二维时空。一旦舍弃了“述体时空”，也就意味着这个文学史的叙事时空缺乏了主体性。而没有了主体性，也就不会有什么文学史的叙事文本。述体时空的重要性由此可见一斑。

从批评实践的角度看，这个三维时空自然也只是一个大致、粗略的划分。如果要细分的话，还可以将每一个时空维度再分为若干个层面，比如说从宏观上着眼，又可以把各个时空维度，划分为物质时空和隐喻时空；从微观上着手，叙事结构还可以分为逻辑的或形式主义的时空，现象学的或话语的时空，或将对文学史“四本”的解释分为伦理时空和审美时空等。总之，每一时空内部有着多种多样的分类方法和分类的可能性，由于不是本节要论述的重点，所以就不加以探讨了。

我们还是以王瑶的《中国新文学史稿》为例，来看一下文学史叙事几个层面上的时空问题及其所彰显的意义。王瑶在初版自序中介绍说，该书的基本部分是他在清华大学讲述“中国新文学史”的讲稿，时间是“北京解放时”的1948年。[①]1949年，王瑶应教育部邀请，出任中国现代文学史教材大纲编写组成员。1950年，教育部召开全国高等教育会议，王瑶把该会议通过的《高等学校文法两学院各系课程草案》当作自己“编著教材的依据和方向”[②]。这一背景，即从1948年到1950年这一段时间，是述体存在的真实时空。说得更为确切一点，是述体与《中国新文学史稿》开始发生关系的真实时空。换句话说，这一段时间可以看作是《中国新文学史稿》一书述体的物质时空；其隐喻时空则是体现在该书文本中由述体王瑶安排的叙事结构，以及对文学史中“四本”（文本、人本、思本、事本）的叙述和解释。二者之间的关系是互为依存的，即述体的物质时空以文学史文本中叙述者

① 王瑶：《中国新文学史稿·自序》，北京：开明书店，1951 年，第 3 页。
② 同上。

的视角、篇章的结构、文字的形式、修辞的使用，以及意象的构建等方式隐含于述体的隐喻时空中。

在前一节中我们论述过，述体具有“三重”性，其中作为“身体”的述体是处于物质时空中的；而作为文学史叙述者的述体则相当于一个介质，既处于物质时空中，又处于文本这一隐喻时空中。也就是说，作为叙述者的他/她或如镜子般地折射，或如种子般地反映了处于物质时空中的述体。比如说，作为述体的王瑶在其所处的物质时空中，既是一个“激情澎湃”地接受教育部的邀请，并着手撰写和出版《中国新文学史稿》一书的王瑶，又是“一个非常有艺术感悟力的”[①]王瑶——其具有鲜明的两面性；而隐喻在该书中的述体（叙述者）王瑶也有其两面性：一方面他在书中开宗明义地宣称自己的文学史观和价值取向，“中国新文学的历史，是从‘五四’的文学革命开始的。它是中国新民主主义革命三十年来在文学领域中的斗争和表现，用艺术的武器来展开了反帝反封建的斗争，教育了广大的人民；因此它必然是中国新民主主义革命史的一部分，是和政治斗争密切结合着的”[②]。另一方面，他又在书中“调动自己平时阅读中积累的大量艺术感受，通过不同创作趋向的比较与艺术传承变异的勾勒，准确地凸现作家作品的风格特征”[③]，真正体现出一位富有学

① 温儒敏：《王瑶的〈中国新文学史稿〉与现代文学学科的建立》，《文学评论》2003年第1期，第30页。

② 王瑶：《王瑶全集》（第3卷），石家庄：河北教育出版社，2000年，第35页。

③ 温儒敏：《王瑶的〈中国新文学史稿〉与现代文学学科的建立》，《文学评论》2003年第1期，第30页。

养、情趣和洞察力的文学史家的秉性。这种自我的不对称性，也从另一个侧面反映了“述体”的三重性。

王瑶《中国新文学史稿》中的叙事结构，也可以从三重述体、三重述体所寄予的社会现实及二者间的关系上加以考察。王瑶在1951年间和1982年间撰写/修改《中国新文学史稿》时“身体的在场”，即他的这个处于变动中的“身体”对文学史“叙述者”的影响，以及二者与他所生存的外部现实之间的关系，共同构成了一个以叙事结构为特征的话语意义空间。也就是说，在这个话语意义空间的创造上，王瑶实体的身体和外部现实以及与以话语形式表现的《中国新文学史稿》叙事结构这两个层面是相互关联和牵制的。温儒敏也指出过这一问题，他说：

> 王瑶写下册的思路显然就受到“集体讨论”的某些制约，代表“我们”的、写“正史”的姿态强化了，作为显现个人研究识见的“我”的色彩减少了。不管是否出于自觉，王瑶和他同时代的许多学者大概都意识到文学史回应现实的“话语权力”问题，在考虑如何将文学史知识筛选、整合与经典化，相对固定下来，使之成为既能论证革命意识形态的历史合法性，又有利于化育年轻一代的精神资源[……]可以想象，写作下册时，王瑶的心态已不像写上册时那样舒展，当初那种力图以史家的个性风格去整合历史的想象力收敛了。如果比较一下就可以发现，该书的上册比较精练，也更有才情与卓识，下册则较冗繁拘谨，篇幅比例也过大失调，有些评述放宽了“入史”的标准。透过王瑶文学史上、下册的变化，可以窥见时代之变以及政治对于学术的制约，是如

何导致一种现代文学史思维模式的形成的。①

这种“现代文学史思维模式的形成”，就是那个融合了多种情况的“述体”王瑶对时代和政治所妥协的结果。摆在我们面前的这个《中国新文学史稿》的叙事模式，就是体现在作为述体的“叙述者”在各种复杂情况下所作出的一种策略选择。另外，这一情况同时也说明了在王瑶《中国新文学史稿》中的述体时空与文学历史时空的融合，即他用的是一种如梅洛–庞蒂所说的“我们处于其中”②的现在体态，来构建由述体和意义空间共同生产出来的话语。

具体地说，1951年版的《中国新文学史稿》叙事结构从篇章分布上看，是由以下三大部分组成的：“初版自序”“目次”以及由“绪论”和“伟大的开始及发展”与“左联十年”两编构成的正文；1982年重印版的篇章则扩展为五大部分：在原来的三大部分之外，又增加了“编辑例言”和“重版代序”两部分。在这一重印版中，“编辑例言”被放在了全书篇章之首。毋须讳言，这个以出版社名义刊印的“编辑例言”代表了那个时代的现实心声——表达了出版该书的缘由、观点、目的、内容、政治立场以及对中国现代文学的定义等。“编辑例言”对中国现代文学史的界定是：“中国现代文学史是中国共产党领导革命文艺运动的历史，是我国新民主主义文学和社会主义文学成长的历史，也是马克思列宁主义文艺理论、毛泽东思想在斗争中发展的历史。”它

① 温儒敏：《王瑶的〈中国新文学史稿〉与现代文学学科的建立》，《文学评论》2003年第1期，第24—25页。

② 转引自高概：《话语符号学》，王东亮编译，北京：北京大学出版社，1997年，第22页。

对该类丛书写作内容的规定是："除了概括性的文学史、文艺思想斗争史等著作外，还包括对各个阶段的文艺运动、文艺思想斗争和各个作家作品的专题研究。"①王瑶在两个版次的"自序"中也有意无意地说明了自己的处境。他说："一九五〇年五月教育部召集的全国高等教育会议通过了'高等学校文法两学院各系课程草案'，其中规定'中国新文学史'是个大学中国语文系的主要课程之一，并且说明其内容如下：运用新观点，新方法，讲述自五四时代到现在的中国新文学的发展史，着重在各阶段的文艺思想斗争和其发展状况。"②他身体所处的外部现实有如此要求，也就难怪王瑶要把中国新文学的起点放在1919年五四运动这一时间点上，并把这一时间点称为"伟大的开始"，而且还要在"绪论"和正文的第一编第一章、第二编第六章中不断地"呼应"和"发挥"教育部的规定。至于他在重版时又增加了一个刻意强调中国现代文学的肇始、中国现代文学与中国新民主主义革命之间的关系，以及现代文学在斗争中发展的"重版代序"，就更不难理解其中的缘由了。显然，在这里，由三重述体与外部现实的关联和互动构成的这一时空范式，规定了《中国新文学史稿》的叙事结构。

需要解释一点的是，由于三重述体与外部现实的关联和互动原因，文学史文本中的时空也不是单一的，而是双重的。也就是说，它既有文学历史本身的时空，又有表达述体的或文学史家安

① 以上两段引文均见王瑶：《中国新文学史稿·编辑例言》，上海：上海文艺出版社，1982年，第1页。

② 王瑶：《中国新文学史稿·初版自序》，上海：上海文艺出版社，1982年，第29页；王瑶：《中国新文学史稿·自序》，北京：开明书店，1951年，第3页。

排的时空，二者是以“非等时空”的方式并存。其特点如下：

（一）文学历史事件出现的时间顺序、长度、频率和其受影响或受其影响的空间的疆界、大小、深度等，与文学史家安排的上述时空是不对等的或不完全对等的。如既可以用若干章节叙述一个时代，也可以用一个章节叙述一个事件，或用一整章的篇幅讲述发生在某个时间段在某城市里的事件；或用一小节的篇幅讲述发生在全国的事件——时间长短和空间大小的不同，表达了叙述深度的不同。换句话说，面对文学历史中出现的某一事件，文学史家可以根据需要自由安排它出场的次序、次数和长度等，由这一点也可以看出文学史家的叙述倾向。

（二）文学历史本身的起止点和相关事件的发生地，与文学历史话语的起止点和相关事件的发生地不尽一致。比如说，有不少的学者都倾向于把中国新文学的起点定为1917年，胡适在编纂《中国新文学大系·建设理论集》的导言中，就曾对入选文章的时间做出过明确的界定。他说，这一集的理论文字都是从“民国六年到九年之间（一九一七——一九二〇）”[①]。朱自清在20世纪20年代末期的《中国新文学研究纲要》中，也是以《文学改良刍议》和《文学革命论》作为“新文学”的发端标志的。[②]但是王瑶则把新文学的起点放在了1919年。他们所依据的历史事件不

① 胡适：《中国新文学大系·建设理论集》导言，《胡适说文学变迁》，上海：上海古籍出版社，1999年，第216页。

② 参阅朱乔森编：《朱自清全集》（第8卷），南京：江苏教育出版社，1996年，第74页。另外，许志英、邹恬（见《中国现代文学主潮》，福州：福建教育出版社，2001年），朱栋霖、丁帆见（见《中国现代文学史1917—1997》，北京：高等教育出版社，1999年），玛利安·高利克（《中国现代文学批评发生史》，陈圣杰等译，北京：社会科学文献出版社，1997年，第8—22页）等人也都认为“中国新文学”或“中国现代文学”的起点应为1917年。

一样，所得出的出发点也就不一样。胡适、朱自清等人是以文学自身的发展为依据，把发表于1917年的《文学改良刍议》《文学革命论》等作为确立中国新文学起点的界标；而王瑶则基于种种思考或现实的主导，从意识形态出发，以“新民主主义”思想作为确定中国新文学起点的依据。显然，文学历史的起止点有时也与政治意识形态紧密相关。

（三）文学史中所谈及的文学作品中的时空，与现实社会的时空并不一致。我们知道，文学作品里的时空是虚构的时空，是一种虚构的“事实”，而不是事实的实在。文学作品进入文学史后，则是由述体基于个人经验、生命体悟和社会现实等因素而构建起来的，表达了述体认知范畴内的独特语言结构、认识方式等，而并不与现实社会时空相对等。当然，二者之间有重叠的部分，比如说虚构，该处的虚构并不是无中生有的虚构，而是在“事实”基础上的一种虚构。显然，虚构是有“事实”作基础的，但即便如此，二者间的差异还是很大的，或交叉相错，或扭曲变形。总之，绝不会是完整地还原、复制。文学史家有时会过度地解读作品，误将文本世界视为是现实世界。这是需要注意的，不可把文本世界等同于现实世界。

（四）从文学史文本叙述的角度看，文学史文本也是一种虚构的文本。虽然任何一种文学史都是以真实为前提的，但是任何一种文学史叙述中，都存在着一定程度的想象和虚构的内容，特别是在“若干记录之间的时空‘联系’方面，均依靠于想象的‘填充’”[①]。这一情况既体现在如上述第一条中所说的宏观

① 罗兰·巴尔特：《写作的零度·译者前言》，李幼蒸译，中国人民大学出版社，2008年，第6页。

的内容安排上（王瑶在《中国新文学史稿》中似乎有些直截了当地把历史时空，以句子的方式切割成一段段截然分开的时空，比如说，第一编第一章中的五个小节："文学革命""思想斗争""文学社团""创作态度""革命文学"[①]），也体现在微观的遣词造句上，如王瑶在《中国新文学史稿》中写道：

> （1）在一九二五至一九二七年的大革命时期，（2）反帝反封建的民主主义的思想革命成了广大人民的实际行动，（3）新文艺的社会影响也跟着从知识分子和学生中间扩大到工人农民和小市民的广大人民群众中了。（4）因了工农的觉醒和革命高潮的激荡，（5）马列主义的革命理论已成为新思想中的主潮，（6）先进的工农群众和知识分子对这种理论的追求是非常热烈的。（7）大革命失败以后，（8）这以前在人民群众中所激荡的，（9）对于革命理论和对于现实社会的认识等的思想要求，（10）便自然作为文化革命和文艺运动的课题，（11）表现在活动日程上了。（12）一九二八年起开始的关于革命文学的论争，（13）便表现了这样的意义。（14）到了一九三〇年左联成立以后，（15）文学活动便有了很大的开展；而在这前两年，（16）正可说是"左联"成立以前的酝酿。[②]

引文中的（1）、（7）、（12）以及（14）是表示具体时空的句子，它们记叙了文学历史发展中所发生的事件，而嵌入在其间

---

① 参见王瑶：《中国新文学史稿》，北京：开明书店，1951 年，第 24—58 页。

② 王瑶：《中国新文学史稿》，北京：开明书店，1951 年，第 147 页。引文中编号为引者所加。

和在其后的句子，均为程度不同地表示想象或虚构时空的句子，它们表示了述体对文学历史的认识和猜想。事实上，由这些句子所构成的时空，实际上并不是真实存在的。比如说，句（2）所说的“反帝反封建的民主主义的思想革命成了广大人民的实际行动”只是一种假想：在1925年至1927年间，确实有人（如李大钊、恽代英等）提出了反帝反封建的民主主义思想，但这种思想是否真的如王瑶所说，在这两三年内影响了生活在中国这个广袤空间地域里的广大人民？即“广大人民”是否真的在这广袤空间里“行动”一事，是需要论证的甚或是值得质疑的。换句话说，这句话有用“少数人”来替代“广大人民”的嫌疑。另外，句（3）所说的新文艺的影响“从知识分子和学生中间”和“工人农民和小市民的广大人民群众中”这两个句子中的时空转换，也过于富有戏剧性——两个不同的时空在句子衔接的须臾间进行转换是不真实的。

除此之外，文学史家在文本中使用的术语、意象、象征等也共同构成了一种意义时空，如王瑶在《中国新文学史稿》中使用的“投枪”“匕首”“叛徒与隐士”“在白色恐怖下”等术语和意象，共同营造了一种肃穆险峻的时空氛围，与他为全书所制定的革命的基调相契合。

第三节　文学史叙事的述体、时空、伦理

英国学者、小说家雷蒙·威廉斯（Raymond Williams，1921—1988）在界定“历史”这一词条时追根溯源，总结出该词条所含有的几个基本意思：早期这个词具有询问的意涵，后来

引申为询问的结果，最后则带有知识的记载、记录的含义。从15世纪以来，这个词指向一个对过去的真实事件的记录，和“关于过去的有系统的知识”。18世纪初期，这个词又有一个新意涵，即过去的事件不被视为“特殊的历史”，而被视为是持续、相关的过程。这种对持续、相关过程做各种不同的系统化解释，就成为新的、广义的历史含义。[1]也就是说，从18世纪以来，历史叙事实际上有两层基本含义：其一，历史叙事将不再是孤立地叙说一个或若干个历史事件，而是叙述一些具有过程的相互关联的事件；其二，历史叙事是一种解释性叙事。

从威廉斯对历史的这个界定角度来看，文学史叙事也不例外，即也是非孤立的、具有过程的和解释性的叙事。正是这种“非孤立”“过程性”以及“解释性”的特点，揭示了述体的感受能力和思维逻辑与文学史“四本”内在逻辑之间的关系，以及代表述体的叙事者所进行的叙述与历史本身的关系。这些关系及由此而确立的相关规约，共同构成了文学史叙事的述体时空与文学史文本时空之间的伦理关系。

文学史叙事三重述体的性质，决定了文学史叙事时空的伦理关系及其规约。具体地说，文学史叙事时空的伦理有三层关系：一是述体与外部现实之间的关系；二是述体与历史本身之间的关系；三是述体与文学史文本之间的关系。在三者之间关系的规约中，述体与外部现实的关系在很大程度上决定了述体与历史本身和述体与文学史文本之间的关系。也就是说，在某一特殊时

① 参见雷蒙·威廉斯:《关键词》，刘建基译，北京：生活·读书·新知三联书店，2005年，第204—205页。

空里，述体会因为受到主流意识形态或明或暗的限定，而做出完全地或部分地趋附于主流意识形态的选择。这不仅体现在述体的价值取向受外部现实主流意识形态的影响或制约，也体现在述体所采用的话语形式被其所处的外部现实主流话语形式所影响或限制。[①]当然，这种制约和限制是在一定程度上的，也并非绝对的。除非在非常特殊的历史境遇下，述体会自觉地、有意识向主流意识形态靠拢；而在更多的情况下，述体对此会有所选择的：有的述体可能会把主流意识形态作为自己的伦理选择标准；也有的有意回避主流意识形态，而把“文学性”作为自己的伦理选择标准；还有的会在二者之间寻找一个折中点。

述体对文学史叙事时空的伦理关系及其规约的选择，是由代表述体的叙述者通过话语的形式来完成的，诚如罗兰·巴尔特所指出的，不存在没有语言介入的事实。[②]不过，巴尔特同时还指出：“一旦语言介入（实际总是如此），事实只能同义反复地加以定义[……]历史话语大概是针对着实际上永远不可能达到的自身‘之外’的所指物的唯一的一种话语。”[③]也就是说，在巴尔特看来，历史话语永远不可能完整无误地“复制”或“再现”出所谓真实的历史事实，即对事件的“复制”或“再现”只能是一

---

① 散木在《其荣也至极 其辱也难堪》一文中写刘大杰的“荣”与“辱”堪为述体受外部主流话语体系所限制的一个极端的例子。他转引吴中杰先生的话说：刘大杰的《中国文学发展史》的几次修订，“让他‘西子蒙不洁’。”散木还引用他人的回忆说：“刘大杰用‘儒法斗争’来诠释一部中国文学史，当时曾有人劝他：‘你这样做，身后怎么过得去？’刘回答说：‘我不这么做，现在就过不去，相逼甚急。’”见散木：《其荣也至极 其辱也难堪——刘大杰与〈中国文学发展史〉》，《中华读书报·文化周刊》，2009 年 3 月 4 日。

② 参见罗兰·巴尔特：《历史的话语》，李幼蒸译，见张文杰等编译：《现代西方历史哲学译文集》，上海：上海译文出版社，1984 年，第 93 页。

③ 同上。

定程度上的“复制”或“再现”。或者换句话说，历史话语是一种具有虚构性的话语。这种虚构性既体现了述体和述体所处时空的价值取向，也体现了两种取向之间所确立的微妙关系或规约。从话语的角度来看，这种体现主要是通过语言与对象之间的关系折射出来的。比如说，文学史家在撰写文学史时虽然常常通过使用第三人称叙述等方法来“故意省略对作品创作者的任何直接暗示”，以给人客观的“历史的贞洁”感或“指示性幻觉”①，但是，述体叙说文学事件时所使用的代表个人或社会集体行为的“指称”或术语、对文学史中“存在项”和“发生项”②的选择与结构化的安排、对蕴含与事实相互渗透的价值观的表达等，却仍能明晰地凸现出述体对叙事时空伦理关系的认识和对与其相关规约的选择与价值取向。

仍以王瑶的《中国新文学史稿》为例。作为《中国新文学史稿》的述体，王瑶既是一种个人述体，也是一种社会述体。他在书中所表达的不只是他个人的文学史观和价值取向，而且还表达了他所处的主流社会的文学史观和价值取向。在20世纪50年代，中国学术界的话语体系是由主流话语体系的“阶级”“革命”“斗争”等词语所构成并受其主导。文学和史学界对文学和史学的相关指称，均蕴含着主流话语的价值观。实事求是地说，文学史家们运用这一代表社会集体行为的主流话语体系叙说中国

① 参见罗兰·巴尔特：《历史的话语》，李幼蒸译，见张文杰等编译：《现代西方历史哲学译文集》，上海：上海译文出版社，1984年，第87页。

② 此处借用罗兰·巴尔特的概念。此处“存在项”（existents）指的是“实体或主题”；“发生项”（occurrents）指的是“属性或主题”。参见罗兰·巴尔特：《历史的话语》，李幼蒸译，见张文杰等编译：《现代西方历史哲学译文集》，第88页。

新文学历史“事实”，不仅模糊或混淆了这些历史“事实”与历史“实在”之间的界线，而且还让我们无法看清中国新文学历史概念的一些主要特征，甚至无法厘定中国新文学发展的真实脉络。

在当时的那种历史语境下，王瑶与所处主流社会的关系是一种遵从的关系，他在撰写《中国新文学史稿》时几乎完全接受并采用了当时的话语体系和思维方式。具体体现之一就是，他在《中国新文学史稿》中采用了主流社会所倡导的富有政治色彩的“因果叙事”的方法，来说明中国新文学的发生和发展。比如说，王瑶在《中国新文学史稿》的绪论中写道：

> （1）中国新文学的历史，（2）是从“五四”的文学革命开始的。（3）它是中国新民主主义革命三十年来在文学领域上的斗争和表现，（4）用艺术的武器来展开了反帝反封建的斗争，（5）教育了广大的人民；（6）因此它必然是中国新民主主义革命史的一部分，（7）是和政治斗争密切结合着的。（8）新文学的提倡虽然在“五四”前一两年，（9）但实际上是通过了“五四”，（10）它的社会影响才扩大和深入，（11）才成了新民主主义革命的有力的一翼的。[①]

这段引文笼统地看，似乎看不出太大的问题，但是把上下文仔细地加以分析，便会清晰地看出，这是由多个“因果关系”而构建起来的符合主流社会意愿的意义世界。大致说来，句（1）和句

① 王瑶：《中国新文学史稿》，北京：开明书店，1951年，第1页。引文中编号为引者所加。

（2）是后面其他九个句子的总“因”，意在强调中国新文学的肇始是与中国新民主主义革命紧密相连的，甚至是中国新民主主义革命史的一部分。再细分下来，句（3）（4）（5）是句（6）（7）的“因”。这些句子以步步递进的方式，进一步说明中国新文学何以成为中国新民主主义革命史的一部分。句（6）是句（7）的“因”，即因其是中国新民主主义革命史的一部分，所以才有政治与文学之间的紧密关系。句（9）则是句（10）（11）的“因”，还是将五四运动与新文学和新民主主义革命相勾连，呼应了句（1）和句（2）所提出的观点。

显然，上述引文中的十一个句子，环环相扣地把中国新文学的发生和发展解释成一种单一线形的发展模式，给人以此“因”（中国新文学的历史，是从“五四”的文学革命开始的）乃为此“果”（成了新民主主义革命的有力的一翼的）的感觉，而忽略了作为事件发生背景的隐含条件和众多的相关因素。这种单一的、线性的因果关系表述所表达的只是一种政治逻辑，而并非中国新文学本身的发展逻辑。它所蕴含的是一种政治伦理，而非一种学术伦理。

王瑶所秉持的这种伦理还体现在他的叙事策略上。他为说明中国新文学是在五四运动中产生的，是“中国新民主主义革命史的一部分”[①]，在《中国新文学史稿》中安排了这样的一个叙事路线：在正文的开篇首先提及1915年9月陈独秀在《新青年》（原名《青年杂志》）创刊号发表的《敬告青年》一文和1919年12月的《新青年宣言》一文；尔后又有组织地穿插、引用鲁迅、

① 王瑶：《中国新文学史稿》，北京：开明书店，1951年，第5页。

胡适、钱玄同等人在不同时间里发表的文章和来往的书信等，将这些权威史料融入自己的叙述之中，并在叙述中插入自己观点，反复说明新文学的起点不是在1915年；最后又有意识地回到他在绪论里一再论述的中国新民主主义革命这一命题，并且断言五四运动到来之前，中国文学界发生的变化只是对旧文学的革命，而非革命的文学，即不属于中国新文学，不是"中国新民主主义革命的有力的一翼"①。他的这种把活生生的历史时刻，简化为"政治化的评价视点与研究范式"②的论证方法，再次反映了他的"遵从"的政治伦理。

王瑶在书中运用的一种类似拉康所说的"表意锁链的断裂"的叙事策略，也折射出他的"遵从伦理"的学术立场。比如说，他在评介李季的叙事长诗《王贵与李香香》时，凸现新文学"主题"方面的评价多为引用他人的观点（如延安《解放日报》和周而复的评价等）；而在品评其文学性时则用自己的观点。③不过，他似乎不敢在艺术性的品评中"逗留"过久，而是很快就又回到所谓的"主题"上来。文字叙述出现羁绊，段落与段落之间或篇章与篇章之间好像有一道道沟壑、丘陵，叙述中的意义和旨趣也给人一种"支离破碎"、形式独特而互不相关的感觉。毫无疑问，这种对艺术作品的品评给他的叙述增添了一些文学的色彩，但由于遵从"主题"统领的规约，终究使他的《中国新文学史稿》没能摆脱，或者说无法摆脱或超越他所处的时代，从而不

① 王瑶：《中国新文学史稿》，北京：开明书店，1951年，第31页。

② 温儒敏：《王瑶的〈中国新文学史稿〉与现代文学学科的建立》，《文学评论》，2003年第1期，第26页。

③ 王瑶：《中国新文学史稿》，北京：开明书店，1951年，第283—285页。

可避免地成为一种时代的产物。

通过王瑶撰写《中国新文学史稿》的例子说明，文学史述体时空的伦理关系实际上就是一种具有时代特征的伦理关系，其相关的规约也是一种具有深刻时代印记的规约。同样，夏志清在写作《中国现代小说史》时，也同样面临这样的问题。他一方面在序中申明“身为文学史家，我的首要工作是‘优美作品之发现和评审’（the discovery and appraisal of excellence——语见《小说史》初版原序），这个宗旨我至今还抱定不放”[①]。但是，由于他的这部书稿写于20世纪70年代，他不自觉地会受到两岸关系的影响，在写作时就不自觉地遵循了这样的一个写作理路，即凡是被“中国共产党文学发展的历史”[②]所重视的作家，在他的文学史中基本都打了折扣，比如鲁迅；而与此相反的作家，则在他的文学史中得到了前所未有的张扬。无疑，夏志清的文学史本给我们提供了认识文学史的另一个棱镜，而且他确实发掘出几个曾经被我们的研究者和文学史所遗忘和忽视的作家，但是出于意识形态的考虑而有意识地压低了左翼作家的某些作品，如他说茅盾的《子夜》是“失败之作”，“尽管《子夜》包罗的人物和事件之大之广，乃近代中国小说少见的一本，但它对该社会和人物道德层面的探索，却狭窄得很。社会经济的资料，或推而广之，一切为了写小说而收集的资料，都是死的、本身无用的——除非那位收集这种资料的小说家能够运用有创作性的想象力组合这些资料，使其‘活’起来。茅盾在《子夜》内却没有这样做：他把共

① 夏志清：《中国现代小说史》，刘绍铭译，桂林：广西师范大学出版社，2014 年，第 13 页。

② 同上书，第 372 页。

产主义的正统批评方法因利乘便地借用过来，代替了自已的思想和看法”[①]。这个评价显然与《子夜》的真实艺术成就有着不少的距离。

我们当然不应该脱离王瑶、夏志清所处的时空来责备他们的文学史观，而是应该通过他们的例子来反观文学史家与其所处时空的关系，并进而研究文学史撰写的相关问题。此处所提出的建立在“三重述体”基础上的文学史叙述范式意在为中国文学史，特别是重写文学史提供一种借鉴。

① 夏志清：《中国现代小说史》，刘绍铭译，桂林：广西师范大学出版社，2014 年，第 122 页。

第三章

“秩序”的叙事新解

叙述学中英文术语“order”一词既可以译作“时序”，也可以译作“秩序”。它是叙述学中在谈及时间时使用的一个术语，有时与顺序（sequence）一词互换使用。在这里将英文“order”有意识地译作“秩序”有两层意义：一是还原了“秩序”一词作为叙事研究中的含义，即它也具有“时序”的意思；二是“秩序”一词除了具有“时序”的含义外，还“犹言次序”[①]也。而“次序”除了表示“先后顺序”外，还有“调节”的意思。[②]正是基于这一考虑，将这一拓展了内涵的术语用于解析文学史写作，以期能帮助我们看到更多的东西，并进而有助于揭示文学史写作的内部关系及其所蕴含的意蕴。

从“秩序”的角度来探讨文学史写作主要从两个方

① 《辞源》（合订本），北京：商务印书馆，1988 年，第 1250 页。

② 同上书，第 893 页。

面入手：一是从横向的词语、语句以及段落和篇章排列的顺序来进行分析；二是从纵向的意义构建和隐喻来进行挖掘。如下文将要讨论的那样，学术界对“秩序”一词有着不同的理解或界定。这一章讨论文学史中的“秩序”并不囿于已有的理解和界定，而是在借鉴并整合这些已有的理解和界定的基础上，提出自己的理解和界定，并尝试将其用于具有鲜明特点的文学史叙事的分析之中。

第一节　“秩序”的歧异

从叙述学的角度来说，“秩序”是构成文本世界维度和文化语义场所的一个至关重要的因素，并因其具有结构性隐喻特点而蕴含了地质学般的深刻寓意。不过，“秩序”在不同的叙事文类中所承担的功能和蕴含的意义也不尽相同。比如说，一般文学叙事中的秩序与文学史叙事中的秩序就有若干的不同。二者的区别在于，一般文学叙事在这个方面可以有很大的灵活性、自主性，作者甚至可以因“恣意妄为”而备受关注，即作者可以不受“秩序”的制约，拥有极大的发挥和创造的空间。文学史叙事则不同，文学史作者在“秩序”方面须要“谨小慎微”，材料的安排须要合理，遣词造句务必得当。否则，不仅会使文学史叙事变成一种“不可靠叙事”，而且还会误导读者，贻害无穷。

“秩序”与文学史叙事有着密切的关系。甚或可以说，没有“秩序”，就没有文学史。因此，弄清“秩序”这一术语的真实含义是至关重要的。我们需要对“秩序”这个术语做一个扼要的梳理，以方便后面的论述。

从叙述学的角度来看，学者们对叙事文本中“秩序”一词的理解和使用各有侧重或并不完全一致。在热拉尔·热奈特（Gérard Genette, 1930—2018）那里，时间可以分为秩序（order）、时长（duration）、时频（frequency）三种。秩序关注的是按年代顺序排列的次序与话语次序之间的关系；话语顺序可能与按年代顺序排列的次序相一致，也有可能不相一致，如出现预叙或倒叙。时长指的是故事时间和话语时间之间的关系。比如说，占有较长时间的故事在叙述话语中却占用了较短的时间；反之亦然。时频指的是故事发生的频率与出现在话语中的频率之间的关系。[①]热奈特对时间的分类可以说是叙述学研究时间的滥觞之一，至少有两种意义：一是通过将叙述时间细分为三个层面，分别从不同的层面解释了故事时间与话语时间之间的关系；二是通过解释这种关系来揭示故事与话语的不对称性，并进而揭示话语叙述的指向性。

西摩尔·查特曼（Seymour Chatman, 1928—2015）和戴维·赫尔曼（David Herman 1962—　）等人对时间的理解和使用，基本上都是依据热奈特对时间进行三分的基本理念。就“秩序”而言，查特曼强调的是故事安排的顺序，其中包括预叙、倒叙等。他说：“只要故事的顺序仍然清晰可见，话语就可以随意重新安排故事里的事件。”[②]赫尔曼在接受热奈特对时间进行三分理念的同时，还特别强调“秩序”的不完全受约束性，并进而提出

① See David Herman, et al., *Routledge Encyclopedia of Narrative Theory*, London and New York: Routledge, 2005, p. 372.

② Seymour Chatman, *Story and Discourse: Narrative Structure in Fiction and Film*, Ithaca and London: Cornell University Press, 1983, p. 63.

“挑剔的时间性”（fussy temporality），意在强调叙述中的时间秩序的不确定性。[①]

杰拉德·普林斯整合了热奈特、查特曼等人的观点，将“秩序”一词解释为“事件发生的秩序与讲述事件发生的秩序之间的那套关系”。它们“可以依事件发生的秩序来讲述，也可以不依据事件发生的秩序来讲述[……]。在某些案例里，可以析出事件之间在时间上的关联”[②]。普林斯的这个解释主要有两层含义：其一是说事件发生与讲述已发生事件之间存在一定的逻辑关系，即讲述事件发生的“秩序”既可以与事件发生的“秩序”一致，也可以不一致；其二是说事件之间在时间上有某种关联。普林斯对“秩序”解释的第一层意思，与查特曼的解释别无二致，这一点无论是在虚构叙事还是在非虚构叙事作品中都已得到了印证。他所解释的第二层意思却较其他学者更为明晰些，但却仍然有片面性和简单化的嫌疑。

罗兰·巴尔特也对“秩序”一词发表过自己的看法。他在讨论“政治写作”时指出：“我们看到，在这里写作起着一种良心的作用，而且它的使命是，使事实的根源同其最遥远的变形体，虚假地相符，方法是通过论证后者的实在性来为行为辩解。此外，写作的这种事实为一切专制政权所有，因此我们不妨称其为警察化的写作：比如说我们知道，‘秩序’这个词永远包含着

---

① David Herman, *Story Logic: Problems and Possibilities of Narrative*, Lincoln and London: University of Nebraska Press, 2002, pp. 212-214.

② Gerald Prince, *A Dictionary of Narratology*, Lincoln & London: University of Nebraska Press, 2003, p. 69.

压制性的内容。”[1]巴尔特在这里所提到的“秩序”，似与查特曼、普林斯等人所说不是一个层面上的事情。他强调的不是故事秩序安排的形态和可能性，而是“权威”对言说的语言秩序的压制，和由此压制而建立的“秩序”所具有的社会的或政治的功用。

由此看来，译作汉语的“秩序”一词，在理解上和使用上具有歧异性或多种解释：或如热奈特、普林斯解释为事件发生和讲述事件发生之间的关系；或如查特曼等人指向讲述故事的时间顺序；或如巴尔特认定为话语顺序的政治寓意。如果“秩序”一词的指向仅囿于时间的范畴里，则有碍于我们更广泛地了解“秩序”的所有层面和更深刻地理解“秩序”所具有的全部含义。因此，除此之外，我们至少还应该看到“秩序”在空间、因果关系等方面还有诸多的关联。这些关联既有可能是交叉的或相互覆盖的，又具有一定的可变或不确定性。如果“秩序”强调事件发生和讲述事件发生之间的关系，则容易在这种关系的比照中，忽略了所应强调的讲述过程中的“秩序”——叙事研究不是“考古”研究，它更注重研究叙事行为本身；而如果“秩序”一词仅仅是指向政治寓意，则又无法很好地将它运用于含有政治指向以外的其他艺术种类或文类，如对离着政治意识形态较远的绘画和山水诗的赏析等。简而言之，词语指向单一，会遮蔽事物的许多其他属性与功用。所以，在这里对“秩序”一术语的使用拟在整合上述西方学者各种观点的基础上，融合其所蕴含的时间与空间两

---

① 罗兰·巴尔特：《写作的零度》，李幼蒸译，北京：中国人民大学出版社，2008 年，第 18 页。

个维度。换句话说，结合文学史叙事来看，除其本义之外，“秩序”至少还应该再细化为属于其项下的时空、连接、嵌入与忽略三个层面。

以顾彬的《二十世纪中国文学史》（中文版）为例。之所以以此书为例，主要是因为该书出版后在中国文学界引起了不小的躁动。有些“心急”的论者顾不上去管顾彬的“美学尺度是否就是文学的唯一的或根本的尺度”，但因其富有“个人明确文学观和美学价值尺度的学者”[①]或“个人化色彩”[②]而大加褒扬。

应该说，顾彬的《二十世纪中国文学史》并不是第一部引起人们“躁动”的文学史，在此之前就已经有过好几部，如钱理群等人的《中国现代文学三十年》、陈思和主编的《中国当代文学史教程》、洪子诚的《中国当代文学史》等，都曾引起过较大范围的讨论。这次只不过由于作者的身份有些特殊，即由一位德国的汉学家来撰写中国20世纪的文学史，特别是他的宣称——“我和我的前辈们在文学史书写方面最大的不同是：方法和选择。我们不是简单地报道，而是分析，并且提出三个带W的问题：什么（was），为什么（warum）以及怎么会这样（wie）？举例来说，我们的研究对象是什么，为什么它会以现在的形态存在，以及如何在中国文学史内外区分类似的其他对象？”[③]——比较吸引人的眼球。一时间，中国文学界仿佛经历了一场学术地震，或宛如英国前首相托尼·布莱尔在2001年9月11日恐怖袭击

① 张闳：《第一千〇一部中国现代文学史》，《中华读书报》，2008 年 10 月 15 日。

② 叶开：《一部富于批判精神的文学史》，《中华读书报》，2008 年 10 月 15 日。

③ 顾彬：《二十世纪中国文学史》，范劲等译，上海：华东师范大学出版社，2008 年，第 2 页。

事件发生一个月后，在英国工党大会上对当时世界格局做出的非常经典的描述："这是一个要抓住的时刻。万花筒已经被摇动。碎片在不断变动。不久就会落定。"①

中国文学界的"万花筒"确实已经被摇动了，"碎片"也在变动之中。至于这些"碎片"此刻是否已经"落定"，自然还不得而知。唯一知道的或应该知道的是，中国学者面对这个"要抓住的时刻"，不应该心急火燎、不顾一切地"歌"之"颂"之，而应该平心静气地从学理上思之、析之，以找出其聪颖、冥顽甚或玄秘之处。

第二节　时空形态及其寓意

文本秩序的时空形态，应该被理解为文本的组成部分。这样说可能有些抽象，说得更具体一些就是，事件、人物、场景，甚或章节、段落、词语、句子、诗节、形象等一系列因素，在一定时空维度里的搭配、排列和所占据的时空地位等。显然，前面所提到的这些因素都是构成秩序的基本组成部分，而且都是存在于时间和空间这两个相辅相成、不可分割的纬度之中。作为个体，每个构成时空形态秩序的基本组成部分都有着各自的存在形态与独立地位；而作为整体中的一个部分，它们各自又与其他部分有着一定的关系或制约这种关系的某种规约。

为了叙述上的方便，也是为了更好地理解这个问题，还可以把这种原本相辅相成、不可分割的文本"秩序"中的时空形态拆

① 转引自 Martin Halliwell and Catherine Morley (eds.), *American Thought and Culture in the 21st Century*, Edinburgh: Edinburgh University Press, 2008, p. 1。

解开来探讨。从时间上来看，各结构组成部分在文本中是通过线性的方式展开的，展开的先后顺序构成了一个完整的表意链；从空间上来看，这些结构组成部分在文本中排列起来，各自占有一定的空间位置，其大小、比例及其相互关系，成为一种具有地质学般多层次寓意的隐喻。需要特别说明的是，空间形态的喻指空间绝不是与其外形同质的。文本中的每一个组成部分虽然都各自有一个自己的空间疆域，但是，这些空间疆域一旦形成，就会彼此间相互勾连与互为作用，并将这种勾连和作用延伸到其他空间疆域里，以便由此形成或建立空间疆域间的关系和规约，也就是所说的“秩序”。以上是从理论的角度来说明何谓时空秩序，那么，这种时空“秩序”在具体的文学史文本中是以何种形态来呈现的呢？

本节将以顾彬的《二十世纪中国文学史》[①]中的时空“秩序”形态为样本，来说明这个问题。顾彬将“20世纪中国文学分成近代（1842—1911）、现代（1912—1949）和当代（1949年后）文学”[②]三个部分，并以“现代前夜的中国文学”“民国时期（1912—1949）文学”以及“1949年后的中国文学：国家、个人和地域”三个章节分别进行了论述。顾彬这样来构建中国20世纪文学史的时空，存在着哪些问题呢？

首先，从体现“秩序”的文学史分期这个角度来看，顾彬的

① 需要说明的是，本文以中文版《二十世纪中国文学史》作为案例进行分析的原因有二：一是因为足以代表汉学家顾彬本人意思的中文版《二十世纪中国文学史》用着方便；二是这部中文版文学史已在中国造成广泛影响。即便是从阐释学的角度看，一部作品一旦产生就有它存在的理由和价值。笔者也不敢无视它本身存在的意义和价值。

② 顾彬：《二十世纪中国文学史·序》，范劲等译，上海：华东师范大学出版社，2008年，第3页。

分期方法与勒内·韦勒克所批判的"大杂烩"分期方法别无二致。韦勒克认为，以往的文学史分期"只不过是许多政治的、文学的和艺术的称呼所构成的站不住脚的大杂烩而已"，如"'基督教改革运动'来自基督教会史，'人道主义'主要来自学术史，'文艺复兴'来自艺术史，'共和政体时期'和'王政复辟时期'则来源于特定的政治事件"[①]。显然，韦勒克认为文学史的分期就应该以文学自身为界标，而不应该被"基督教会史""学术史"和"特定的政治事件"等所绑架。而顾彬对20世纪中国文学这三大板块的划分，恰恰就是以政治为线索来划分的，正如顾彬本人所说："为方便计，我保留了通行的分期法。[……]尽管也有其他种种划分，但它们到目前还没有得到普遍的公认。"[②]我们知道，所谓的通行分期法，主要就是指以政治大事件为分期的界标。从这个角度上说，顾彬对20世纪中国文学的总体框架认识上，并没有超出已有的那些文学史。

其次，由这三部分构成的20世纪中国文学的三个时空本身，也是一种"时空错误"。原因是，他将20世纪中国文学时空第一个板块限定为1842年至1911年，从20世纪向后倒退了将近60年。为何要将20世纪的中国文学史后退近60年？或者说为何要将20世纪中国文学时空的上限设定在1842年？这一时段里的中国文化、政治空间又是怎样的？

要弄清楚这些问题，首先需要了解顾彬对现代中国的认识和

① 见勒内·韦勒克、奥斯汀·沃伦：《文学理论》，刘象愚等译，北京：生活·读书·新知三联书店，1984 年，第 317、316 页。

② 顾彬：《二十世纪中国文学史·序》，范劲等译，上海：华东师范大学出版社，2008 年，第 3 页。

他的论证逻辑。在第一章"导论：语言和国家形成"中，顾彬先是说因"中央帝国一度就是寰宇[……]它的文字就是所有人的文字，它的文献就是世界的文献"但却"并不属于世界文学"；[①]接着他又说："从中国传统向西方现代性过渡的决定性阶段随着国门被强行打开而开始。大不列颠通过第一次鸦片战争（1840—1842）导入了一种演变，接下来越来越多地迫使满清政府将沿海地区和交通路线向国际性商贸开放。"[②]也就是说，在顾彬看来，鸦片战争前的中国封建帝国的文学因闭关锁国而"不属于世界文学"。简单地归纳他的论证逻辑就是：鸦片战争中西方列强，特别是英国侵略者用坚船利炮强行打开了中国的国门，自此以后中国的文学就开始属于世界文学了。

我们且不从国家和政治的层面来谈他的强盗逻辑和正义性问题，也不说他所提到的中国文学皈依了西方文学才可以算是"世界文学"这一观点的正确与否，而是从叙事时空的角度来看他的论证和他为中国现代文学开端所构建的文化政治时空。

这部明里是写文学史，暗地里却是写思想史的《二十世纪中国文学史》[③]，首先将20世纪的中国文学置于与西方相比照的时空里。这主要体现在他论证的三个方面：一是如前文所引的观点，即他认为英国的入侵，为中国步入"现代"起到了决定性的作用。换句话说，中国步入现代社会是一种"浴火"，多亏了英国的鸦片和坚船利炮的帮忙。二是他借用夏志清所说的"对中国的执迷"这句话，来表达中国社会的自我封闭。然而，在顾彬那

---

① 顾彬：《二十世纪中国文学史》，范劲等译，第3页。

② 同上。

③ 参见顾彬：《二十世纪中国文学史》，范劲等译，《中文版序》第2页、《前言》第3页。

里，这句话的内涵却是：

> 表示了一种整齐划一的事业，它将一切思想和行动统统纳入其中，以至于对所有不能同祖国发生关联的事情都不予考虑。作为道德性义务，这种态度昭示的不仅是一种作过艺术加工的爱国热情，而且还是某种爱国性的狭隘地方主义。政治上的这一诉求使为数不少的作家强调内容优先于形式和以现实主义为导向。于是，20世纪中国文学的文艺学探索经常被导向一个对现代中国历史的研究。①

换句话说，在顾彬看来，所谓的“对中国的执迷”，就是指中国作家在创作的时候，总是把文学创作与“祖国发生”的事情紧密相连，即过于关注祖国的事情，从而爱国热情变成了狭隘的地方主义，这是让“西方不满于20世纪中国文学的实质性原因”②。三是他根据“对中国的执迷”问题，进而推论出中国是一个“急需医生的病人”或“病夫中国”的结论，正如他说：“疾病和传统被画上等号，以至于现代性成了推翻偶像的代名词。”③

通过上述的简单勾勒不难看出，顾彬用“文字成像”般的叙述手法，为我们清晰地勾勒出一幅时代的画卷：西方人在坚船利炮的掩护下将一箱箱的鸦片销售到中国，从而让“病夫中国”从此步入了现代社会。背景里的西方人神气地遥望着处于硝烟战火和碎片瓦砾中的中国，却转而又满脸严肃地抱怨中国作家不该“对中国的执迷”。这是顾彬在他的书中为我们所构建出来的第

① 参见顾彬：《二十世纪中国文学史》，范劲等译，第7页。
② 同上书，第8页。
③ 同上。

一个20世纪中国文学的文化政治时空。

顾彬为我们所构建出来的第二个20世纪中国文学的文化政治时空，是一个不对称的文化政治时空。他的第二章、第三章的标题分别是“民国时期（1912—1949）文学”和“1949年后的中国文学：国家、个人和地域”。显然，“民国时期”这个标题更多的是指向一个国家政体的时空；而“1949年后”则是一个纯粹的时间概念，与政体无关。顾彬这样做的初衷是什么？我们不得而知，因为他并未介绍。

从文学史写作的纯技术性考虑，这种不对称性其实是一个错误：用国家政体的名称来指代这段历史，表明作者是用政治的观点来评判这段文学的历史的；有意识地回避国家的政体名称，只用表明时间性的词语来概观一段文学历史，就表明作者是在有意识地回避政治的观点对文学的侵蚀。也就是说，面对20世纪的中国文学史，顾彬所采用的标准是不一样的。这种文化政治时空的不一致性，是由顾彬在术语使用方面的疏忽所致吗？

恐怕不是。这种不一致性中实际隐含了作者的深刻寓意。这从顾彬的一个重要观点中不难看出，即如他在书中所指出的那样，现代中国文坛除了鲁迅之外，再别无他人值得提及。他还承认，若不是一些好心的中国作家和学者的鼓励，他几乎就“屈服于[……]现代中国根本没有（好的）文学可言”[1]的看法。我们对他的这种居高临下或颐指气使的治学态度暂且不作什么评价——其实这也没有什么值得评价的，因为任何一位治学严谨的文学史家都不会说出这种话。回到正题。按照他自己的说法，他推崇鲁

① 顾彬：《二十世纪中国文学史·前言》，范劲等译，第3页。

迅是由于鲁迅符合于他所提出的“三力”评价标准——语言驾驭力、形式塑造力和个体性精神的穿透力[①]。其实，在20世纪中国文学史上程度不同地符合“三力”评介标准的不只有鲁迅一人。巧合的是，被他所肯定的鲁迅是生活在“民国时期”的而非在1949年后。由此可以看出，这不是一般意义上的“厚古薄今”，而是其构建不对称文化政治时空的逻辑必然。

《空间的诗学》一书作者加斯东·巴什拉（Gaston Bachelard, 1884—1962）说：“孤立的形象，发展这一形象的句子，诗歌形象闪耀其中的诗句甚或诗节，一起组成了一个个语言空间。”[②]他还说，从现象学的角度看，“形象就在那儿，言语在言说”[③]。我们借用巴什拉的话，进一步反观顾彬在《二十世纪中国文学史》中是如何通过“形象”和“言说”来组成一个个语言的微观空间的，并通过这些微观空间来论证20世纪中国文学发生和发展的逻辑。

顾彬在该书的“前言”（这个“前言”发挥了定基调的作用）和第一章“现代前夜的中国文学”中，先后刻意提到了一组与20世纪中国文学相关的形象。这些形象出现的先后顺序大致是：自大的“世界帝国”“鸦片战争”“病夫中国”“五四新文化运动”、中国作家“对中国的执迷”“鲁迅”“老残”等。当然，如果愿意，类似的形象还可以再继续列下去。不过，不用多

① 顾彬：《二十世纪中国文学史·前言》，范劲等译，第 2 页。遗憾的是，他并没有严格按照自己提出的“三力”评介标准来进行论述。

② 加斯东·巴什拉：《空间的诗学》，张逸婧译，上海：上海译文出版社，2009 年，第 14 页。

③ 同上。

列，从已列出的这些形象来看，一个个令人惊骇、生疑的文学生存空间跃然纸上。更为令人惊骇、生疑的是这些微观文学生存空间之间，因其出现的先后顺序和论证的逻辑关系而出现的勾连：“世界帝国”与“鸦片战争”、“鸦片战争”与现代中国、翻译与“中国的现代”、中国作家“对中国的执迷”与西方对中国的不满、“病夫中国”与鲁迅、老残，等等。在这些关系的勾连、比照中，凸现的不是中国社会各种力量诉求和互动对该时期中国文学所产生的影响，而是鸦片战争、翻译等外部力量对20世纪的中国文学所具有的决定性影响。[①] 显然，主导着这个文学时空的主要形象是强大的西方与羸弱的中国。

如果说只用截取的一些形象，来讨论顾彬构建的20世纪中国文学时空及其寓意，似有主观或“断章取义”的嫌疑，那么我们试从书中完整地直接引用顾彬的一段“言语”，即透过这段原汁原味的“言语”来观察他是如何利用“秩序”来构建其叙事意义的。因考虑到其重要性，不得不再次引用顾彬在第一章中所说的话：

> （1）不列颠通过第一次鸦片战争（1840—1842）导入了一种演变，接下来越来越多地迫使清政府将沿海地区和交通路线向国际性商贸开放。（2）在个别情况下甚至可以说就是一种占领，然而中国并没有成为殖民地，甚至半殖民地这个术语如果考虑到国土的幅员辽阔也是可疑而非可信的。（3）然而逼人的形势导致皇室终于在第二次鸦片战争

① 顾彬在第一章中还提及1517年葡萄牙人抵达中国对中国“迈入世界历史、世界市场、语言共同体和世界文学”等的作用。见顾彬：《二十世纪中国文学史》，范劲等译，第5页。

（1856—1860）后开始采取应对措施。（4）1861年总理衙门和同文馆的建立标志着开始同“天下”意识形态告别，以及逐渐地向另一种观念过渡，即必须且愿意像其他国家一样成为众多国家中的一个成员。[①]

这段引文中的句子显然都是一些判断性的句子。它们明白无误地说明着一种顾彬所理解的历史过程，即两次鸦片战争给中国所带来的最终变化——让中国“成为众多国家中的一个成员”。引文中的第（1）（3）（4）句，分别顺时地说明不列颠先后两次发动的鸦片战争给中国所带来的积极作用。只是第（2）句有些特别，它是对第（1）句的一种反向说明，即顾彬根据中国“国土的幅员辽阔”而认定，不列颠对中国的第一次鸦片战争并没有导致中国陷入殖民地或半殖民地。按理说，为了保持句子的平衡，这一段的第（4）句话也应该是对第（3）句的反向说明，即再找到某种理由，继续认定第二次鸦片战争也没有给中国带来什么负面的影响。然而，顾彬并没有这样写，而是从正面详陈第二次鸦片战争给中国带来的好处。

这四个句子在这段引文中的搭配、排列、各句所具有的时空地位，以及各句之间的关系和维系或制约这些关系的规约都是不容忽视的。如第（1）句的主语是“不列颠”，两个谓语分别是“导入”和“迫使”，跟随其后的宾语和复合宾语则分别是“演变”和“清政府[……]开放”。从这个句子看，主语和（复合）宾语分别与两个主权国家相关，它们之间的关系是主动与被动之

① 顾彬：《二十世纪中国文学史·前言》，范劲等译，第3页。为讨论方便，本文作者在引文的每句话前添加了圆括号和圆括号内的数字。

间的关系，维系或破坏它们之间关系“规约”的则是武力，即鸦片战争。这种用不容置疑的方式来表达思想的句子，实际上是用一种“判决的形式来表达一种事实”[①]，意将一种意思强加给读者。在顾彬那里，这种意思其实强调的就是鸦片战争使中国文学成为了世界文学。当然，从研究的角度讲，这也不失为是一种观点，但是，他的这种“强调”缺乏学理上的分析和支撑，如中国文学为何在此之前没有成为世界文学，而在此之后一下子就成为了世界文学，难道鸦片战争本身具有把中国文学变成世界文学的魔力？另外，他也没有从政治的角度论述鸦片战争的正义与非正义；更没有从人文的角度来关怀战争给中华民族所带来的灾难与伤害。从以上几方面中不难体会出他的政治立场和价值取向。

第三节 连接的叙事意义

上面谈的是秩序的构成成分及其寓意，接下来要谈的就是秩序中的连接。应该说，这种“连接”是非常重要的，它是维系叙述事件发生秩序的一个重要方面。曾有不少的理论家涉及这个问题，其中诺尔·卡罗尔（Noël Carroll, 1947—　）的有关叙事关联性研究，对叙事秩序中连接的研究很有启发性。

卡罗尔在《论叙事的关联性》（“On the Narrative Connection”）一文中，特别强调叙事中事件和/或事物状态之间的关联。他甚至提出，一个能称得上叙事的篇章需要满足五个方面的要求。这五个方面的要求分别是：（一）这一篇章至少要有两个或两个以上

① 罗兰·巴尔特：《写作的零度》，李幼蒸译，第17页。

的事件和/或事物状态；（二）这些事件和/或事物状态总的状态应该是向前发展的；（三）这些事件和/或事物状态中应该至少有一个统一的主题；（四）事件和/或事物状态之间的时间关系应该排列清晰；（五）事件和/或事物状态序列中，前一个事件和/或事物状态至少与后一个事件和/或事物状态之间有一个必要的因果关系或对后一个事件和/或事物状态的出现有一定的影响。[①]在这五个方面中，卡罗尔最为看重的是事件和事物状态之间在时间和因果方面的关联性，即他强调的是一种“向前的”和“可追溯的”时序排列，以及可以不是直接的或充足的但却是必不可少的因果关系。这是因为“叙事典型地表现了事物状态的改变，而改变则意味着有某种包含性的因果过程”[②]。或换句话说，在卡罗尔看来，凡是叙事必有事物状态的改变，而这种改变必与时间相关，也必有其内在的因果逻辑关系。

不过，“秩序”的连接研究与叙事的关联性研究并不完全相同。二者的区别在于，卡罗尔所提出的叙事关联性研究是将主题、事件、事物形态等关联的品质作为研究的对象，考察它们在时间、因果等方面的关联性，所侧重的是主题、事件、事物形态等各方面的逻辑关系；而这里所讨论的“秩序”的连接研究则是将主题、事件、事物形态等的连接点作为研究的对象，观察它们在主题、事件、事物形态等连接中所采取的形式。这种对“连接点”的研究所关注的是其所具有的叙事意义。

---

① Cf. Noël Carrol, “On the Narrative Connection,” in Willie van Peer and Seymour Chatman (eds), *New Perspectives on Narrative Perspective*, Albany: State University of New York Press, 2001, p. 32.

② Ibid., p. 26.

还需交代一点的是，文学史中的连接与一般文学作品中的连接有很大的不同。一般文学作品是虚构的，所以叙事“秩序”中各事项间的连接随意性较强；文学史虽亦为虚构类文本，但因文学史中的叙述秩序在时间上是按照文学事件、作家、作品等出现的自然时间顺序构建起来的，即在空间上是按照同类中的重要性依次排列的，所以秩序中各事项间的连接更要体现出一种结构内部的连续性、条理性以及可预测性等。若要达到这些要求，秩序中的连接点就起到了至关重要的作用。

顾彬在《二十世纪中国文学史》叙事“秩序”中各事项间所进行的连接，就很能从一个侧面说明这种“连接”的重要性，以下就顾彬的“连接”简要地作一分析。

首先，他在谈及20世纪中国文学由传统向现代转变时，总是将传统与现代这两个事项间的连接点，严格地限定为外敌入侵或战争。这不是偶尔为之的做法，而好像是习以为常的惯例。比如说，他在讨论中国的“开放”时，先后将1517年的葡萄牙人的入侵和1840年、1856年的两次鸦片战争作为“闭关锁国”与“开放”的连接点；他在介绍世纪之交的文学转变时，又把1895年“甲午战争”（西方学者称之为“第一次中日战争”Sino-Japanese War, 1894—1895）中国“对日战败”①作为连接点。也就是说，在他看来，中国“现代意识”产生的主要原因之一，就是因“祖国危机”②。应该说，顾彬的这一“连接”或许也有一定的道理。20世纪的中国文学在由传统向现代转变的过程中，外

① 顾彬：《二十世纪中国文学史》，范劲等译，第11页。

② 同上书，第12页。他认为，另一个主要原因是“产生了报纸”。

敌入侵或者说战争的确起到了一定的作用。但是，如果仅将这个连接点限定为外敌入侵，而不在此基础上进一步探讨国家内部和文学内部自身的原因，那么，他对历史转折连接点的认识就没有超出客观决定论的认识水准。

外敌入侵或者战争固然会给一个国家政治、经济、文化等方面的历史进程，带来巨大的冲击，同时也会对文学的发生与发展产生重要的影响，有时甚至还会促使其发生质的改变。然而，这种力量无论如何大，最终也只能算是一种外部力量。只谈外部力量的作用，而忽略内部力量的诉求或可能产生的反作用，是不全面的，甚或掩盖、扭曲了事情发生和发展的真正原因。显然，要从学理上讲清楚20世纪中国文学发生和发展的动因和规律，只单方面地强调外敌入侵是远远不够的，还要分析晚清社会，特别是该时期文化知识界的诉求和变化，以及文学与社会的互动关系等。文学史写作既然是要客观、全面地讨论文学的规律性问题，就不能忽略了这些学理层面上的问题。

其次，顾彬以1949年为界，将20世纪中国文学分为上、下两部分，原本也是在情理之中。但是问题在于，他设计连接上、下这两部分的连接点，却是无法契合到一起的。具体说，他将20世纪中国文学的上半部分，限定为“民国时期”这样一个有着统一概念的时间区域内。显然，这里强调的是一个统一体，即以“民国”为关键词的统一体。照此逻辑，20世纪中国文学的下半部分，也应选用一个能与“民国”相称的关键词，作为构架这段文学时空的基准。然而，顾彬认为，1949年以后，中国当代文学“已经走向世界，不再仅仅属于中国”，或者说“分化和国际化”了，有些作家，如白先勇、北岛等人出生于中国，但他们都已经加入了外国国籍，“他们作为世界公民不隶属于任何政治意义上的中国——无论这个中国如何定义”为例，来说明“‘唯一一种中国文学’的说法因而不再成立”，只能用一个宽泛的“‘华语文学’的概念”[①]来命名这段文学的历史时空，即把这段文学的历史时空分解了开来。

我们姑且不讨论这种划分所折射出的顾彬的政治立场，也不深究他以白先勇[②]等个别作家为例，来说明使用“华语文学”概念的合理性是否真的那么合理，而仅从形式上来看这种划分就充满着不可操作性：如果将他划分的上半部分——“民国时期”——比作一个单孔的管道，那么他划分的下半部分——1949年后——则可比作一个多孔的管道。这样两种不对称管道的对接，该如何寻找其连接点呢？其寓意又是怎样的呢？

按常理，任何一个国别文学都是有疆域的，其疆域不是语言，而是当下的政治地理版图。我们不能因某些作家国籍或居住地的改变，而改变这一国别文学的疆域。打破这一疆域只能意味着这个国家的破裂或外延。对中国而言，1949年中华人民共和国成立后，这两种情况都不存在。就笔者有限的阅读所知，世界上似乎没有一个国家的文学史会因为某个或某些作家的离去或移居他乡，而更换了名称。如美国出生的作家亨利·詹姆斯（Henry

① 以上引文见顾彬：《二十世纪中国文学史》，范劲等译，第233页。

② 白先勇：1937年出生于广西桂林，1948年到香港，1952年到台湾，1963年赴美留学，1965年在获得硕士学位后定居美国加州。参见李旭初、王常新、江少川：《台湾文学教程》，武汉：长江文艺出版社，1996年，第85页。

James, 1843—1916）、T. S. 艾略特[1]都因某种原因而移居到欧洲，但是美国文学从来没有因为他们的离开，而从此更改美国文学的名称；波兰文学也没有因以斯雷尔·乔舒亚·辛格（Israel Joshua Singer, 1893—1944）、艾萨克·巴舍维斯·辛格（Isaac Bashevis Singer, 1904—1991）[2]等知名犹太作家移居美国，而从此改谈"国际化"[3]；俄国文学的命名也没有因弗拉基米尔·纳博科夫（Vladimir Vladimirovich Nabokov, 1899—1977）[4]先后移居美国、瑞士等地而有丝毫的改变。顾彬以1949年后部分作家离开中国为由，提出"华语文学"的文学史概念既是不可行的，也是可疑的，不只是与世界上通行的文学史写作理念相左，而且也有不尊重中国文学之嫌疑。

最后，由于国民党政府败退台湾和当时中国尚未将香港、澳门的主权收回的史实，顾彬在处理1949年后这段时间的中国文学时，采用的是"平铺"的方法，即分别讲述了中国台湾、香港和澳门地区的文学状况。[5]他的这一方法不仅无可厚非，而且还很有道理。但问题在于，1949年前中国同样也没有收回香港和澳门的主权。按照逻辑，顾彬讲述1949年前的中国文学时，同样也应

---

① 亨利·詹姆斯（Henry James, 1843—1916）：1843 年生于美国纽约，1875 年移居法国巴黎，翌年又定居英国伦敦。T. S. 艾略特（Thomas Stearns Eliot, 1888—1965）：1888 年生于美国圣路易斯，1927 年定居英国伦敦，成为英国公民。

② 以斯雷尔·乔舒亚·辛格（Israel Joshua Singer, 1893—1944）：1893 年出生于波兰，1933 年移居美国，1939 年成为美国公民；其弟艾萨克·巴舍维斯·辛格（Isaac Bashevis Singer, 1904—1991）：1904 年出生于波兰，1935 年移居美国纽约，1943 年成为美国公民。

③ 顾彬：《二十世纪中国文学史》，范劲等译，第 233 页。

④ 弗拉基米尔·纳博科夫（Vladimir Vladimirovich Nabokov, 1899—1977）：1899 年生于俄罗斯圣彼得堡，1940 年移居美国，1961 年迁居瑞士蒙特勒，1977 年病逝于瑞士洛桑。

⑤ 参见顾彬：《二十世纪中国文学史》，范劲等译，第 235—251 页。

该提到中国香港和澳门地区的文学。但是，他没有这样做。他在整个讲述民国时期文学的第二章没有一个小节甚或一个段落提到中国香港和澳门地区的文学。从这个角度看，两个文学时空的连接还是出现了不对等的情况，这是问题的一个方面。

问题的另一方面是，顾彬将国民党政府败退中国台湾前的那段中国文学，命名为“民国时期文学”，并将讨论的全部内容都集中在生活在中国大陆的作家、作品以及发生中国大陆的文学事件。然而，奇怪的是，1949年国民党政府败退中国台湾后，他反倒不集中地讨论大陆作家、作品以及发生在中国大陆的文学事件了。相反，他先从“边缘”看，再从“中心”看，最后才以一个小节的篇幅正面谈及“中华人民共和国文学”。当然，篇幅长短倒还在其次，重要的是他完全打破了文学史写作通常采用的叙述模式①，仿佛他谈论的已经不是文学上的而是意识形态上的事了，或者更确切地说，他是在借文学来评说意识形态。在这种文学史观的指导下，他的一切叙述似乎都是滑动在各种观念之间和对诸多事件的推理、评判之中，而很少有对文学作品本身的分析、阐释以及评价。更有甚者，他以政权的变更作为文学演变的连接点，但却绝口不提与文学内在演变相关的事情，如文学思潮的出现与消亡、文类的嬗变、创作主题的演化、新创作规约的出

① 董乃斌在其主编的《文学史学原理研究》一书中提出了文学史构成的“四本”思想，即“文本、人本、思本、事本”。他进一步指出：“‘四本’中有个核心，那就是人本。人和人的生活，人和人的喜怒哀乐之情，不但是文学史的本体和主体，而且是一切历史的本体和主体。就文学史而言，必须有人，人的创作行为，才会产生文学作品……至于思本和事本必须以人为中心，这是不言而喻的。”（董乃斌：《文学史学原理研究》，石家庄：河北人民出版社，2008 年版，第 102、104 页。）董乃斌提出的文学史“四本”其实也是文学史的一种结构秩序。

现、新技巧的使用等。

总之，由顾彬对文学史秩序连接的关注点可以看出，他书写的其实已经不是20世纪的中国文学史，而是20世纪的中国政权变化与文学的关系史。

第四节　嵌入与省略的叙事意义

如果我们将“秩序”的版图理解为是由若干个具有关联性的时空区域组成的，而且不同的文类各有自己的结构成分和组织规约，那么一种成熟文类的结构成分和组织规约，一旦被修改或破坏，如嵌入某些原不属于该文类的结构成分，或忽略掉某些原属于该文类的结构成分，就有可能不再属于原该属于的文类，或者说干脆变成一种新的文类。

同其他任何的史书写作一样，文学史写作的重要规约之一是对与文学相关的各种史料的依赖。文学史家从这些史料中找寻出历史的发展轨迹，并在此基础上把过去的历史重新构筑出来。不言而喻，这种重新构筑的方法有多种，可以按照时间的线性顺序，将相关史料串联起来，以此体现出历史发展的轨迹；也可以按照剖面空间的概念，将相关的史料平铺开来，以再现历史发展轨迹中某一时刻的剖面风貌。但是，如果这一线性顺序和剖面空间因加入某些不相关的史料而变形，或因减少某些相关的史料而断裂，那么这种重构就打破了文学史写作的秩序规约，从而使写出来的文学史就不像文学史了，有可能变成一种论文、随笔或者漫谈类的作品了。也就是说，只是用一种类似于时间的顺序将相关和不相关的文学史料串联起来，还称不上是文学史。

上面所说的这种“加入”在叙述学那里被称之为“嵌入”（embedding）；而“减少”则被称之为“省略”（omission）。具体地说，叙事学将“嵌入”解释为一种叙事顺序的结合，即将一种叙事顺序嵌入另外一种叙事顺序之中。[①]循此界定，“省略”也可以理解为一种叙事顺序的结合，即将一种叙事顺序从应有的叙事顺序中省略，从而构建起一种新的叙事顺序。通常，在一般的文学作品中，不管是“嵌入”还是“省略”都会使作品生色，因为这样做会给读者以变化的感觉，即让读者在跌宕起伏、悬念丛生的叙事中享受到变化的美；但是在文学史中，这种“嵌入”和“省略”虽然也能使文学史得到某种程度上的增色，但是，假如使用得不好，不仅会给人带来突兀异变的感觉，而且还会让原本可以衔接很好的叙述遭到破坏。当然，文学史作者在自己所写的史书中“嵌入”什么或“省略”什么，都程度不同地折射出该作者的良苦用心、审美趣味或价值取向。

还是回到对顾彬的《二十世纪中国文学史》的讨论之中。不知是出于何种原因，顾彬在这部文学史的叙事秩序中，十分突出地运用了“嵌入”和“省略”的叙事策略，并且在这一策略的使用中过于强调了意识形态的特点，特别是他按照自己的价值标准来筛选、使用和解读文学史料，并进而在充满选择性的意识形态价值判断中，重新构筑了20世纪的中国文学史。这样说可能有些抽象，还是结合着《二十世纪中国文学史》来论述这一问题。因该书的第三章在这方面表现得最为集中和明显，所以就以这章为例。在正常的情况下，文学史的写作就是以文学发展的先后脉络

---

① Cf. Gerald Prince, *A Dictionary of Narratology*, Lincoln & London: University of Nebraska Press, 2003, p. 25.

为线索，即根据时间的先后顺序来处理文学史上的事件和作品等，但是在这章中，顾彬并不是循着文学史的发展脉络，即前面讲过的“民国时期文学”接着来讲述“民国”之后的1949年后的中国文学的，而是一上来就一反常态地嵌入了三个能彰显他个人的价值判断的小节——“从边缘看中国文学：台湾、香港和澳门”“从中心看中国文学”“文学的组织形式”这样三部分来替代正常的文学史叙述。

顾彬在该处为何运用“嵌入”的方法来破坏正常的叙述顺序，而令其话语叙述显得突兀和异变呢？尤其是他在这一章的“文学的组织形式”一节中，谈到了作协制度、作家的“自我审查”和出版审查等，让叙述游离于正常的文学史叙述之外。问题是，在还没有正式进入当代文学作品之前，他为何要花费三个小节的篇幅来探讨这些问题？结合他对1949年后中国文学的总体认识来看，他目的其实很明确，就是想在正式进入当代文学史之前，要先行界定1949年后中国文学的性质和趋向。

正如前文所说，这一章中的第三节“文学的组织形式”尤其彰显了嵌入的突兀和异变。需要解释一下的是，我们不是说不可以用概述的方式，界说一个时代总的文学发展状况和特色，而是说这一节的“嵌入”，实际上是用一种从“事件”中提炼出来的“思想”取代了对“事件”本身的叙述。这样做，不仅打乱了正常的文学史叙事的秩序，而且也并未能在这种“嵌入”式的概说中，析出产生这种“思想”的根源、载体、原因以及目的。仅仅停留于为概述而概述，从而使这一节的叙述游离于整个文学史叙述的秩序之外，从而造成因“思想”而危害了叙述的“秩序”结果。

顾彬在此前的一章中也安排了一小节中的一个部分介绍文学的“组织和形式”。这个介绍是放在这一章第一节中的第五个小节中进行的，嵌在这一小节的第一部分和第三部分之间，即评介冰心、叶圣陶的短篇小说和新的抒情小诗之间。从介绍的内容来看，这一小节也是属于概述类的，即主要是简要地评介了五四时期的两个文学社团——文学研究会和创造社。照文学史的写作规范讲，这类评介性的文字应该放在这一章的开篇或至少这一小节的开篇。而顾彬将它嵌入在评介短篇小说和新的抒情小诗之间，就会令人觉得作者的随意性很强：无论是在时间上还是在空间上，它与前后评介的内容均没有必然的内在逻辑关系。因为在此之前他已经评介了冰心和叶圣陶写于20世纪早期的作品，如冰心的《超人》（1919）、《小读者》（1926）和叶圣陶的《一生》（1919）、《马铃瓜》（1923）、《倪焕之》（1928）等，而在此之后又接着评介冰心在同一时期的诗歌，如《春水》（1923）和《繁星》（1923）。

顾彬为何要不止一次地做着这种不合时宜的“嵌入”？其实，细心的读者如果将这里介绍的文学“组织和形式”，与第三章第三节中评介的“文学的组织形式”结合起来看，就会理解顾彬做这种“嵌入”的原因了。在前一个嵌入“组织和形式”的评介中，顾彬首先谈及的并不是他要评介的社团组织，而是颇为奇怪地从议论“回忆”与“记忆”开始。顾彬认为，“回忆是赋予意义的行为，但是只有当一个具有普遍约束力的共同体失去其集体意义，并且也失去其集体记忆时，回忆才是可能和必要的。反过来说，在一个新的（集体）记忆要被建立起来的时刻，

（私人）回忆才开始重新返回”[①]。他的这段颇有些诘屈聱牙的文字，似乎透露出下面三层含义：其一，回忆有意义，当人们忘记什么或有什么东西新建立起来时，才会有回忆；其二，如果回忆的是有意义的共同体，回忆才有意义；其三，当一个新的集体记忆建立起来的那个时刻，人们就会因不喜欢等原因而回忆以往。这种回忆因新集体建立时的强势，而迫使回忆成为私人的，而且此后将不再有回忆。第三层的含义尤为重要，因为他接下来又说：“1942年的延安整风运动和1949年中华人民共和国成立就属于这种情况。在其后的文学中几乎不再有回忆，只有大量的记忆。”[②]他的言外之意显然是说，自此以后的一切将不再具有意义——因为在顾彬看来，回忆才是有意义的，而记忆则是没有意义的。也就是说，顾彬通过区别“记忆”与“回忆”的方式，来表达他对1942年以后的文学和1949年以后的文学的看法，即这两段时间之后的文学均是无意义的。

顾彬在第三章第三节中评介的“文学的组织形式”时，也同样采取了“议论”为先的开篇方式，并且在“议论”中尽可能地把话说得委婉或不把话说尽，给读者留下想象和填补意义的空间。在这一节的开篇，他留给读者想象和填补的意义空间是中华人民共和国成立后，没有给艺术家留下一定的美学空间。他说：“十月革命之后，苏联起初还为艺术家留下了一定的美学空间，中华人民共和国成立后迅速把文学纳入了国家组织体系。”[③]结合对前一个“嵌入”的分析来看，顾彬在此处文中所做的“嵌

① 顾彬：《二十世纪中国文学史》，范劲等译，第70页。

② 同上书，第70—71页。

③ 同上书，第257页。

入”也绝不是随意的，而是蕴涵了他的一贯政治立场和价值取向。事实也是如此，因为他接下来又说：“这种做法借鉴了苏联30年代以后改变的文化政策，即把文学和艺术置于国家控制之下。控制的外在形式体现为作家协会，控制的实质通过发动运动得以加强。”①

顾彬在文学史中的“嵌入”是有意义的，即通过破坏叙述逻辑的方式，来隐喻、表达自己一些不便于直接说出来的意思。同样，他在文学史中的“省略”自然也不是随意的。他在第二章第五小节评介文学的“组织和形式”时，只提到了文学研究会和创造社，用他的话说：“在当时众多的文学社团中，这里只能提到两个代表性的：文学研究会（1920—1932）和创造社（1921—1929）”②——他省略了对中国现代文学史上另一大文学社团“新月社”的评介。诚如我们所知，众多社团的出现是20世纪早期中国新文学的一大景观，是各种文学思潮的源头和角斗场。一部号称20世纪的中国文学史原本应该认真梳理和评介这一时期的文学社团及其之间的关系，然而为何顾彬在议论“回忆”与“记忆”之后，只是匆匆评介了“文学研究会”和“创造社”而没有提及其他的任何社团呢？

我们知道，与强调“现实主义”创作的“文学研究会”和与忙于挂“革命文学”招牌的后期创造社不同，“新月社”始终是一个以坚持文学性和崇拜“美”而著称于中国现代文学史的纯文学社团。这一点从徐志摩发表于1926年4月《晨报副刊·诗镌》

---

① 顾彬：《二十世纪中国文学史》，范劲等译，第257页。

② 同上书，第72页。

创刊号上的《诗刊弁言》中可以看出来。他说：

> 我们几个人都共同这一点信心：我们信诗是表现人类创造力的一个工具，与音乐与美术是同等同性质的；我们信我们这个民族这时期的精神解放或精神革命没有一部像样的诗式的表现是不完全的；我们信我们自身灵里以及周遭空气里多的是要求投胎的思想的灵魂，我们的责任是替它们构造适当的躯壳，这就是诗文与各种美术的新格式与新音乐的发见；我们信完美的形体是完美的精神唯一的表现；我们信文艺的生命是无形的灵感加上有意识的耐心与勤力的成绩；最后我们信我们的新文艺；正如我们的民族本体，是一个伟大美丽的将来的。[①]

"新月派"的作家们热衷于把文学与音乐、美术相比附，相信"文艺的生命是无形的灵感加上有意识的耐心与勤力的成绩"，而对政治显然是不予以考虑的。对他们而言，艺术性，而且完美的艺术性才是最值得探讨的问题。这也难怪"新月派"的另一著名诗人闻一多，在郭沫若、成仿吾等人热衷于谈论文学的革命性，即纷纷从文学革命转向革命文学时，却针对诗歌自身，提出了个"三美"主张。[②]

无疑，顾彬对"新月派"的"省略"是有意识的，因为该诗派的艺术主张和文学时间不符合他的预设。更确切地说，顾彬在

---

① 徐志摩：《诗刊弁言》，杨匡汉、刘富春编：《中国现代诗论》，广州：花城出版社，1985 年，第 120 页。

② "音乐的美（音节），绘画的美（词藻），并且还有建筑的美（节的匀称和句的均齐）。"徐志摩：《诗刊弁言》，杨匡汉、刘富春编：《中国现代诗论》，第 125 页。

构建20世纪中国文学历史的时候，遵循的是强调中国现代文学中的政治性，而有意识地弱化现代文学中的艺术性线索。所以，他对明显与自己这一主张相悖的文学流派就只能采取“省略”的策略。这一点其实透过他所研究的文学研究会和创作社，也能明显地反映出来。在中国现代文学史上，文学研究会一直有着非常独特的地位。我们既不能截然地说它比创造社更为重要，也不能说它的重要性要逊色于创造社。总之，这两个文学社团像是一对孪生兄弟，相互影响、相得益彰。可是，在顾彬的论述框架中，他的论述重心偏移在创造社上。诚如我们所知，在中国现代文学史上，创造社分前后两期，前期创造社是以个性主义和艺术性见长的，后期的创造社成员转向了革命文学。在以往的文学史叙事中，文学史家往往强调的都是前期创造社，即彰显的是其为艺术而艺术的特色；至于后期，即1925年以后的创作社，往往是一笔带过。这种强调与省略意味着文学史家们认为，为艺术而艺术才是创造社的本质特征。有意味的是，顾彬一方面承认前期创造社是强调为艺术而艺术的文学社团，但另一方面又说：“该社并不是自1925年才从唯美主义转向马克思主义，并且把所有文学都宣布为宣传品的。在该活动之初就很容易在一部它的代表作中找出社会干预的证据来，即郭沫若的《女神》。作者早在1921年就在他诗集的诗人前言中把自己宣布为无产者了。”[①]这番话其实就把前期创造社的为艺术而艺术的本质特征给化解掉了。他认为创造社从一开始，即郭沫若的《女神》开始，就具有了“革命”，即“马克思主义”的特征了。很显然，顾彬有意识地削弱创造性

① 顾彬：《二十世纪中国文学史》，范劲等译，第72页。

的艺术性追求，目的还是为了与他的立论相一致。通过上面的简单分析可以看出，对文学史家而言，“嵌入”什么或者“省略”什么都是有意味的，是表达其价值取向和构建其文学史叙事秩序的一种十分有效的方法。

概而言之，这一章所讨论的叙事秩序理念与西方学者所提出的秩序理念有很大的不同。西方学者对秩序的使用取其狭义，将其仅限于时间维度，即指涉的是故事发生的时间和讲述故事发生的时间之间关系这单一维度下的相关事项，如叙事的顺序等。而这里对秩序的使用取其广义，将时间和空间结合在一起，即指涉的是时间与空间二重维度下的相关事项，如叙事的时空形态、连接、嵌入与省略。也就是说，本章在使用“秩序”这一术语时，将观察的问题在时空两个维度里平铺开来，既看这些关联项在形式方面，又看它们在内容方面所牵涉到的问题和所蕴含的意义。秩序已不再单一地从属于时间，不再局限于故事发生和故事讲述之间的关系，而是在时间与空间两个维度里，把牵涉到叙事的结构、策略、意蕴等与文本组成和文本组成方式相关的事项纳入到考察的范围。

另外，我们还可以把上述理解用于对叙事文类的认识上，即叙事的秩序还与叙事文类的规约相关。甚至可以说，有何种文类的规约就有何种叙事的秩序。叙事秩序在文类规约的指导下，通过词语、意象、人物、事件、段落、篇章等的种种安排来构建叙事的意义。文学史叙事不存在无意义的秩序安排。秩序是作者安排的秩序，是代表作者心目中的文学时空和观念中的文学历史。有何种文学史观就有何种文学史的叙事秩序，反之亦然。顾彬的《二十世纪中国文学史》就是一个很好的例子。

西方叙事学研究为我们提供了很好的认识论和方法论，对认识叙事的本质、机制、意蕴等有很大的帮助。不过，并不是说西方学者提出的叙事理念和研究方法能够完全涵盖日益多样化和复杂化的各类叙事和随之产生的各类问题。我们还需要在已取得的研究成果的基础上有所改进，有所创新。或许通过修改一些术语、概念，重新界定它们的内涵或属性，扩大它们的外延或应用范围等方法，使我们在面对丰富多变的叙事时，能够尽可能多地和有效地进行解读。本章结合顾彬的《二十世纪文学史》对叙事的秩序做出新的解读，只不过是一个尝试而已，还望同仁予以纠正。

第四章

文学史的表现叙述

文学的史实就像博尔赫斯笔下小径分岔的花园一样，纵横交错、头绪繁多。如何将这些纵横交错、头绪繁多的史实落实到文本上，一直是个仁者见仁，智者见智的话题。海登·怀特（Hayden White, 1928—2018）、罗兰·巴尔特等学者对史学叙述作结构主义式的文本分析，他们采用的是修辞学的路数；荷兰史学家弗兰克林·安科斯密特另辟蹊径，对史学叙述进行哲学语义分析，走的是“哲学进路”。当然，还有学者从文学分类、文学变化、文学史功能等方面，对文学史写作的可能性提出看法，等等。这些学者从不同角度提出的观点和方法对我们深入了解文学史叙述都有着程度不同的帮助。

本章拟“借用”荷兰历史学家弗兰克林·安克斯密特（Franklin Rudolf Ankersmit, 1945—　）提出的“历史表现”（historical representation）这一概念，从文学史认识论的角度，讨论文学史表现叙述的“多元化”、本质以及独特属性问题，并进而提出文学史的“表现叙述”这一概念。

第一节　历史表现叙述的“一元论”

弗兰克林·安克斯密特最早将“表现”（representation）这一概念系统地运用到历史写作中。他在1988年发表《历史表现》（“Historical Representation”）一文[①]，后来又将在这篇文章中的一些主要观点融入后来在2001年出版的同名著作《历史表现》（*Historical Representation*）一书中。安克斯密特提出“表现”这一概念的背景是，20世纪60年代后，西方学界先后出现了两个转向，即分析哲学的语言学转向和文学研究的语言学转向。这两种思潮虽然都在语言上做文章，然而它们各自的所指及如何运用等理念和诉求却迥然不同。在嗣后的80年代，又出现一种新的倾向，即将分析哲学中的语言学转向与文学研究的语言学转向相合并的倾向。有论者认为，安克斯密特提出的“历史表现”这一概念，意味着他试图脱离他此前一直坚持的极端的后现代主义观点，想在后现代理论与历史实践之间寻求一种平衡的中庸之道。不过，虽说如此，他所坚持的观点，仍然是认为历史表现不是发现的，而是存在于文本之中且是由文本制造的。在文本之外，再别无他物能够支配或控制观念化。不过，他对文学理论在历史研究方面的应用还是持谨慎态度。他认为，历史学家在实践中应该自觉地接受哲学的语言学研究理念和方法，但却应该谨慎地把文

① See F. R. Ankersmit, “Historical Representation,” in *History and Theory*, Vol. 27, No. 3, (Oct., 1998), pp. 205-228.

学理论引入历史学研究。[①]或用他的话来说，

> 我将主要着手探究所谓的语言转向与被引进作为理解史学的工具的文学理论之间的关系。我的结论将会是：（1）在语言转向的理论主张与文学理论之间存在着不对称；（2）对这两种主张的混淆，很不幸，主要来自史学理论方面；以及（3）文学理论在史学方面可以教给史学家许多东西，但这与史学理论家传统上所研究的那些问题没有什么关系。[②]

安克斯密特对将文学理论引入史学研究中持谨慎态度是可取的。毕竟，史学研究和文学研究之间还是有差异的：前者看重对史实的研究；而后者则看重对审美及其价值的研究。另外，两者在“表现”方法等方面也存在诸多不同：前者多使用陈述性或判断性句式；而后者则多使用描述性或富有修辞性的句式。将文学研究方法完全引入史学研究，特别是对史学文本表现的研究，会给史学研究带来一定的困惑或不确定因素。

不过，针对这种既有史学成分又有文学成分在内的文学史研究，安克斯密特所提出的“历史表现”的基本理念还是可以引入到文学史研究之中。需要说明的是，这种引入不是简单地套用或挪用，而是批判地借用这一理论中有关“表现”的基本理念用在分析文学史的表述之中。

---

① 以上观点参见 John Zammito, “Ankersmit and Historical Representation,” in *History and Theory*, Vol. 44, No. 2 (May, 2005), pp. 155-181。

② F. R. 安克斯密特：《历史表现》，周建漳译，北京：北京大学出版社，2011 年版，第 29 页。

安克斯密特为在1988年的论文中提出“历史表现”这一观点所作的理论假设是，假如把哲学和历史哲学看成是纯洁而又严格理性的学科的话，就有些过于乐观了。他的理由是：（一）不管是哲学还是历史哲学，作为一门学科，二者都会有一个基本的假设即话语。黑格尔和福柯也都曾经指出过，要找到这个假设，就需要通过确定在某一特定的话语体系内，哪些话是可以说的和哪些话是不可以说的界限。而要确定这个话语假设的最好办法就是研究其术语。那些必要的话语的语义库决定了可说与不可说的话语的界限。从这个角度讲，词汇和术语是研究话语的基本要素。（二）现代科学研究所争论的焦点主要的不是知识问题，而是哪些东西可以被看作是科学研究的本质要素。（三）从阐释学的角度看，历史学家的工作是阐释而不是解释“过去”。（四）“过去”是由人为的媒介表现出来的，“过去”本身并存在一种超人类的媒介。历史学家的观点是创造出来的，他们发掘了“过去”本身所不蕴含的意蕴，即阐释人类行为的含义和文本所具有的含义。[①]基于这四点认识，安克斯密特提出了他的“历史表现”之思想观点。

那么，在安克斯密特那里，何谓“表现”呢？他认为，

> 表现与描述和解释不同，表现不仅具有解释过去的能力，而且还具有能将这些解释整合到历史叙事的整体之中。[……] 另一方面，我们说到历史表现时，我们想到的是完整的历史叙事。更有意思的是，表现这个词语与阐释也不相

① See F. R. Ankersmit, “Historical Representation,” in *History and Theory*, Vol. 27, No. 3, (Oct., 1998), pp. 205-207.

同。它不需要过去本身具有意义。表现不关心意义。[①]

也就是说，在安克斯密特那里，表现不仅同时兼有解释和阐释的能力，并因其不关心“过去”是否具有意义，反而能把“过去”所没有显露或并不具有的意义阐释出来；而且还有将“过去”以及对“过去”的表现融合到整个历史叙事之中。

安克斯密特在后来出版的《历史表现》[②]一书中，对“表现”这一词语进行了进一步的解释。他说：“‘表现’的词根可以让我们接近其本体论属性：我们通过展示某一不在场者的替代物令其‘再度呈现’。原本的事物不在了，或者为我们所无法触及，另外之物被给出以替代它。在这一意义上可以这样说，我们用史学补偿本身不在场的过去。”[③]安克斯密特的这段话包含了至少以下两层含义：一是说“表现”的历史具有本体论的地位，可以等同于历史史实；二是说这种“表现”的方式是“再度呈现”，用它替代不在场的事物，给人以当下在场的感觉。对安克斯密特而言，“历史编纂学表现的只是它自身[……]目标不再是指向表现背后的‘实在’，而是把‘实在’吸纳到表现自身之中”[④]。他所说的“吸纳”既可以说是一种表现方法，也可以理解为将“实在”的地位提升到了本体论的地位。

① F. R. Ankersmit, “Historical Representation,” in *History and Theory*, Vol. 27, No. 3, (Oct., 1998), p. 209.

② 他在随后出版的《政治表现》（*Political Representation*, 2002）一书中再次讨论了“表现”这一理念。

③ F. R. 安克斯密特：《历史表现》，周建漳译，北京：北京大学出版社，2011 年，第 11 页。

④ 同上书，第 152 页，转引自 F. R. 安克斯密特：《历史表现》“译者序言”，周建漳译，北京：北京大学出版社，2011 年，第 17 页。

严格说来，安克斯密特对历史“表现”的这一解释，误解了“表现”的本质及其功能。且不说“表现”自身具有很大的多样性、灵活性和局限性，即便是再为确切的或生动的“表现”，它也只是一种“表现”而已，也要受到“表现”自身因素的限制，而无法完全或真实地替代表现背后的“实在”，因而这种“表现”也无法取得本体论的地位。杰拉德·普林斯在其所编撰的《叙述学词典》中，提到“表现”（representation）这一个词语时说：“用托多罗夫的话说，表现之于叙述（narration）”[①]，亦即“表现”即“叙述”。而他给予“叙述”的界定是，“表现一个或更多事件的话语。叙述在传统上区别于描写（description）和评论（commentary），但通常却将二者并入使用”[②]。在这个界定中，至少有两点值得我们重视，一是在普林斯看来，叙述或表现的本质就是一种“话语”；二是表现即叙述的方法，不同于描述和评论，但却兼用这两种方法。也就是说，从叙述的角度来看，通过描述和评论来构建的话语，不可能成为安克斯密特所说的那种替代物，因为描述和评论无法做到安克斯密特所说的那样让不在场的历史“再度呈现”，或“把‘实在’吸纳到表现自身之中”。另因描述是一种极具主观性的书写行为，所以，无论如何客观地“再度呈现”也都无法做到把“实在”完整或不加修改、调整地吸纳到表现自身之中。

另外，从符号认知的角度来看，安克斯密特所说的表现，实际上是试图把一个可感知的特点从“过去”这一符号系统，通过

---

① Gerald Prince: *Dictionary of Narratology*, Lincoln &London: University of Nebraska Press, 2003, p. 83.

② Ibid., p. 58.

描写和评论转换到历史表现这个“当下”的符号系统中。这种以语言为媒介，以描写和评论为方法的不同系统之间的转换，系统的符号“纹理”是否细密是其关键。不过，即便是“纹理”再怎么足够地细密、感知来源系统中的“现象”和目标系统的“表现”再如何地接近，但是由于这种感知的主要对象并非历史实在，而是文献史料，而且这种感知更大程度上是一种“推断的体验”而非“自发的体验”①，因而从有感知到“表现”的过程来看，“表现”无论如何也无法不露痕迹地完成这种系统间的转换。

从史学的角度来看，安克斯密特的这种企图消除历史“实在”与“表现”之间的差异，将历史“实在”与“表现”之间二元关系合并为一元的史学观，即用“表现”替代历史的“实在”，以便让“表现占据被表现者的位置，并且因而与被表现者具有同等的本体论地位”②的史学观，实际上是一种理想化的史学观。关于这一点，我们可以从以下两个方面来分析。其一，历史“实在”可以是多种多样的，比如说，有事件、人物、史料、实物等，用文字来“表现”只能是一定程度的再现，却不可能将这些历史“实在”原本如初地再现；其二，按照安克斯密特的论证逻辑，“历史表现”不再具有指向性，历史通过“表现”替代或干脆成为历史的“实在”。第二点其实与第一点是密切相关联

① 赫胥黎曾对“自发”体验和“推断”体验作出区别。参见 Aldous Huxley, “Visionary Experience,”in John White (ed.), *The Highest State of Consciousness*. Garden City NY: Anchor Books, 2012, pp. 34-57。

② F. R. 安克斯密特：“回应扎米特教授”第 10 页注 3，转引自 F. R. 安克斯密特：《历史表现》“译者序言”，周建漳译，北京：北京大学出版社，2011 年，第 18 页。

的，即是说，既然文字“表现”只能在一定程度上再现历史“实在”，那么，历史“表现”也只能部分地或一定程度地“替代”或“成为”历史“实在”，而却不可能全部地“替代”或“成为”历史“实在”。另外，任何当下出现的“替代”或“成为”过去的东西都是具有指向性的，即当下的“替代”或“成为”，至少应该告诉我们它们要“替代”或“成为”的对象是什么。

安克斯密特的这种观点有些类似于勒内·韦勒克所批判的“文学的重建论者”的观点。“文学的重建论者”认为，“文学史本身有其特殊的标准与准则，即属于已在时代的标准与准则”，批评者要“设身处地地体察古人的内心世界并接受他们的标准，竭力排除我们自己的先入之见”[①]。也就是说，“文学的重建论者”主张消除文学史作者与所研究对象之间的差异，将文学史作者与其所研究对象这种二元关系合并为一元关系。这在韦勒克看来，实际上是不可能的，正如他说：“我们在批评历代的作品时，根本不可能不以一个20世纪人的姿态出现：我们不可能忘却我们自己的语言会引起的各种联想和我们新近培植起来的态度和往昔给予我们的影响。我们不会变成荷马或乔叟时代的读者，也不可能充当古代雅典的狄俄尼索斯剧院或伦敦环球剧院的观众。想象性的历史重建，与实际形成过去的观点，是截然不同的事。”[②]显然，从韦勒克的角度来看，这种本体上的一元替代性转换是没办法实现的。而主张这种一元替代转换，将会“导

① 勒内·韦勒克、奥斯汀·沃伦：《文学理论》，刘象愚等译，南京：江苏教育出版社，2005年版，第36、34页。

② 同上书，第36页。

致对作家创作意图的极大强调"[1]，这在韦勒克看来是十分错误的。这种错误在于一件艺术作品的意义既不止于，也不等同于作者的创作意图。即是说，其一，"作为体现种种价值的系统，一件艺术品有它独特的生命"，用作家的创作意图来框定它，其实就相当于限定死了其意义；其二，"一件艺术品的全部意义，是不能仅仅以其作者和作者的同时代人的看法来界定的。它是一个累积过程的结果，亦即历代的无数读者对此作品批评过程的结果"。[2]所以，一般文学批评家不但应享有"根据今天的文学风格或文学运动的要求，来重新评估过去的作品"的特权，而且这种"从第三时代的观点——既不是他的时代的，也不是原作者的时代的观点——去看待一件艺术品，或去纵观历史对这一作品的解释和批评，以此作为探求它的全部意义的途径，将是十分有益的"。[3]

虽说我们在许多场合并不同意韦勒克的文学史观，但是，他针对"文学的重建论者"主张的分析和批判却是很有启发意义的。韦勒克在这里所批判的"文学的重建论"的文学史观，也同样地适用于针对其他任何企图将历史史实与历史表现一元化（即将历史表现等同于历史史实）的史学观的批判。说其适用的原因有二：一是说任何一种史实是无法完全用文字表现出来的，即所有的表现，哪怕是再客观的表现也都是有限的表现；二是说用文字表现出来的史实，首先应该要遵循表现自身的规律。或换句话说，只要某种历史在本质上是通过文字叙述来实现其文本化的，

① 勒内·韦勒克、奥斯汀·沃伦：《文学理论》，刘象愚等译，第35页。

② 同上书，第36页。

③ 同上书，第37页。

那么就无论如何也无法实现安克斯密特所设想的那种本体上一元替代性转换。

就文学史写作而言，文学史还有自己的独特之处，即它所面对的“史料”除了那些历史史实和文献史料之外，还有众多的文学文本。对文学文本的阐释与对文献史料的阐释就存在着很大的区别。前者较之于后者，其言辞更具丰富性，其精神更具复杂性，因而与文献史料相比，具有更多的不确定性因素，即有时根本无法用语义直陈的方式将这种不确定因素完整、准确地表达出来。从这个意义上看，文学史的表现既不可能实现一元替代型转换，也不具有本体的地位。

第二节　文学史表现叙述的“多元化”

文学史表现叙述“多元化”这一话题，需要从两个方面进行讨论：一是需要界定“表现叙述”这个术语，弄清其所指的内涵；二是需要结合文学史写作的特点，从多个角度来分析“表现叙述”多元的特点。

如想正确、完整地理解“表现”（representation）这个词语，我们需要先扼要地梳理一下这个词语的演化情况。根据韦伯斯特英文词典，英文representation这个名词最早出现在15世纪，其词意丰富，而最主要意思之一是指某人或某物是作为一种艺术的类似或形象而被表现出来。[①]换句话说，这种表现出来的类似或形象其属性是艺术的，而非现实的。雷蒙·威廉斯在《关

① *Webster's Ninth New Collegiate Dictionary*, Springfield: Merriam-Webster Inc. 1983, p. 1000.

键词》一书中没有将名词性的“表现”（representation）一词作为一个关键词收入，而是在“象征、再现”（representative）这一词语项下解释动词represent这一词语的。他说作为动词，“represent出现在14世纪的英文里，当时present作为动词使用，意为‘呈现、使出现’（make present）。Represent很快涵盖了make present这方面的意涵：指在某个权威人士面前引荐自己或他人”，有“呈现在心灵上”和“代表不在场的事物”两种“意涵有很大重叠”的意思。[①]威廉斯对动词形式的represent这一词语所作的第二种解释，即“代表不在场的事物”，与安克斯密特所说的“再次呈现”“替代”等的解释相类似。不过，他并没有谈及represent的所具有的本体论地位。如果撇开安克斯密特所说的本体论地位，而单独把对represent这个词语的全部解释纳入我们的思考之中，就会发现这一词语的内涵是非常丰富的：这个词语本身蕴含的其他一些基本意思，如“有充分的代表性”“体现、反映”“陈述、说明”“描写、描绘”[②]等。鉴于这种情况，在讨论文学史写作时将represent一词译为汉语的“表现”，就不能从单义上来理解和使用“表现”这一词语。甚或可以说，以叙述的形式来实现“表现”的这一词语在指向文学史方法和目的时，“表现”会因述体、文化形态、语言习惯等原因而应该呈现为多元化的特征。这是需要特别说明的一点。

诚如上文所说，安克斯密特提出的“历史表现”这一概念，重在强调历史“表现”的本体论地位及其给人以当下在场的感

① 雷蒙·威廉斯：《关键词》，刘建基译，北京：生活·读书·新知三联书店，2005年，第406页。

② 参见《COBUILD英汉双解词典》，上海：上海译文出版社，2002年，第1647—1648页。

觉。不过，他并没有进一步说明这种以语言为媒介的“表现”，何以能做到让“表现”具有本体论的地位并进而给人以当下在场的感觉。基于这一现状，本书的这一节里所提出的“表现叙述”，虽说是借用了安克斯密特的“表现”这一术语，但是，其用意与所指却并不相同。即这里所使用的“表现”一术语，不仅修正了安克斯密特对“表现”的界定，而且还增加了“叙述”这一揭示“表现”本质与内涵的方法。概括地说，“表现叙述”就是指一种以文字为媒介、以文本为形式，用“叙述”的方法来表现并揭示所谓历史史实及其内涵的表现模式。就文学史写作而言，“表现叙述”这个词语主要含有两层意思，其一是说文学史的“表现”本质是重构，具有一定的虚构性；“表现”的方式是“叙述”，具有多元的属性；其二是说这种叙述的方法和目的是“表现”，即尽可能地客观叙说文学历史的史实。把“表现”与“叙述”这两个词语合而为一组——成一个词组，用来共同揭示文学史写作的本质、形式、方法以及目的。

除了从词义上看之外，说“表现”因述体、文化形态、语言习惯等原因而呈现为多元的依据有多种。首先，从认识论的角度来看，人类社会存在着多种对立性的思维方式，如普遍性的历史思维方式与个性化的历史思维方式之间的对立、规律设定性历史思维方式与个体描述性历史思维方式之间的对立、说明性的历史思维方式与理解性的历史思维方式之间的对立等。这些对立的历史思维方式很容易造成思维方式的多元化。

其次，对文学历史的不同认识会导致产生不同的历史方法，这也是产生多元表现叙述一个原因。一般来说，历史方法可以理解为“一种表述历史知识的可控程序”[①]。从历史方法发展的语境中来看，这种可控程序先后大致经历了“说教之用”“批判之用”以及“理论之用”三阶段模式。[②]相对应这些不同的模式会出现具体而又不同的可控程序，其中既有“简单的程序”，也有“综合的程序”。这些具体而又不同的程序在被用来处理具体的历史“实在”或史料时，则需要运用不同的表现方法，并进而产生不同的叙述表现。简而言之，这些不同模式及与其相对应的可控程序，在具体文学史发展阶段中催生了文学史方法的多元化。

最后，文学史料的选择和运用会因认识和方法的不同而有所区别。这些“区别”也是导致文学史表现叙述多元化的一个“诱因”。文学史的撰写过程证实了这一点。文学史撰写工作首先要做的事情之一，就是要依据一定的标准或要求遴选作家、文学事件、文学作品、文学人物等，然后再以再现历史的构思方式来整合某个历史阶段里的文学史料，运用历史思维的方式和叙述方式来联结几无相关的文学史料，并使之成为一个具有一定逻辑关系的整体。而这些过程的每一个环节几乎都或多或少、深浅不一地反映或体现了文学史作者所处的文化环境、个人的价值取向等。这一写作过程充分说明了“不存在未被加工过的历史资料；一旦一个文本对象被认定为一种历史资料，它就已被深深包含在文化系统当中了”[③]。

---

① 马尔库斯·弗尔克尔：“历史方法”，见斯特凡·约尔丹：《历史科学基本概念辞典》，孟钟捷译，北京：北京大学出版社，2012 年，第 183 页。

② 同上书，第 183—185 页。

③ 汉斯·凯尔纳：《语言和历史描写》，韩震、吴玉军译，郑州：大象出版社，北京：北京出版社，2010 年，VII。

更具体一些说，述体（或文学史撰写者）是生活在一定文化系统当中的现实的人。他们在遴选、阐释或评价文学史史料时，也要受自己所处文化系统的影响甚或支配——“任何文学史叙事都是一种集体性的叙事。文学史文本虽然是文学史家以个人的名义进行撰写的，但他或她因都生活在具体的时代和环境中而不能不受到其影响，并直接或间接地把这种影响折射到文学史文本中”①。譬如说，古人纪晓岚在编撰《四库全书》时并不能随心所欲地进行遴选，或运用“春秋笔法”把自己的感受写进去，而是要听从乾隆皇帝的旨意进行遴选、编撰；今人王瑶在编写《中国新文学史稿》时，也受制于他所处的文化环境；德国人顾彬也为所处文化氛围的影响和所具学识的限制，在撰写《二十世纪中国文学史》时敢妄断20世纪中国文学除鲁迅外再无他人。这些事例说明，述体（或文学史撰写者）会受不同文化形态的影响而以不同的姿态出现，而这些不同的姿态自然会促成、丰富甚或加剧了文学史表现的多元化。

从叙述的角度来看，文学史的叙述与其他各种叙述文类一样，也要处理叙述者、故事（对文学史而言，故事主要指的是与作家和作品相关的文学事件、文学思潮、社会活动等）、受叙者这三者之间的关系。在多数情况下，叙述者和受叙者都应该是当下的，而故事则应该是过去的。②这样一来，叙述者和受叙者与

① 高概、本韦尼斯特提出了“述体”和“二重述体”的概念，我在此基础上也提出了“三重述体”的概念。无论是从二重述体或三重述体角度考察，都会看到述体受制于所处的文化环境。参见乔国强：《文学史叙事的述体、时空及其伦理关系——以王瑶的〈中国新文学史稿〉为例》，《思想战线》，2009 年第 5 期。

② See Michael J. Toolan, *Narrative: A Critical Linguistic Introduction*, London and New York: Routledge, 1988, pp. 1-11.

故事之间便有了多种不同的时间上和空间上的距离；另因叙述者和受叙者对这种距离的认知或态度决定了叙述的品质和过程，从而形成了多种不同的“表现叙述”。比如说，一位当下的叙述者在讲述过去的故事时，他对所讲故事的熟悉程度、与所讲故事的亲近关系或对所讲故事的认知或价值取向、讲述故事的方式等，均构成了叙述者与故事之间的距离。除此之外，叙述者与故事距离的大小还取决于叙述者与受叙者之间的关系。发生在叙述者与受叙者之间的互动关系，也在一定程度上影响甚或决定了故事讲述的进程、质量、效果等，从而影响或决定了讲述故事的方式方法、完整程度、褒贬情况等。

沿着这个思路，我们还可以从另外三个方面来进一步说明文学史“表现叙述”的多元化。其一是从述体与叙述者之间的关系来看。总的来说，述体（或文学史撰写者）与文学史文本里的叙述者的关系非常复杂：他们既可以是同一个人（或同一组人），即文学史撰写者就是文学史叙述者；也可以不是同一个人（或同一组人）。在前一种情况下，述体（或文学史撰写者）和叙述者可以互换使用或融为一体。不过，在多数情况下，述体（或文学史撰写者）又不完全等同于叙述者，特别是从述体（或文学史撰写者）在叙述中所使用的人称上看，他们并不是同一个人（或同一组人）。叙述者采用的是第三人称，而不是表明述体自己身份的第一人称。当然，有时二者的身份也绝非井然分明，而是你中有我，我中有你，相互穿插、融合或重叠出现。

其二是从述体（或文学史撰写者）所采用的叙述策略或表现方法等来看。述体在思考文学史上所发生的事件、所出版的作品、所出现的思潮等并将他们自己的思考付诸文字表述时，所采用的叙述语言、形式、文体、立场观点等会因述体或叙述者所受教育、所处时代或区域的不同而出现差异。比如说，受汉语教育影响的文学史学者在逻辑思维、词语运用等方面，与受西方国家教育的文学史学者有所不同；同为中国文学史学者，生活在20世纪早期与生活在20世纪中期或晚期在思维方式、话语构建或表现等方面也有所不同；同样谈论20世纪中国文学，德国人顾彬可以说出除鲁迅外中国文学再别无他人的话并且得到不少人的赞同甚或拥戴，而中国学者一般情况下则说不出这样的话，即便是说得出来恐怕也不会得到太多人赞同——这一现象的出现既与述体的学识见解有关，也与他所处时代、地位、环境、心态或立场有关。

其三是从聚焦的角度来看。述体使用何种聚焦所揭示的不只是“谁在看”和“谁被看”的问题，而且还揭示了隐含在“看”与“被看”背后的写作背景、价值取向等问题。这个背景会直接或间接地指导或要求述体使用何种聚焦。从这个角度上说，价值取向不仅是“被看者”本身的，而且还应该是“看者”的和隐藏在“看者”背后的那个人或团体。另外，聚焦还牵涉到“怎么看”的问题。同一个事件、同一位作家、同一件作品等会因“看法”的不同而受到不同的待遇。这也是“表现叙述”多元化的一种表现。比如说，针对中国现代文学的“冠名”和作家作品的界定等，就体现了“怎么看”的一个方面。中国现代文学先后有“今文学”“新文学”“今日之文学”“现代文学”等称谓；沈从文、朱光潜、萧乾等作家因被郭沫若涂上了“色”而受到了特别的“关照”：他们在一些文学史中或干脆不被提及，或偶尔被提及，也是一笔带过。[①]一些在当时曾不被看好或被列为禁书的作品，如德莱塞的《嘉莉妹妹》、劳伦斯的《查特莱夫人的情人》、索尔仁尼琴的《古拉格群岛》等，在经过一段时间之后又成为了经典。从上述例子来看，文学史的价值在很多情况下是通过“怎么看”这种“表现叙述”来表达的。

述体及与之相关的类似具体问题还可以罗列很多。不过，上面所例举的几个方面足以说明“表现叙述”在文学史写作中所蕴含的丰富意蕴，即文学史“表现叙述”的多元化。

第三节　文学史表现叙述的本质

文学史与一般意义上的历史一样，都要面对这样的一个基本问题，即历史的本质究竟是什么？一般来说，历史被看成是“人类经历的真实的、能够证实的故事——是事实的保证，是人类社会与价值之意义的保证，也是人类自由的保证”[②]。显然，这个界定说明，“故事”是历史的核心；这个历史的核心需要具有以下的四个属性作保障：（一）真实；（二）能够证实；（三）事实的保证；（四）具有价值意义。“真实”是“故事”入选历史的基本条件，是需要加以尊重的；“能够证实”属于科学范畴，要求叙述谨严，达到证实的标准；“事实的保证”说明历史成书后应有的分量或地位；“具有价值意义”是书写历史的动机或目

① 参见洪子诚：《中国当代文学史·史料选：1945—1999》，武汉：长江文艺出版社，2002年，第96—100页。

② 汉斯·凯尔纳：《语言和历史描写》，韩震、吴玉军译，郑州：大象出版社，北京：北京出版社，2010年，第2页。

的，具有文化认同的作用。

其实，这个界定同样也适用于文学史，即一部完整意义上的文学史，也必须要符合以上这四个条件。当然，这样说并不意味着二者完全可以等同起来。从文学史文本化的过程来看，多元化因素会造成叙述和事实之间存在一定程度的差异或距离，从而导致文学史的叙述不可避免地带有一定的虚构性。[①]比如说，文本化可能导致不同时代的人物、事件或作品因叙述的当下性而具有同时代性；部分文献或史料因建构的需要而被整合成一体；整体的文献或史料因建构的需要，而被拆分成零散的个体；原本并非自然结合在一起的文献和史料，因写作者的叙述而连续或顺序化；原始典据或历史事件因命名或术语的使用，而被固定化或“石化”；原本连续的历史话语因章节的划分而被迫中断，等等。毫无疑问，文学史的“表现叙述”会因文学史述体（或文学史作者）对各类材料处理方法的不同而不同。这些因文本化而导致的历史“表现叙述”带有虚构的性质，是文学史乃至一般意义上的历史的本质和特性。

当然，这里所说的文学史的虚构性质并不排除安克斯密特所介绍的“启蒙史学模式的陈述”[②]。按照安克斯密特的介绍，这种：

> 启蒙史学的本质[……]是把真陈述当作自己的模式；[……]真陈述包括两个部分：主词（subject-term），它一般

---

① 虚构有多种，不依据史实而编造是一种虚构；依据史实但因文本化而虚构则是另一种。这里所说的虚构主要是指后一种。

② 参见 F. R. 安克斯密特：《历史表现》，周建漳译，北京：北京大学出版社，2011 年，第 127—128 页。

> 指陈实在对象，以及谓词（predicate-term），它将某种性质归诸于这个对象。因此，真陈述本体论所提示的是一个由所有物体组成的世界，这些物体在其历史发展中获得或失去某些性质的同时或多或少是保持自身同一的。[①]

换句话说，鉴于主词和谓词所具有这种特性和功能，这种“真陈述”的成立至少需要依赖两种假设，一是“假定实在是由在时间进程中本质上保持同一的实体构成的”；二是假定“变化可以借助因果性语言得到解释”[②]。然而，这两种假定其实在文学史的“表现叙述”中只是在一定程度上的存在。比如说，假定中国现代文学史上“创造社”的存在是一种“实在”。按照真陈述的要求，文学史应该悉数记载相关该社成员，特别是那些主要成员的文学成就和文学活动，这样才能够保持其“同一的实体”。然而，在现实中，事实并非如此。在“新时期”之前国内的文学史中几乎不提周作人及其作品。这个“同一的实体”因那一时期特殊的“表现叙述”而打了折扣。而其所依赖的因果性语言用来自圆其说似乎还可以，但用来陈说史实却是不合理的和无效的。

显然，文学史“表现叙述”在文学史文本化的过程中起到了十分重要的作用，即有什么样的“表现叙述”，就会有什么样的文学史文本化模式，反之亦然。具体说，就多元的“表现叙述”而言，我们无论取这一词语中的哪一种释义，抑或采用何种表现形式或处于何种情况，“表现叙述”都不可避免地让叙述具有一

---

① F. R. 安克斯密特：《历史表现》，周建漳译，北京：北京大学出版社，2011 年，第 127—128 页。

② 同上书，第 128 页。

定的虚构性。退一步说，即便以安克斯密特所界定的“表现”，即“代表不在场的事物”，也无法说明“表现”不具有任何虚构性。安克斯密特提出的“表现”说概括起来主要是想论证，“不在场”的历史“实在”可以通过“表现”变成一种在场的“实在”或“本体”。在这个“表现”过程中，将“二元”变为“一元”再变为“本体”，实际上牵涉到两对重要关系的转换，即“二元”与“一元”和“一元”与“本体”之间关系的转换。我们知道，“表现”在由“二元”向“一元”转换和“一元”向“本体”转换过程中，都需要用语言这个“介质”来进行过渡。然而，他在讨论这两对重要关系转换时，都没有论及语言这个“介质”。

语言在安克斯密特那里并不是“表现”的“介质”，因而也不是他用来过渡两个转换环节的“介质”。因为“表现”在安克斯密特那里指的并非过程或转换过程中的“介质”，而是指转换后的结果，即“代表”实在的那个东西；退一步说，即便在安克斯密特那里的“表现”也含有转换的“介质”功能，那么“表现”所具有的“介质”与“结果”的二重功能就会导致歧义的产生：因为在一定程度上起到调节作用的“介质”不但会具有一定的指向性，而且这种指向性也决非单一的。以“表现”的连续性和文献的使用两个问题为例：“表现”在前者作为“介质”使用时，既没有反映人类对于时间的非连续性经验，也没有揭示存在于“史学表现”与“历史实在”之间的认识论关系；而“表现”在后者作为“介质”使用中，非但没有反映文献使用中对“文献的批评性说明”[①]的情况，而且还没有说明如何处理“实际过

① 贝内德托·克罗齐:《历史学的理论和历史》, 田时纲译, 北京: 中国人民大学出版社, 2012 年, 第 5 页。

去”与“认识过去”之间的关系。

由此可见，在文本化过程中“表现叙述”中那些带有本质性的东西是无法彻底改变的。或许，文学史撰写者可以通过调整或改变与“表现叙述”相关的体现文学史知识的叙述结构或体现文学史思维方式的叙述策略等，来减少由文本化等原因所带来的虚构。克罗齐说过，“历史从未由叙述构成，但总是由文献、或变为文献或按文献对待的叙述构成”[1]。也就是说，历史的构成是通过以叙述为手段的文本化这一方式“处理”一定的文献来完成的。这种“处理”其实就是指调整或改变与“表现叙述”相关的体现文学史知识的叙述结构，或体现文学史思维方式的叙述策略等。

在这里，“表现叙述”之所以将体现文学史知识的叙述结构和体现文学史思维方式的叙述策略纳入到自己的范围中，一是因为文学史思维的特征需要“置于历史知识的叙事结构中进行观察”[2]，以便在观察中为求准确而调整或改变相应的“表现叙述”；二是因为牵涉到文学史的一些具体特点，这些都需要在体现文学史知识的叙事结构和体现文学史思维的叙事策略方面做出一些相应的调整或改变。比如说，就文献史料而言，文学史要面对的很大一部分是在场的文学作品并因此而更具张力；就使用的语言而言，文学史的“表现叙述”因通过修辞的方式，进行主动反映和主动判断而更具有文学性；就价值意义评判而言，文学史

① 贝内德托·克罗齐：《历史学的理论和历史》，田时纲译，北京：中国人民大学出版社，2012年，第4页。

② 耶尔恩·吕森：“历史理论”，见斯特凡·约尔丹：《历史科学基本概念辞典》，孟钟捷译，北京：北京大学出版社，2012年，第99页。

的“表现叙述”因从形象和情感经验的角度进行分析和批判而更偏向审美。文学史“表现叙述”的这些特点，蕴含在体现文学史知识的叙事结构或体现文学史思维的叙事策略之中，反过来又决定了文学史“表现叙述”所应该具有的特点。

第四节　文学史表现叙述的独特属性

考察文学史“表现叙述”的独特属性至少需要在以下两个层面上来进行，即文学史观的层面和文学史叙述的层面。

先以两位西方学者的史学观来说明“表现叙述”与文学史观层面之间的关系。可以毫不夸张地说，有什么样的文学史观就会有什么样的文学史“表现叙述”。在20世纪70年代中期，国外学者博多·冯·博里斯曾这样界定历史：“历史不是一种关于过去的、按正确比例缩小化的模型，而是一种心灵现象，亦即在带有诠释与意义赋予特征的叙述结构中被回忆起的、重要的过去。”[①]如果沿着这个界定的思路去写文学史，那么，文学史所要表现的过去就是“一种心灵现象”，或一种“回忆起的”且存在于“带有诠释与意义赋予特征的叙述结构”之中的过去。换句话说，这样的文学史将聚焦点不是放在历史的实在性、客观性和系统性上，而是放在“历史的认识逻辑”上，让历史具有一定的“选择性、展望性、回溯性、利益相关性以及当下联系性”。[②]与之相对应的“表现叙述”，在构建其叙述结构时，就会沿着这

① 博多·冯·博里斯：“历史意识”，见斯特凡·约尔丹：《历史科学基本概念辞典》，孟钟捷译，北京：北京大学出版社，2012 年，第 82 页。

② 同上。

种“历史的认识逻辑”进行诠释和赋予意义。虽说文学史像其他任何一种历史一样，都存在着某种深层次的实际需求，文学史的“表现叙述”也不可避免带有某种倾向和某种指称性。但是，沿着这种“历史的认识逻辑”写出来的文学史极可能是主题化的和反思性的，而无法保证历史的客观性和正确性。

T. S. 艾略特也提出过自己的文学史观。他在《传统与个人才能》（“Tradition and Individual Talent”，1917）一文中指出，一种必不可少的历史观应该“不仅感觉到过去的过去性，而且也感觉到它的现在性”，这种相互关联的历史观会促使作者在写作时，“感觉到从荷马开始的全部欧洲文学，以及在这个大范围中他自己国家的全部文学，构成一个同时存在的整体，组成一个同时存在的体系”[①]。这个“同时存在的体系”是由“现存的不朽作品联合起来形成一个完美体系”[②]。艾略特在这里所强调和看重的显然并不是某位诗人写下的某个具体作品，而是作为一个完美体系的整个文学史，以及这个具有完美体系的整个文学史与具体作品之间的有机互动关系。如果按照这种文学史观撰写文学史，那么，文学史所要聚焦表现的显然不是个别作家及其作品，而是那个由“荷马开始的全部欧洲文学，以及在这个大范围中他自己国家的全部文学”所构成的“同时存在的整体”。与之相对应的“表现叙述”就应该有一种“相互关联”[③]性，而且还要体现出这个“同时存在的整体”的“完美体系”与当下的作品之间

① T. S. 艾略特：《传统与个人才能》，见《艾略特文学论文集》，李赋宁译注，南昌：百花洲文艺出版社，1994 年，第 2 页。

② 同上书，第 3 页。

③ 同上。

形成一种有机的互动关系。

从以上所提到的博里斯和艾略特两位学者的观点中可以看出，有什么样的文学史观就会有什么样的历史意识与历史思维。文学史撰写者会在这种历史意识和历史思维的指导下，构建与之相对应的叙述结构。文学史的“表现叙述”也就是在这种叙述结构的框架内得以展现和完成的。抑或说，由于文学史写作无法摆脱认识论的羁绊，文学史叙述层面的问题就需要放在这种认识论的框架内进行讨论。这是讨论文学史“表现叙述”的一个前提，也是文学史“表现叙述”的一个独特属性。

不过，问题的另一方面是，与其他一般意义上的历史相比较，文学史有一个鲜明的独特之处，就是它处理的是与文学相关的文献史料等，其中文学作品占据了很大的一部分。这么说，其实主要包含了两层意思：一是强调文学史所处理的文献史料的文学性；二是说占据文学史很大一部分的话题是与文学作品相关的。这就意味着文学史不单纯是关于事件的文学史。与之相适应的“表现叙述”必须要体现出这一点。也就是说，无论是在史料使用方面，还是在叙述安排、价值取向以及语言表现方面，文学史的“表现叙述”都应该具有很强的文学性。特别是在介绍和分析具体文学作品时，凸显文学性应该是这种介绍和分析的主要指归之一。甚或还可以说，在体现文学史的历史意识和历史思维的基础上，文学史的真实性在很大程度上就依赖于对文献史料的文学性所进行的“表现叙述”上。只是需要注意的是，在这种强调文学性和文学作品的“表现叙述”的同时，也要关注文学史“表现叙述”的其他一些特点，比如说与“表现叙述”相关的时空框架、叙述策略或手段等。这些也是文学“表现叙述”层面上的一些重要方面。

合理的时空框架是体现文学史“表现叙述”客观性或可信度的一个重要保障。因为文学史“表现叙述”所要处理的作家作品和各类史料不无打上时间和空间的烙印：他们（或它们）既存在于一定的现实时空维度上，也存在于一定的文本化的时空维度上。在文学史中，这两种不同的时空维度都需要“表现叙述”通过调节来进行构建。诚如汉斯·迈耶豪夫所说过的那样，人类“没有一种经验不附有时间的标签”①，这句话或许可以修改为，人类所有的经验都附有时间和空间的标签。因为没有缺少空间的时间，也没有缺少时间的空间，这二者是紧密相关，缺一不可的。抑或进一步说，时间和空间是网罗文学历史的两个重要的维度，一切文学史实（包括作家作品、文学事件、文学思潮、文献资料等）、文化意蕴、价值取向等都存在于这两个维度里，而且都是在以叙述的方式进行组织后而获得意义的。再套用保罗·利科那句“只有描绘出时间经验特点的叙述才是富有意蕴的叙述”②的话说，只有描绘出时间和空间经验特点的叙述才能彰显文学史实的意义，而且概莫能外。因此，在这个意义上说，文学史首先要表现的是一个合理的时空框架，然后在这个合理的时空框架内叙说那些文学史实等。

具体地说，就文学史的时空框架而言，它既是指落实在文学

① Hans Meyerhoff, *Time in Literature*, Berkely, Los Angeles, London: University of California Press, 1974, p. 1.

② Paul Ricoeur, *Time and Narrative*, Vol. I, translated by Kathleen McLaughlin and David Pellauer, Chicago and London: The University of Chicago Press, 1983, p. 3.

史中的时间的起止和空间的范围，也是指在此时空内出现的包括作家作品、文学事件、文学思潮、文献资料等在内的重要史实。文学史在叙述某一文学史实时，既要表现这一史实“起、承、转、合”的起止年限和这一史实发生及其影响的辐射区域，也要叙述与这一史实相关联的重要人物和重要事件——一个史实应该能被其相关的人物和事件所解释。有关这一问题可以以17世纪法国文学为例。1636年，法国古典主义第一期的重要戏剧家高乃依，创作了法国第一部古典主义悲剧《熙德》（*Le Cid*）。在此之前的1635年，路易十三的宰相兼红衣主教黎塞留建立了法兰西学院，提倡古典主义戏剧创作的“三一律”。这两个在时间上前后紧密衔接的事件很重要。要进行能够体现这两个特殊时间和空间经验特点的叙述，就需要把这两个有密切关联的事件表现出来。在这两个相关联的事件中，事件发生的时间和空间是重要的：就时间而言，从“大”处看，高乃依的创作时间正好处于17世纪欧洲古典主义兴起并开始走向盛行的时期，他的创作不可能超越他所处的这个时代；从“小”处看，高乃依创作《熙德》的时间，恰好在黎塞留建立法兰西学院并提出“三一律”创作主张之后的那一年。高乃依的《熙德》受到黎塞留等法兰西学院派攻击的主要理由之一，就是他没有遵守他们提出的“三一律”，这些攻击直接影响了高乃依后来的创作，并导致他在写出另外三部遵循“三一律”的戏剧之后，再也没有写出像样的作品。黎塞留等所推行的“三一律”是导致他的“诗和牙齿一起掉落了”[①]的

① 阿尔泰莫诺夫、萨马林等：《十七世纪外国文学史》，田培明等译，上海：上海译文出版社，1981年，第231页。

直接原因。

就空间而言，这里仅以高乃依和黎塞留两位的身份及其活动空间为例。高乃依和黎塞留是两位处于不同文化和政治空间里的人物：前者是一位出生在“法国戏剧活动的重要城市”[①]卢昂的作家；后者是活跃在法国巴黎政治和宗教舞台上权倾一时的人物[②]。他们所处的不同空间，在很大程度上决定了他们的思维方式和行为方式的不同。生活在卢昂的高乃依身居法国戏剧活动的中心，但却处于法国政治的外围。这就决定了他的思维方式或所考虑的问题，肯定与身处法国政治中心和权力中心的黎塞留不同。同样，作为宰相兼红衣主教，黎塞留要考虑的恐怕不是某一部戏剧的创作问题，而是整个法国戏剧的规范和戏剧的社会功能等问题。法国文学史如果要想写出他们各自在法国戏剧发展中所起到的作用，就需要从他们两人所处不同的空间进行比对，这样才能较为真实地反映出黎塞留对法国戏剧创作的影响和高乃依创作的发展变化历程，并进而揭示出这一特定时间和空间之间的因果关系等。上面所论述的这种反映和揭示，其实就是文学史“表现叙述”在时间和空间方面所进行的形塑。

另外，“表现叙述”还可以通过采用共时性形塑方法来揭示文学人物、作品、事件等之间的互动关系。有时候，人物、作品、事件等这些文学史文本组成部分在时间和空间上，表面上看

① 杨周翰、吴达元、赵萝蕤：《欧洲文学史》（上卷），北京：人民文学出版社，1980年，第197页。

② 阿尔芒·让·迪普莱西·德·黎塞留（Armand Jean du Plessis de Richelieu, 1585—1642）法王路易十三的宰相，及天主教的红衣主教。他在法国政务决策中具有主导性的影响力；特别是三十年战争时，他通过一系列的外交努力，为法国获得了相当大的利益。在他当政期间，法国专制制度得到完全巩固，为路易十四时代的兴盛打下了基础。

来没有或至少不明显存在某种因果关系，然而究其根本，这些共时存在的文学人物、作品、事件等之间还是有直接或间接的关联。这种关联至少可以表现为两个方面：一个是他们（它们）所同处的时代；另一个是各自源头出处之间的“历史关联”，或如艾略特所说的那样它们都存在于“同时存在的整体”或“完美体系”之中。

上面提到的前一种情况比较好理解，这主要是从共时研究的角度来看。比如说，美国黑人作家拉尔夫·埃里森（Ralph Ellison, 1913—1994）和美国犹太学者、作家、文学批评家欧文·豪（Irving Howe, 1920—1993）两位虽然都属于同一时代的人，但是，他们之间基本上没有什么来往，他们各自的创作也没有什么必然的因果关系。然而，欧文·豪因在1963年发表了一篇评论黑人作家理查德·赖特（Richard Wright, 1908—1960）的回忆录《黑孩子》（*Black Boy*, 1945）的论文《黑孩子们和土生子们》（“Black Boys and Native Sons”）[①]，而招惹了埃里森，并引发了美国文学史上的犹太作家与黑人作家之间的强硬“对话”。[②]从这个例子中可以看出，处于同一时空里的三位作家之间的互动关系。欧文·豪在发表《黑孩子们和土生子们》这一论文之前虽与埃里森没有直接的互动关系，但是，他们却因为理查德·赖特

① See Irving Howe, *A World More Attractive*, New York: Horizon Press, 1963, pp. 98-122.

② 在这场文学论争中，埃里森对豪褒扬赖特，贬抑鲍德温很感不满。他指出，作为犹太作家的豪并不了解黑人，也不必对美国黑人的创作指手画脚。豪对埃里森的反应表示不解，因此撰文进一步说明自己的评论是限于个人对当代美国黑人文学的评论，而没有他意。他对埃里森的指责未予理会。这一回应更加激怒了埃里森。他责问豪为什么不对他的论点做出反应，并进而愤怒地指出，美国犹太人不应以为自己的肤色和白人一样，就以白人的口吻来教训黑人，犹太人也是移民，而且是后于美国黑人的移民。这场论争实际上已经超越文学（转下页）

而相互关联了起来。

上文提到的后一种情况即“历史关联”，则主要是从历时的角度来看。艾略特所说的文学作品其实都存在于“同时存在的整体”或“完美体系”之中是有道理的。欧洲文学自古希腊神话和荷马史诗成为欧洲文学的滥觞以来，其后出现了古希腊古典时期文学和戏剧、罗马文学；中古时期的英雄史诗和骑士文学、城市文学；文学复兴时期的意大利诗歌、法国小说、英国戏剧；17世纪的古典主义戏剧；18世纪的启蒙文学、19世纪的浪漫主义诗歌和批判现实主义小说，以及20世纪和21世纪的现实主义文学、现代主义文学、后现代主义文学等。那些出现在古希腊神话和荷马史诗之后的文学作品，无论是其创作主题、人物塑造或创作手法等，都程度不同或以不同形式地继承和发扬了前辈的文学传统，即彼此之间都有着千丝万缕的联系并从而形成了一种“历史关联”。艾略特所说的“同时存在的整体”中的那个“同时”，即是指那些延续下来的文学传统。文学史“表现叙述”要表现的既是有明显因果关系的共时性文学人物、作品、事件等，也要表现这种没有明显关联的历时性文学人物、作品、事件等，让它们共同构成一个基本的叙述时空构架，并由此而形成一种历史标志。从本质上说，这种表现既是用来传达对人物、事件等性质的认识，也是用来彰显文学史叙述本身的独特属性。

概而言之，从以上所讨论的几个方面来看，安克斯密特所提

（接上页）讨论的范围，而上升到民族问题之争。另外一位美国犹太作家伯纳德·马拉默德（Bernard Malamud, 1914—1986）随后出版了一部长篇小说《房客》（*The Tenants*, 1971），用艺术的形象反映了这场发生在黑人作家与犹太作家之间的强硬“对话”（参见乔国强：《美国黑人作家与犹太作家的生死对话》，载《外国文学评论》，2004年第1期，第25—30页）。

出的一元论的“历史表现”，实际上是一种理想化的历史书写。倘若把这种对历史书写的认识运用到文学史的写作中，既不可能真实客观地表现文学史实，也无法在写作中予以兑现。文学史写作只能遵循文学史自身的特点来进行，即通过“表现叙述”这种认知和表达范式来进行。从某种意义上说，“表现叙述”的提出，不仅为文学史写作的本质性问题提供了一种认识路径，而且还为这种写作提供了一种表达方法。

第五章

一种没有走出虚构的叙事文本

如同所有的历史写作一样，文学史写作也有一个文本化的过程，即有一个以文字为媒介，按照一定的写作原则和方法，对文学史料等进行遴选、审读、书写、出版并进入流通领域的过程。这个过程包含了多个阶段，如材料遴选、审读、书写、出版等；还包括多种书写以外的因素，如文化政策、意识形态、文学史观、出版审查等。

按理说，文学史作者书写下来的东西应该是曾经发生过的真实的文学事件、真实存在的文学人物、真实出现的文学思潮等；然而，事实上，进入文学史中的那些文学因素，如文学事件、文学人物、文学思潮等在真实性方面都或多或少地被打了折扣。这种折扣不只是体现在量的增减上，而且还体现在质的变化上。不仅如此，另因文学史的文本化不只是记录文学的历史事件等，而且还要反映文学史作者对这些文学历史事件等的思考、认知和揭示这些文学事件等所蕴含的意义。换句话说，在这种文本化过程中，因牵涉到资料遴选、谋篇布局，以及写作以外因素等的影响，文学史写作会存在程度不同的虚构性。这一章所论述的核心内容，就是出现在文学史写作中的虚构性问题。

第一节　文学史的写作及问题

文学史文本作为文学历史的还原与见证者，到底该如何书写？一些著名的文学史家，如曾经撰写过《现代批评史》（*History of Modern Criticism*, 1955—1965）和《文学理论》（*The Theory of Literature*, 1948）的勒内·韦勒克等人，都曾对以往文学史的写作思路与模式提出了一些质疑。

韦勒克在《文学史的衰落》一文中，承认文学具有历史的特征，但对文学史的编撰却只字不提。不提的原因是，他“怀疑文学史是否能够解释文学作品的审美特点”，并进而“认为文学作品的价值不能通过历史的分析来把握，而只能通过审美判断来把握”。[①]无疑，韦勒克认为文学史解决不了文学作品中的审美问题。也就是说，在他看来，不管用何种方式来撰写文学史，撰写者都会把丰富多彩的文学作品的个性化特征给予以相对化，这是没有办法的事。因为在文学史的这个框架中，文学作品不得不降格为某个链条上的一个环节。[②]

① 瑙曼：《作品与文学史》，见瑙曼等：《作品、文学史与读者》，范达灿编，北京：文化艺术出版社，1997 年，第 181 页。

② 同上书，第 180—181 页；另见韦勒克：《文学史的衰落》，载《国际比较文学协会第二次大会会刊》，斯图加特，1975 年，第 27—35 页。

对文学史写作抱有怀疑态度的并非韦勒克一人，美国学者阿明·保罗·弗兰克在为论文集《美国有共同的文学史吗？》（Armin P. Frank, *Do the Americas Have a Common Literary History*?）一书所撰写的“序文”中，也分别从哲学、语言、文学史的构成等几个方面，对文学史写作的可能性提出了质疑。他指出：“如果文学作品（它们是产品而非事件）是能够通过把一些关联、合并到在任何时间和任何地方写成的任何文本中的方式制造出来——它们就是这样制造出来的，那么，常识中的历史这个词语就不能在此使用。”① 在他看来，如果文学作品是一种产品而非事件，那么，记录文学产品而非事件及与其相关的生产这些产品环境的著作，是不能够称其为文学史的。在此基础上，他断言说“一部[……]占不到百分之三的已知文本，但同时又未能证明所选的这些为数极小的样本具有代表性”② 的关于（美国）文学的书，更不能自称为文学史。显然，弗兰克认为，文学作品有千万部，而文学史中也就能选入那么寥寥的几本，而撰写者又没有办法证明所入选的这几部文学作品是最具有代表性的作品。在这样的一个前提下，文学史撰写者怎么能自称自己所写的就是文学史呢？

以上两位学者都认为，所谓的文学史是难以把文学的真实历史风貌展示出来的。不但外国学者对文学史的写作持怀疑态度，即便是我国学者对文学史写作的合理性、可能性也持有类似的

① Armin P. Frank, “Introduction: Towards a Model of an International History of American Literature,” in Barbara Buchenau and Annette Paatz (eds.), *Do the Americas Have a Common Literary History?* Frankfurt am Main: Peter Lang, 2002, p. 14.

② Ibid.

疑问。陈思和在为其主编的《中国当代文学史教程》所作的“前言”中，从另一个侧面表达了自己对文学史掌控的力不从心。正如他说：

> 中国20世纪文学是一个开放性的整体，当代文学只是其整体发展过程中的一个阶段，[……]在新的历史条件下，由于中国目前尚处于社会主义初级阶段，许多未来社会的理想还有待于实践中以科学态度和科学方法来检验，所以，反映了这一历史阶段精神特征的中国当代文学充满了曲折和不稳定性，它始终具有与社会生活实践保持同步探索的性质。对这样一门学科的研究和教学，首先应该注意到它的开放性和整体性两大特点。所谓开放性，即指它并不是一个形态完整的封闭型学科，无论是“五四”以来的新文学，还是1949年以来的当代文学，实践上都缺乏明确的下限界定，也就是说，我们今天并没有让这门学科完全脱离现实环境的影响，把它放在实验室里作远距离的超然的观察，对于这门学科的考察和研究，始终受到现实环境的制约。[①]

无疑，在陈思和看来，文学史不但与文学作品相关，而且还与整个文学时空、社会生活实践等紧密相关。为了能更好地把这些内容传达出来，他为此提出了当代文学史教学的三种对象和三个层面，即针对于不同的三种阅读对象，编著了三种不同层面的文学史本。这三种不同层面的文学史本的偏重点不同，它们分别聚焦于审美、文学史的演变过程和文学史所承载的知识分子人文传统

① 陈思和主编：《中国当代文学史教程》，上海：复旦大学出版社，1999年，第1页。

重铸的责任和使命。这三种文学史本之间的关系是："如果没有第一层面的优秀作品，文学史将失去存在的基础；如果没有第二层面的文学史过程，文学史将建立不起来；而如果没有第三层面的文学史精神，文学史将失去它的活的灵魂，也不会有今天的生气勃勃的繁荣。"[①]

在具体的操作中，文学史是否真的可以划分成这样的三种类型或者说层面，还是值得探讨的，但是我们从这种架构文学史的思路，即"三种对象"和"三个层面"的设想中，也不难窥出文学史写作所具有的一些绕不过去的品质，如社会、时代的局限性和文学史作品的主观性等。

文学史家们类似于上述的质疑还有许多，但总体说来大致可归类为下面所提到的这三种基本情况，即（一）韦勒克怀疑文学史能否解释文学作品的审美特点；（二）弗兰克否认只选取作品总量百分之三的"文学史"，会具有存在的合理性；（三）陈思和担心文学史写作会受到文学以外因素的干扰。总之，他们都担心所写就的文学史文本不能把文学历史的真实风貌展示出来。这种"担心"看起来很有道理，把文学史能写得尽可能与真实的文学历史相一致，这当然应该算是文学史写作的一个最理想的境界了。然而，他们都忽略了或者说没有触及问题的另一个方面，即所谓的文学史，从本质上说，它就是一种叙事；而凡是牵涉到叙事，就不可能完全真实。换句话说，文学史是要求具有真实性和时代性，但这并不意味着完全撇开虚构性。如果要给文学史下一个定义的话，不妨可以说，文学史实际上是一种具有真实性和时

① 参见陈思和主编：《中国当代文学史教程》，第 3—4 页。

代性，但却没有走出主观虚构的叙事文本。

这样一来，必然要牵涉到文学史的形态问题。德国著名的接受美学理论家瑙曼根据德语里对“文学史”一词的诠释，认为文学史其实有两种含义，即“指文学具有一种在历时性的范围内展开的内在联系”和“我们对这种联系的认识以及我们论述它的本文”①，并据此将一般意义上的文学史形而上地分为“文学的历史”和“文学史”两个方面。在他看来，所谓“文学的历史”是指“对象”，即文学作品；而“文学史”则是指“表明研究和认识这一对象所遇到的问题”②。显然，瑙曼所提出的这两种划分只是一般文学史写作要处理的两个基本问题。二者之间的关系是对立统一体的关系。也就是说，文学史中所含有的这两个方面应该是有机地结合在一起的，而不是相互分离的。这容易理解，几乎没有一部文学史只涉及“对象”，而不探究“研究和认识这一对象所遇到的问题”的。这显然是文学史写作的一个前提。问题就在于，文学史作者在筛选、研究、认识和处理“对象”时，不可能完全客观地来面对它们，却会不可避免地将历史与作品的“真实性”、时代的局限性以及个人的主观性程度不同地结合在一起，并以主观思考和臆断的方式来叙说或论证它们之间的关联。这是任何一个文学史写作者都不可能避免的一个环节。因此说，不同的学者或者史学家必定会提出和拥有不同的文学史观。

为了更好地说明这个问题，我们可以20世纪初期中国小说研

---

① 瑙曼：《作品与文学史》，见瑙曼等：《作品、文学史与读者》，范达灿编，北京：文化艺术出版社，1997，第 180 页。

② 同上。

究为例。[1]生活在五四时期的鲁迅、胡适、郑振铎，由于受到当时白话文运动的影响，先后将中国明清长篇章回小说的源头归结于民间文学，并提出了一个“通俗文学”之说。鲁迅在1923年为中国小说作史称：“宋之平话，元明之演义，自来盛行民间，其书故当甚伙，而史志皆不录。”[2]郑振铎在他的《插图本中国文学史》中，也提出了类似的看法。[3]胡适则直接根据“通俗文学”的观点来评价《水浒传》和《西游记》等古典名著，并说：“何以《水浒传》《西游记》《儒林外史》《红楼梦》可以称为‘活文学’呢？因为它们都是用一种活文字做的。若是施耐庵，邱长春，吴敬梓，曹雪芹，都用了文言做书，他们的小说一定不会有这样生命，一定不会有这样价值。”[4]胡适在该处所说的“活文字”就是白话文，而白话文在他的语境中又直接等同于“通俗文学”。所以，他认为这些古典小说之所以好，就是因为小说的作者是采用了白话文来写小说的缘故。

显然，“白话文”是胡适评价小说是否有价值的一个重要标准，也是他切入文学历史的一个基点，正如他说：

> 我曾仔细研究：中国这两千年何以没有真有价值真有生命的“文言的文学”？我自己回答道：“这都因为这两千年的文人所做的文学都是死的，都是用已经死了的语言文字

---

① 此例参见浦安迪：《中国叙事学》，北京：北京大学出版社，1996年，第20—21页。

② 鲁迅：《中国小说史略》，见《鲁迅全集》第九卷，北京：人民文学出版社，1998年，第10页。

③ 参见郑振铎：《插图本中国文学史》，上海：上海世纪出版社，2005年，第783—820页。

④ 胡适：《建设的文学革命论》，见姜毅华主编：《胡适学术文集》，北京：中华书局，1998年，第42页。

> 做的。死文字决不能产出活文学。所以中国这两千年只有些死文学，只有些没有价值的死文学。[……]简单说来，自从《三百篇》到于今，中国的文学凡是有一些价值，有一些儿生命的，都是白话的，或是近于白话的。其余的都是没有生气的古董，都是博物院中的陈列品。”①

可以想见，如果让胡适来写自《诗三百》以来的中国文学史，能被纳入到框架中来的一定都是用白话或近似于白话写就的，其他的一律则不在其考虑的范畴之内。也就是说，胡适的文学史观，也包括鲁迅和郑振铎，都是以白话和文言的对立为构筑基点的。

研究中国文学的美国学者浦安迪，则不同意这种所谓的“通俗文学”的看法。他认为中国的明清小说应该是另有渊源。对此，他说：“中国明清奇书文体的渊源与其说是在宋元民间的俗文学里，还不如说应该上溯到远自先秦的史籍，亦即后来‘四库’中的‘史部’。”在此基础上，他为中国小说提出了一个“‘神话——史文——明清奇书文体’的发展途径”②。也就是说，浦安迪把中国小说的发展源头追溯到了“神话”与“历史”那里。

以“神话——史文——明清奇书文体”发展途径为依据写就的中国文学史，与以白话文为依据写就的中国文学史，显然不可能是一回事。可见，因对同一民族的文学有着不同的理解、诠释而构成了不同的文学史观。这实际说明，写作一部文学史所依据的不仅是“对象”，而且还仰仗文学史作者对“研究和认识这一

① 胡适：《建设的文学革命论》，见姜毅华主编《胡适学术文集》，第 42 页。
② 浦安迪：《中国叙事学》，北京：北京大学出版社，1996 年，第 28、30 页。

对象所遇到的问题”的主观认识。在某种意义上说，文学史作者对“对象”的遴选和对“研究和认识这一对象所遇到的问题”的主观认识，便成就了一部民族文学史的写作。

当然，文学史的写作也并非都是这样平铺直叙的，也有另外的一种现象，即也会有如前文中陈思和所提到的文学史写作中的“时代局限性”问题。这方面的例子很多，我们试举两例以说明之。其中，先以中国现代文学研究中所出现的“冠名”问题为例。

19世纪末20世纪初，由于封闭的国门打开，中国文坛上出现了一些新的文学现象。当时，不同的学人对此冠以不同的名称：庄存兴、刘逢禄、龚自珍、魏源等人将其视为“今文学”；梁启超称之为“新小说”①；鲁迅概之为“新文化”②；黄远生提出“新文学”③概念；胡适把这种“新生的文学”称作了“今日之文学”④。20世纪50年代以后，对中国现代文学的“冠名”又发生了几次变化。在50年代出版的几部较有代表性的文学史专著中，“除了丁易⑤以外，其他的文学史家都继承了把‘文学革命’以来的文学，称作‘新文学’；把‘文学革命’以来的文学历史，称作‘新文学史’的传统。如王瑶的《中国新文学

---

① 梁启超：《小说与群治之关系》，见舒芜等编《近代文论选》(上)，北京：人民文学出版社，1959年9月第1版，第161页。

② 鲁迅：《摩罗诗力说》，选自《坟》，北京：人民文学出版社，1980年7月第1版，第93页。

③ 《甲寅》1卷10号，1915年10月出版。

④ 姜玉琴：《肇始与分流：1917—1920的新文学》，广州：花城出版社2009年版，第126页。

⑤ 丁易的《中国现代文学史略》，写于20世纪50年代初，由作家出版社于1955年7月出版。——本书作者注

史稿》，蔡仪的《中国新文学史讲话》，张毕来的《新文学史纲》，刘绥松的《中国新文学史初稿》等，都继续延用了‘新文学’概念”[①]。然而，到了20世纪50年代中后期至70年代中、末期，由于受到当时政治气候等因素的影响，学者们就不再使用“新文学”这一概念，转而开始使用“现代文学”，即“现代文学”这一称谓成为这段文学历史的合法命名。这一风气一直延续到了20世纪80年代中期。此后，随着国内改革开放的展开和深入，学者们又开始反省前一时期中国现代文学史研究所走过的历程，对“新文学”和“现代文学”两种称谓的使用，再次出现了分歧：一部分学者主张继续沿用“现代文学”这一称谓[②]；另一部分学者则坚持恢复使用“新文学”这一称谓[③]。由以上的简略论述可以发现，如何称谓或称谓什么，并非一件简单的事，即不同称谓的使用，在一定程度上反映着文学史家的史学观点、审美趣味以及文化立场等。正如有研究者在对“新文学”与“现代文学”这两个称谓进行总结时所说的那样：

> “新文学”与“现代文学”看起来似乎是对同一种事物的两种不同称谓，没有什么根本性的矛盾对抗。其实不然，在看似自由选择、运用的背后，隐藏着非常幽隐的时代心理：二者与对“文学革命”性质的理解、研究范畴以及史学

---

① 姜玉琴:《肇始与分流: 1917—1920的新文学》, 广州: 花城出版社, 2009年, 第129页。

② 如田仲济、孙昌熙主编：《中国现代小说史》，济南：山东人民出版社，1984年；钱理群、温儒敏、吴福辉:《中国现代文学三十年》, 上海: 上海文艺出版社, 1987年; 叶子铭:《中国现代小说史》，南京：南京大学出版社，1991年；杨义：《中国现代小说史》，北京：人民文学出版社，2005年。

③ 如陈思和:《新文学史研究中的整体观》, 见《复旦学报》, 1985年第3期; 冯光廉、刘增人：《中国新文学发展史》，北京：人民文学出版社，1991年。

> 定位都有着非常微妙的对应关系——它们像一对晴雨表，在互浮起动中折射出文学变迁与发展的轨迹。[①]

显然，在这种背景下，文学史家的文学史观就会受到时代政治的影响和制约。

不过，这里面的情况也颇为复杂，还需要特别地说明一下。由上面论述或许会得出这样的一个结论：用“新文学”命名的文学史，好像更为偏重文学的审美特性和文学自身的发展逻辑；用“现代文学”来命名的文学史，自然就更为偏重文学的社会性，甚至政治性。在一定的历史时期内，比如说前文中所提到20世纪50年代中后期到80年代初期，的确有这样一种倾向的存在。但是其后依然惯用“现代文学”来命名的文学史本并非如此，如杨义的《中国现代小说史》（全三册，2005年版）就是一部注重于小说自身发展的小说史。他在书中不但详细介绍和分析了如鲁迅、茅盾等一些重要作家及其作品，而且还毫不避讳地畅谈了“在忧郁的人生中寻找美的河流”的萧乾和过去文学史中并不多提及的“洋场社会的仕女画家”张爱玲等。[②]其他那些以“现代文学”“现代小说”来命名的文学史本也采用了大致的叙说策略和立场。这说明原本带有一定政治性内涵的命名，由于时代的变迁或社会环境发生了变化，文学史写作者在延续使用以往的命名时，也会对其内涵加以改造。

我们再以发生在文学史上的一个个案为例。洪子诚在其主编的《中国当代文学史史料选》中，选入了两篇颇有代表性的史

① 姜玉琴：《肇始与分流：1917—1920的新文学》，广州：花城出版社，2009年，第141页。

② 参见杨义：《中国现代小说史》，北京：人民文学出版社，2005年。

料：一篇是郭沫若在1948年撰写的《斥反动文艺》；另外一篇是毛泽东在1964年《对文学艺术的批示》。从1949年新中国成立后我国文学史的编撰情况来看，这两篇对文学史的写作起到了重要的作用。被周恩来誉为“新文化运动的主将”的郭沫若，对属于“桃红”色、“黄”色、“蓝”色、“白”色以及“黑”色的文学/学术界人士进行了“斥责”，[①]并号召大家说：“我们今天要号召读者，和这些人的文字无缘，不读它们的文字，并劝朋友不读。我们今天要号召天真的无色的读者，和这些人绝缘，不和他们合作，并劝朋友不合作。”[②]果然，被郭沫若点名的这几位“有色”作家，如“桃红”色的沈从文、“蓝”色的朱光潜、“黑”色的萧乾，在此后所出版的文学史类书籍中，如20世纪50年代出版的《中国新文学史研究》（李何林，1951）、《中国新文学史稿》（王瑶，1951，1953）、《中国新文学史讲话》（蔡仪，1953）、《新文学史纲》（张毕来，1955）、《中国现代文学史略》（丁易，1955）、《中国新文学史初稿》（刘绶松，1956），甚至在20世纪80年代后出版的一些文学史，如田仲济、孙昌熙主编的《中国现代小说史》（1984）和叶子铭主编的《中国现代小说史》（1991）中，都受到了特别的“关照”：或干脆不提，或偶尔提及，也是一笔带过。一直到了80年代末90年代以后，在面对这些作家时，文学史家们才逐步打消了“反动文艺”的顾虑。

以上论述的是中国文学史的写作状况。那么，西方的文学史

① 参见洪子诚：《中国当代文学史·史料选：1945—1999（上）》，武汉：长江文艺出版社，2002年，第96—100页。

② 同上。

写作情况又是怎样的呢？大体上说，与中国的学者热衷于写史不同，西方学者似乎对文学史写作不甚感兴趣。他们多热衷于编辑出版文选类的书籍，而很少撰写或出版文学史。因此，我们只能对现有为数不多的几本文学史进行考察。以美国文学史写作为例。首先让我们大致看一下罗伯特·E. 斯皮勒等人主编的《美国文学史》（*Literary History of the United States*, 1973）和爱默瑞·埃里奥特等人主编的《哥伦比亚美国文学史》（*Columbia Literary History of the United States*, 1988）两部文学史的编写体例。

斯皮勒等人主编的《美国文学史》共分为十一个章节，“时间”和“内容”混编，但主要是以“内容”为线索；埃里奥特等人主编的《哥伦比亚美国文学史》共分为五大部分，全部以“时间”为线索。我们知道，文学史的编写应以“内容”还是以“时间”为线索，不仅表明了作者的叙事策略，而且还道出了作者的聚焦所在和价值取向。简单说，以“时间”为线索，埃里奥特等编撰者以“摆事实”为主，将自己的观点不动声色地隐含在了文中；以“内容”为线索，斯皮勒等编撰者先入为主，事先将该时期的文学创作、流派或思潮等进行了遴选并对其性质进行了界定。从他们所撰写的具体内容上来看，也凸现了这两种不同的聚焦和价值取向。比如说，就“美国革命”而言，以“摆事实”为主要叙事策略的埃里奥特等编撰者，将其视为一个“文学事件”，[①]有意规避了历史事件与文学创作之间的内在联系。所

① Emory Elliott, et al., *Columbia Literary History of the United States*, New York: Columbia University Press, 1988, pp. 139-155.

以，他们在书中考察和论述的是这一时期的“论战性写作”，而绝不提及“美国革命”的来龙去脉；[①]而斯皮勒等编撰者则不同，他们用了整整一节的篇幅，详细介绍了“美国革命”的起因和当时民众对此的反应。[②]斯皮勒等编撰者这样做的目的很明确，就是认识到并在文中努力揭示历史事件与文学创作之间的内在联系。

不过，应该看到，即便是以“写内容”为专长的斯皮勒等编撰者，也并不是对所有的重要事件都感兴趣，而是根据自己的文化立场和价值取向做出相应的选择。一个有说服力的例子是，他们避而不谈二战期间德国纳粹在欧洲屠杀犹太人对文学创作的影响，也未提及麦卡锡主义与20世纪50年代美国文学之间的关系，更拒绝从族裔或文化的角度介绍或分析此类事件对文学创作的影响。另有一个具有说服力的例子是，被著名美国文学批评家欧文·豪誉为“永久地改变”了“美国文化”[③]的黑人作家理查德·赖特（Richard Wright, 1908—1960），在斯皮勒等编撰的《美国文学史》中，只有4处提到他，且多为介绍其他作家时一并提到；[④]而在埃里奥特等编撰的《哥伦比亚美国文学史》一书中，则有多达24处提到赖特，且在多处对赖特的主要作品进行了

① Emory Elliott, et al., *Columbia Literary History of the United States*, New York: Columbia University Press, 1988, p. 139.

② Cf. Robert E. Spiller, et al., *Literary History of the United States*, New York: Macmillan Publishing Co. Inc., 1973, pp. 115-121.

③ Irving Howe, *A World More Attractive: A View of Modern Literature and Politics*, New York: Horizon Press, 1963, p. 100.

④ Cf. Robert E. Spiller, et al., *Literary History of the United States*, pp. 1314, 1315, 1386, 1401.

专门的介绍和评价。[1]显然，同样的一个作家，由于编撰者的史学观念不一样，在文学史本中所受到的待遇也不一样。

假如承认文学的创作与发展与社会有着密不可分的关系，那么，上面提到的二战中的“大屠杀”和“麦卡锡主义”两个重大事件对文学的影响就不应该被忽略。事实上，这两个重大事件对美国作家及其创作都产生了重大的影响。根据托马斯·里格斯编辑的《大屠杀文学参考指南》介绍，截至2000年该书出版之前，大约有307部“大屠杀文学”作品问世[2]，不可谓不多。然而，这众多的作品中，却几乎没有一部作品被以“大屠杀文学”的名义选入文学史或得到评价。

另外，二战后，美国国内的政治形势变得诡谲起来。与“大屠杀”创作交织在一起的除了反犹主义之外，还有以“反共”名义出现实则是迫害犹太进步知识分子的“麦卡锡主义”等。1952年，美国文学界和出版界隆重推出《安妮日记》（*Anne Frank, The Diary of a Young Girl* 或 *The Diary of Anne Frank*, 1952）[3]后，就出现了对“大屠杀”进行“美国化”的现象。然而，美国主流文学批评界对这一现象却出乎意料地保持缄默。美国历史学家彼得·诺威克针对美国“大屠杀”研究滞后现象，提出了著名的

① Cf. Emory Elliott, et al., *Columbia Literary History of the United States*, pp. 513, 726, 750, 786, 787, 789-791, 797-798, 835, 838, 851-852, 859, 865, 866, 867-868, 921, 1139, etc.

② Cf. Thomas Riggs (ed.), *Reference Guide to Holocaust Literature*, Farmington Hills: St. James Press, 2002.

③ 这部日记体自传最初的标题是 *The Annex: Diary Notes 14 June 1942 — 1 August 1944*，于 1947 年在荷兰阿姆斯特丹出版。1952 年以 *Anne Frank: The Diary of a Young Girl* 为题译成英文在美国出版。1955 年，以 *The Diary of Anne Frank* 为题，搬上舞台；1959 年改编成电影。

“为什么现在”一问。[①]

“大屠杀文学”作品的“文学性”并不是产生研究滞后的原因。从二战期间至20世纪70年代出版的160多部作品来看，许多的作品都具有十分强烈的艺术感染力，如易兹哈克·卡特兹奈尔松的史诗《秘密的奇迹》（“The Secret Miracle,” 1944）、乌拉迪斯劳·斯兹皮尔曼的回忆录《钢琴师：一位华沙幸存者的不寻常故事》（Wladyslaw Szipilman, *The Pianist: The Extraordinary Story of One Man's Survial in Warsaw*, 1946）、安妮·弗兰克的日记体小说《安妮日记》、迈耶·莱文的长篇小说《我父亲的房子》（*Meyer Levin, My Father's House*, 1947）和《埃娃：一部有关大屠杀的小说》（*Eva: A Novel of the Holocaust*, 1959）、哈伊姆·格雷德的回忆录《我母亲的安息日》（Chaim Grade, *My Mother's Sabbath Days*, 1958）、伯纳德·马拉默德的短篇小说《湖滨少女》（Bernard Malamud, “Lady of the Lake,” 1958）和《最后的莫希干人》（“The Last Mohican,” 1958）、菲利普·罗斯的短篇小说《疯子伊莱》（Philip Roth, “Eli, the Fanatic,” 1959）、哈伊姆·波托克的长篇小说《选民》（Chaim Potok, *The Chosen*, 1967）等。这些文学作品运用不同的叙事策略并从大屠杀记忆、“后记忆”（postmemory）性别、沉默、虚构、隔代传播（cross-generational transmission）[②]等不同的角度，反映了欧洲犹太人在二战期间所经历的灾难。

① Cf. Peter Novick, *The Holocaust in American Life*, Boston and New York: Houghton Mifflin Company, 1999, pp. 1-15.

② Cf. S. Lillian Kremer (ed.), *Holocaust Literature. An Encyclopedia of Writers and Their Work* (2 volumes). New York and London: Routledge, 2003.

由此可见，并非因“大屠杀文学”作品本身出了问题而未入选美国文学史。那么，问题又出在哪里？二十多年来，美国学术界对犹太“大屠杀”研究的情况，或许能为我们分析“大屠杀文学”研究滞后并被排除在文学史之外的深层原因提供一些借鉴。大体说来，有如下三种基本观点。

一、彼得·诺威克在《美国生活中的大屠杀》（Peter Novick, *The Holocaust in American Life*, 1999）一书中，针对美国犹太社会内部的思想状况进行了分析，并对20世纪末期美国社会突然出现的“大屠杀意识”提出了“为什么现在？”的质问。他指出，20世纪末期，“大屠杀”被看成是美国犹太人的一个身份符号。这种现象的出现既是美国社会族裔身份意识觉醒、同情并认同受害者等多种因素促成的，也是犹太社区应对犹太人口减少与犹太可持续性问题的一个策略。[①]犹太人提出“大屠杀”话题“不仅仅是为了争取社会的承认，而且还要争取成为首要话题”。在他看来，“二战”结束以来，无论是压制还是复活“大屠杀”记忆，其实都反映了犹太社会领导人在不同情况下所作出的策略性决定。对犹太人而言，忘记自己是希特勒的受害者就意味着让希特勒取得“死后的胜利”（posthumous victory）；而假如默认希特勒诬蔑犹太人为令人鄙视的人种，并把“大屠杀”看成是犹太人的标志性经验，那才是他更大的“死后的胜利”。[②]简言之，诺威克对美国犹太社会内部所作的分析，从一个侧面道

① Cf. Peter Novick, *The Holocaust in American Life*, Boston and New York: Houghton Mifflin Company, 1999, p. 7.

② Peter Novick, *The Holocaust in American Life*, Boston and New York: Houghton Mifflin Company, 1999, p. 281.

出了导致“大屠杀文学”研究滞后的原因：美国犹太文学界似乎还没有完全意识到或不愿承认自己民族所存在的问题和希特勒“死后的胜利”问题。他们为了彰显自己的“美国性”或“世界性”而大讲特讲人道主义或“普世性”，而对“大屠杀”则采取一种忘记和默认的态度，甚或对自己的犹太身份也采取一种否认的态度。在很大程度上说，这些态度是直接导致“大屠杀文学”研究滞后并被排除在文学史之外的一个重要原因。

二、诺曼·芬克尔斯坦在2000年出版的《大屠杀工业：对利用犹太苦难的思考》（Norman Finkelstein, *The Holocaust Industry: Reflections on the Exploitation of Jewish Suffering*）一书中，对诺威克的观点提出质疑和批判。他在这部有关“后大屠杀”（post holocaust）的著作中，把诺威克提出的“大屠杀”话题及其相关作为称之为“大屠杀工业”（holocaust industry）。他认为，这一现象像其他大多数意识形态一样，与社会现实有着紧密的关联，而且并不能导致产生诺威克所说的那种“大屠杀记忆[……]常常是‘任意武断的’”，相反，“这一记忆是由特权阶层的意识形态构建的”[①]。也就是说，在芬克尔斯坦看来，“大屠杀工业”实际上是由经济、思想、媒介、馆藏展览、政府部门以及立法机构等诸多因素构成的——它们的“中心思想就是要让社会持有足够的政治和阶级利益相关联”[②]。这种试图从诸多社会关系中梳理出“后大屠杀”社会出现的“大屠杀工业”现象，

① Cf. Norman Finkelstein, *The Holocaust Industry: Reflections on the Exploitation of Jewish Suffering*, New York: Verso, 2000, p. 3.

② Ibid.

从一个更广阔的角度，揭示了美国学术界“大屠杀”研究滞后，并将这一文学类型排除在文学史之外的原因。换句话说，芬克尔斯坦提出的“后大屠杀”社会出现的“大屠杀工业”的观点，也从另一个侧面揭示了美国犹太文学界对“大屠杀文学”研究滞后绝非单从美国犹太社会内部就能够解释清楚，还需要综合美国社会诸种因素来分析和评判。从这个角度来看，美国犹太文学界对“大屠杀文学”研究滞后，实际上还与美国社会一直存在的反犹主义或歧视情绪相关联，另外还与犹太社会与其他族裔等社会关系之间的互动关系相关联。

三、马克·施米埃尔在2001年出版的《艾利·威塞尔与道德领导的政治》（Mark Chmiel, *Elie Wiesel and the Politics of Moral Leadership*）一书，代表了第三种意见。这部著作以艾利·威塞尔的个人政治成长经历为例，综合并补充说明了诺威克和芬克尔斯的观点。威塞尔在1950年代开始从批判的角度，讨论犹太大屠杀问题。他移居美国后，以大屠杀幸存者的身份抨击美国社会对幸存者的冷漠，其中还包括那些生活在美国的犹太人竟然对自己同胞的苦难无动于衷。1967年第三次中东战争期间，威塞尔提出大屠杀记忆与以色列之间的政治关联问题，引起美国社会重视，很快成为美国社会关注的精英人物，并于1986年获得诺贝尔和平奖。施米埃尔通过对威塞尔的个人政治成长经历说明，在1940年代“无价值”的大屠杀幸存者何以在1970年代变得“有价值”了。他由此得出结论说，威塞尔“并不反对美国权力机构，而是这些机构的盟友和最终受益者。[……]除非美国权力机构不去援助受害者，否则他绝少对他们进行批评。[……]威塞尔成为一种‘有价值的预言者’，并因其终生关注那些有价值的幸存者而受到国家的嘉奖”[①]。从施米埃尔对犹太幸存者命运变迁的所做的个案分析中可以看出，犹太幸存者与美国政府和主流社会之间的微妙关系。“大屠杀文学”研究之所以滞后并排除在文学史之外，既有时间的问题，也有政治的问题，即在美国这样一个社会氛围里，“政治正确”是“大屠杀文学”研究发展的逻辑起点。

当然，美国社会对犹太大屠杀的看法还远不止这三种，还有许多不同的观点，如还有“美国化”“去美国化”“糖衣包裹”“神圣化”“去神圣化”“琐碎化”等观点，可谓分歧众多。这些分歧与其内在自指性之间的张力也共同指向对“大屠杀文学”的研究。总而言之，除了上面所谈到的三个原因之外，“大屠杀文学”研究之所以滞后并排除在文学史之外，还有一些更为具体的原因：比如说，在美国社会，族裔问题从来都是一个极其敏感的问题，很少有学者愿意直接触及这一问题。即便是一些美国犹太作家也不愿意被冠以“美国犹太作家”或“犹太裔美国作家”这样的称谓。其深刻原因既有个人的，也有社会的。美国主流社会意识形态曾一度对犹太人有深刻的偏见甚或进行迫害；二战期间和麦卡锡主义横行的年代反犹主义对犹太进步人士（特别是作家和表演艺术家）造成了进一步的伤害，许多犹太人至今心有余悸，美国犹太人内部观点不一致，有些在美国生活安定富裕的犹太人不想“惹火烧身”，如是等等，都是美国犹太“大屠杀文学”至今被排除在文学史之外的一些原因。

① Mark Chmiel, *Elie Wiesel and the Politics of Moral Leadership*, Philadelphia: Temple University Press, 2001, pp. 164-65.

理查德·赖特在前面提到的两部文学史中之所以受到不同待遇，既与他个人的创作价值指向有着密切的关系，也与发生在20世纪60年代的美国黑人作家与犹太作家的文学之争相关联。从表面上看，这场争论缘起于美国犹太学者欧文·豪（Irving Howe, 1920—1993）与黑人作家拉尔夫·埃里森（Ralph Ellison, 1913—1994）之间（1963—1964）关于理查德·赖特（Richard Wright, 1908—1960）和詹姆士·鲍德温（James Baldwin, 1924—1987）以及对其他黑人文学作品的评论。豪在1963年发表了一篇名为《黑孩子们和土生子们》（"Black Boys and Native Sons"）的论文。[①]其实，这是一篇普通的文学评论。豪在文中不满意鲍德温对赖特的评论，并认为，美国文化自赖特出版《土生子》（*Native Son*, 1940）之后就永远地改变了。因此，他对赖特作品的评论便带有了一种"拨乱反正"的意味。他同时还指出，自赖特之后，美国黑人文学创作缺乏赖特那种对美国社会和美国黑人的社会处境做鞭辟入里的分析和表现。他认为，鲍德温对赖特的评论，实际上，是主张摒弃黑人作家写"抗议小说"的传统，推崇和仿效弗洛依德的动机腐蚀说，怀疑作家，特别是自然主义和激进派作家，在作品中所表现出的对理想的要求。[②]

埃里森对豪褒扬赖特、贬抑鲍德温感到很不满。他撇开赖特的作品不谈，而专门指出，作为犹太作家的豪并不了解黑人，也不必对美国黑人的创作指手画脚。豪对埃里森的反应表示不解，因此撰文进一步说明自己的评论是限于个人对当代美国黑人文学

① Cf. Irving Howe, *A World More Attractive*, New York: Horizon Press, 1963, pp. 98-122.

② Ibid., pp. 100, 108.

的评论，而没有他意。豪对埃里森的指责未予理会。这一下反倒激怒了埃里森。他责问豪为什么不对他的论点做出反应，并进而愤怒地抨击说，美国犹太人不应以为自己的肤色和白人一样，就以白人的口吻来教训黑人，犹太人也是移民，而且是后于美国黑人的移民，如是等等。[①]埃里森的抨击文章言辞之犀利和讨论之非理性已经超出了文学批评的范围，从而导致了这场发生在美国黑人作家和犹太人作家之间的所谓文学之争。

埃里森与豪的那场论争恰好发生在美国黑人与犹太人之间关系处于分裂的历史时期，所以这场论争就并非一场单纯的文学之争。应该说，论争的背后是有着深刻的历史与文化等社会背景的。从历史上看，美国黑人与犹太人之间的关系错综复杂。一般说来，可以简要地概述为三个阶段：团结——斗争——分裂。[②]美国黑人作家与犹太作家之间的文学之争，其根本性质是抵制相互间的种族同化和最大限度地争取种族自治。就此而言，美国黑人作家尤甚于犹太作家。当然，也有论者认为，美国黑人作家与犹太作家之间的文学之争在一定程度上反映了存在于美国黑人作家中的“反犹”意识。[③]纵观美国黑人与犹太人的关系史，这一论点不是没有一点根据的。

---

① Cf. Emily Miller Budick, *Blacks and Jew in Literary Conversation*, Cambridge University Press, 1998.

② Cf. Alan Helmreich and Paul Marcus, “Time Line of Black-Jewish Relations,” in Alan Helmreich and Paul Marcus (eds.), *Blacks and Jews on the Couch*, Westport: Praeger Publisher, 1998, pp. 15-28.

③ Cf. Mortimer Ostow, “Black Myths and Black Madness: Is Black Antisemitism Different?” in Alan Helmreich and Paul Marcus (eds.), *Blacks and Jews on the Couch*, Westport: Praeger Publisher, 1998, pp. 85-102.

这场美国犹太作家与黑人作家之争对美国犹太文学创作是深有影响的。比如说，伯纳德·马拉默德（Bernard Malamud, 1914—1986）就据此创作出版了著名长篇小说《房客》（*The Tenants*, 1971）[①]；也有一些文学批评家对此展开了热烈的讨论，如阿兰·海尔默里奇与保罗·马尔库斯合编的《沙发椅上的黑人与犹太人》（Alan Helmreich and Paul Marcus (eds.), *Blacks and Jews on the Couch*, 1998）和艾米利·米勒·巴迪克著的《文学对话中的黑人与犹太人》（Emily Miller Budick, *Blacks and Jews in Literary Conversation*, Cambridge University Press, 1998）。

回到文学史这个话题上来说，面对这样的一场发生在著名的美国犹太作家与黑人作家之间的"文学之争"，按理说，即便不完全展开讨论，也是应该记上一笔的。然而，就我的有限阅读所知，迄今为止，还没有一部文学史谈及此事。美国文学史上的这重要一环链在这里被人为地断开了或干脆给屏蔽了。由此可见，文学史写作其实并没有一个什么固定的放之四海而皆准的写作模式，史学家们会根据各自不同的史学观，来构建和谱写自己所理解的文学史。文学史中该遴选哪些历史事件、文学思潮、作家作品或该如何处理文学创作之间的关系、作家作品的文化意义、族裔与文学创作之间关系、审美价值等，在很大程度上都是由史学家们来决定的，并由文学史家按照各自的叙事策略谱写成书。从这种意义上来说，这种由文学史家决定遴选和处理的文学史料在一定程度上是带有虚构性的。换句话说，文学史家们用看似同样

① 参见乔国强：《美国黑人作家与犹太作家的生死对话——析伯纳德·马拉默德的〈房客〉》，载《外国文学评论》，2004 年第 1 期，第 23—30 页。

的线形时序来叙说一个国家或民族的文学历史，其实，他们在叙述中无不通过自己独特的叙事策略，将有关材料组织、安排得能直接或间接地支持或符合自己的政治、文化、宗教、审美等的立场观点。

第二节　文学史与叙事

严格说来，文学史是以文学事件（主要指文学思潮、文学流派、作家、作品，以及文学评论的写作、出版以及接受过程等）为主线的一种叙事文本。海登·怀特也曾指出，“被写下来”和“供人阅读”这两大特点，决定了“历史”与其他的文字不再具有根本性区别的文本特性。[①]也就是说，从本质上看，文学史与一般文学叙事文本一样，也是一种用文字建构起来，且具有“情节设置”的叙事话语形式。这种话语形式因其构建性而具有一定意义上的虚构性。

杰拉德·普林斯将“叙事”一词界定为：叙事是“由一个、两个或数个（或多或少公开的）叙事者对一个、两个或数个（或多或少公开的）的受叙者所进行的对一种或更多种真实或虚构事件的（作为产品与过程，物体与行为，结构与结构性）详细叙述”[②]。也就是说，对一般叙事文本而言，叙事是由叙事者、受叙者、真实的或虚构的事件以及讲述这一行为过程所构成的。

---

① 参见盛宁：《人文困惑与反思——西方后现代主义思潮批判》，北京：生活·读书·新知三联书店，1997 年，第 165 页。

② Gerald Prince, *A Dictionary of Narratology*, Lincoln & London: University of Nebraska Press, 2003, p. 58.

普林斯的这个界定对我们认识叙事的内部结构因子及其形式有很大的帮助。不过，这个定义还存在若干可商榷和需要进一步细化或明确之处，如对“受叙者”一词的指涉和对“详细叙述”的解释等。另外，这个定义中还既没有明确界定叙事的文类，也没有指出叙事的真实本质，即叙事的虚构性问题。我以为，普林斯在界定叙事这一术语时没有界定叙事文类，可以看作是他所界定的“叙事”这一术语是泛指的，其中应该包括了文学史在内的各种叙事，这对于我们理解文学史叙事有帮助；而他没有指出叙事的虚构性，则是一种疏忽或在他看来是一种不言自明的事情。

我们知道，即便是对发生在眼前的一件真实事件的叙述，叙事者也难以规避因主观原因而造成的某种“虚构性”。这是没有办法的事，主要是因其表达了叙事文本作者的独特视角或立场、叙述行为与真实事件的发生在时间、地点以及叙述过程与真实事件发展过程的差异性或不一致性而造成的含有虚构的成分。这种虚构性是客观存在的，只要有叙述，就会有虚构性的存在。

其实，许多学者早已发现并论及了叙事文本的虚构性。语言学学者托尼·特鲁（Tony Trew, 1941—　）曾从语言学的角度，指出新闻报道中所隐含的意识形态或利益集团的旨趣。他写道：“经过数日后，人们常常会发现，从报纸的角度来看，报道某事件发生的过程是困难的，而且在接下来的数日内还要有一系列的报道和评论，或许最后还要发表一篇社论。等到所有这些程序结束时，原来的故事已经被极大地改变了，事件也显得与刚发生时迥然不同。”[①]一件事情，经过报纸的一报道和评论，其离着事件原来的样子就相差甚远了——这里面就包含有了“虚构”的成分。叙事学家麦克尔 · J. 图兰（Michael J. Toolan）援引特鲁所举的例子，进一步说明叙事因主观原因而造成的“虚构性”——政治倾向。他根据特鲁提出的英国《泰晤士报》和《卫报》两家报纸，对发生在津巴布韦首都索尔兹伯里郊区警察枪杀十一名参加抗议活动的黑人的报道事例[②]作结论说：“我们不得不承认，尽管真实情况可能只有一个，但对这一真实情况的报道却总是多个的，相互间既不一致，也有偏颇。”[③]这多个报道交织到一起去，就会使所谓的那个“真实情况”变得扑朔迷离。退一步说，即便“报道”在内容上没有任何差异的同一事件，或展出的是同一件艺术作品，也会因出现在报纸中的版面、字体大小或展出的位置的不同，而具有不同的或独特的含义。这一点并不难理解，同样的一篇文章，刊登在头版头条与置放在其他版面，其所蕴含的意义是不一样的。比如说，普林斯曾以“金鱼死了”为例，来说明这个问题。显然，“金鱼死了”这个句子可以当作叙事来看待，即这个句子说的可能是一件实事——“金鱼”真的死了，说的就是“金鱼”本身，并不牵涉其他。但是，如果把这个简单的句子放在不同的语境中，便会产生出不同的意义。假若把这个普通的句子用作某重要报纸的头版通栏标题，或放在地方小报的中

① Tony Trew, “Theory and Ideology at Work,” in R. Fowler et al., *Language and Control*, London: Routledge & Kegan Paul, 1979, p. 98; also in M. J. Toolan, Narrative: A Critical Linguistic Introduction, London and New York: Routledge, 1988, p. 229.

② Cf. M. J. Toolan, *Narrative: A Critical Linguistic Introduction*, London and New York: Routledge, 1988, pp. 229-232.

③ Ibid., p. 232.

缝里，无疑具有不同的含义：一方面强调或弱化了该句话本身所具有的含义；另一方面这句话本身的含义也会因其登载位置的不同而具有不同的意蕴。换句话说，无论是以上两种情况中的哪一种，即是用作某重要报纸的头版通栏标题，还是放在地方小报的中缝里，实际上都虚构了原句所承载的实际意义指向——从"金鱼"之事，虚构出另外的"非金鱼"之事。

再如，艾丽森·布思在《拉什莫尔山变化的脸庞：集体肖像与参与性的民族遗产》一文中，曾记述了印第安纳州共和党国会议员迈克·彭斯为禁止"部分堕胎法案"（partial birth abortion）所做的电视演讲这一事件，给她所带来的启发。彭斯接受电视采访的地点是在一个空房间里。他对着镜头演讲有关"部分堕胎法案"的话题。随后，他偏离主题讲到个人生平轶事，让听众想象一下，他在担负国会职责期间作短暂散步，穿过国家雕像大厅，来到华盛顿国会大厦的圆形大厅，他在这里驻足赞赏一尊纪念美国历史上的三位杰出女性——卢克丽霞·莫特、伊丽莎白·卡迪·斯坦顿以及苏珊·B. 安东尼的雕像。问题就出现在这里，彭斯颂扬了雕塑中的安东尼和斯坦顿，但是对处于雕像前景的杰出人物——莫特却一字不提。[①]对来此地瞻仰的观众而言，这一尊群体雕像就像讲述真实事件的句子一样，摆放在了那里。毫无疑问，矗立在雕像中的这三位女性人物，都具有同等的真实性的地位。按道理讲，彭斯要颂扬就应该把三人同时都颂扬到，因为唯有这样才符合真实性的逻辑。但是，因为各种原因，或许是"因

① Cf. Alison Booth, "The Changing Faces of Mount Rushmore: Collective Portraiture and Participatory National Heritage," in James Phelan and Peter J. Rabinowitz, *A Companion to Narrative Theory*, Oxford: Blackwell, 2005, pp. 337-339.

为这位前辈领导人在今日已较少有人知道，还或许是因为莫特的废奴主义仍然让主要是南方的基督教右翼产生怨恨”，彭斯就像荣誉名册的读者或参观万神殿的游客们所经常做的那样，“不仅将一个人[莫特]从画面中排除，而且还增加了另外一个：他讲述了艾丽斯·保罗及其所领导的《平等权利修正案》的运动（彭斯承认，他会对此修正案投反对票）的故事”[①]。真实，就这样活生生地被改变了——在雕像中真实矗立的莫特被删除了，而雕像中没有的艾丽斯·保罗被彭斯和其他的游客增加了进来。实事中的雕像被虚构了——莫特从叙述中消失了，另外一个人即艾丽斯·保罗取代了莫特的位置。显然，空房间、电视画面、雕像以及叙述者迈克·彭斯共同构成了一个新的叙事模式。由此可以看出，叙事是可以改变事实的，或者说有什么样的叙事模式，就会有什么样的事实模式。

为了更进一步地说明这个问题，艾丽森·布思在接下来的文章中，还举例说明了拉什莫尔山上“代表了一个集体的历史，并且成为一种在仪式上重构社会的纪念物”[②]的伟人群雕，同样也是因语境的不同或叙事者/观众的不同，而具有不同的含义，并在一定程度上被人们不断地重组或虚构，用“将这些挑选来的雕像一起放在这里的方式来组成的一种共同的历史”[③]。文学史写

① Cf. Alison Booth, “The Changing Faces of Mount Rushmore: Collective Portraiture and Participatory National Heritage,” in James Phelan and Peter J. Rabinowitz, *A Companion to Narrative Theory*, Oxford: Blackwell, 2005, pp. 337-338.

② Alison Booth, “The Changing Faces of Mount Rushmore: Collective Portraiture and Participatory National Heritage,” in James Phelan and Peter J. Rabinowitz, *A Companion to Narrative Theory*, p. 342.

③ Ibid., p. 339.

作中也常常出现类似的情况，即将一些相关或不相关的人物或事件放在一起，从而构建起一种意义组合。不同的文学史作家会有各自不同的构建方式，因而也就具有了不同的意义组合。这种现象一方面说明文学史叙事是构建起来的；另一方面也说明这种构建尽管依据的可能是一些史实，但因其叙事的构建性而具有了虚构性。

说文学史是一种叙事，除了从海登·怀特的历史说那里引申过来的以外，主要还是因为它与他种叙事有着共同或类似之处，具体说主要表现在以下三个方面：一、文学史中也具备一般叙事所必需的几个要素，如叙述者、受叙者、人物、事件、场景等；二、文学史叙事也要遵循一般的叙事原则进行叙事，即由叙述者（可能是文学史作者本人，但更多的是假托一个“第三者”来进行叙述，以求“客观性”）按照一定的模式和一定的时序，由叙述者讲述和评价发生在某一特定时空，或者具体地说，某国家或民族文化框架内的文学事件，如文学思潮流派、作品的出版发行、作品的形式与内容、作品接受情况等；三、文学史也要经历“接受”的过程，即文学史出版进入流通领域后，也要通过读者的阅读而被“接受”。综合以上三点，就可以说文学史也是一种叙事。

文学史既然是一种叙事，不可回避的一个问题就是其虚构问题。一般说来，文学史的虚构问题主要是从两个方面来加以凸现的：一个是前面说过的文学史叙事的性质，包括其构建与意义产生的方式；另一个就是对作家、作品以及其他文学事件入史的遴选标准和评价问题。其实，这两个方面在很多情况下是密切关联的，或者说就是一个问题的两个方面。有关这方面的问题，将在下节中论述。

第三节　文学史写作的虚构性

在进一步讨论文学史写作的虚构性之前，我们应该首先深入了解文学史写作的性质，也就是应该首先回答这样的两个问题：文学史应该是美学的还是意识形态的？或者是二者的结合，即在某特定的体制下所采用的用美学的方法来为政治或道德主张服务？

对这两个问题的回答，不管其答案如何，都有助于我们理解、说明文学史写作的虚构性问题：把文学史从社会意识形态中剥离出来，把其视为是纯美学的行为，这既与文学作品、文学事件等不相符，又在社会现实中行不通；把文学史视为是意识形态的，这虽迎合了某一特定的社会现实需求，但在许多情况下却也与文学作品、文学事件等不尽相同；文学史是美学与意识形态的结合，这虽在一定程度上反映了文学发生、发展的真实情况，但是其结合的形式、方式或在多大程度上进行结合等，却又是一个仁者见仁、智者见智的问题，且不谈那些由文学史作者以外的力量所控制的因素。

在以上的这三种可能性中，哪一种文学史观占据主流？从现有的中、外文学史来看，应该说，采用美学与意识形态相结合的居多，如前文中所提到的斯皮勒等人主编的《美国文学史》，就是如此。而采用美学的方法来为一定社会的政治和道德主张服务的也不在少数，如由田仲济、孙昌熙主编，出版于1984年的《中国现代小说史》，就体现了这一倾向。

一般说来，采用前一种方法（美学与意识形态相结合）来撰写文学史的作者，是文学史文本的建构者和阐释的控制者。他们常常会在撰写其国家或民族在某一时期的文学史时，自以为是地将当时的社会背景置放到作家、作品介绍和分析之前，给读者造成两者间相互联系的印象。言外之意是，由于拥有了这样的社会背景，所以才有了这类的文学。与此相一致的是，他们在阐释具体的文学作品时，还采用了以下几种方法，如用经过精挑细选出来的事件与作家或文本相联系的方式；或者邀请读者对文学现象、作品或作家本人做出多维度的，即审美的、情感的、概念的、伦理的、政治的认知和体悟；或者说服读者接受有关文本世界与真实世界的相互关系，并将文本世界所表述的某些明确或不明确的伦理道德主张，或将政治诉求等传达或强加给读者，等等。

采用后一种方法（用美学的方法来为一定社会的政治和道德主张服务）的文学史作者，在很大程度上直接或间接地受到其所生活的语境的影响，在文学史写作中自觉或不自觉地与其语境“保持一致”，以彰显自己或由自己所代表的特定力量在这一特定历史语境中的政治的和道德的价值取向。换句话说，这类的文学史家在心底里是认可文学的审美性的，但是由于他们受到特定历史语境的局限，不得不在写作中有意或无意地忽视文学发生和发展的真实规律，也有意无意地曲解了作家及其作品的真实意义，从而成为（隐含在作品中的）其所皈依或依附力量的一个代言人。

以前文中所提到的田仲济、孙昌熙主编的《中国现代小说史》为例。从本质上说，田仲济、孙昌熙二位在主编这部小说史时，似乎有要突破以往的政治框架束缚的愿望。正如该书出版后，有学者在点评这部小说史时说：

> 该著之所以能达到面的拓宽，首先是得力于思想的解放。编著者排除了“左”的思想的束缚，视野一下子变得开阔了。中国现代小说，成分是十分复杂的，有无产阶级革命小说，有革命民主主义小说，有一般民主主义小说，还有略具某些进步意义的小说。正因为复杂，更显得丰富。我们要反映中国现代小说发展的丰富内容，显示其发展全貌，就不能只将鲁迅、茅盾、叶圣陶、巴金、老舍、赵树理等少数作家，而要全面介绍各种成分，各种作家、各种作品。该著不仅介绍了无产阶级作家和革命小资产阶级作家，而且介绍了许多资产阶级作家。比如说张资平[……]，又比如说张恨水。[①]

毫无疑问，这部小说史是把要真实地反映出中国现代小说发展的真实全貌为己任的，而且编写者们也确实把以往文学史中没有收入的某些作家和流派收入了进来。但是，由于时代的局限，他们在编写的过程中，并没有真的把“各种成分”的作家都收入进来，更没有做到让各种流派的作品和各种小说人物自由竞技，而是有着明显的价值取向的，即把叙说的重点集中在“反映着时代脉搏的知识分子形象”和“在斗争中成长的工人形象”等，而对被郭沫若点过名的那些作家却避而不谈。[②]显然，这种开放了的文学史观只是某种程度上的开放。

① 周葱秀：《试评中国现代小说史》，《文史哲》，1987 年第 5 期。

② 参见田仲济、孙昌熙主编：《中国现代小说史》，济南：山东人民出版社，1984 年。

由上面的论述可以发现，无论是按照哪种史学观点来撰写文学史，都是不可能把所谓的真实的、全貌的文学历史展示出来的，都是不可避免地带有这样、那样的虚构性。文学史写作中的这种虚构性，到底该如何理解呢？

我们可以试借用詹姆斯·费伦提出的“三维度”人物观——“模仿性”（人物像真人）、“主题性”（人物为表达主题服务）和“虚构性”（人物是人工建构物）[①]，来看一下文学史写作中的虚构性问题。从文学史的写作情况来看，我们也可以假设文学史写作中有一个类似的“三维度”。应该说，这个依据费伦的“三维度”人物观提出的文学史“三维度”假设，多少带有一些主观性。不过，从现有的文学史写作理念和文学史写作实际情况来看，这个主观性并不仅仅是存在于假设之中的，而是还存在于文学史写作及文学史文本之中的。

具体地说，文学史“三维度”中的“模仿性”主要可以用来指将文学史上的人物、事件等的原貌还原，尽可能地再现发生在文学史上的这些人物、事件等的相关关系及其影响，并重构这些人物、事件及其关系与影响等的意义；“主题性”主要是指文学史作者表达自己对文学作家与作品、文学史上的人物、事件及其历史语境等的认识，以彰显自己对这些问题的看法和立场；而“虚构性”则主要是指文学史是文学史作者的主观产物，其中包括对文学历史人物的塑造，对文学作品、文学事件、文学思潮等的评价，以及对文学关系的构建等。下面将分别从这三个方面来

---

① 参见申丹、韩加明、王莉亚：《英美小说叙事理论研究》，北京：北京大学出版社，2005年，第243页。

讨论文学史的虚构性问题。

首先，文学史写作的"模仿性"，即力图将文学事件等原貌进行还原，最好能让所写出来的文学史与本初的文学历史相一致，即宛若照相般的逼真。这几乎是每一位文学史撰写者都梦寐以求的愿望。事实上，这是根本无法做到的。一方面，从一般意义上来看，任何事件、作品等都不是"固定的"或一成不变的，而是"流动着"的，即在不断地解读或阐释中被重新组合，并生成新的"版本"和意义而无法得到真正的还原。这种说法可能比较抽象，我们可以举一个例子加以说明，就像中国现代文学史上以包天笑、张恨水等为代表的鸳鸯蝴蝶派，在20世纪初期的时候，这类与中国古代小说一脉相承的"才子佳人"小说非常受读者的喜爱。但是，由于五四时期是反传统的特殊时期，所以，这一小说流派一直受到新文学界人士的强烈攻击，自然也就被"新文学史"所忽略或批判。一直到20世纪80年代以后，才有文学史家开始从"市民文化"的角度对其展开研究并把其写入文学史中。不过，这也并不意味着该派小说就得到了一致的认可，至今还是众说不一的。国外也有类似的情况发生。比如说，美国著名作家西奥多·德莱塞（Theodore Herman Albert Dreiser, 1871—1945）的第一部长篇小说《嘉莉妹妹》（*Sister Carrie*, 1900）刚出版时就遭到美国批评界的抵制，被认为是一部"有破坏性的"伤风败俗之作。然而，事隔多年后，这部小说却又被认为是一部"最伟大的美国城市小说"[①]。由这一现象可以看出，同一流派

① Donald Miller, *City of the Century: The Epic of Chicago and the Making of America*. New York: Simon & Schuster, 1996, p. 263.

的或同一作家的小说由于时代环境的不同、读者群的不同，其命运也会不同。

另一方面，不同的社会历史语境有不同的政治、文化、审美等诉求。如果说前文中提到的鸳鸯蝴蝶派和德莱塞作品的跌宕起伏之命运主要还是由时代背景所决定的，即这个流派和德莱塞的审美趣味、价值取向以及表现手法等与其所处的时代是否吻合，那么接下来要谈到的就是因一些原因而无法还原历史原貌的情况。具体地说，就文学事件及其社会语境而言，一个文学事件的发生可能有一个或多个社会原因。有的文学史作者可能指出了其中的一个或数个关联；其他的文学史作者可能隐去了其中的某个或某些关联；甚或还有文学史作者指鹿为马，颠倒历史黑白。这在文学史写作中时有所见。[①]文学史写作中以“还原原貌”为其特点的“模仿性”，在一定程度上是主观虚妄的。文学史的写作从来都会受到时代的局限。

其次，文学史的“主题性”，即文学史作者表达自己对文学作品、事件及其历史语境等的认识。一般说来，文学史作者因受其所处时代、学养、文化立场、道德情操等诸因素的影响或制约，对文学作品、事件及其历史语境的认识具有一定的差异性。而这种差异性又会因时代、国别以及文学史写作的“内部交流”而得到进一步扩大或变异。如罗伯特·斯皮勒等人在1946年初版，1973年第三次修订出版的《美国文学史》（Robert Spiller, et al., *Literary History of the United States*）与A.欧文·奥尔德里奇撰写的《早期美国文学：一种比较的方法》

① 参见本文第一部分中所提出的文学史写作的一些问题。

（A. Owen Aldridge, *Early American Literature: A Comparatist Approach*, 1984）以及埃里奥特等人在1988年编辑出版的《哥伦比亚美国文学史》（Emory Elliott et al., *Columbia Literary History of the United States*），就有着极大的差异。这种差异不仅体现在体例上，而且也体现在对美国文学的发轫及其历史语境的不同认识上，即他们拥有的史学观不同。具体说，斯皮勒等人编辑出版的《美国文学史》一书是从介绍欧洲文化、文学背景入手，认为美国文学肇始于殖民时期，是由欧洲移植而来的。[①]奥尔德里奇编写的美国文学史是从美国第一位女诗人安娜·布莱德斯垂特写起，即把美国文学的起点，定格在一个具体的作家身上。[②]他们虽然在书中都提到了印第安人所创造的文学叙事形式，但却主要是归纳、总结了19世纪学者们的研究成果。[③]埃里奥特等人则在其文学史的开篇，畅叙了美国印第安人的"声音"，认为美国文学的源头是来自于北美西南部本土印第安人的洞穴墙壁上的雕刻和绘画。[④]显然，这三个文学史本对美国文学的起点都有着不同的理解。在这样的基础上所写就的文学史，自然各有各的运行逻辑。可见，大家即便面对的是同一个民族的文学史，但对这段文学历史"主题"的理解也是千差万别的。或者说，不同的文学史

① Cf. Robert E. Spiller, et al., *Literary History of the United States*, New York and London: Macmillan Publishing Co., INC., 1973, pp. 3-23.

② Cf. A. Owen Aldridge, *Early American Literature, A Comparatist Approach*, Princeton: Princeton University Press, 1982, pp. 25-52.

③ Cf. Robert E. Spiller, et al., *Literary History of the United States*, New York and London: Macmillan Publishing Co., INC., 1973, pp. 694-702.

④ Cf. Emory Elliott, et al., *Columbia Literary History of the United States*, "Introduction," New York: Columbia University Press, 1988, pp. xv, 5-15.

作者因其不同的史学观而可以构建出不同的“主题性”，所以其可靠性和可信度虽不至于千差万别，但因其不一致性就很容易受到质疑。

最后的一个问题是，文学史写作的“虚构性”问题，即从根本上说，文学史是文学史作者的主观产物。对于这个问题，我们可以结合着文本入史的遴选问题，从以下几个方面来进行探讨。

一、一部文学史是由文学史作者精心构建起来的一个文本世界。构建这个文本世界的前提，就是要对无限多的材料进行选择。比如说，这个文本世界的起止时间、历史疆域该如何确定；相关时间与疆域该如何划分；以及内在精神气质该如何界定等，都离不开对相关材料的遴选和支撑。因此，遴选材料和构建材料之间的关系的准确性，在很大程度上决定了文学史文本世界“虚构性”的程度，即二者之间越准确，文学史文本世界的“虚构性”程度越弱，反之亦然。其实，这里面存在着一个悖论：遴选材料和构建材料之间的关系无论如何准确，都不可能令文本世界的“虚构性”消失。因为“遴选材料”的过程本身就是一个“虚构”的过程，即选择这个，不选择那个，这本身就带有强烈的主观意志性，离着本真的文学史面貌就相差甚远了。所以说，文学史的文本世界无论怎么构建，都不可能是真实的，最多是相对真实罢了。对此，阿明·P. 弗兰克曾指出说：“一部[……]占不到百分之三的已知文本，但同时又未能证明所选的这些为数极小的样本具有代表性”的关于（美国）文学的书，更不能自称为文学史。[①]显然，弗兰克认为一部文学史假如不能证明自己从那么多的文学作品中，选出仅有这几部入史的作品的确是具有代表性的话，那就没有资格称之为文学史。弗兰克的这个观点应该说是合理的，因为文学史的写作者的确很难找到能够自圆其说的证明方法。找不到又不得不强行来写文学史，不妨给文学史的写作下这样的一个定义：一部不能证明其所选作家和作品等具有代表性的文学史，只能是文学史作者根据一定的需要和一定的主观审美感受以及思想认知而虚构出来的文学史，而非真实反映文学发生、发展或变异的文学历史。

二、从文学史写作的实际情况来看，文学史文本世界历史疆域和时间的确定、区域的划分以及内在气质的界定，并不完全取决于文学史编撰者，而是与其所处语境"共谋"的结果。比如说，陈思和在其主编的《中国当代文学史教程》（1999年版）的"前言"中，将其文学史写作分为了三个层面，即第一层面的优秀作品，第二层面的文学史过程以及第三层面的文学史精神。[②]这种划分方法从另一个侧面说明了文学史写作，特别是中国现当代文学史写作与其所处语境的"共谋"情况。正如陈思和所说：

> 中国20世纪文学史深刻反映了中国知识分子感应着时代变迁而激起的追求、奋斗和反思等精神需求，整个文学史的演变过程，除了美好的文学作品以外，还是一部可歌可

---

① Armin P. Frank, "Introduction: Towards a Model of an International History of American Literature," in Barbara Buchenau and Annette Paatz (eds.), *Do the Americas Have a Common Literary History?* p. 14.

② 参见陈思和主编：《中国当代文学史教程》，上海：复旦大学出版社，1999年，第2—4页。

> 泣的知识分子的梦想史、奋斗史和血泪史[……]中国20世纪文学是在本世纪所产生的历史意义不是孤立的，它是在中国由古典向现代转型的宏大社会历史背景下发生的，它与其他现代人文学科一起承担了知识分子人文传统重铸的责任和使命。①

这段话除了进一步说明了文学史写作与文学史作者所处语境之间的关系外，还间接地透露出一些重要的信息，如不“美好的”文学作品不能入史和文学史作者的治学方式与生存状态等。对文学史作者而言，这种“共谋”有时候是迫不得已的，有时候是自觉的，当然，还有的时候因长期处于一种环境之中而形成了一种“集体无意识”。但是，不管是哪种情况，由“共谋”而造成的虚构却是不可避免的。

三、文学史作者由于无法制定某种可用于任何情况下的批评标准，即没有或事实上也不可能有一个用于任何时代、任何情况下都是正确的论证前提，因此也就无法搭建一个合理的或无缺陷的论证结构，并对入选这个文本世界的作家、作品以及文学事件等其他与文学史相关的史料进行绝对客观或科学的判断与评价。也就是说，由于文学史论证的前提缺乏真实性和论证结构缺乏合理性，从而使文学史作者所作的任何评价，特别是对文学作品的阐释都是缺乏说服力的或至少是缺乏完整性的。从现有的国内文学史来看，文学史作者所做的论证其实都是依据文学史作者或其与之“共谋”的社会意识形态而筛选和规定的，因而都具有某种程度的主观性和强迫性。文学史写作本身的这一特征，就注定了

① 参见陈思和主编:《中国当代文学史教程》，上海：复旦大学出版社，1999年，第3页。

文学史的写作过程就是文学史作者按照自己的文学定位、审美情趣或政治、道德的价值取向，记载和评价“名著”或“经典化”的过程。在这个过程中，文学史作者的主体性和所处时代的主流意识形态起到了十分重要的作用。二者之间的互动关系，通过批评标准这个前提策划并决定了文学史写作的虚构性。

四、从现有的文学史来看，多数的文学史文本都“像是一本按时间顺序记载的硬填塞在一个历史框框中的各种史实和单个分析的流水账”，从而缺乏“从历史的角度理解文学的进程”的环节。[①]这句话中至少包含了两层意思：一是说文学史机械地按照时间顺序记载，没有将其内部关联有机地整合在一起，形成了一种彼此互不关联的缺乏一种统一的文学精神的流水账，因此而形成了一种带有虚构性的文学史文本；二是说多数文学史作者忽略了构建文学历史语境与进程中的一个重要方面——读者。他们在文学史中很少，甚至根本不讨论读者在文学史构建中的地位。这就使文学史的建构缺少了一个重要的支撑点，即使文学史成为一个脱离了产生文学史社会现实的“虚构”产品。这样说的理由是，文学的历史不仅仅是一个审美生产的过程，而且也还是一个审美接受的过程。缺乏了读者的参与，这个过程就不完整，或者说，就无法解释清楚某些文学现象（如当前诗歌创作衰落的问题）的嬗变。读者是构成“社会背景”的一个重要组成部分，但是无论如何却不能把读者笼统地归结为“社会背景”。他们是一种相对独立且直接与文学发生关系的力量。所以，写作文学史时

① 朔贝尔：《文学的历史性是文学史的难题》，见瑙曼等：《作品、文学史与读者》，范大灿编，北京：文化艺术出版社，1997 年，第 194 页。

不应忽略了读者的作用。

不过，这里还需要做出两点说明：（一）假如要克服第一种情况（机械地按照时间顺序记载），即将文学史料有机地整合在一起，做得不好的话同样也会导致某种意义上的虚构。这主要是因为文学史上不是所有的作家、作品、事件等都具有一定的关联性。假如把一些不具有关联性的作家、作品、事件等放在一起，主观地构建起一个有机整体，那么，这个有机整体一定是人为的，从而具有虚构品质。（二）这里所说的读者不只是指那些作为消费者的读者，而且还指作为批评者的读者和作为作者的读者。应该说，后两者对文学史的写作会产生更为直接的影响。以往文学史的写作未能将这一大元素包括进去，这也是导致文学史成为虚构文本的一个重要方面。[①]

概而言之，文学史作为一种叙事文本，具有自己的一些写作范式和特点。但是，因其未能超出一般叙事的范畴，又不可避免地“分享”了一般叙事的一些具有共性的东西，如虚构性。诚如海登·怀特所指出的那样，“历史在本质上是一种语言的阐释，它不能不带有一切语言构成物所共有的虚构性”[②]。不过，需要指出的是，认识到文学史写作的虚构性，与新历史主义者在提出“文本的历史性和历史的文本性”之后不愿回归到历史还是有所不同的。认识到文学史写作的虚构性，是为更好地理解文学史提供一种认知理念，即让人们意识到，文学史的存在形式并不是

---

① 另外还有一个需要注意的现象是，多数国内外文学史作者很少提及或把以往文学史文本写进自己的文学史。

② 转引自盛宁：《人文困惑与反思——西方后现代主义思潮批判》，北京：生活·读书·新知三联书店，1997 年，第 166 页。

"先验"的，而是因人因时而异的，并希冀在此基础上追求最大程度地回归历史。换句话说，承认文学史的虚构性，是为了让文学史写作能最大程度地接近真实，至少能让人们意识到那份难以言传的真实。

第六章

论文学史的三重世界及叙述

上一章里所讨论的文学史的虚构问题，似乎有可能遮蔽了文学史写作中还存在的真实性问题。其实，虚构也好，真实也好，都是在一定前提下和一定语境里所谈论的问题，而并非绝对化的虚构和真实。否则的话，文学史就很难与一般文学创作或历史记录相区别了。

传统的文学史写作一般都是假定所写下的文学史是真实、可靠而全面的，并以此作为最高的写作准则。然而，事实却并非如此。如何更为准确地辨别文学史的虚构与真实，除了虚构与真实之外，文学史中是否还有其他形态的存在，是我们在这一章内所要探讨的主要问题。具体说，这一章从“可能世界”的理论出发，论证文学史的写作并非这种单一价值层面上的写作，而是一种由三个价值层面，即“虚构世界”“真实世界”和“交叉世界”共同构建而成的综合体。应该说，这是一种全新的文学史观，它除了强调文学史的真实性以外，还进一步彰显了文学史中的虚构性和交叉性问题。这种综合性的文学史观不仅让我们认清了文学史的本质、内部结构因子及其构建方式，而且还把文学史写作从假定的唯一真实性中解放了出来——在为多种文学史写作范式的出现开辟了道路的同时，也丰富了“可能世界”理论的内涵，并拓展了该理论的研究领域。

第一节　文学史与“可能世界”理论

中国的文学历史悠久，但在这悠久的历史中并没有形成一门有关“文学史”的学科。正如有学者在介绍由国人编撰的第一部本国文学史，即比林传甲的《中国文学史》（1910年版）出版年代还要早六年的黄摩西的《中国文学史》中所说的那样：

> “文学史”在当时的中国还是一个全新的概念，一种没有前例可循的著述类型。所以，摩西详细分析了我国旧学既“重文学”又“独无文学史”的状况，以及由此带来的弊端[……]可知摩西撰写这部《中国文学史》，其立意不仅在于“保存国粹”，而更在于希图一次突破国人锢见，促进“世界观念”之形成。[①]

可见，我们古代有文学的概念，但是却没有“文学史”概念。文学史概念的确立应该是在20世纪初期[②]，即是在受到西方文学观

---

① 徐斯年:《黄摩西的〈中国文学史〉》,《鲁迅研究月刊》2005年第12期，第23—32页。

② 王瑶认为，“真正用历史总结的态度来系统地研究现代文学的，应该说是始于朱自清先生。他1929年至1933年在清华大学等校讲授‘中国新文学研究’的讲义，后来整理发表题为《中国新文学研究纲要》，是现代文学史的开创性著作”。见钱理群、温儒敏、吴福辉:《中国现代文学三十年·序》（修订本），北京：北京大学出版社，1998年，序1页。

念的启发和影响下萌生出来的。

依照20世纪初才出现中国文学史写作的这一事实进行推演，中国文学史就应该是在黄摩西所构建的这个概念的基础上往前发展的。但是，由于此后所爆发的五四新文化运动和“文学革命”，都是把批判的矛头建立在传统文学的基础上，“新文学”（也就是1949年后及当今许多学者所称的“现代文学”）成为了接受西方文学影响的主要载体。这样一来，新文学（现代文学）和与此相关的新文学史（现代文学史）就成了文学研究者们的研究重点。说得更为具体一些，国内文学史研究界将中国文学一分为二了，即黄摩西在《中国文学史》中所论述的那些文学史成为了古代文学史；五四以后的文学史则成为了新文学史（现代文学史）。[①] 当然，古代文学史的研究领域中一直都有学者们在辛勤耕耘，也写出了不少有影响的文学史本。不过，更能体现出文学史写作领域新动态的，自然还当数是新文学史（现代文学史，包括当代文学史）。更重要的一点是，发生在20世纪80年代的“重写文学史”思潮是在新文学，也就是现当代文学领域中，对古代文学史领域的波及甚少，这也证明自五四以来，新文学充当了文学领域中的急先锋。基于以上三方面的考虑，本文所指涉到的文学史主要是指五四以后的新文学史（偶尔也会牵涉到古代文学史），即文章中将要提及和论述到的文学史本都将主要以此为依据。

新文学把自己从古代文学的链条上斩断开来，好处是没有沉

① 有关新文学史的起点问题，学术界一直是有争论的，但把“文学革命”的发生年，即1917年视为新文学或者说新文学史的起点，从某种程度上说是较为主流的观点。

重的包袱，可以从头开始；不利处是所面对的资源过于贫瘠，很难对刚刚破壳而出的新文学做出“史”的梳理。比如说1922年胡适写出了《五十年来中国之文学》一文，里面探讨到了这五六年间的文学革命运动和新文学，肯定了白话诗、短篇小说和白话散文所取得的成绩，但总体谈的还是他所说的“古文学”。或许他本人也觉得对新文学涉猎的不足，所以在文章的结尾说：“以上略述文学革命的历史和新文学的大概。至于详细的举例和详细的评判，我们只好等到《申报》六十周年纪念时再补罢。”[①] 同样，周作人在1932年出版了一本《中国新文学的源流》。据他所言，这部文学史主要是想梳理一下中国新文学运动的源流，然而，细读其内容便会发现，这部文学史所叙的重点还是偏移在明清两代的文学上。总之，像胡适和周作人等在20世纪二三十年代就已经有了明确的“文学史”的意识，而且也想对新文学从“史”的角度加以梳理，但无奈由于这段历史过于短暂，难以付诸实践。

当然，20世纪80年代所发现的朱自清在30年代上课时所使用的手稿——《中国新文学研究纲要》，对新文学的发展脉络梳理得还颇为清楚，能显示出20世纪30年代学者对新文学的认知水平。但是，总体说来，包括三四十年代所出版的其他新文学史版本[②]，基本上还是处于自发的写作阶段，即还没有对文学史的属性、文学史的组成部分以及如何来构建这些组成部分等进行认真而又系统的考虑。新文学拥有自己真正意义上的文学史，或许应

---

① 胡适：《五十年来中国之文学》，见《文学变迁》，上海：上海古籍出版社，1999 年，第 157 页。

② 参见姜玉琴：《肇始与分流：1917—1920 的新文学》，广州：花城出版社，2009 年，第 129 页。

该还算是在20世纪的50年代。因为这一段时期不但是新文学史出版的高峰期，而且在形态结构上表现得也比较成熟，其中最具有代表性的成果当属王瑶的那部《中国新文学史稿》。[1]

应该说，20世纪50年代以王瑶为代表的新文学史写作，无论是在史学意识方面，还是框架结构的组织上，都比其前辈们表现得更为娴熟，初步形成了一些对文学史写作的理路认识，文学史的学科意义也凸现出来了。在他们的“重写”框架中，似乎一直没有重视文学史与文学批评和文学理论之间的关系问题。对这些学者而言，这些问题似乎是分布在两个不同研究领域中的问题。其实不然。对文学史的重新架构，归根结底就是对与文学史相关的一些批评和理论问题的再思考。比如说，一部完善的文学史是无论如何也离不开社会与时代的——没有了这些就相当于鱼儿离开了水。再如，只要说到文学史，就必然会牵涉到真实性的问题。因为写史的目的就是要展现史实并揭示规律。说来说去，重写文学史，还是回避不了以往那些旧文学史所面对的问题。这也不奇怪，这些问题原本就是文学史写作的根本问题。可是正如前文所说，绝大部分的“重写派”走到这里，就搁置下这些问题不谈，用分析具体文本来替代。问题就在于，这样写出来的文学史既未说清楚所选编的文学作品为何如此排列成章，也未揭示出文学历史发展的脉络及其规律。文学史与文学作品虽有重合之处，但两者并非可以互为取代的。

显然，一部完整的文学史单纯凭靠文学作品自身是难以搭建

---

① 该书的上册1951年由开明书店出版；下册1953年由新文艺出版社出版。1982年由上海文艺出版社出版修订本。

起来的。因为，文学史所涉及的问题不仅仅是文学作品的问题，它也与文学的发生、发展与各种社会事件、思潮、人物等密切相关。既然绕不过去，怎么办？那就只能从新的理论层面上来重新解读、界定这些老问题。换句话说，对这些问题的重新解读，应该是“重写文学史”的起点。

文学是一种社会和时代的产物。与此相一致，文学史必不可少的一层内涵就是它的现实内涵。不言而喻，仅有现实内涵还远不能揭示出文学史的本质。因为文学史最终要分析和评判的是文学作品所呈现的世界，而这个世界又并非原封不动地照搬现实世界，而是由作家通过模仿或想象而创作出来的一个带有虚构性的文本世界。存在于文学史中的这双重属性，即现实性和虚构性就决定了我们在研究文学史时，除了要顾及它的现实内涵的同时，还得要考虑它的“虚构”部分。从这个角度上说，这种“虚构性”就成为文学史的另外一层内涵的一个方面。

需要说明的是，这里提到的“虚构性”既不是想以一个含混的表述，巧妙地把问题引导到另一层面，也不是想借文学史要处理虚构性来推演说文学史完全是虚构的。或许有人会指出，这种讨论虚构性的逻辑推演就像法官要审判骗子，结果法官就变成了骗子。非也！从逻辑推理上来看，这种用法官与骗子之间关系转换的喻指，其实是将两个不同性质的问题相关联，在偷换了概念的同时，还设置了一个混乱的伪命题和论证结构。法官审判骗子时法官不应该也不会成为骗子（当然，假如法官自甘堕落与骗子同流合污，则应另当别论），但是，法官必须要依据事实来认定骗子的罪行并依据法律条文和程序对骗子进行审判，而绝不会因担心自己也会成为骗子而不予以审判。继续回到前文所提到的

“虚构性”问题上。所谓的“虚构性”，其实无非是指文学史要处理的并非都是真实的史料；而在处理这些包括文学作品在内的非真实史料时，难免会带有与法官断案性质截然不同的主观性。这些主观性也是文学史虚构性表现的一个方面。

如此一来，是不是说文学史就是由现实内涵与虚构部分这两大部分构成的？当然既不是这么简单，也不是如此地泾渭分明。由于文学史的虚构并非子虚乌有的虚构，比如说，在所描写的这段文学历史时空中没有发生过的文学事件、没有发生过的文学作品、没有出现过的作家等，都是不可能进入文学史的写作中来的。所以说，这种虚构不是无中生有，而是与现实社会有关联的一种虚构，并与现实社会形成一种相互交叉或相互印证，共同来丰富文学史的形态和内涵。从这个意义上说，交叉或印证是文学史的第三层内涵。这三层内涵相互作用，也就间接地揭示出了文学史的本质与属性问题。

一提到“本质”，就会走入艰难的阐释之中，因为它是高度抽象的。不过，有一点是清楚的，“本质”从来都不是孤立存在的，它总是与“现象”关联在一起，即“现象”反映了“本质”。这样一来，探讨文学史的本质问题，也可以改成探讨文学史诸种要素及其相互之间的内在关联问题。诚如我们所了解到的那样，构成文学史的诸种要素之间有着若干种的组合方式，不同的组合方式有着不同的文学史文本的展开。这其实就意味着文学史的文本写作带有很大程度的主观性。本书为了使论述尽可能地显得客观、全面，更由于以往的文学史写作缺乏明显的理论支撑，所以在这里拟借鉴20世纪90年代以来再次出现在西方的“可能世界”理论，以此增加文章的学理性和说服力。

“可能世界”理论在西方有着悠久的历史，可以远溯至17世纪德国哲学家戈特弗里德·威廉·莱布尼茨（Gottfried Wilhelm Leibniz, 1646—1716），甚或更早。比如说，亚里士多德在《诗学》中就曾提出了接近“可能世界”理论所关注的问题。他曾说：“诗人的职责不在于描述已发生的事，而在于描述可能发生的事，即按照可然律或必然律可能发生的事。”[①]近期，再一次将这一理论提出并做出阐释的是美国哲学家和逻辑学家索尔·阿伦·克里普科（Saul Aaron Kripke, 1940—　）。他在1963年发表的《对模态逻辑的语义学思考》一文中，从语义学角度提出了“模态结构”，并对模态逻辑中“可能世界”问题作出了论证。[②]随后，相关文章和著作陆续出现，先后有S. K. 托马森讨论《可能世界与许多真实价值》[③]、约翰·E. 诺尔特阐释《什么是可能世界》[④]、卢博米尔·多勒兹论述《小说和历史中的可能世界》[⑤]等文章；另外还有玛丽-劳尔·瑞安从人工智能、叙述理论角度讨论可能世界的《可能世界、人工智能、叙述理论》[⑥]、

---

① 亚里士多德：《诗学》，见伍蠡甫：《西方文论选》，上海：上海译文出版社，1979年，第64页。

② See Saul A. Kripke, “Semantical Considerations on Modal Logic,” *Acta Philosophica Fennica*, 16 (1963), pp. 83-94; rpt. in *Readings in Semantics*, ed. Farhang Zabeeh, E. D. Klemke, and Arthur Jacobson (Urbama, 1974), pp. 803-14. 以下所有对外文引用的文字均为本文作者所译，不再一一注明。

③ S. K. Thomason, “Possible World and Many Truth Values,” in *Studia Logica: An International Journal for Symbolic Logic*, Vol. 37, No. 2 (1978), pp. 195-204.

④ John E. Nolt, “What Are Possible World?” *Mind*, New Series, Vol. 95, No. 380 (Oct., 1986), pp. 432-445.

⑤ Lubomír Doležel, “Possible Worlds of Fiction and History,” in *New Literary History*, Vol. 29, No. 4. Critics without School? (Autumn 1998), pp. 785-809.

⑥ Marie-Laure Ryan, *Possible Worlds, Artificial Intelligence, and Narrative Theory*, Bloomington: Indiana University Press, 1991.

露丝·罗南将可能世界理论用于文学研究的《文学理论中的可能世界》[1]、约翰·戴弗斯对“可能世界”模式的界定和对“真正的现实主义”（genuine realism）等问题进行讨论的《可能世界》[2]、罗德·格勒对“可能世界”的界定、对“可能世界”及其范域词、个体与身份、知识的可能世界、信仰的“可能世界”等问题进行论说的《可能世界》[3]等专著。

在以上这些论述中，有些论者已经把“可能世界”理论与文学研究进行了深刻的关联，遗憾的是迄今为止还未有研究者把“可能世界”理论引申到文学史的研究中来。从这个层面上说，这里所进行的论述也是对“可能世界”理论的一种突破与拓展，所以还需要进一步对这个理论予以简单地介绍与梳理。

“可能世界”理论在不同研究领域中有着不同的界定。莱布尼茨的主要观点有以下几点：（一）用非矛盾的方法来界定可能性，即只要事物的情况组合符合逻辑的一致性，这种事物的情况组合就是可能的；（二）事物发生的可能性是有理由的，即有因果关系；（三）现实世界是一种实现了的可能世界；（四）事物的发生具有双重可能性，即事物本身具有多种可能性和事物组合具有多种可能性。[4] 随后出现的“可能世界”理论大都是围绕着他以上的这些观点构建起来的。比如说，约翰·E. 诺尔特在

① Ruth Ronen, *Possible World in Literary Theory*, Cambridge: Cambridge University Press, 1994.

② John Divers, *Possible Worlds*, London and New York: Routledge, 2002.

③ Rod Girle, *Possible Worlds*, Chesham: Acumen, 2003.

④ 参见 G. W. Leibniz, *Theodicy*, Charleston: Create Space Independent Publishing Platform, 2014; 陆剑杰：《莱布尼茨“可能世界”学说的哲学解析》，见《社会科学战线》1997 年第 4 期，第 51—59 页。

《什么是可能世界》一文中曾说："就'可能世界'这个词语而言，就是它的字面意思，即世界。[……]要不是有真实世界的存在，我也不相信有可能世界。也就是说，我不相信它们的存在。但是，我一定要论证它们是可能存在的，理解它们的可能性是理解它们是怎样的一种方法。"[①]诺尔特的这段话大致包含了三种意思，其一是因"可能世界"这一术语中"世界"一词，使用的是复数形式（worlds），因此它指的是那些以多样形式可能存在的抽象世界；其二"可能世界"是相对于真实世界而言的；其三"可能世界"的存在是需要论证的，即论证是理解"可能世界"的一种方法。换句话说，在诺尔特看来，这个可论证的"可能世界"是与真实世界相互参照、互为补充的。它虽然只存在于观念之中，但是，通过论证我们对这个世界是可以理解的。

这种解释虽然能使我们从理论层面知道何谓"可能世界"，但是离着文学还有一定的距离。把上述的释说开拓性地引申到文学作品内部中来的，是叙述学界。他们对此的一般解释是：

> 这个理论的基础是集合理论思想，认为现实——想象的总和——是由不同因素组合而成的一个多元的宇宙。这个宇宙是由一个相对立的特别指定的因素分层构建起来的。这个指定因素就是这个系统的中心，对这个集合的其他因素产生作用。[……]这个中心因素通常被称之为"真实世界"，环绕周边的因素仅视为可能世界。对一个称之为可能的世界，它一定与一个所谓的"可通达关系"相关联。可能与不可能

① John E. Nolt, "What Are Possible Worlds?" in *Mind*, New Series, Vol. 95, No. 380 (Oct., 1986), p. 432.

之间的边界依据可通达性来界定。[①]

这个解释告诉我们，“可能世界”是从集合理论出发的，所研究的是与抽象物件构成整体相关的集合、元素及其成员之间关系等。用在叙述研究中，则主要是指对叙述文本这个整体内部各要素的集合及其之间的关系等所进行的研究。另外，这个解释还告诉我们，“真实世界”处于这个系统的中心位置，那些“可能世界”则像是一些卫星体，处于这个“真实世界”的周围，依靠“可通达性”（accessibility）来与之相关联或沟通。“可通达性”还具有区别可能与不可能之间边界的重要作用。

显然，在叙述学界，研究者们也只是把“可能世界”理论运用到文学作品的分析中去，而还没有运用到文学史的研究中来。这里之所以尝试从“可能世界”理论的角度来研究文学史，主要是基于以下的三种考虑：

（一）“可能世界”理论是一种敞开式的理论，既探讨了世界的真实性一面，也探讨了世界的虚构性一面，把世界的“实”“虚”两面都关照到了，即最大程度地把世界的可能性面目呈现了出来。这种理论对拓展研究文学史的思路非常有益，如以往的文学史编撰者多半都是从“实”的层面上来考虑文学史，而忽略了“虚”的那一面。这个既注重“实”又注重“虚”的理论，对我们全面认识文学史的内涵及其属性会有极大的启发意义。

（二）我们以往把文学作品只看成是虚构的或模仿的世

① Marie-Laure Ryan, “Possible Worlds Theory,” in David Herman et. al. (eds), *Routledge Encyclopedia of Narrative Theory*, London and New York: Routledge, 2005, p. 446.

界——要不就是纯粹的虚构，要不就是对现实世界的单一模仿，而忽略了文学作品其实还是作者所构建出来的一个既不同于虚构，又不同于模仿的“可能世界”。在这个世界中，“现实世界”是以模仿的形式存在于“虚构世界”之中，成为“虚构世界”的一个重要参照。然而，现实与虚构并不是截然分明地存在于这个“可能世界”之中的，往往是因其“可通达性”而以相互“融合”或“交叉”的形式存在。“可能世界”理论是以认识世界本质及其属性为目的的。换句话说，这个理论不仅可以用于认识现实世界，也可以用于文学和文学史文本所构建的世界。作为集合了各种文学史料的文学史，也是一种以文本形式存在的交叉融合了真实与虚构的文学世界。或确切地说，这个文学史的世界也是由一个“三重世界”——“虚构世界”（fictional world）、“真实世界”（actual world）以及虚构与真实因可通达而相关联的“交叉世界”（cross world）——所构成的。在文学史文本中，这个“三重世界”既有融合，也有区别。融合是指存在于文学史文本中的这“三重世界”的共同趋向，即“三重世界”因“可通达性”而共存于一个文学史文本之中，合力共同构建了文学史的文本并形成了一个独特的集合体；而区别则是指文学史文本中的这个“三重世界”各有自己的属性、边界和功能。将“可能世界”理论运用到文学史的文本分析之中有助于揭示这些属性、功能及其可通达性，并进而揭示出文学史的性质和内涵。

（三）正如前文所言，在西方社会，“可能世界”理论已经被运用到文学研究中来了，但迄今为止还无人将该理论运用到文学史的研究之中。这里所进行的讨论意在能够在这方面有所突破。这个突破拟从以下的两个方面来展开：一是研究对象的改变，即从原来研究的逻辑、文学作品、人工智能、数字媒介等转移到对文学史的研究上来；二是研究方法的改变，即在借鉴“可能世界”理论的基本理念基础上，将“可能世界”理论中所涉及的一些基本问题拆分开来，运用到对文学史的分析之中，以期在深入分析文学史的本质和内涵的基础上，进一步拓展“可能世界”理论。不过，需要说明的一点是，这里就文学史的虚构世界、真实世界以及交叉世界及其叙述分开来讨论，更多是出于讨论上的方便，而并非认为从整体上看这三个世界是以截然分开状态存在的。

第二节　文学史的虚构世界

在“可能世界”理论中，“虚构”是一个十分重要的问题。许多学者针对这个问题做过专门论述。比如说，托马斯·帕维尔（Thomas Pavel）、戴维·刘易斯（David Lewis）、基迪恩·罗森（Gideon Rosen）、彼得·孟席斯（Peter Menzies）和菲利普·裴蒂特（Philip Pettit）、露丝·罗南（Ruth Ronen）等，都曾运用逻辑或文学分析的方法，论证了“虚构”存在于“可能世界”中的问题。[1]在这些学者看来，无论是从逻辑还是从文学的角度看，“虚构”既可以看成是“可能世界”的一个特征，也可以看成是“可能世界”中的一个组成部分。它存在于文学作品之中已

① 分别参见 Thomas Pavel, *Fictional Worlds*, Cambridge: Harvard University Press, 1986; David Lewis, *On the Plurality of Worlds*, Oxford: Blackwell, 1986; Gideon Rosen, “Modal Fictionalism,” *Mind* 99 (1990), pp. 327-54; Peter Menzies and Philip Pettit, “In Defence of Fictionalism about Possible Worlds,” *Analysis*, Vol. 54, No. 1 (Jan., 1994), pp. 27-36; Ruth Ronen, *Possible World in Literary Theory*, Cambridge: Cambridge University Press, 1994。

经不是个问题，甚至可以说已是个常识了。然而，在我们的文学史写作和研究中，“虚构”还没有作为一个问题受到重视。或者说，“虚构”在文学史中的性质、属性以及存在方式，还是一个需要进一步讨论和论证的问题。

严格说来，文学史的虚构也不是一种单维度的虚构，而是至少有三重意义的虚构，即文学史所记载和讨论分析的文学作品的虚构、文学史文本内部构造与叙述层面意义上的虚构，以及文学史中各个相互关联的内部构造与外部其他世界之间关系的虚构。

第一种虚构主要是针对研究对象而言的，即指出文学史的主要研究对象之一——文学作品是虚构的。这种虚构不仅包括人物塑造和故事构建，而且还包括作者在叙说这些故事时所采用的话语和叙述策略等。第二种虚构是从文学史的本体上予以考察的，指出文学史写作如同其他写作一样，并非对文学史全貌的照录，而是有着写作原则和编排体例要求的。这一点非常关键，这就意味着任何一种文学史写作都不可能是完全客观、全面的，它在很大程度上受制于写作者价值观念的影响。比如说，在某一段文学历史时空中存有一百个作者、作品和事件，但由于文学史本的容量或其他问题，只能选取其中的三十或五十个写入文学史本中，这样一来不同文学史家的选择就会不同，写出来的文学史本也自然就不同。[①]这种“不同”可能还不单纯是对作者、作品、事件

① 有学者还曾质疑文学史的选材问题：“一部……占不到百分之三的已知文，但同时又未能证明所选的这些为数极小的样本具有代表性” 的关于（美国）文学的书更不能自称为文学史。” Armin P. Frank, “Introduction: Towards a Model of an International History of American Literature,” in Barbara Buchenau and Annette Paatz (eds.), *Do the Americas Have a Common Literary History?* p. 14.

选择的不同，还表现在文学史结构形式及书写评价的语言、话语、术语等方面的不同。以上的诸种不同，足以揭示出文学史文本书写本质上的虚构性。第三种虚构是从文学史写作的文化与社会语境层面上来予以考察的，指出文学史写作决不仅仅是文学史作者个人的事情，它还与塑造或影响文学史作者的文化传统、社会现实、时代精神、审查制度等相互关联和相互影响。

在以上三种虚构中，第一种有关文学作品的虚构是显而易见和不证自明的，本文就不予以讨论了。下文分别讨论的主要是第二种和第三种虚构。

先谈文学史的第二种虚构。这种虚构首先可以从与客观现实的比照上来看，即假如我们把客观现实作为一个参照系，那么，文学史文本中所表现出来的那个符合文学史作者思想结构和逻辑框架的“一致性”（这里的“一致性”既是指文学史作者预设的，也是指在文学史文本中呈现的“一致性”），就是文学史作者虚构出来的。我们可以做一个简单的逻辑推理：假如一部文学史的文本世界具有“一致性”是可能的，如文学史的编撰在编撰指导思想、价值取向、体例等方面应该取得一致；那么，文学史文本世界中的“一致性”是存在的。这种“一致性”可能主要体现在一部文学史写作的统一原则、体例、方法、价值观等诸方面。比如说，孙康宜在她与宇文所安主编的《剑桥中国文学史》“中文版序言”中这样写道：

> 当初英文版《剑桥中国文学史》的编辑和写作是完全针对西方读者的；而且我们请来的这些作者大多受到了东西方思想文化的双重影响，因此本书的观点和角度与目前国内学

者对文学史写作的主流思考与方法有所不同[……]《剑桥中国文学史》的主要目的不是作为参考书，而是当作一部专书来阅读，因此该书尽力做到叙述连贯协调，有利于英文读者从头至尾地通读。这不仅需要形式与目标的一贯性，而且也要求撰稿人在写作过程中不断地互相参照，尤其是相邻各章的作者们。[①]

从所引这段文字中我们至少可以看出这样几层意思：其一，原来《剑桥中国文学史》的编撰者们，在写作之前就预设了现实中并不存在的编写目的（“当作一部专书来阅读”）和自己设置但并非所有参编者都有十分明晰的“期待视野”或“隐含读者”（“完全针对西方读者的”）等；其二，他们为达到“写作的形式与目标的一贯性”的目的，要求编撰者相互协调（“撰稿人在写作过程中不断地互相参照”）。应该承认，从《剑桥中国文学史》的编撰情况来看，这种经预设和“协调”而取得的“一贯性”（即前文所说的“一致性”）是存在的。然而，诚如孙康宜所言，这种预设的和“协调”出来的“一贯性”，在客观现实中是不存在的，或曰只是一种虚构的可能。

其实，几乎所有合作编撰文学史的编撰者们都会追求这种预设的一致性，但是这种“协调”出来的一致性与原来预设的一致性总会有程度不同的差异。比如说，《中国文学史》的编撰者在“前言”中曾坦承说：

这部《中国文学史》，由章培恒、骆玉明任主编，讨

① 孙康宜、宇文所安：《剑桥中国文学史》，“中文版序言”，刘倩等译，北京：生活·读书·新知三联书店，2013年，第1—2页。

> 论、决定全书的宗旨与基本观点，经全体编写者商讨后，分头执笔，写出初稿。然而，编写者对中国文学发展的看法只是大致近似，一涉及具体问题，意见互歧在所难免；至于不同的写作者所撰写各部分之间不能紧密衔接，各章节分量的不均衡，文字风格的差别，更为意料中事。①

从《中国文学史》编写这个例子中也可以看出，文学史文本世界中的“一致性”，不仅在现实中是不存在的，而且在文本世界中也是难以实现的，充其量是人为地预设或“协调”出来的。即便如此，差异还是存在。从这个角度讲，文学史中的这种人为预设或“协调”出来的“一致性”，在现实层面上看具有一定的虚构性。

多人参与或集体编写的文学史因谋求上面所说的“一致性”而导致“虚构性”，那么，是不是个人独立编撰文学史就可以避免这类虚构性？答案显然是否定的。比如说，洪子诚在《中国当代文学史》“前言”中，所谈到的有关“文学性”的编写原则是重要一例。他说：“尽管‘文学性’（或‘审美性’）是历史范畴，其含义难以做‘本质性’的确定，但是，‘审美尺度’，即对作品的‘独特经验’和表达上的‘独特性’的衡量，仍首先被考虑。不过，本书又不是一贯、绝对地坚持这种尺度。”②洪子诚的这番话说明“一致性”其实是人为的，既不是一种客观存在，也很难“绝对地坚持”。另外一例是顾彬。顾彬在其编写

① 章培恒、骆玉明：《中国文学史》“前言”，上海：复旦大学出版社，1996 年，第 1—2 页。

② 洪子诚：《中国当代文学史》（修订版）“前言”，北京：北京大学出版社，2010 年，第 15 页。

的《二十世纪中国文学史》“中文版序”中，也声称自己“所写的每一卷作品都有一根一以贯之的红线”，即前文所说的“一致性”或“一贯性”。其实，假如翻看一下他编写的各章节的目录就不难发现，这根“红线”从一开始就被他所采用的错误的“时空秩序”给打乱了。具体说，顾彬将“20世纪中国文学分成近代（1842—1911）、现代（1912—1949）和当代（1949年后）文学”三个部分，并以“现代前夜的中国文学”“民国时期（1912—1949）文学”以及“1949 年后的中国文学：国家、个人和地域”[①]三个章节分别进行了论述。这种分期方法与勒内·韦勒克所批判的“大杂烩”分期方法别无二致，即在分期中将表达时间概念的标题和表达政体概念的标题混淆使用。

由此看来，不管是多人、集体的还是个人的文学史编撰，在写作中追求“一致性”是无可厚非的，但需要认清的是，这种“一致性”是一种主观诉求，其本质是文学史作者根据自己的写作目的和价值取向在预设的基础上虚构出来的。

其次，我们再从文学史内部的构成上来看。假设文学史主要是由五个部分组成的，即“文本”“人本”“思本”“事本”[②]，以及针对这“四本”所做的“批评”五个部分，那么与文学史书写相关的叙述和分析评论，自然也就是围绕着这五个主要组成部分展开的。

---

① 顾彬：《二十世纪中国文学史》“前言”，上海：华东师范大学出版社，2008 年，第 3 页。

② 有关“文本”“人本”“思本”以及“事本”主要是由董乃斌提出并做界定的。参见董乃斌：《文学史学原理研究》，石家庄：河北人民出版社，2008 年，第 43—101 页。本书作者在这里又增加了“批评”这一组成部分。

一般说来，这里“文本”主要指的是入选的历代文学作品；“人本”主要指的是与“文本”相关的作者及与文学思潮、文学事件、文学活动（包括出版）等相关的人物[①]；“思本”主要指的是“有关文学的种种思想、观念、思潮”[②]；“事本”主要指的是具体的文学作品出版和文学现象与社会思潮、文学与社会事件、文学与社会活动（包括出版）等“一切与文学有关的事情”[③]；“批评”主要指的是文学史作者和读者针对前面提到的“四本”所做的分析、讨论和评价。文学史在这一层面上的虚构性及与之相对应的叙述的虚构性，主要表现在以下两个方面：

一、假设在文学史中，“文本”“人本”“思本”“事本”以及“批评”五个主要组成部分是共时存在的，那么，这五个主要组成部分之间的关系，应该是相互关联和相互作用的。事实上，这种绝对的“共时”是不存在的，即便是写当代文学史的作者也应该与这五个主要组成部分中，至少有部分不是绝对共时的。这种非共时性主要有以下三种情况：（1）文学史作者所讨论的部分作品出版时间，可能在他/她出生之前或至少是早于他/她开始文学史写作之前；（2）文学史作者与某些文学事件、某些文学活动等，在发生时间和空间上是非共时的；（3）文学史作者在精神维度上与某些文学作品的作者、文学思潮、文学批评等是非共时的。文学史作者在这么多非共时的情况下，要想通过自己的写作来将这五个组成部分关联起来，叙说或阐释它们之间

① 本书作者认为，董乃斌将“人本”界定为与“文本”相关的作者并将“思本”视为文学史中的次要因素等观点有欠周到，因此，在文中对董乃斌的这些界定将做出部分修改。

② 董乃斌：《文学史学原理研究》，石家庄：河北人民出版社，2008 年，第 77 页。

③ 同上书，第 90 页。

的互动情况，投射或表达自己的文学观点和价值取向，唯一可行的办法是建立起一套用来构建和认知这种共识性的逻辑规则。所以说，从严格意义上看，文学史作者所使用的那套架构文学史的逻辑规则，是虚构出来的。[①]这样一来，作为（部分）与之非共时的文学史作者，在这样一套具有虚构性假设的基础上进行逻辑推演，即便这套逻辑规则本身具有一定的合理性，其推演和书写的过程也必定带有一定的虚构性。

二、文学史的虚构性还体现在上面提到的那些用来构建文学史组成部分的相互关系和相互作用之中。以文学史中的“文本”为例。需要指出的是，“文本”应该不仅仅是指文学作品，而且还指与文学史写作相关的其他文史资料，如与作者和作品相关的史料、批评文献、文化政策等。从严格意义上来说，“文本”不是孤立存在的。它与“人本”“思本”“事本”以及“批评”都有程度不同的关联。从这个界定来看，“文本”内部（除文学作品之外，还应该包括与文学作品相关的史料等）与“文本”外部（包括批评文献、文化政策等在内及与“人本”“思本”“事本”以及“批评”相关的所有史料）的相互关系和相互作用，依赖于一种具有可能性的虚构假设之上。比如说，文学史作者需要假设哪些组成部分与“文本”之间有直接或间接的因果关系；哪些组成部分虽与“文本”同时出现，但只是某种附带或偶发

① 要建立这样的逻辑关系，至少需要知道以下四点：（1）这些组成部分的相互关联和相互作用的方式（如线性关联、网状关联、叠加式关联或交叉式关联等）、主次顺序、互动量级、互动走向等；（2）它们之间产生关系和互动的介质和诱因是什么；（3）这些关系之间的互动与其他关系之间互动的因果关系如何；（4）如何在推演这些逻辑关系中最终析出并确定具体的相互关联与相互作用的结果。

现象。

文学史作者既需要确定直接或间接原因与附带或偶发现象之间的关系，也需要确定直接或间接原因与先在或潜在意愿之间的关系。这种确定工作是在对“文本”进行细致研究基础上进行的。从逻辑层面上看，这种“研究”本身需要在一定的预设模式指导下进行，因此带有很强的虚构性。从众多作家的创作实践来看，作家们在创作时，对自己的经历、精神漫游、交往的人物、走过地方、所受的教育，以及阅读或听说的故事等，有些能够说得清楚，知道哪些对其创作有过直接或间接的启发，而有些则很难或根本无法说得清楚。而对于文学史的作者而言，他在使用资料的时候既会用到作家本人可以说清楚的那些资料，也会把作家本人根本无法说清楚的资料运用到文学史中来。

问题随之而来了：既然作家本人都无法讲明白，文学史作者如何使用？办法只有一个，即依据预设的逻辑模式进行推演。比如说，鲁迅在《狂人日记》中运用了全新的叙述技巧，剖析了小说主人公“狂人”的心理。为了解释清楚鲁迅塑造“狂人”心理的逻辑依据，就有外国学者“拿1911年版的《大不列颠百科全书》对照鲁迅的《狂人日记》，得出结论：‘我们不知道鲁迅到底读了多少心理学方面的书，因此无法准确判定狂人多大程度上反映了鲁迅的现代心理学理论的知识，但它至少证明了狂人所显示的症状跟现代医学著作所谈论的相当一致’”[①]。这段引文意在说明，研究者，包括文学史作者在勾连这些关系并描绘出它们之间的互动时，所依据的并非鲁迅本人所明言过的资料，而是

① 陈平原:《中国小说叙事模式的转变》，北京：北京大学出版社，2010年，第52—53页。

在写作中依据预设的标准，把并非天然联系的作品与史料勾连在了一起。因此可以说，判断一部作品中的人物、事件、时间、地点、思想、情愫等因素，在多大程度上与外部资料相互关联，其实更多还是停留在具有可能性的假设之中。这种可能性的假设，说到底就是一种虚构。

文学史的虚构问题还可以从文学的形式方面进行探讨。按理说，一部文学史不应只从有用的信息出发对文学思想的内容进行单义的解读，还应该包含对文学的形式（如小说形式的出现、发展以及各种变体等）进行多义的阐释。一部文学史中所包含的文类有多种，甚或还包括一些异质的史料（如有关政治、社会运动、经济形势、战争等史料）等。文学史作者不仅要对作品的主题进行研究、评价，而且还要对作品文本的构成要素等进行分析和阐释。

从现有的文学史来看，大都集中在记叙和讨论有关文学思想的方面，而很少甚或几乎没有提及有关文学的形式问题。而常识告诉我们，文学形式是文学思想认识的基础，缺少了这个基础，就不可能准确地把握文学作品的思想，尤其是不能准确把握这类文学作品内容与形式嬗变与相互影响等情况。以小说为例。随着小说创作的发展，小说的叙述策略出现了很多变化，如现实主义小说淡化叙述主体，追求叙述的准确性；现代主义开始淡化小说家和人物之间的语言差异，试图让小说家和人物之间的语言相互渗透，取消了隔离彼此对话的印刷符号，凸现了小说的叙述化；其叙事形式是封闭的、叙述意图是明确的、强调中心和在场等；后现代主义小说强调去中心化、不在场、非逻辑性，不注重故事的完整性和语言的规范性，而看重碎片化的表达、非逻辑性的时空转换、多层次的结构安排，以及他反传统叙述策略的运用等。这些变化不仅给小说创作带来了形式上的创新，而且还折射出了作者和时代的精神维度，为准确把握小说创作的精神实质、文化意蕴以及时代脉搏提供了讨论的基础和依据。所以说，只揭示思想内涵而没有反映形式嬗变的文学史，其实是一种未反映文学发展全貌的文学史，因而也是一种带有片面性的文学史。这种片面性也从另一个侧面反映出文学史的虚构性。

除了从文学形式来看文学史的虚构性外，还可以从叙事话语层面来看文学史的虚构性，如文学史叙事的表达形式、视角、时空、结构等多个方面都可以来探讨。这里仅以文学史的叙述视角为例。从文学史的叙述视角入手，可以说文学史书写的虚构性主要是通过文学史作者所采用的第三人称全知视角来揭示的。采用这种叙事视角的文学史作者会像上帝般无所不在、无所不知，而且还必须严格保持视角的统一。事实上，这对于任何一位文学史作者来说都是极难做到的。主要原因之一是，文学史作者不仅要解决自己的和文学运动、思潮等当事人的视角问题，还要解决文学作品中的视角问题。也就是说，文学史作者不仅要对社会的和文学的历史及其之间的互动关系了如指掌和把握准确，而且还要分析作品中任何一个人物都可能不知道的秘密——这几乎是一件不可为而必须为之的事情。这样一来，文学史作者为了充任这样一个上帝般全知全能的叙述者，就不可避免地以掺入主观臆断的方式为之代言，听凭自己的理解和想象虚构出一些假设和判断来。或许某些文学史作者会采用所谓“纯客观叙事”的视角，来彰显自己叙述的客观性。然而，即便如此，文学史作者所看到的和所写下的也并非都是纯客观的，相反也都是有所选择和评判的。比如说，洪子诚在《中国当代文学史》中，大体上采用了这种“纯客观叙事”的视角，即坚持只叙说所谓的历史事实。尽管如此，他在叙述历史事实之后，还是避免不了地做了一些介入性的评判，如他在介绍了吴晗的《海瑞罢官》的内容和“成为重要的政治事件”的前因后果之后，还是忍不住补上了一句结论性的话，“从根本上说，写作历史剧、历史小说的作家的意图，并非要重现‘历史’，而是借‘历史’以评说现实”[①]。他在这里所提到的“意图”尽管也有可能是一个事实，即吴晗在写作《海瑞罢官》时果真是这样想的，但更多的还是他的一种主观判断，即他对历史剧和历史小说的一种认识。

类似于洪子诚的这种主观判断其实还折射出文学史书写的第三种虚构，即文学史各个相互关联的内部构造与外部其他世界之间关系的虚构。在很多情况下，这种虚构主要体现在文学史文本话语层面与真实世界之间所存在的模仿关系上。对文学史作者而言，这种模仿关系尤其表现在文学史作者对反映在虚构作品中的真实世界所作的阐释中。换句话说，任何一位文学史作者在对一部虚构的文学作品进行价值判断时，都试图通过一种具有内在结构的话语将其中的人物、事件、时间、地点、场景等与真实世界勾连起来。这种勾连的书写行为导致了两种结果：一是文学史作者通过价值判断将虚构的文学作品真实化；二是文学史作者在将虚构作品真实化的过程中，又将文学史这一表达真实认知的价值判断虚构化。这种勾连的悖论关系使文学史的书写，既具有一种

① 洪子诚：《中国当代文学史》（修订版）“前言”，北京：北京大学出版社，2010年，第164页。

历史相对主义的品质，又具有一种文学的虚构性。在对这种悖论关系的具体表述中，特别是在对文学作品进行价值判断时，文学史作者不得不采用表达可能的预设话语结构来把虚构的内容说实了。比如说，在钱理群、温儒敏、吴福辉三人[①]合著的《中国现代文学三十年》中有这样一段文字：

> 赵树理最具魅力的作品是中篇小说《小二黑结婚》。[……]此后，又接连发表一批更加紧贴现实，为配合社会变革而揭示现实的小说，包括揭示农村民主改革中新政权的不纯以及批判主观主义、官僚主义的《李有才板话》（1943年），形象地解说地主如何以地租剥削农民的短篇小说《地板》（1946年），以一个村为缩影，展现北方农村从20年代到40年代巨大变革的中篇《李家庄的变迁》（1945年）[……]。[②]

赵树理的这几部小说的确具有时代的政治痕迹，但是无论具有怎样的政治性，也不能把其小说完全与当时的政治形势等同起来。毕竟他笔下写的是有人物、有故事、有结构的小说，而并非政治资料的汇编。如果承认这一点的话，就必须得承认，这些小说除了具有真实性之外，还应该有虚构性。但是《中国现代文学三十年》一书的作者，则没有给这种虚构性留下一点生存的空间，相反用一种社会主义意识形态的阐释系统，先是将社会现实中的问

① 在王瑶为这部著作所作的序言中，还提到了王超冰等。王瑶称这部著作为“四位青年研究工作者撰写的有特色的现代文学史著作”。见钱理群、温儒敏、吴福辉：《中国现代文学三十年》（修订本），北京：北京大学出版社，1998 年，序 1 页。

② 钱理群、温儒敏、吴福辉：《中国现代文学三十年》（修订本），北京：北京大学出版社，1998 年，第 478 页。

题转化成一些抽象的类别，如“揭示农村民主改革中新政权的不纯”“批判主观主义、官僚主义”以及“形象地解说地主如何以地租剥削农民”的概念范畴。然后，又将赵树理小说中的一些具体虚构的故事情节“嵌入”这个系统中进行阐释，使之具有一种带有真实性的普遍意义。

然而，这种阐释的缺陷显而易见。其最根本问题是，它除了将文本与当时的政治做了直线关联以外，还把与其他相关联的因素统统都割裂了开来。这样一来，既未能阐释小说具体语境中的种种因素与现实之间的关系，也未能说明小说的虚构模式与现实非虚构状态，以及事件之间是如何相互关联的，结果就是在阐述中虚构了一个符合文学史作者阐释框架的新的文本。

需要指出的是，由于阐释系统的分类者和阐释者都是《中国现代文学三十年》这部书的作者，故而其阐释观点很容易在这个阐释系统内自圆其说。然而，由此而产生的问题是，赵树理小说中的那些原本模仿现实，而又不同于现实的虚构故事，完全消失在《中国现代文学三十年》作者的理论阐释之中，或至少要么失去了故事虚构的具体语境；要么作者将现实语境与故事语境相混淆，从而将阐释推向理论假设的虚构境地。

出现这种情况并不意外，因为，这种阐释并不是来自于虚构小说的具体人物或故事原型，也就是说，不是从这些小说文本中总结出来的，而是预设了这些人物、故事理所当然地存在于阐释者的阐释体系中。这样一来，这种阐释便容易陷入一种悖论之中，即如果把小说中的人物或故事看成是对现实世界的反映，那么，这种阐释在获得所谓现实意义的同时，虚构的人物、故事就被消解了，从而瓦解了这种意义所依赖的虚构基础；而如果小说中虚构的人物或故事被使用或保留在阐释之中，那么这种阐释的基础则不具有完整的现实意义，或至少在很大程度上带有虚构的品质。总之，无论是哪种情况，以上两种假设中的阐释所依据的都是作品文本虚构的世界，即便阐释分析出来的价值是真实的，其所依据的材料仍然是来自虚构的作品。

第三节　文学史的真实世界

“真实世界”在“可能世界”理论中主要指的是“我所在的世界”，或“从本体上看，与仅仅可能的存在不同。在仅仅可能的存在中，这个世界本身代表了一种独立自主的存在。所有其他世界都是大脑想象出来的，如梦境、想象、预言、允诺或讲故事”[①]。与仅仅可能的存在不同，“我所在的世界”指的是现实社会。然而，实际上，这个现实社会不是一种“独立自主的存在”，而是一种因“无矛盾性”和“可通达性”而与其他世界相勾连的存在。一句话，所谓的现实社会并不是单纯指眼睛所看到的世界。

叙述学借用“可能世界”这一认识，把“可能世界”中的“真实世界”细分为作者、人物和读者三个层面：其一是“想象的和由作者所宣称的可能世界，它是由所有虚构故事中呈现出来的被当作真实的状态所组成的”；其二是“人物所想象、相信、希望等的次一级的可能世界”；其三是“在阅读过程中存在读者所想象、所相信、所希望等的次一级的可能世界；或虚构故事被

① David Herman et al.(eds), *Routledge Encyclopedia of Narrative Theory*, London and New York: Routledge, 2005, p. 446.

实在化或反事实化”。[①]

上述认识和界定对我们分析文学史中的“真实世界”具有两个方面的借鉴作用：其一是文学史中的“真实世界”也不是一种“独立自主的存在”，而是一种与其他世界相勾连而存在的世界；其二是也可以考虑从作者、人物以及读者三个层面，来划分和讨论文学史中的“真实世界”。不过，需要再次说明的是，文学史文本中的这个“真实世界”是在“可能”框架下的“真实”，而并非绝对意义上的实际发生或真实存在。它与一般意义上的“真实世界”不同，一般意义上的“真实世界”就是指一种绝对的客观实在，而文学史中的“真实世界”则不是这种绝对的客观实在，而是一种遵循叙述和阅读规律，经过文学史作者、文学史中的人物以及文学史读者各自或共同“加工制造”出来的，且与文学史中的其他世界相互勾连的“真实世界”。这种“真实世界”看上去好像不那么“真实”，但实际它是一种符合逻辑的和可以论证的存在。基于这种认识，下面拟从文学史作者、文学史文本以及文学史读者三个层面，对文学史的“真实世界”进行讨论。

一、从文学史作者来看文学史文本中的“真实世界”。这个问题需要从三个方面来讨论。首先，在文学史写作之前，存在一种由“先文本”构建而成的文学史“真实世界”。前文说到，文学史并不是一个由单一或同质组成部分所构成的叙述文本，而是由“文本”“人本”“思本”“事本”，以及针对这“四本”所

① David Herman et al.(eds), *Routledge Encyclopedia of Narrative Theory*, London and New York: Routledge, 2005, p. 448.

做的“批评”等内外相关联的多种或异质组成部分所构成的一个文本结构层。文学史的“真实世界”首先是指文学史“先文本”的“真实世界”，即指那些先在于被作者所选和未选的与文学史写作相关的所有史料。这些史料共同构成了先于文学史文本存在的“真实世界”。对文学史作者而言，这些史料是一种真实的存在。否则，假如不真实，文学史作者在撰写文学史时应该不会予以考虑。这个由“先文本”构建而成的“真实世界”的存在，揭示了文学史写作的性质，即说到底，文学史写作是从“真实世界”出发的，而并非凭空而来的。

其次，虽然说文学史文本中的“真实世界”所依据的是由“先文本”构建而成的“真实世界”，但在本质上说，它是经过其作者撰写这道工序加工制作出来的“真实世界”。文学史作者并不是可以任意进行加工制作而不受任何内在和外在的影响或限制。恰恰相反，他（们）/她（们）既要受到与自己相关的诸多因素，如个人成长、个人学养、审美趣味、价值取向等方面的影响，还要受到他（们）/她（们）所处的时代、地域或环境等方面的限制。通常，我们会赋予文学史作者许多不同的名称，但意思大致相同的身份，如称他（们）/她（们）为“把自己和外部世界的联系搭建起来的写作者主体”“话语产生的中心”，或“努力表达身体感受经验的理性的人”。[①]这些称谓说明，文学史中所呈现的“真实世界”，实际上融入了与文学史作者相关的诸多要素，如其真实身份、文学史观、价值取向、所处时代、写作过程等。这诸多要素及文学史写作过程中对其所发生的某种程度上的

① 参见高概：《话语符号学》，王东亮编译，北京：北京大学出版社，1997年，第21页。

“融入”便是一种真实存在。从某种意义上说，这种真实存在，也就是文学史另一个层面的“真实世界”。因此说，“真实世界”既存在于文学史文本之内，也存在于文学史文本之外。就文学史文本而言，则主要是体现在文本之内和文本之外相重叠的那一部分，其中包括文学史作者对材料的筛选、运用、构建以及评价等。

最后，文学史作者在写作时，所使用的部分叙述逻辑和策略也是属于“真实世界”的一部分。这种属于“真实世界”的叙述逻辑，大致可以分为三种：第一种是作者在叙述中对已有文献和作品的直接引用，如姜玉琴在谈及对中国新文学肇始期时不同看法时，就采用了一种“真实世界”的叙述逻辑。她在文中引文：“五四新文化运动中的不少主将，都赓续了严复、梁启超以来的社会在‘其开化之时，往往得小说之助’，以及‘今日欲改良群治，必自小说界革命始，欲新民，必自新小说始’的思想。[……]鲁迅曾说过一句话，‘小说家的侵入文坛，仅是开始’文学革命‘运动，即1917年以来的事’。”[①]在这段引文中，严复、梁启超以及鲁迅的话都是源自于“真实世界”的，即都是从已经发表过的文章或著作中直接引用过来的。

---

① 姜玉琴:《肇始与分流：1917—1920的新文学》，广州：花城出版社，2009年，第7页。这段引文中引用严复、梁启超以及鲁迅的文字的出处分别为严复:《本馆附印说部缘起》，《国闻报》（1897年10月16日至11月18日），陈平原、夏晓虹编:《二十世纪中国小说理论资料》（第1卷），北京：北京大学出版社，1989年，第12页；梁启超：《论小说与群治关系》，《新小说》第1号（1902年），陈平原、夏晓虹编《二十世纪中国小说理论资料》（第1卷），北京：北京大学出版社，1989年，第37页；鲁迅：《〈草鞋脚〉（英译中国短篇小说集）小引》，《鲁迅全集》（第6卷），北京：人民文学出版社，1973年，第27页。为行文方便，未采用姜玉琴引用时的注释，在此补注。

对作品的直接引用不仅包括作品的作者、作品的名称、作品的出版时间（版本）等，还包括从作品中直接引用的与史实相符的人物、时间、地点、器物、建筑物等的名称及其相关文字段落等，如郑振铎在《中国俗文学史》中谈及“变文”结构时，大量引用了《维摩诘经变文》中的“持世菩萨”、《大目乾连冥间救母变文》《伍子胥变文》等的内容[①]；他在讨论宋、金“杂剧”词时写道：“宋、金的‘杂剧’词及‘院本’，其目录近千种，（见周密《武林旧事》及陶宗仪《辍耕录》），向来总以为是戏曲之祖，王国维的《曲录》也全部收入（《曲录》卷一）。”[②]这里提到的引用《维摩诘经变文》中的“持世菩萨”、《大目乾连冥间救母变文》《伍子胥变文》等的内容和周密的《武林旧事》、陶宗仪的《辍耕录》以及王国维的《曲录》等书目，都是真实的辑录，属于真实世界的一个部分。

第二种是文学史作者对已发生的有关个人的和社会的史实做出的陈述，如王德威在谈及黄遵宪的职务变化及变化后黄遵宪的个人阅历时所说的那样：“1877年，黄遵宪的一次重要职务变动对他后来的诗学观念造成了直接影响。他不再从传统仕途中谋求升迁，而是接受了一个外交官职位的礼聘。在此后二十余年的时间内，他遍游美洲、欧洲和亚洲多国。”[③]这段引文中所说的黄遵宪在1877年的职务变动是一件事实，黄遵宪在职务变动后游历欧美亚多国也是事实，它们无疑都属于“真实世界”的范畴。

① 参见郑振铎：《中国俗文学史》，北京：中国文联出版社，2009年，第126—128页。

② 同上书，第170页。

③ 王德威：《1841—1937年的中国文学》，见孙康宜、宇文所安主编：《剑桥中国文学史》，刘倩等译，北京：生活·读书·新知三联书店，2013年，第471页。

另如洪子诚在《中国当代文学史》中所附的“中国当代文学年表”[①]等此种文献类文字，也属于“真实世界”的范畴。

第三种是作者对已明确发生的因果关系的陈述，如王德威在谈及黄遵宪因职务变化和海外经历，对其创作所带来变化时说：“黄遵宪的海外经历促使他在全球视野中想象中国，于是，他的诗作中呈现出多样文化、异国风情的丰富面貌，以及最有意义的、富有活力的时间性。”[②]这些变化可以从黄遵宪出国任职和游历之后创作的《樱花歌》《伦敦大雾歌》《登巴黎铁塔》以及《日本杂事诗》等作品中看得出来。具体地说，这些变化主要体现在黄遵宪在这些作品中“形式破格，内容新异，促使读者重新思考传统诗歌在审美和思想上的局限性”[③]。以上这些引述无疑说的都是黄遵宪由于生活的变迁而引起诗歌创作风格的变迁，即对一种因果关系的客观陈述。

需要指出的一点是，文学史写作在陈述因果关系时，需要注意区别有效的与无效的，清晰的与不清晰的两对不同的因果关系。前者属于对“真实世界”的陈述；而后者则属于对“虚构世界”或“交叉世界”的陈述[④]。当然，在讨论因果关系的叙述时，还需要考虑到“覆盖律”的问题，即把一些看似直接或清晰的因果关系纳入一个一般规律来考虑，或者说用一般规律来“覆盖”它，比如说，因“物质位移”而产生的“精神质变”、国家

① 参见洪子诚：《中国当代文学史》（修订版）“前言”，北京：北京大学出版社，2010年版，第453—504页。

② 王德威：《1841—1937年的中国文学》，第471页。

③ 同上。

④ 对“交叉世界”中因果关系的陈述折射出覆盖律项下的因与果。这个问题将在下一节中讨论。

文艺政策对文学创作的影响等。这类对在“覆盖律”项下发生的因果关系的真实叙述，是文学史叙述中极为重要的叙述，也是文学史文本得以存在的基本条件。

二、文学史中的“真实世界”还可以从文本的层面来看。要阐释这个“真实世界”，我们首先应该找出文学史文本“真实世界”存在的“前提”。

文学史的写作不同于文学作品的创作，它需要对作家及其文学作品、文学现象等进行分析、阐释和评价。而这种分析、阐释和评价的过程就是一个转换的过程，即文学史作者要把与文学史写作有关的史料、作品等从客观存在的对象，转换为主观认识的对象。毋庸置疑，在这个转换过程中，文学史作者的个人的文学修养、价值观念、判断能力都起到了很大的作用。除此之外。文学史作者所处的时代、环境、区域或国家等外部因素，有时候也会在一定程度上左右文学史作者的选择、评价或判断等。这些都是文学史文本“真实世界”存在的前提。

在这个前提之下，文学史文本“真实世界”是以一种什么样的形态存在的呢？亚里士多德当年对历史学家和诗人的看法，对我们今天正确理解文学史文本“真实世界”存在的形态，仍然具有重要的启发意义。他在《诗学》中指出：“历史家与诗人的差别不在于一用散文，一用‘韵文’；[……]两者的差别在于一叙述已发生的事，一描述可能发生的事。[……]诗所描述的事带有普遍性。”[①]亚里士多德虽然谈的是“历史家”与“诗人”，但

① 亚里士多德：《诗学》，见伍蠡甫：《西方文论选》，上海：上海译文出版社，1979年，第64—65页。

文学史的写作其实在有意或无意识之中悄悄融合了亚里士多德对“历史家”和“诗人”的区分。尽管文学史作者谁也没有直接宣称是受到了亚里士多德上述观点的影响，可一个显而易见的事实是，文学史作者在文学史文本中既要“叙述已发生的事”，也要“描述可能发生的事”。而所谓的“已发生的事”就是现实生活中的真实；“可能发生的事”因其“带有普遍性”的特征而成为高于现实生活中的“真实”。

简言之，文学史文本中的“真实世界”，就是由这两种“真实”构建而成的。所不同的是，文学史作者在对待“可能发生的事”的时候，既要像诗人那样去描述，也要像历史学家那样去叙述、分析和评价。具体地说，在文学史文本的“真实世界”中，“已发生的事”所包含的内容很多，其中有与文学作品、作者相关的真实资料（如作者的名字及其已出版的文学作品）、与文学事件相关的真实资料（如事件所处的时代和地点等），还有与以“覆盖律”面目出现的真实资料（如国家文艺政策、经济形势、自然灾变、瘟疫、内乱或战争等）。“可能发生的事”所包含的内容也有很多，如文学作品文本内所叙述的故事、文学作品的作者在创作实践中的心理路程，及其与社会现实的内在关联或互动、文学作品的作者及其作品的接受情况等。不过，从严格意义上来说，这些不管是“已发生的”还是“可能发生的”真实资料，尽管在文学史的“真实世界”中看作真实，但它们绝不是完全以原有姿态出现的，而是由文学史作者经过自己所选择的文化代码和价值取向处理过的，抑或说是打上文学史作者个人文化修养、价值观念及其所处时代与所受文化传统影响的烙印。比如说，同样都是写20世纪50年代的中国文学，顾彬与洪子诚这两位各自背负不同的文化符码、价值取向、期待与顾虑等的文学史作者，所采取的书写策略就有很大的不同。顾彬在讨论这一时期文学时，在章节的概述及其具体讨论中，都扼要地陈述并分析了一些“受冲击”甚或“受迫害”的文学家的遭遇和缘由[①]；洪子诚则采用百科全书式的体例，只是将发生在那个时期文学界的“矛盾和冲突”，做一简单扼要的无分析性陈述[②]，而将发生在那一时期的一些具体问题的讨论，分散到随后的各个小节之中。

另外，从叙述的角度来看，文学史作者对这类“真实世界”的叙述，也是按照一般叙述规律进行的。比如说，他们也要预设一套能够表达自己文学史观的叙述要点、叙述顺序、叙述节奏等框架结构，同时还要预设一位（或多位）代表文学史作者的叙述者，来叙说有关文学史的方方面面的故事或问题，并在叙述中考虑（隐含）受叙者的接受情况等。这种按照一般叙述规律进行的文学史叙述，也是“真实世界”在文学史文本中的一种表现。需要强调一点的是，叙述规律在文学史的叙述中虽然似乎是看不见、摸不着的，但它却是一种实实在在的客观存在——只要有写作者的存在，它就存在。它既是文学史中“真实世界”得以存在的另一个前提，也是构建文学史中“真实世界”的唯一途径。

三、文学史中的“真实世界”还可以从读者的层面来看。这里所说的读者主要是指文学史的读者，而非泛指一般意义上的文学作品的读者。这个层面上的“真实世界”至少有两层含义，其

① 参见顾彬：《二十世纪中国文学史》“前言”，上海：华东师范大学出版社，2008年，第261—369页。

② 参见洪子诚：《中国当代文学史》（修订版）“前言”，北京：北京大学出版社，2010年，第37—55页。

一是文学史进入流通领域后所发生的各种与流通相关的行为（如购买文学史和阅读、讲解文学史），是可能世界中的一种真实存在；其二是阅读过程中读者产生的种种反应，也是可能世界中的一种真实存在。

各种与流通行为相关的真实存在相对好理解一些，只要查看、统计一下销售记录、讲解文学史的情况等就能够不证自明；而阅读过程中的读者反应，则是一个需要论证的问题——一则需要说明读者为何在阅读中，会对所阅读的内容做出反应；二则需要对读者为何对某文本产生这样或那样的反应，做出合理的解释。

20世纪的美国“新批评”理论，反对传统的文学批评方式，其中之一提出的就是“感受谬误”（affective fallacy）之观点。这种观点认为，“把作品与它的效果混为一谈（即它是什么和它做什么）是认识论上怀疑论的一种特殊形式”[①]。“新批评”的这一观点，显然是有问题的。不过，应该承认，这一观点所捕捉到的阅读“效果”或现象倒是真实的，即读者由于受时代、文化因素以及认知能力等影响，对同一客观事物会有着不同的反应。这一“效果”或现象的真实存在，对理解文学史的读者有一定的启发作用。

与阅读文学作品一样，文学史的写作与阅读都属于认知活动，即都需要有一个信息处理的过程。换句话说，只要有阅读，就有处理信息的过程。其方式可能有所不同，但却是必不可少

① 威廉·K. 维姆萨特、门罗·C. 比尔兹利：《感发误置》，见史亮编：《二十世纪西方文学批评丛书：新批评》，第55—56页。

的，是一种客观实在。在对信息处理的这一过程中，由于所处时代、所从属的文化以及所具有的认知能力等原因，读者会对同一作品或文学史中所提到的同一事件，产生不同的理解和反应。这也是一种实情。

我们以吴晗的《海瑞罢官》为例。洪子诚是《中国当代文学史》的写作者，《海瑞罢官》是其文学史中所要研究的一个对象。洪子诚在文学史写作中面对这一对象时，融合了读者与作者两种不同的身份，即他既要按照一般读者（或观众）的阅读方式读完这个剧本（或看完这部戏剧的演出），也要以文学史作者的身份来审视和评价这部戏剧。因此，他在论及吴晗的创作及其影响时，不仅扼要地介绍了《海瑞罢官》这部戏剧的主要内容，而且还对吴晗的身份、《海瑞罢官》一剧出台的缘由，以及这部戏何以成为“重要的政治事件”[①]等做了说明。在经过对这些信息处理之后，他对这个政治事件性质所作出了借古讽今的判断：“从根本上说，写作历史剧、历史小说的作家的意图，并非要重现‘历史’，而是借‘历史’以评说现实。”[②]同样，顾彬在他的那本《二十世纪中国文学史》中，也谈及吴晗的《海瑞罢官》及其相关的政治事件。不过，他作为读者与文学史作者在面对《海瑞罢官》这部戏剧时，与洪子诚的情况并不那么一致——他在写作姿态上比洪子诚显得更为单刀直入。具体地说，他在介绍吴晗及其《海瑞罢官》之前，就首先告诫读者：“1949年之后，政治争论所拥有的社会空间越来越受到挤压。[……]我们在

① 洪子诚：《中国当代文学史》（修订版）“前言”，北京：北京大学出版社，2010年版，第163页。

② 同上书，第164页。

阅读中必须注意，不同的世界观的阵营是在通过文学形式进行交锋。”尔后，他又告诉我们“当时政治局面之复杂，不是简单叙述能够交代清楚的。[……]双方都明白，争论的焦点不在海瑞和海瑞所处的时代，而是国防部部长彭德怀和大跃进政策”①。与洪子诚相比，顾彬这个读者与文学史作者非但不隐讳政治，而且还把这部戏剧与当时的政治局势及相关人物直接而又紧密地联系在一起。显然，作为《海瑞罢官》的读者和阐释者，洪子诚和顾彬对其有着不同的姿态、理解和阐释维度：洪子诚在文学史作者与读者之间保持了比较好的平衡；而顾彬则明显地倾向于文学史作者。

同样，作为洪子诚的《中国当代文学史》和顾彬的《二十世纪中国文学史》的读者，由于处理信息方式、思想观念或价值取向等的不同，既会对《海瑞罢官》这一戏剧有着不同的理解，也对这两部文学史有着不同理解。这些不同理解是阅读中的一种真实存在。它既反映了不同层面的读者对文学价值、地位以及意义等问题的理解，也折射出读者对文本、语境、环境的利用、认知能力以及个人的信仰等问题。

第四节　文学史的交叉世界

文学史中的“交叉世界”可以借用“可能世界”理论中的“可通达性”（accessibility）来进行讨论。“可通达性”的基本理念是指模态逻辑理论中用模型结构来描述其中的三个组成

① 顾彬：《二十世纪中国文学史》“前言”，上海：华东师范大学出版社，2008年，第286—287页。

部分，即“可能世界集”（possible worlds）、可能世界集合中的二元关系（relation）以及赋值函数（valuation）之间的关系。“可能世界集”中存在若干个次级的“可能世界”；次级“可能世界”之间所存在的一定关联被称为“可通达关系”。“可通达关系”有真有假，也有强弱之分，赋值函数用来判断其真假和强弱。

文学史的“可能世界”也符合这种模态逻辑，各种次级“可能世界”之间也存在着这种“可通达性”。它勾连起文学史“可能世界”中的两个次级“可能世界”——“虚构世界”和“真实世界”，从而形成一种“虚构世界”和“真实世界”相互交叉存在的状态，即“交叉世界”。在这个世界中，赋值函数主要有强弱之分，而较少有真假之辩。

进入文学史中的“交叉世界”视角有多个，这里只从文学史作者和文学史文本这两个方面来加以探讨。

一、以文学史作者为轴线的“交叉世界”。从文学史作者的这个层面看，总体上说，文学史作者再现的现实并不是现实社会中真正存在的那个现实，而是经过作者筛选和“加工处理”过的现实。在这个筛选和“加工处理”的过程中，文学史作者尽管可能并不知道有个什么“可能世界”理论，但在实际操作中确实暗合了“可能世界”中的那条“可通达性”的原则，即将“真实”与“虚构”整合在一起，形成了一个“真实”与“虚构”相交叉的世界。下面探讨二者相互交叉的内在机制及其赋值。

从以文学史作者为轴线来看，环绕在这个轴线周边的因素会有许多，如文学史作者所生存的社会、所秉承的文化传统、所受的教育、所发生的（文学）事件、所阅读的作品等。这其中有真实的，也有非真实的或虚构的。诚如前文所说，文学史写作并非简单地将这些真实的、非真实的或虚构的史料完整地记载下来，而是有所选择、有所综合，也有所评判。在这选择、综合、评判以及意义的构建过程中，文学史作者不仅融进了自己的情感、价值观等因素，而且还在一定程度上受到国家文艺政策等这类带有覆盖律性质因素的指导或制约。显然，文学史写作是各种因素的综合体。文学史作者的任务就是，发现这些因素之间的关系，并将这些真实性、非真实性或虚构的因素勾连起来，整合成一种适合文学史写作内容和逻辑的线索。简单地说，这种整合的过程就是一个“虚”与“实”相互交叉的过程，而这种“过程”所勾连、呈现出来的世界，就是文学史中的“交叉世界”。

文学史作者在构筑其文学史本时，其实就是遵循着这样的一个原则进行的。比如说，奚密在《1937—1949年的中国文学》中谈及这段历史时期的中国文学时，她首先叙说了“七七事变”的起因及其影响：“1937年7月7日，日军在北平城西南的十五公里的卢沟桥一带进行演习。以一名士兵失踪为由，他们要求进入宛平县内搜查。当他们遭到驻守宛平国军的拒绝时，竟以武力进犯。吉星文团长（1908—1958）下令还击，点燃了抗日战争，永远改变了中国的历史。”[①]奚密对发生在1937年7月7日的事件，有选择性地作了简短而真实的陈述。从她的陈述中不难看出，整个事件是由日军挑起的，这是一种有计划、有图谋的“武力进犯”。但是，奚密在这里并没有首先提及并解释日军为何要在北

① 奚密：《1937—1949 年的中国文学》，见孙康宜、宇文所安主编：《剑桥中国文学史》，刘倩等译，北京：生活·读书·新知三联书店，2013 年，第 619 页。

平城西南驻军，而且还竟敢在卢沟桥一带进行演习；而是在随后的文字中才扼要地提及“九一八事变”“西安事变”这两件发生在1937年7月7日之前的事件。她采用这样的一种带有虚构性质的“倒叙”叙述策略，来追叙历史上已经发生过的真实事件，在彰显了她对“七七事变”这一事件认识的同时，强调了“先叙”的“七七事变”这一事件，给其后的中国社会、中国文学艺术等所带来的影响。

这种释说可能有点抽象，不妨把上述内容转换成这样的说法。奚密是从抗日战争爆发以及随后出现的文学现象这两大层面来构建文学史的“交叉世界”的。具体地说，奚密在架构这段文学历史中的历史事件时，采用了一种“实”中有“虚”，“虚”中有“实”的策略：“实”主要指抗日战争爆发前后的“九一八事变”“西安事变”“七七事变”等这些历史事实——它们共同构建了一个文学史中的“真实世界”；“虚”则是指对这些事件进行“倒叙”的安排，即没有按照事件原来发生的先后顺序进行叙述，而是把后发生的事件作了前置处理。这种叙述手法所达到的效果是，在凸显了“七七事变”与后来发生的抗战文学等因果关系的同时，也“虚构”了这些事件的因果关系链，而且还弱化甚或隐去了统摄“九一八事变”和“西安事变”“七七事变”与随后出现的“抗战文学”等文学现象的中日社会发展、中日关系、帝国主义侵略本性等因果关系及其演化的规律。从这个意义上说，这种历史事件的“实”与对这些历史事件进行叙述的“虚”，共同构成了一个“实”与“虚”相交叉的世界。

当然，文学史作者对历史事件作虚实之处理，也是有着明确的目的性的，就像奚密之所以要采用这种“倒叙”，也就是

“虚”的手法，其目的就是想强调抗日战争爆发这一事件，而并非这些事件的前后关联。而强调这一事件的目的，又是为了方便她在后面叙述中所提出的与此相关的“抗战文艺”“统一战线：重庆”“日趋成熟的现代主义：昆明与桂林”“沦陷北京的文坛”“上海孤岛”等话题的论述。[①]然而，严格说来，这一“虚”的背后又是“实”，因为不管是从上面的命名来看，还是从随后而来的记叙中，都会发现作者主要还是停留在“实”的层面上，基本上属于事件描述性的和主题阐释性的。这种表述，“实”中有“虚”，“虚”中有“实”或“实”“虚”相间，这是文学史书写中最常见的一种“实”与“虚”的交叉形式。从奚密书中的另外一段话，也可以看出这种“实”与“虚”的交叉：

> 比起此前的侵略行为，日本全面侵华战争直接威胁着中国之存亡。它对中国文学也造成了巨大的影响，其冲击既是当下的也是长远的。种种文化体制——从大学和博物馆到报业和出版社——遭到破坏或被迫迁移，无以数计的作家也开始了流亡的生活。[……]一方面其状况可以用地理的割裂与心理的动荡来形容；另一方面文学在战争期间提供了一个慰藉与希望的重要来源。当战争的文艺活动被迫中止的同时，新的网络在建立，新的旅程在展开。[②]

这段文字中的“实”就是指日本对华全面战争的爆发，从大处着眼，威胁到中国的存亡；从小处着眼，影响了作家的正常创作，

---

① 奚密：《1937—1949 年的中国文学》，见孙康宜、宇文所安主编：《剑桥中国文学史》，刘倩等译，北京：生活·读书·新知三联书店，2013 年，第 619—655 页。

② 同上书，第 620—621 页。

以上这两方面都是历史已经证明了的事实。而“虚”则是语焉不详的“文学在战争期间提供了一个慰藉与希望的重要来源”或“种种文化体制——从大学和博物馆到报业和出版社——遭到破坏或被迫迁移，无以数计的作家也开始了流亡的生活”等文字。实事求是地说，这些表述是模糊的，它既没有具体的事实，诸如哪些大学、哪些博物馆、哪些报业、出版社遭到了破坏以及如何遭到了破坏，更没有解释清楚文学何以“提供了一个慰藉与希望的重要来源”等。

这样说是不是意味着奚密该处的“虚”是没有价值的，或者说没有把握好写作的尺度，那倒不是，因为该处的“虚”可以追溯到“实”那里去，或者说是根据“实”而推演出来的。二者有着紧密的因果逻辑关系。换句话说，这里的一实一虚合情合理地把前后几个事件勾连了起来，共同构建了一个以“实”为主，以“虚”为辅的指向明确和寓意深刻的“交叉世界”。

二、以文本为轴线的“交叉世界”。毋庸讳言，以文本为轴线与以作者为轴线，会有许多相同或重叠之处。这样一来，将两者分开来谈似乎就显得有些“形而上”或“片面”。其实，以文本为轴线讨论文学史写作并没有割断文学史作者与文学史文本之间的关联，而是依据“可通达性”原理，将文学史作者“融进”了文本之中。或说得更确切一些，就是将文学史作者作为文本的一个组成部分，即“隐含作者”来看待。从这个角度说，提出以文本为轴线来讨论文学史的“交叉世界”，有其独到的方便之处，即可以从话语叙述的角度，对某一具体的文学史文本做出细致入微的分析和评价。

一般说来，文学史文本的“交叉世界”大致可以分为两种：

一种是从文学史文本内部组成部分（如“文本”“人本”“思本”“事本”以及针对这“四本”所作的“批评”）的相互关系上来看，在实际写作中，这些组成部分是被交叉整合在一起的。另一种则是从结构上来看，很多的文学史读起来好像千差万别，但分析起来大都脱离不了这样的两个价值维度，即“明”和“暗”的价值维度：所谓的“明”指的是能给人带来直观系列感的外在篇章结构，如这部文学史是由几章构成的、每一章的大、小标题是什么等，总之，是能一眼看得到的东西；所谓的“暗”则是指隐含在这些篇章结构的背后，能在一定程度上揭示出文学发展规律的那个脉络和通过遴选出来的作家、作品、文学史事件、文学思潮，再现或描绘出来的时代精神、文学与文化的标准、规范、风土人情等而隐含的作者的政治立场、价值取向、审美趣味等。当然，分开论述是这样区分的，其实合起来看，在具体的文学史文本中，它们之间不但具有“可通达性”，而且还总是以一种相互交叉、相互融合的状态出现的。不过，为了更好地说明这两种不同的价值维度的特点和运作机制，本文还是要把它们分解开来论述。

1. 文学史文本内部和外部组成部分之间的“交叉世界”。这个问题可以从文学史文本内和文本外两个方面来讨论。

先说文本内各组成部分之间的关系。文学史文本中的各个组成部分有多种形式的关联，比如说，“文本”“人本”“思本”“事本”以及针对这“四本”所作的“批评”之间的关系，有些属于附带现象（epiphenomenon）关系，而另有一些则不属于这种附带现象关系。

附带现象研究认为，实际发生的事件对思想有直接的影响，甚或说它就是思想的诱因。文学史文本中针对这“四本”所作的“批评”，大致说来属于一种因果关系陈述，即是这种附带现象关系的一种具体表现。这也不难理解，文学批评就是建立在文学作品或文学现象之上的，没有文学作品或文学现象也就没有文学批评。从这个意义上说，文学史文本中各组成部分之间所存在的这种附带现象关系，是对各组成部分之间关系的“真实”反映，它们共同构成了文学史文本的“真实世界”。

不过，从另一个角度看，附带现象研究的关系是一种单向关系研究，比如说，“事本”只能对“思本”产生影响，而“思本”不能反过来影响“事本”。但是纵观现有已出版的文学史，事实却并非完全如此。文学史文本中呈现给我们的有“事本”与“思本”相互影响的关系，也有它们相互之间不产生影响的关系。这样一来，文学史文本中“事本”与“思本”的关系就不只是单纯的附带现象关系，而是包括附带现象关系在内的多种关系的组合。因此，前文中所说的由表现附带现象关系构成的“真实世界”，在文学史中只能是部分的存在，而并非全部存在。如此说来，附带现象研究并不完全适用于对文学史文本内部关系的分析。换句话说，文学史文本中普遍存在的是“事本”“思本”等各个构成部分的交互关联的关系。即便是现实中并没有发生这种相互之间的影响，但由于线性书写的原因，原本只是一种时序前后、相加并列或邻近的关系，也会给人造成一种相互关联或具有某种因果关系的印象。这样一来，其结果就是文学史文本从整体上来看，形成了一种虚实相间的关系，即我们所说的“交叉世界”。

再说文本内与文本外的相互关系。文学史文本内与文本外也有一种虚与实共生的现象。如前面提到的鲁迅的《狂人日记》中主人公的精神状态，与1911年版《大不列颠百科全书》中提到的有关心理症状相吻合一例。鲁迅或许了解《大不列颠百科全书》中的有关词条，或许并不了解。但是，《大不列颠百科全书》和《狂人日记》是先后出版的，形成了一种同存共生的关系。还有一例，即中国戏剧界有学者曾讨论过曹禺的《雷雨》与俄国戏剧家A. H. 奥斯特洛夫斯基的《大雷雨》之间的关系[①]。假如将这种原本（没有）发生相互影响的事例写进或不写进文学史中，都会既有其真实的一面，也有其"不真实的"或"虚构的"一面。从这个角度看，"真实"与"虚构"也是同生共存的。从以上两例可以看出，这种文内文外的共存性，也构成了文学史文本组成部分的"交叉"关系网络，即交叉世界。

这种同存共生现象还可以从"反事实因果论"（counterfactual theory of causation）的角度来看文学史文本内、外组成部分之间的"交叉"问题，即比较"真实世界"和"虚构世界"之间的相似性。一般说来，文学史文本内、外有许多相似的"真实"或"虚构"。它们之间存在着一定的级差：越靠近事实的就越真实；距离事实越远的就越"虚构"。实际上，文学史文本写作并没有按照级差的顺序来安排内、外同生共存的史料，相反它一般是将不同级差的史料，按照不同的需要来重新排列组合的。多数情况下是交叉存在着不同级差的"真实"与不同级差

① 参见杨晓迪：《悲剧框架中的〈大雷雨〉与〈雷雨〉》，见《洛阳师范学院学报》（哲学社会科学版）2012 年第 1 期，第 68—71 页；马竹清：《婚姻道德和情爱人性的悲歌——浅谈〈雷雨〉〈大雷雨〉》，见《戏剧之家》2014 年 14 期，第 49 页；袁寰：《〈雷雨〉与〈大雷雨〉轮状戏剧结构比较》，见《求索》1985 年第 6 期，第 109—112 页等。

的“虚构”。这种不同级差的交叠存在，共同构建了一个个“真实”与“虚构”交叉互存的世界——“交叉世界”。

2. 文学史文本结构上“明”和“暗”两个维度的“交叉”。文学史文本中“明”的结构，主要是指文本“章”“节”等篇章结构。这个结构既有其“真实”的一面，也有其“虚构”的一面。比如说，从总体上看，陈思和主编的《中国当代文学史教程》，突出“对具体作品的把握和理解”，并着重“对文学史上重要创作现象的介绍和作品艺术内涵的阐发”[①]。而具体到每一个章节的写作，则“以作品的创作时间而不是发表时间为轴心”或“以共时性的文学创作为轴心，构筑新的文学创作整体观”。[②]这样的写作纲领和章节安排就是一种“虚”“实”相结合的安排。

当然，这里的“虚”和“实”都有两层意思。第一层意思是指陈思和等编者，人为地想“打破以往文学史一元化的整合视角，以共时性的文学创作为轴心，构筑新的文学创作整体观”[③]。他们的这种“共时性”写作意图是真实的，与当时重写文学史的时代诉求相一致。然而，从他们的文学史写作安排本身来看，却又具有一定的虚构性。这看上去好像是一种无可奈何的悖论，其实是必然的。

正如我们所了解到的那样，文学史写作从来都是两个维度的写作，即既需要“共时”性的视角，也需要“历时性”的审视。

① 陈思和主编：《中国当代文学史教程·前言》，上海：复旦大学出版社，1999年，第6—7页。

② 同上书，第8页。

③ 同上书，第7—8页。

他们撇开"历时"，而主张从"共时"这单一的时间维度来撰写，就与文学史的真实发展情况相违背了。此外，文学史和"文学创作整体观"虽然有不少重合之处，但它们毕竟还不完全是同一个层面上的事。以这样的一种文学史观构建出来的文学史，自然不贴合文学发展的实际状况。从这个角度来说，《中国当代文学史教程》的理论构架不过是一种虚构。

第二层意思是指这部文学史各章节间的排列组合和章节内部的安排方面，也存有一定的虚构性。也就是说，整部文学史是通过文学史作者预设的某种"意群"组合而成的。比如说，在《中国当代文学史教程》第一章的第二节中，编者撇开"颂歌"类的作品，单独挑出了胡风的长诗《时间开始了》作为这一节的主要内容来讨论，既没有体现出编者所主张的"共时性"——既然是"共时"，就不应该省略了同时期的其他"颂歌"，也没有兑现其所许诺的要"构筑新的文学创作整体观"——既然是"整体观"，就需要大量的同类作品作支撑。从这个意义上说，这一节的编写并没有如实地叙说，而是虚构了那个时期的文学发展状况。这个问题不单存在于这一章中的这一节中，而是整部文学史中都存在这个问题。

这样分析并不是说这种编排就没有意义，与其他的同类作品相比较，胡风的《时间开始了》的确是那个时代中的一个重要作品，而且编者对其的分析也有说服力，较为真实、具体地阐释了作品的思想内涵与艺术特点。从这个层面来说，展现在这一节中对胡风长诗的阐释与评价的文字又具有一定的真实性。这种"虚"与"实"交叉结合的写法，便构成了"虚"与"实"交叉结合的世界。《中国当代文学史教程》所构建的文本世界，可以说基本上都是类似于这种“虚”“实”相互交叉结合的世界。

文学史文本中“暗”的结构，主要是指隐含在这些篇章结构背后，能把文学发展规律揭示出来的那个脉络。《中国当代文学史教程》编写的“虚”与“实”，在“暗”的这一维度上也依旧能得到体现。比如说，尽管我们在前文中也指出了这部文学史中的一些虚构问题，但是，从这部文学史的章节安排中，不但可以看出隐含在这些章节标题背后的当代文学史的大致发展脉络，而且还可以看出隐含在这些章节标题背后的这一时期文学的总体精神和价值取向。换句话说，将各个章节联系起来就勾勒出了中国当代文学演变的大致轨迹。即便是对单个作家的分析和评价，也隐含了这一时期文学发展的总体趋势。还以胡风为例：这部文学史教程对胡风事件的历史过程未作详细介绍，但却通过将他的作品和他所遭受的政治打击进行对照叙说。这种写法在暗示了胡风命运的必然性的同时，也揭示了中国当代文学在一些特殊时期的发展走向及其必然结果。在这里，“虚”与“实”得到了相互关联，构建了一个“交叉的世界”。

顾彬主编的《二十世纪中国文学史》则是另外一种“虚”与“实”交叉的类型。我们从这部文学史的篇章结构中看不出隐含在其后的文学发展脉络。具体地说，这部文学史共分为三章，第一章写的是“现代前夜的中国文学”，第二章写的是“民国时期（1912—1949）文学”，第三章写的是“1949年后的中国文学：国家、个人和地域”。第一章和第三章的标题，指向的是一个大致的时间概念；而第二章则指向一个政权所代表的时期，与之相对应的政权——“中华人民共和国”则被放在第三章的第四小节中。从这样的一种篇章安排中，我们只是看到了时间的展延，而看不出作者揭示出什么样的文学发展规律。也就是说，这样的文学史章节安排既没有反映出中国20世纪文学发展的精神脉络，也没有揭示出中国20世纪文学发展的演化规律，因而带有很大的虚构性。不过，从这部文学史各章内小节之间的承接关系看，如第二章的第一节先后讨论了苏曼殊、鲁迅、郭沫若、郁达夫、冰心、叶圣陶等的创作，将他们的创作视为中国现代文学的奠基，却又在一定程度上揭示了中国20世纪文学发展的真实情况。总体说来，顾彬主编的这部《二十世纪中国文学史》在整体框架的“虚”中，嵌入了部分内容的“实”；而部分内容的“实”又融入了“虚”的框架之中，从而构建起了另外一种“虚”“实”相间的“交叉世界”。

文学史不同于一般意义上的历史，二者间的主要区别是，前者处理的主要对象之一是虚构类的文学作品，而后者几乎不涉及或很少涉及此类作品。这就意味着对文学史的研究不能完全按照历史研究的理路来进行。把文学史的内部构建分为三重世界[①]，不但有助于我们搞清文学史内部构建的多重属性；更重要的是，还有助于我们从多个视角、多个层面来打量、分析和构筑文学史，一改过去那种一马平川式的文学史观。总之，文学史写作应该是一种综合性、立体交叉性的写作。因为，它处理的不仅是现实问题、艺术标准等问题，它也包含有虚构和想象等系列问题。从这个意义上说，以往的文学史写作有把复杂多样化的文学历史简单化了的嫌疑。

① 需要再强调一遍，对文学史三重世界的划分并非绝对的和非此即彼的，而是彼此既独立又纠缠，从整体上看是以交叉融合的形式呈现出来的。

第七章

文学史的叙事性

什么样的文学史才是合理、恰当的文学史？从目前已出版的文学史版本来看，存在着一个明显的倾向，即文学史写作者往往在文学作品的思想性上流连忘返，而对文学作品的艺术成就则往往浅尝辄止。这种“一边轻”的文学史写作现状，一方面说明我们有重视文学思想性的传统；另一方面也说明我们在对文学史观念的理解、文学史的组成要素和文学史的架构等方面，都还存有理论认识上的不足。

这其实也正常，建构文学史原本就是一件复杂而繁琐的工程，因为作为一种独特的叙事文类，它不仅需要记叙“古老的史实”，而且还需要处理好“古老的史实与诗学的价值”[①]之间的关系问题。此处所说的“古老的史实”主要指已出版的文学作品和已发生的文学事件

① William K. Wimsatt Jr., Cleanth Brooks, *Literary Criticism: A Short History*, New York: Alfred A. Knopf, Inc., 1957, p. 537.

等；所谓“诗学的价值”主要指文学史作者依据编撰目的和审美体验而对“古老的史实”本身所蕴含的文学传统，及其所具有的文学价值和影响做出的一系列判断。这其实就意味着一部文学作品或一个文学事件是否能进入文学史，既需要参照过去了的“古老的史实”，又需要从“当下的”的审美体验出发，对已出版或已经典化的作品，包括文学史上的重要文学事件等，重新作出估评。显然，这是文学史写作中所不可缺少的两个价值维度。

如何处理好这两个维度之间的关系，实际上就触及与文学史叙事策略相关的叙事性问题。从某种程度上说，文学史的叙事性既是文学史的基本特点，同时也是构建叙事策略的基本要素。如果不了解文学史的这种叙事性，也就无从谈及文学史的叙事策略。因此我们说，了解文学史的叙事性是破解文学史叙事策略的一把钥匙。

这样一来，必然要牵涉到何谓叙事性？一般说来，叙事性是指“一种在[文本]深层运作的叙述能动力”[①]。它是“描述叙述世界/叙事世界特征并将之与非叙述世界/叙事世界加以区别的那组特征”[②]。这两个界定虽有些过于宽泛或笼统，但是，我们仍然可以从中分析出至少三层意思：一是说叙事性处于叙事文本的深层，且具有某种能动的作用；二是说叙述世界具有一定的特征，是可以从外在形式上捕捉到的；三是说这个叙事性是用来描述叙述世界的那组特征，它们区别于非叙述世界的特征。依据上述的

① Philip J. M. Sturgess, “A Logic of Narrativity,” *New Literary History*, Vol. 20. No. 3, Greimassian Semiotics (Spring, 1989), pp. 763-783.

② Gerald Prince, *A Dictionary of Narratology*, Lincoln & London: University of Nebraska Press, 2003, p. 65.

界定及理解，这里拟讨论三种与之相关联的文学史的叙事性，即文学史中的叙事主题、叙事的话语时间以及叙事的故事话语，以此来揭示文学史的叙事性。需要解释一点的是，以上这三个方面在具体的文学史文本中是有机地融合在一起的，这里分开来谈，只是为了讨论上的方便而已。

第一节　文学史中的叙事主题

文学史的叙事主题是反映文学史叙事性的一个重要的方面，属于“一种在[文本]深层运作的叙述能动力”。传统文学批评使用“主题”这一术语时，通常指的是文学和艺术作品中所表现的中心思想，因而常常会把“主题”与“思想”连用或混用，如我们常说某部作品的“主题思想”；“新批评”则把“主题”看成是“整体意义或形式”或“作品中各种各样的基本问题、议题和疑问”[①]，即它把“主题”更多的是与形式相关联在一起；而叙述学所说的“主题”与以上的这两种观点都有所区别，它是指一种在深层运作的叙述“框架、一种宏观结构、一种事实模型，一套有关世界某些现象的知识系统”。[②]无疑，叙述学中所说的“主题”是一个庞大的概念，它直接指向框架、结构、事实模型或知识系统。换句话说，它就像是一种看不见的规则和动力，在起到规范或统摄整个叙事文本的篇章结构、人物布局或事件场景安排等作用的同时，也推动了叙述的肇始与发展，并成为一种叙

① 转引自 Gerald Prince, *Narrative as Theme: Studies in French Fiction*. Lincoln, London: University of Nebraska Press, 1992, p. 1。

② Ibid., p. 2.

述动力。

既然叙事主题在文学史中有着如此重要的作用，那么该如何理解、阐释它？有关这一点，我们可以从关联文学史内部系统的三种不同内在联系、功能以及运行原理等层面上来加以解释。

（一）从宏观上看，叙事主题是文学史作者为了更好地实现其史学思想而特意制定的写作原则，其中包括对文学史的基本认识；对文学史框架结构、史料运用、作家作品安排以及所讨论的问题或话题等方面所作出的规定等。这些认识和规定对文学史的写作起到了指导和规范的作用，是文学史写作的初始动力之一。它揭示了文学史系统结构中各要素的内在工作方式，以及诸要素在一定环境下相互联系、相互作用的运行规则和原理，规定了文学史写作的立场、起止年限、各文学阶段的划分、主要文学思潮、主要作家及其作品等，并以此规范文学史按部就班地书写下去直至完成。总之，文学史作者在正确认识文学史原则、框架以及各个部分的前提下，按照写作的原则来协调它们之间的关系，以便能更准确地反映出文学史的真实面貌。

（二）从内部构成因子来看，文学史是一种综合了多种同质和异质史料的著作，如同质的文学作品①和相对于文学作品而言的异质的社会史料②等。文学史文本的内部组织结构就是围绕着这些同质与异质史料，分别组成了若干个具有不同属性和级次的子系统，并在整合这些不同子系统的基础上共同构建起来的。这

① 文学作品中也有同质与异质之分，这种同质与异质之分可以从文类、观念、文体等层面上来区分，如浪漫主义文学、现实主义文学、现代主义文学以及后现代主义文学等。

② 社会史料中也有同质与异质之分，这种同质与异质之分可以从材料属性、观点、可靠性等层面来区分，如政治运动、文化政策、文学史料等。

一层面的叙事主题，主要是帮助文学史作者认识划分同质与异质的理由或道理，从这些同质与异质史料形成的要素和形成要素之间的关系方面来进行分析和使用。

（三）从文学史各种因子关系来看，不管是在同质与异质史料之间，还是在不同属性的子系统之间，都存在着两种不同的关系，即相互关联与相互转化的关系。从叙述的角度来说，这两种关系的动态存在及其存在的机制也构成了一种叙事主题，并成为推动文学史叙述的一种内在动力。

叙事主题的这三个层面说明，文学史不只是把一些文学史料堆积起来，按照年代顺序分出章节地构建一下就万事大吉，而是要依据一定的写作原则、文学史料构建的方法，以及相互关联与转化机制等叙事主题，来表达自己的包括文学史观、文学思想、文学文类、审美趣味、价值取向等认识。

我们可以以英国浪漫主义文学史编写为例，来说明这种表达文学史叙事性的三种叙事主题的运用。从总体上看，这样一部文学史的叙事主题首先需要设定一个明确的写作原则，并构建一个符合这一文学实际情况的叙述框架。写作原则和框架是具有指导性和限制性的，可以推动文学史写作有序地进行。其次，为完整、准确地将这一叙事主题运用到英国浪漫主义文学史写作之中，文学史作者需要对内部构成因子，即对与这一文学相关的同质性和异质性史料有一个明确的概念和分类，并在此基础上制定出使用这些史料的方法。最后，文学史作者需要知道自己所撰写的这一时期文学的相关知识，如肇始的源头、发展的轨迹、文学作品的遴选、所选作品的内涵、互文性与类文本等之间的关联与转化关系，对这些关联与转化有一个正确的认识和全面的把握，并能够在此基础上找出所有这些方面的关联及其关联的内在规律或法则。假如我们将文学史比作一个人的躯体，那么，我们可以把第一层面的叙事主题比作这个躯体的骨骼框架；把第二层面的叙事主题比作联系这些骨骼框架的筋腱与肌肉；而第三层则是关联并实际控制这个躯体内骨骼、筋腱与肌肉运动的神经网络。另外，我们可以把这个比喻中没有提到的第一层面上的写作原则，看作是主宰全身运动的大脑神经。在它的统一指挥下，三个层面之间形成一种关联互动，即成为文学史叙述的初始动力。

需要指出的是，对上述三种叙事主题的不同了解和把握，会导致写出不同的文学史。比如说，中国学者在谈及英国浪漫主义文学时，认为文学是社会现实的一种再现。基于这样的一种认识，他们在设定叙述框架时便会把产生浪漫主义文学的社会背景放在前面，以此来阐释浪漫主义文学肇始的社会原因，然后再据此来评介具体的浪漫主义诗人，特别是那些被中国学者认为有"积极意义"的浪漫主义诗人，而对那些具有"消极意义"的诗人则很少提及甚或不提。[①]这种强烈的主观意愿一旦渗入文学史写作中，所表现出来的文学史观就是一种带有偏见的文学史观。西方学者在处理同样话题时，其叙述模式虽与中国学者的叙述模式略有类似——也在开篇介绍产生浪漫主义的一些背景性史料，但是，他们介绍得更多的是文学或文化方面的，而较少触及其他社会方面。他们在随后讨论具体浪漫主义作家时，则是按年代进

① 参见杨周翰、吴达元、赵萝蕤主编：《欧洲文学史》，北京：人民文学出版社，1979年，第41—63页。

行了较为全面的评介并附以选文，[①]以此来对美国浪漫主义文学做一个全景式的展示。[②]他们这样做当然也有其偏颇之处，如没有反映文学与社会之间的互动关系，因而不能准确地揭示出文学发生与发展的外在动力。

文学史内部的分类也很重要。它是探讨文学史内部不同作家、作品、文学事件等之间关联与互动规律的一个重要途径。比如说，对英国浪漫主义文学类型的分析和评判，有助于我们探讨其由一种类型向另外一种类型嬗变的规律。具体地说，英国浪漫主义诗人可以细分为若干个不同的类型，有以威廉·布莱克（William Blake, 1757—1827）、罗伯特·彭斯（Robert Burns, 1759—1796）为代表的英国早期浪漫主义诗人；以威廉·华兹华斯（William Wordsworth，1770—1850）、塞缪尔·泰勒·柯勒律治（Samuel Taylor Coleridge, 1772—1834）、罗伯特·骚塞（Robert Southey, 1774—1843）为代表的湖畔派浪漫主义诗人；以乔治·戈登·拜伦（George Gordon Byron, 1788—1824）、波西·毕希·雪莱（Percy Bysshe Shelley, 1792—1822）为代表的所谓“积极浪漫主义”；以瓦尔特·斯哥特（Sir Walter Scott, 1771—1832）、托马斯·穆尔（Thomas Moore, 1779—1852）等为代表的抒情诗人；另外还有不属于某个具体派别的浪漫主义诗人，如约翰·济慈（John Keats, 1795—1821）、托马

① See Irving Howe, *The Literature of America: Nineteenth Literature*, New York: McGraw-Hill Book Company, 1970.

② 当然，这样说似乎有些不够客观，其原因有二：一是篇幅问题，杨周翰等主编的《欧洲文学史》受篇幅所限，不能一一进行介绍，而欧文·豪所编的《十九世纪美国文学》是一部断代史，有足够的篇幅展开介绍；二是国情有所不同。不过，尽管如此，本文的分析是从文本入手来看的，篇幅问题其实是次要的。

斯·德·昆西（Thomas De Quincey, 1785—1859）等。这些诗人及其作品的先后出现，经历了由“同质”向“异质”的转变：他们是法国革命、欧洲民主运动和民族解放运动高涨时期的产物，都受到18世纪末、19世纪初欧洲普遍流行的一种文艺思潮的影响，也大都遵循浪漫主义的创作原则，如表现主观理想、抒发强烈的个人感情等；然而，他们之间也有不同之处，如早期诗人大都以热情讴歌大自然和抒发个人情感见长；中期诗人则既承袭了早期诗人对自然的热爱，又从自然出发阐发对自由的向往；而晚期诗人则开始走向含蓄，其诗心更为贴近美。

将异质史料的关联与互动纳入文学史的叙述之中，也是探讨文学创作和流派发生与发展内在规律的一个途径。比如说，叙说19世纪发生在欧洲的社会运动有助于加深认识浪漫主义文学的发生与发展。1811—1812年间发生在英国的群众性破坏机器的“卢德运动”、1819年间的“彼得卢大屠杀”等和在18世纪末出现在英国的“革命社”“权利法案社”“伦敦通讯社”威廉·葛德汶（William Godwin, 1756—1836）与埃德芒·勃克（Edmund Burke, 1729—1797）之间的论战、托马斯·潘恩的《人权论》（Thomas Paine, *Right of Man*, 1791），以及葛德汶的《政治正义性的研究》（*An Enquiry Concerning the Principles of Political Justice*, 1793）等一些重要事件，都直接或间接地影响了浪漫主义思潮的产生。将这类史料安排使用到英国浪漫主义文学史的写作之中并使之成为一种叙述机制，就可以形成一种推动文学史叙述的内在动力。

从某种意义来说，文学史表述的事实与价值模型其实也是一种叙事主题。事实与价值模型原是危机传播管理中使用的一个术语，主要指的是危机处理中应采用的管理办法，其中主要包括传播事实的路径和构建价值的路径。文学史中表述事实与价值的方式在很大程度上暗合了这种模型，其通常的表现方式主要有四种：一是通过命名的方式来认定事实并做出价值判断。如洪子诚采用“新时期文学”的命名来判断“文化大革命”后的文学，是“中国文学的另一次重大‘转折’”[①]。二是通过频繁使用告知性判断句式的方式，来表达文学史作者认定的事实与判断，如在洪子诚编撰的《中国当代文学史》中经常出现“‘新时期文学’的‘转折’，表现为文艺激进派主要依靠政治体制‘暴力’所开展的‘文化革命’，也为政治体制的‘暴力’所中断”[②]这类告知性判断句，以此来表达他的政治叙事主题。三是通过选用符合文学史编写主导思想史料的方式，来确定叙事主题的中心话语，如洪子诚为彰显中国当代文学的思想性而大量引入了与思想政治相关的史料，其中包括有关“左翼文学界”“毛泽东的文学思想”“频繁的批判运动”等。[③] 四是通过文学史分期的方法来判断和构建某种文学史观，如洪子诚将当代文学五十年分为上下两编二十七章，即通过这种过细的分期和分类方法将这段文学历史碎片化，并通过这种碎片化来表达他对这一时期文学发展的认识和符合他的总体的叙事主题——他把一部中国当代文学史写成了中国当代文学（政治）思想史。对洪子诚而言，他的《中国当代文学史》深层运作的叙述能动力，就较为集中地体现在这四种表现方式之中。

① 洪子诚：《中国当代文学史》，北京：北京大学出版社，2010 年，第 233—234 页。

② 同上书，第 234 页。

③ 同上。

第二节　文学史叙事的话语时间

对文学史叙事性探讨的另一个重要方面，是叙事的话语时间。时间是文学史叙事的一个独特品质，是一种可以捕捉到的且具有一定意蕴的外在形式表现。其独特性不仅在“过去”“现在”以及“未来”三个归属历史范畴内的不同时间维度上得到了定位，而且还在叙说这些维度的过程中得到了充分的展示。换句话说，文学史的叙述时间有两层含义：一是指一般意义上与叙述相关的时间；二是指叙述学意义上的话语时间或情境与事件表述所占用的时间。从叙述的角度看，作为一种叙事性，文学史的叙述时间除了可以分为“过去”“现在”以及“未来”这些宏观一些的时间维度之外，还可以分为时间话语的结构，如“叙述时间”“被叙述时间”“多叙”“少叙”“不叙”“时间误置”、时序、时长、时频等微观一些的时间维度。这些宏观的和微观的时间维度共同构成了文学史的叙事性。

一般说来，文学史中的叙述时间多半指的是与叙述“过去”相关的时间，或对“过去”的文学所进行的梳理和评判。然而，从叙述的角度来看，一般意义上的“过去”并不等于进入文学史中的“过去”。也就是说，一般意义上文学的“过去”指的是过去所出现过的作家、所发生过的文学事件以及所出版过的文学作品等；而进入文学史中的“过去”，不仅是指通过选择、概括、组织、归类、叙述等过程而再现出来的“过去”，而且还指从特定的视角分析和评价这些入选的作家、文学事件以及文学作品中所反映或再现的“过去”。总之，是审美化、价值化，甚或是意识形态化了的过去。从这个角度来看，写进文学史中的“过去”

大致可以分为三种情况：第一种是真实存在或发生的“过去”，如生活在过去的真实的作家、发生在过去的真实的事件、出版在过去的真实的文学作品等；第二种是文学作品中所模仿或反映的“过去”，其中包括经过虚构或加工而再现出来的过去的人物、事件及其他社会现象等；第三种是文学史作者从个人视角，叙说出的这些“过去”，其中包括文学史作者在时间安排上所采用的叙述策略等。

文学史文本中的这三种“过去”可以不同的形式存在，如可以是照实记录的第一种“过去”，这种“过去”主要就是真实地记录作家的生卒年限、文学活动、作品发表等；也可以是介绍或重述的第二种“过去”，让读者了解文学作品中所模仿或反映的社会现实。然而，不管哪一种“过去”，都必须经过第三种“过去”这道门槛。第三种“过去”的门槛是一种与“现在”相关联的和表现叙事性的，即都是在“现在”价值观的“观照”中展现出来的“过去”。从这个意义上讲，一方面，一般意义上的“过去”要转换为文学史文本中的“过去”，需要依据“现在”的价值观和表现叙述规则的叙事性来进行，这其中就包括选择与“过去”这一时间概念相关的叙述策略来处理这些“过去”，并在此基础上描绘出文学肇始与发展的曲线和解释其规律。另一方面，文学史文本中存在的这种“过去”与“现在”之间的关联与互动关系，折射出叙述“过去”与勾连“现在”之间的张力，如“过去”之中所含有的归属于文学史内部因子的“价值观”和叙述规则，与“现在”的“价值观”和叙述规则之间的关系：有些相重叠或一致，有些则相矛盾或对立。文学史在时间方面的叙事性，既要适当地保持“过去”与“现在”折射出来的这种张力，也要恰当地彰显这种张力本身所具有的意蕴和价值。

从叙述的角度来看，彰显这种张力本身所具有的意蕴和价值，主要是通过从微观时间维度这一叙事性入手的，如上文所提到的“叙述时间”“被叙述时间”“多叙”“少叙”“不叙”“时间误置”“时序”“时长”“时频”等微观一些的时间维度。文学史叙述与其他任何叙述一样，（每个部分）都有一个类似于“开始”“中间”以及“结束”这样一个线性的叙述过程。从大处看，文学史以何时、何人或何事为开始和结束，即是从时间维度这一叙述性上表达了文学史作者的文学史观。比如说，中国新文学肇始期应该确定为1919年还是1917年，其实表达的是中国新文学的两种不同文学史观。前者把五四运动看成是由“火烧赵家楼”这一具体事件而肇始的，意在强调五四运动对中国新文学的影响；[①]后者则通过拓展“五四”这一时间概念[②]，把由“五四”而肇始的新文学放置在一个大的社会文化背景下进行考察。[③]而从小处看，作家、作品、文学事件等其中绝大多数其实都是以散在的或各自不同的形态呈现在人们面前的。文学史作者需要按照一定的时间标准（如按某一时间段）和方法（如“正置”“误置”“多叙”“少叙”或“不叙”等）将他们组合起来，并将他们置于一种构建的、表示相互关联的时间序列链之

① 参见周扬：《新文学运动史讲义提纲》，《文学评论》1986 年第 1 期；王瑶：《中国新文学史稿》（上册），上海：新文艺出版社，1953 年，第 23 页。

② 参见丙申（沈雁冰）：《五四运动的检讨》，《中国新文学大系 1927—1937》文学理论集一，上海：上海文艺出版社，1987 年，第 233 页。

③ 参见郑振铎：《新文坛的昨日今日与明日》，《郑振铎选集》（下册），福州：福建人民出版社，1984 年，第 1156 页；周策纵：《五四运动史》，长沙：岳麓书社，1999 年，第 7 页；姜玉琴：《肇始与分流：1917—1920 的新文学》，广州：花城出版社，2009 年。

中，从而给人一种具有某种内在联系或因果关系的持续感和整体感。

这种通过一系列微观时间组合叙说所体现的叙事性，还有助于构建文学史叙事的情节感。例如，洪子诚在《中国当代文学史》第一章中，将一些与促使“文学转折”相关的事件和情境勾连起来，以此说明中国20世纪40年代文学界发生转折的因果关系。具体地说，他“首叙”并“多叙”了与社会政治相关的事件和情境（如“二次大战之后世界范围两大阵营对立的冷战格局”“中国40年代后期内战导致的政权更迭”“国民党统治区、日本占领的沦陷区和中国共产党政权的解放区”[①]等）；而“少叙”了与文学相关的事件和情境（如“规模宏大的创建社会的实验”与“反映这一社会实验的‘解放区文学’”以及“‘表现新世界’的文学”等[②]）。他强调的是社会政治因素对文学发生与发展的戏剧性影响，从而冲淡了文学史原本应该重点叙述的具体作家、文学团体、文学事件等这些内部因子、结构及其与外部条件进行交流与互动的规律；甚至“不叙”那些具体的“解放区文学”和“‘表现新世界’的文学”，让读者以为这一时期的文学就是像他所叙说的那样：社会政治与文学构成了一种必然的因果逻辑关系。这种逻辑关系不仅体现着社会政治与文学之间的冲突与共谋，说明它是文学史构成中的一个重要因素；而且还揭示出它是文学开端、发展、高潮、结局等各个阶段的内在动力。

说到底，文学史叙述其实是一种再现。这种再现具体到文学

① 洪子诚：《中国当代文学史》，北京：北京大学出版社，2010年，第3页。

② 同上书，第4页。

史文本上就是针对某一或某些具体作家、作品、事件等而构建的时间话语。这种构建的时间话语所表达的叙事性会对叙述产生一定的（如真实、虚构或真实与虚构相交叉等）影响，在起到强调或弱化某一作家、作品、事件在文学史中的地位、作用或意义等作用的同时，让“历史本身曲折的进程给历史时间增加深度”[①]。然而，假如文学史叙事对同一时期的作家、作品或文学事件采用了一种非等时性叙事，这样的叙事既有可能会真实地再现，也有可能模糊甚或歪曲当时文学发展的真实面貌。

洪子诚的《中国当代文学史》就通过采取这种非等时性叙事的方法，来表达自己对当代文学发展真实面貌的认识。他的叙说框架是政治与文学，并用这种政治与文学的逻辑关系来统领文学史的全部叙说。他在谈及“隐失的诗人和诗派”时，也将时间话语聚焦在政治上——“诗服务于政治”而且“不存在多种路向互相包容的可能性”[②]，并以此作为评价“隐失的诗人和诗派”的唯一标准。为此，他在叙说这些诗人和诗派时采用了不均衡的叙说方式，将一些他认为与当时政治取向不符的诗人和诗派（如穆旦、“七月派诗人”）拿出来做重点叙说，在“时长”上占据了“优势”，而对一些政治立场发生转变的诗人（如臧克家、冯至等）则一带而过，让这些诗人在“时长”上处于“劣势”，在一定程度上虚构了政治与诗歌创作的真实关系。

或许会有人提出这一章谈的就是“隐失的诗人和诗派”，因而重点评介那些与当时政治取向不符的诗人和诗派是理所当然

① 罗兰·巴尔特：《历史的话语》，李幼蒸译，见汤因比等：《历史的话语》，张文杰编，北京：中国人民大学出版社，2012年，第111页。

② 洪子诚：《中国当代文学史》，北京：北京大学出版社，2010年，第58、57页。

的。其实，这里所反映出的问题，从叙述的时间性上看是“时长”；而从文学史时间话语的整体构建来看，还牵涉到叙述的“中断”。例如，洪子诚各用一个段落介绍了郭沫若、臧克家和冯至等，而在以“穆旦等诗人的命运”一节中，则并未延续前面评介郭沫若、臧克家、冯至等用一个段落进行评介的时间话语模式，即没有具体评介穆旦或其他任何一位同诗派诗人的命运。透过这种选择性叙述“中断”引起话语时间表达的混乱，也可以看出他的文学史观和价值取向。

第三节　文学史叙事的“故事话语”

文学史叙事的“故事话语”，也是文学史叙事性的一个重要方面。在展开论述这个话题之前，首先需要弄清楚文学史叙事的“故事话语”这个关键词。一般说来，“故事”与“话语”是两个不同的概念，在叙述学中是分开来界定的，即“故事”指的是“叙述世界/叙事的内容层面，与其表达层面或话语相对；正如叙述中的‘什么’与‘如何’相对”。而“话语”指的则是“与叙述的故事或内容层面相对的叙述世界/叙事表达层面；所涉及的是‘怎么’叙述而不是叙述‘什么’”[①]。这里将“故事”与“话语”放在一起使用，构成“故事话语”这个表达式，并非试图混淆二者的区别，而是强调二者是文学史叙事性的一个方面，即它们具有的共同的指向性和转换性。

需要加以解释的是，该处的“指向性”是说作为文学史中的

① Gerald Prince, *A Dictionary of Narratology*, Lincoln & London: University of Nebraska Press, 2003, p. 93.

"故事话语"，都指向明确的目标，如对一种或多种对象的选择及跟踪，而归根结底应该是真实地再现作家、作品、文学事件等的风貌。而"转换性"则是指文学史无论是"写什么"或"怎样写"，都必将要牵涉到一定程度和某种形式的"转换"，即"把信息（报道的事件）、信码陈述（报道者的作用部分）以及有关信码陈述的信息（作者对其资料来源的评价），组合在一起"①。从这种意义上说，"故事话语"作为文学史的一种叙事性，又可以大致分为两种模式，即"等式性叙事"和"修辞性叙事"。

"等式性叙事"假设"故事话语"及其目标（或共同指向）为一个等式两边的数字，即把"故事"与"话语"看成是左边不同的两个数字及与其相关的运算过程（即转换性）；把"故事"与"话语"合二为一，看作经过运算之后等式右边的得数或结果（即目标或共同指向），那么，这个等式则具有两种存在方式，即等式（如2+3=5）和矛盾等式（如2+3=6）。等式是一种真实的存在，而矛盾等式则是一种不真实的存在。

这个假设想说明的问题有二：其一是文学史的"故事话语"等式左边输入的内容，应该等于其右边的指向，即文学史的写作目标应该与其史料选择和话语表达相一致。等式所具有的三个属性，即（1）等式两边同时加上相等的数或式子，两边依然相等（若a=b，那么有a+c=b+c），（2）等式两边同时乘（或除）相等的非零的数或式子，两边依然相等（若a=b，那么有a · c=b · c

① 罗兰·巴尔特：《历史的话语》，李幼蒸译，见汤因比等：《历史的话语》，张文杰编，北京：中国人民大学出版社，2012年，第109页。

或a ÷ c=b ÷ c，设a,b≠0 或 a=b ,c≠0），以及（3）等式的传递性（若a1=a2,a2=a3,a3=a4,……an=an,那么a1=a2=a3=a4=……=an），也进一步证明等式左右的一致性。以等式（3）为例，我们无论是用“a”来指代“故事”，用“n”来指代“话语”，还是颠而倒之，即用“a”来指代“话语”，用“n”来指代“故事”，其结果都同样反映出“a”与“n”之间趋向一致的连动关系。这种等式关系说明文学史的内容应该与目标指向是一致的。

然而，事实上，许多文学史的内容与目标指向并不完全一致，更多的是文学史“故事话语”的目标，指向大于或小于其输入的内容，表现为一种矛盾等式。这种矛盾等式类的文学史写作不仅具有随意性和缺乏合理性，而且还带来了许多不确定的因素，其目标指向很难令人信服。比如说，顾彬撰写的《二十世纪中国文学史》从宏观结构上来看，采用的就是这种矛盾等式的写作方法。具体地说，他的写作目标是20世纪这一百年的文学发生与发展的历史。然而，这部文学史的结构和内容安排却缺乏合理性：民国时期文学时间跨度大约为37年；中华人民共和国文学从成立到20世纪末，时间跨度大约为50年。然而，在他的笔下，中华人民共和国文学这段历史的篇幅，不到民国时期文学史的二分之一。这样的篇幅结构安排与他对20世纪后50年文学的认识相一致（即“1949年以来的任何一处中国文学迄今为止仍处于危险之中”和“鲁迅和周作人文风之优雅迄今无人能及，更谈不上超越”[①]），从这个角度看，他的写作属于等式的；而与他写作的总体目标（即20世纪中国文学史）却相去甚远，即未能真实而又

① 顾彬：《二十世纪中国文学史》，上海：华东师范大学出版社，2008 年，第 238、26 页。

全面反映20世纪中国文学的发生与发展的全貌。这样的文学史写作属于一种矛盾等式的写作。这种既一致又不一致的文学史写作，在反映着他对这段时期文学认识的同时，也暴露出他在研究中所存在的弱点，即他对民国时期的文学更为熟悉，而对1949年以后的文学则了解得不够或根本不看好这一时期的文学。

“修辞性叙事”是文学史“故事话语”的另外一种叙事性。“修辞性叙事”是戴维·赫尔曼等在《鲁特莱奇叙述理论百科全书》中提出的四种叙事模式（即“简单叙事”“复杂叙事”“修辞性叙事”以及“工具性叙事”）之一[①]。文学史属于其中的“修辞性叙事”，指的是文本的发出者或其接受者，通过重塑普世价值观、集体的实体以及抽象的语境将叙事构建成一些特殊的人物和事件。[②]从大处看，这一概念用在文学史中可以指文学史作者通过结构安排来构建一定的语境，并藉此语境来转达文学史作者对这一时期文学的认识。比如说，洪子诚在《中国当代文学史》中谈及20世纪40、50年代文学时，用“文学批评和批判运动”作为这一时期的文学语境，并藉此来构建在这一语境下出现的“作家的整体性更迭”和形成的“‘中心作家’的文化性格”。[③]从小处看，文学史作者可以选取某一时期文学的代表人物，通过具体分析讨论这些代表人物的作品来构建这一时期文学的风格或特质。比如说，顾彬选取鲁迅、郭沫若和郁达夫分

① See David Herman, et al. (eds.), *Routledge Encyclopedia of Narrative Theory*, London and New York: Routledge, 2005, pp. 387-388. 本文所引用的外文资料，均为本文作者所译。不再一一注明。

② 同上。

③ 参见洪子诚：《中国当代文学史》，北京：北京大学出版社，2010年，第26—37页。

别代表中国现代文学奠基时期的三种文学类型（即“救赎的文学”“自我救赎的文学”以及“文学和自怜的激情”），并将这三位作家的特质凝练为这一时期的文学特质。

其实，上面所谈到的“大处”与“小处”都从一个侧面反映了“修辞性叙事”的一些叙述特性。按常理，凡是特性，在程度上或级次上都会有一定的差异。在西方叙述学家看来，造成这类的叙事性特性差异的因素有很多，不过大体上可以分为三类：第一类是指某一叙述中的叙事性级别，可依据叙事在何种程度上构建成一种能自主表现非连续、独特、肯定以及相互关联的情境和事件来决定。在这一情境和事件中，要有一个对人类事业来说具有一定意义的冲突；第二类是指叙事性受到针对情境和事件表述及随后出现的语境所作评论数量的影响；第三类是指叙事性的非叙事与丰富性功能和所谓虚拟嵌入叙事与人物心中产生的故事类结构。这三类影响因素可能互相抵触，也可能有所重复，另有一些可能更为重要。①

不过话又说回来，尽管西方叙述学家把历史叙事也归于这种“修辞性叙事”，并认为历史叙事也受到上述三类因素的影响，但是，就文学史书写与研究而言，他们的这种对“修辞性叙事”的界定及对三类影响因素的描述，还缺少一定的针对性和具体性。为此，我们在将西方学者界定的“修辞性叙事”概念运用到文学史研究之前，还需要做出一些修改。即是说，从文学史的“修辞性叙事”这个角度来看，上面所说的第一类和第二类可以

① 以上介绍性文字参见 David Herman, et al. (eds.), *Routledge Encyclopedia of Narrative Theory*, London and New York: Routledge, 2005, p. 387。

分别归结为故事结构层次和批评话语；第三类在文学史叙事中不多见，可以转而改为叙述话语。具体说明如下：

一、故事结构层次主要指的是文学史文本中事件关联与构建的层次。文学史中的故事意蕴不是从单纯按照时间顺序排列的事件中展现出来的，而是从故事安排的表层结构和深层结构两个层次“勾连”出来的。这里所说的“勾连”出来，指的是我们可以通过这两层结构认识到，文学史中所叙说的事件既具有其表面的意义，也具有其深层的含义，事件的表面现象既可能反映了其内在的本质，也可能掩盖或遮蔽了其内在的本质；另外，这种“勾连”还告诫我们不能单一地解读文学史中所叙说的事件，而要将所叙说的事件放到一起来看。也就是说，组合或构建起来的事件一则会组合或构建出一个更大的事件；再则这样组合或构建出的更大事件会超出或降低原有事件本身所具有的意蕴。

二、批评话语主要是指散落于文学史文本中针对不同作家、作品或文学事件等所提出的各种观点。这些观点有一些共同的属性，如它们单独存在时各有其自身的意蕴；而将它们组合起来时，则具有共同的指向性，从而有可能超出或减少其自身原有的意蕴。不过，也有例外。比如说，在众多观点中，有些是可以参与聚合的（如与文学史作者本人观点相同或相类似的观点），其结果是共同形成了一种纵向的层级；另有一些不能参与纵向聚合（如与文学史作者相左的观点，文学史作者拿来进行商榷或批判），其结果是共同形成一种横向存在的异质层级。纵与横两种不同层级的存在也是文学史的故事话语“修辞性叙事”的一个独特属性，它有助于展现出文学史的丰厚底蕴。

三、叙述话语则主要指的是文学史“修辞性叙事”中虚构的叙述者和受叙者及二者之间的交流。文学史通过“修辞性叙事”表达出的叙事性就是建立在这种富有张力的交流之中。也就是说，叙述者通过这种对话性叙述话语，在文学史中叙说了一系列知识性话题，意在向受叙者传授并解说这些知识，并藉此表达自己的文化认知与诉求。

以上针对文学史“修辞性叙事”的分类，实际上也可以说是从三个不同的层面，揭示了文学史在“故事话语”层面的深层运作机制及其转而为叙述能动力的机理。这种揭示在一定程度上可以帮助我们加深对文学史内部的构建和运作机理及其意蕴的理解。不过，总的来看，这里所讨论的三个话题，似还并未完全涵盖文学史的全部深层运作机制或全面阐释其转而为叙述能动力的机理。也就是说，目前对文学史叙事性所做的探讨还只是一种初步的尝试，以期能够起到抛砖引玉的作用。

第八章

文学史叙事的故事性

本章要讨论的主要是文学史叙事故事性的三个基本特征："往事""差异"和"建构"。这三大基本特征，具体对应的是文学史框架的构建、文学史文本的开放性以及文学史的潜文本和超文本等。这三者之间的关系异常复杂、多变，即三者间或有部分重叠之处，不过总体说来它们还是有所不同。这种"不同"大致可以作出如下的区分：文学史框架所揭示的是，因其支撑性和约束性而演绎出来的故事；而文学史文本的开放性，指向的主要是阐释的多种可能性，即不同的阐释会演化出不同的故事；文学史的潜文本和超文本，道出了文学史文本内部和文学史文本与外部相关联的故事。

第一节　何谓叙事的故事性

文学史如同其他史书一样，主要都是对“往事”的一种叙说。而在“往事”中，最重要的构成因子是昔日与事相关的“人”和与人相关的“事”。有人必有事，有事也必有人：二者相辅相成，无法剥离。从这个意义上说，文学史既写“人”，也写“事”，写“人”是为了写“事”，反之亦然。

与其他史书不同之处在于，文学史中的“往事”一般不是单重结构，而是有着独特的“戏中戏”这样一种双重的或多重的形式结构。具体说，在叙说文学发展历史过程中的人和事中，还嵌有着文学作品中的人和事；同样，文学作品中的人和事有时也并不仅限于文学作品，它们还会在某种程度上关联了文学发展史中的人和事，即通过作品中的人与事将社会、历史、文化、知识、情愫等诸种因素融合为一体。二者有时相互独立，有时则夹缠在一起，通过对“往事”的叙说，构建成双重或多重且复杂多变和相互关联的内部结构。这样一来，就会有一个故事性问题的产生，即围绕“往事”的叙说而形成的一个又一个故事。

探讨文学史的故事性，与探讨一般意义上的故事性以及叙述学中所说的故事性既有关联，也有不同之处。一般意义上说故事的首要意思，指的是“旧事”“旧业”，如《史记·太史公自序》曰：“余所谓述故事，整齐其世传，非所谓作也。”[①] 这一要义与前文所说的“往事”意思大致相同。从叙述学的角度看，与本章论证相关的故事的界定，主要有两种意思：（一）故

① 《辞源》（合订本），北京：商务印书馆，1988 年，第 725 页。

事或素材（*fabula*）（被安排用作情节的基本内容）与素材组合（*sjužet*）或情节相对。[①] 该处故事性的一个基本特征是，体现在叙说中无法完全地复制事件的原貌[②]，所以作者只能择要对其述之，即重构。由此一来，事件不仅仅在构架方面发生了改变，而且随着一些细节的修改、删减或省略即叙述架构本身的修改、删减或省略，还改变了叙述架构的物质基础。（二）因强调时序的事件叙述及与试图解决问题或达到某一目的的某一人物，或因若干人物相关的事件因果序列所带来的故事性。[③] 这里的故事性主要体现在事件的叙述时序上，即常常会因叙述目的的不同而有所改变，从而构成了某种人为的因果关系。以上的这两层含义，其实都指向了文本内外各因素之间的差异与文本的建构。

与此相一致，文学史的故事性也有以下两层主要含义：一是指文学史中涉及文学作品、作家生平、文学事件以及与文学相关联的社会或时代环境等，与对这些史料进行叙说之间的差异；二是指文学史文本有序地构建和现实世界的无序存在之间的差异。对这些差异性叙说所形成的张力，是构建文学史故事性的基础。

回头来看，文学史故事性的第一层含义相对简单、明了一些，因为文学史构建中自然会对所使用的“物质基础”有所改变，从而引发出叙述构架的改变。另外还因为小说等文学作品本身，就是由故事情节构建而成的。在文学史中，重述或概述这

---

① 参见杰拉德·普林斯：《叙述学词典》，乔国强、李孝弟译，上海：上海译文出版社，2011 年，第 215—216 页。

② 同上书，第 215 页。

③ 同上书，第 215—216 页。

些故事，自然而然地也就构成了文学史的故事性。而且，文学史中叙说的作家生平及其充满艰难或激情浪漫的创作生涯，以及诡谲多变的文学事件本身也具有一定的故事性。而后一层含义，即文学史的故事性的第二层含义，则与叙述目的、叙述形式及话语相关。具体说，文学史的故事性从史料的遴选、话语的叙说、时间的结构、作家及相关人物出场的安排以及事件的排列等诸种方面，都会直接或间接地表现或折射出来。不过，不管是对哪个方面的详述、略述或是重述、概述，即凡与“述”相关的，不管进入还是未进入文本中的“往事”，我们都可以从中或多或少地析出其故事性。

第二节　文学史框架中的故事链

文学史叙事可以构建出多个或多种不同的故事。这些故事在文学史的叙事框架内，又可以构建出一条纵横交错且相互关联的故事链。与故事链密切关联的文学史叙事框架，不仅包括文学史写作的总体思路、文学史的分期、篇章结构的安排等，且还牵涉到对文学事件与传说的甄别、对作家及其作品的遴选与考证、对某一（阶段）文学（流派）的肇始、发展以及流变的认知、对作家生平或创作历程的体悟、对文学作品所赋予的独特感悟等，从总体上反映了文学史作者，对其所写文学史的一个基本认知。文学史叙事框架不是平铺直叙的，而是分级构建的，即在一个大的总体框架内，又分为若干个相互关联的小的框架，形同文学作品中大大小小、明暗交汇的故事情节，形成了相互勾连、不同级别的故事链。从基本功能来看，文学史所预设的框架既有其支撑性，也有其约束性。二者之间的矛盾性是构成文学史故事性的一个重要契机。

“分期”问题，也是文学史叙事框架研究中的最重要的问题之一。因为它也是产生文学史故事性的一个重要场域。这个问题不仅反映了文学史作者对文学史本质的基本认知，而且还折射出文学史作者的价值取向。在现实中，文学的发展其实是有些令人捉摸不定的。这不仅牵涉到具体作家和作品问题，而且还牵涉到与作家和作品相关的社会现实或时代问题。因此，很难完全用一种固定的模式，来确定在非同一时间域里文学事件之间的关联。即便是在同一时间域里，文学事件之间的关联也不是简单的因果关系：文学史中叙说的文学事件并不都处于同一个层面，有的可以归为“属”即具有根本性意义的事件；也有的可以归为“种”，即由“属”而衍生出来的事件；还有的事件的性质和重要性既低于“属”，也不能归为与“种”同层次或同量级的事件。从这个角度来看，把任何一个种类的文学事件都归为一类并按照一定顺序进行排列，虽然可以构成一定程度上反映文学发展的故事情节，但并不一定能构建成一个反映文学史实的历史系统。

然而，在实际写作中，多数的文学史作者都会把不同性质和意义的文学思潮、文学事件和具有不同政治、文化、伦理价值观和审美观的作者及他们所刻画的文本世界，以类别的形式放在一起，共同构成了一个实践统一体。无疑，这样的文学史写作反映了一种历史总体化的思想。该文学史观确立的主要依据之一是民族的文化传统，即写作者相信文字统和了各类作家、多样文学创作，以及各种文学思潮所黏连的各阶段的文学流变。也就是说，持有这种总体论思想的文学史作者，把文学的流变看作是与文化和时代互动的结果，即他们是通过时代的变迁来理解文学的变化或通过文学的变化来理解时代的变迁的。

现有的几种文学史写法，大致反映了以下这两种不同的思路。（一）传统的文学史写法。中国文学史写作大都是以时代（朝代）的划分作为文学史断代的依据，如周扬、钱仲联等主编的《中国文学史通览》（1994），章培恒、骆玉明主编的《中国文学史》（1996）等。这类文学史时间上的划分，基本上是依照时代（朝代）的时间划分；也有结合文学自身发展脉络对所划分的时代做出调整的，如孙康宜、宇文所安主编的《剑桥中国文学史》（2011）。该类文学史体现的是通过时代的变迁来理解文学变化的这一思路。（二）依照诗歌、散文、小说等文类来进行划分，如梅维恒主编的《哥伦比亚中国文学史》（2001）和刘经庵主编的《中国纯文学史》（2008）。这种文学史是想通过文学的变化来理解时代的变迁，即在文学史家的设定中，文学的发展不受社会因素干扰，可以按照自身规律自然衍化而成。不过，从实际效果来看，这种文学史编写方法还是没能完全脱离时代这一维度，文类的演化还是打上了时代的烙印。

后现代主义思潮的出现，催生了另外的一种文学史，即一种体现后现代主义否定总体论精神的文学史。如美国哈佛大学出版社1989年开始陆续出版的一些新编文学史，如《新编法国文学史》（Denis Hollier, *A New History of French Literature*, 1989）、《新编德国文学史》（David Wellbery, Judith Ryan, *A*

New History of German Literature, 2004）、《新编美国文学史》（Greil Marcus, Werner Sollors, *A New Literary History of America*, 2010），以及《新编中国文学史》（David Der-Wei Wang, *A New Literary History of Modern China*, 2017）。[①] 这种文学史，以"星罗棋布"的构建方式，无视"源头""趋向"，去掉了"中心"、否定了统一性，重新命名了已经约定俗成的名称，但实际上还是相信"互缘共生"，还是以"编年形式排列"[②] 各个章节，仍然讨论大家都曾讨论或正在讨论的问题，而并没有彻底打破原有的文学史编写框架或提出多么与众不同的切入点。这一种文学史写作框架所表达的无非是后现代主义与传统并不彻底脱钩的故事。

上述几种文学史中的史料，被文学史作者按照不同的方式进行划分并被组建起来。仿佛这几种时间与史料的划分和组建之间有着必然的联系，似乎各自都表达了文学史中的虚构与史实之间的真实关系和文学史本质上与现实社会之间的互动关系。按照时代（朝代）来划分者，显然是认为文学与社会现实之间有着密切的关联与互动，承认文学的社会和文化的价值或意义；按照文类自身发展内在规律来划分者，实际上是做了一种理论假设，认为文学可以自理或自洽；而既以"星罗棋布"，却又"互缘共生"并以"编年形式排列"者，在很大程度上是受思潮或时尚的裹挟，无视文学史的基本原则，用"混搭"的方式来表达文学发展

---

① 其实，这种文学史编写方法用"史论"来命名更为妥当，如王晓明主编的《二十世纪中国文学史论》（2003 年）。

② 《何为文学史？文学史何为？——王德威教授谈〈哈佛新编中国现代文学史〉》,《现代中文学刊》，2019 年第 3 期，第 4 页。

历史的偶然性和不确定性，从而使它不仅成为一种撰写文学史的方式，而且还将文学史写作变成践行后现代理论的一种尝试。

这些颇具差异性的划分和组建及其相关书写，有意无意地构建了一篇篇表达有关不同文学史观的故事，从不同的角度揭示出在文学史书写中变化的不是文学史料，而是时间和认知。在众多的文学史作者笔下，文学史被不断地置于某种假设之中。这些假设有总体的、散在的和散在与总体相融合的；有以社会发展为主线的，还有以文类自洽而演化的和以作家作品为核心的，可谓见仁见智，花样百出。它们就像万花筒里的彩色玻璃碎片一样，大致相同的文学史料在被不断地转动中拼出一个个看似精美的图案。然而，有关文学史虚构和史实之间的故事、虚构与非虚构之间的那些边界故事、文学史是否具有本体地位的故事等，则很少有人提出讨论。

具体一些说，关联各种文学史架构的主要史料之一是文学事件。我们可以从不同文学史所选取的文学事件中，来窥见这些架构所叙说的故事和所蕴含的意蕴。譬如，中国“新文学”这一事件的起点应为1917年还是1919年，抑或是后来人们所说的明末清初等，无疑是书写中国20世纪文学史或中国现代文学史不能回避的话题之一。[①] 决定1917年为“新文学”起点的重要事件主要依据胡适发表《文学改良刍议》、陈独秀的《文学革命论》以及鲁迅的文学创作等；而决定1919年为“新文学”起点的重要事件则主要是五四运动及相关政治的因素。而主张把“新文学”一直往

① 参见姜玉琴：《肇始与分流：1917—1920 的新文学》，广州：花城出版社，2009 年，第 8—16 页、123—130 页。

前溯源到明末清初的，则认为明末清初中国社会已经有了资本主义因素的萌芽。

毋庸置疑，胡适和陈独秀在1917年先后发表《文学改良刍议》和《文学革命论》是事件；发生在1919年的五四运动也是事件；明末清初的资本主义萌芽问题依然是事件。只不过这几个事件无论是在时间节点上还是在事件的重要性上，它们各自为催生“新文学”起到了不同的作用。但问题是，要弄清“新文学”的逻辑起点，还需要仔细区分这些事件本身的性质和与“新文学”这一事件之间的关系。

西方学者齐泽克用“奇点”（即“时空中的点或区域，在其中物质因重力的作用而趋向无穷致密，在奇点上，所有的物理定律都失去了作用[……]奇点的关键特征就在于定律失效”。）和“对称破缺理论”（即“真空状态并不是绝对的空无：其中既有往来的电磁波，也有稍纵即逝的粒子。当这些无限小的能量振荡作用于处在临界状态的系统中，它们能够决定系统在出现分岔时选择哪一个分岔”。）来诠释事件这一概念。[①] 这两种理论有一些共同的指向，如“过程”和“临界点”。奇点理论所说的“过程”，主要指的是“趋向无穷致密”；“对称破缺理论”，则是指“振荡作用于处于临界状态的系统中”。奇点说“临界点”是“定律失效”的那一点；“对称破缺理论”则指“决定系统在出现分岔时选择哪一个分岔”。[②] 由此看来，它们的观测点虽然不一样，但所说的其实大致都是同一个道理，即指事件发展过程中

① 以上引文分别参见斯拉沃热·齐泽克：《事件》，王师译，上海：上海文艺出版社，2016年，第58、59页。

② 同上。

的突变性。

用这些理论来观察文学可以发现，一方面，在某一个特定的时间点里，文学事件的大量涌现（如19世纪末20世纪初频繁出现的各种先锋文学）会导致出现“临界点”或“分岔”，从而使原有的文学发展节奏发生混乱，进而导致发展方向的改变和发展规律的失效；另一方面，文学发展的走向常常会因为出现某种突发因素（社会因素如“9·11”恐怖袭击事件；文学因素如金斯堡在旧金山的诗歌朗诵）打破了原有的平衡而被改变。

中国社会在20世纪前后，发生了许多打破原来发展节奏的事件，多次产生所谓的“临界点”或“分岔”，以致使如何界定“20世纪文学”“新文学”或“现代文学”成了一个问题。有的文学史作者会根据时代的变迁而提出一个肇始的时间，如顾彬把1912年民国成立作为20世纪文学的起点；也有的文学史作者会根据文学内部事件的发生而提出“新文学”的肇始事件，如姜玉琴认为1917年陈独秀、胡适发表文章为“新文学”的起点；还有文学史作者根据社会运动来断定“新文学”的起点，如王瑶认为1919年五四运动为“新文学”的起点；更有文学史作者把中国现代文学延伸至18世纪后期，如王德威在哈佛大学版《中国现代文学史》的绪论中指出，中国现代文学从18世纪后期到新千年经历了一个“长时期”[①]。该文学史的第一章作者则又认为，中国现代文学可以远溯至17世纪初期，有多个源头。杨廷筠在《代疑续编》（1635年）中首次介绍西方“文学”这一术语即是其中之

① David Der-Wei Wang, *A New Literary History of Modern China*. Cambridge and London: Harvard University, 2017, p. 1. 除特别注明外，所有英文引用均由本书作者所译。下同，不再一一注明。

一。[1] 然而，结合齐泽克有关事件的论述来看“新文学”或“20世纪文学”或“现代文学”这一事件的发生与发展，上文所提到的与1912年、1917年以及1919年或18世纪四个时间点相关的事件都是一种“实在”，都应该包含在“新文学”或“20世纪文学”这个统一体内。关键在于用来确定“新文学”或“20世纪文学”这一事件发生的“临界点”或“分岔”的参照标准。不同的标准会告诉我们这些文学史所经历的不同故事，并进而构建成有关中国“新文学”“20世纪文学”或“现代文学史”的书写故事。

第三节　文本开放的故事性

文学史写作时要面对与文学相关的许多方面，如文学事件、文学人物、文学作品、文学思潮以及文化传统和社会变迁等。而且，这些需要面对的对象自身又具有多元价值、含混性和诸多不确定的因素。这些特点也就决定了文学史在叙说这些方面时，其所构建的文本世界自然也会是一种多元的、含混的和不确定的文本世界。从这个角度讲，文学史书写、阅读、理解以及阐释具有一种双重开放的性质，即文学史作者的文本开放和文学史读者的文本开放。

文学史的这种双重开放性是从多个方面展开的，取决于多种因素。从认知的角度看，文学史的书写和对文学史的理解与阐释均包含了一个“概念化”的过程。对文学史作者而言，书写前要大量阅读、甄选、理解与文学相关的各种史实和文学作品。在这

① David Der-Wei Wang, *A New Literary History of Modern China*. Cambridge and London: Harvard University, 2017, p. 29.

个过程中，文学史作者需要依据一定的标准，对所阅读与甄选的各种史料和文学作品进行概念化即依据某种标准进行理解并做出价值判断。在书写过程中，文学史作者还要不断地将自己概念化的认知写下来，不断修正并最终形成一个文本。譬如，文学事件在文学史中无法得到完全的复制或再现。事件发生时，文学史作者可能并不在场。后来的叙说其实是一种事件观察主体不在场的叙说。文学史的作者只能依据并调整预设的理念和搜集到的新旧文献史料来进行叙说即重构。由于构成事件的诸多因素或细节在重构中有所删减或改变——删减或改变了文学事件原有的物质基础，文学事件在重构中的架构也因此而随之有所改变了。

文学史的“概念化”还会出现一种情况，即假如文学史是依据某种思想或理论而构建起来的，那么起到统摄作用的思想或理论将成为这部文学史的本体，而所讨论的文学作品因其缺乏所指而成为其附庸。这样的文学史更大程度上是对某种思想所作的注释，而绝非真正意义上的有关文学的历史。换句话说，由于文学史中有相当大的一部分要处理的是文学作品，用真实世界的思想或理论来观照这些文学作品中的虚构世界，即用“真”来看待“虚”或“假”，就有可能混淆了真实世界与虚构世界之间的界限。然而，如果完全按照所谓文学自身的发展来写文学史，也极有可能将文学置于某种“真空”状态中，让文学失去与外界的联系或让谈论虚构作品的文学史成为一种真实的虚构。

从文学史读者的角度来看，他们同样也会经历一个“概念化”的过程。读者会依据文学史作者所提供的文本系统来构建自己的认知，并在一定的社会意识形态等因素的影响下调整这一认知。所不同的是，由于存在诸多种差异，如写作时代和阅读时代之间的时间、观念等差异，而导致文学史读者与文学史作者在认知等方面并非处于同一层次或并非单一的关系等原因，文学史文本在成为开放的文本之后，其模式就“不是再现所为作品的客观结构，而是再欣赏关系的结构”①。抑或说，开放的文本“具有超越作者、创作年代和社会环境，可能会产生新的难以决定的意义，有时甚至会完全违背作者的初衷”②。从这一个意义上说，文学史读者与文学史作者从一开始就并不完全处在同一个结构关系内。这种差异性所导致的文学史文本“与生俱来”的故事性，可以从多个方面表现出来。由于文学史中的人物、事件等既有文学史上的人物、事件等，也有文学作品中的人物、事件等，还有没有进入到文学史中的人物、事件等，所以文学史中的人物、事件等从一开始就存在于文本内和文本外两个世界中。文学史读者对文本内和文本外的人物、事件等持有一种多重的认识：（一）把文本内的人物与文本外现实中的人物进行相互参照；（二）把文本内的人物、事件等看成是一种文学史作者的主观叙说；（三）既把文本内牵涉文学作品中的人物、事件等看成是想象中的人物、事件等，又因文学作品与该作品作者和文本之外的现实之间一定程度上存在某种关系，而给予该人物、事件等以同情或理解，认为这些人物、事件等均具有一定的价值。

为了更好说明以上问题，我们试以文学作品中常见的与概念化相关联的“意象”构建，来说明这种因其开放性而“与生俱来”的故事性。在汉语的语境中，“意象”一般有两层含义，

① 安伯托·艾柯：《开放的作品》，刘儒庭译，北京：新星出版社，2009 年，第 22 页。

② 贝尔纳·瓦莱特：《小说——文学分析的现代方法与技巧》，陈艳译，天津：天津人民出版社，2003 年，第 31 页。

即指“意思与形象”和“心情与容貌”。[①] 作家在文学作品中构建的“意象”，反映的是该作家对客观事物的主观认知，是作家用来寄托其主观情思的客观物象。譬如，T. S. 艾略特在长诗《荒原》中，通过描写荒诞的行为、变态的情感、奇异的事件、反常的景观等来构建荒原意象（如“死者葬礼”诗章中的“丁香”“风信子”“枯死的树”“乱石”等意象），象征着西方社会信仰的失去和传统价值观的一派衰败，表现了西方一代人精神上的幻灭。由于艾略特用典晦涩、文笔曲折，一般读者，特别是非信仰或不熟悉基督教的读者，对于他构建起来的这些意象会感到陌生，并因此而会产生歧义或误读。文学史作者对艾略特的理解正确与否构建了一种故事性；文学史读者对文学史作者的理解，构建了另外的一种故事性；文学史读者对文学史作者对艾略特诗歌的解读，和他个人对艾略特诗歌原作的理解，则又构建了故事中的故事。

概念化也会导致歧异性阅读具有故事性。鲁迅在《秋夜》中写到“枣树”：“在我的后园，可以看见墙外有两株树，一株是枣树，还有一株也是枣树。”[②] 读者通常会认为，鲁迅通过这样写“枣树”来表达一种孤寂的心情。不过，除了这种解读之外，似乎还可以参照美国先锋剧作家格特鲁特·斯坦因所提出的“景观剧”的写作方法[③] 来予以理解，即“用一种切分时间”[④] 的方

① 《辞源》（合订本），北京：商务印书馆，1988 年，第 618 页。

② 鲁迅：《秋夜》，见《鲁迅全集》（第二卷），北京：人民文学出版社，1981 年，第 162 页。

③ 参见乔国强：《美国格特鲁特·斯坦因先锋戏剧研究》，见《上海师范大学学报》，2018 年第 3 期，第 5—12 页。

④ Gertrude Stein, “Plays,” in *Lectures in America*, London: Virago Press, 1988, p. 93.

法，将场景与观众的情感相互关联。斯坦因在《三幕剧中的四位圣者》（*Four Saints in Three Acts*, 1927）中用"想象分开的四条长凳。/ 一条在阳光下。/ 两条在阳光下。/ 三条在阳光下。/ 一条不在阳光下。/ 没有一条不在阳光下。/ 没有一条。/ 用了四条长凳分别用了四条长凳。"[①] 这些诗句，表达现实就是由许许多多个以片段或碎片的形式呈现的"当下"组成的。鲁迅创作《秋夜》（1924）早于斯坦因的《三幕剧中的四位圣者》，显然不可能受到她的影响。不过，这并不等于说不可以用斯坦因提出的"景观"概念来进行解读。一般说来，进入文学史的解读，就应该是鲁迅表达孤寂心情的这一种解读，但是对于熟悉斯坦因的读者来说，用"景观"概念来解读也可能会丰富对鲁迅有关《秋夜》作品的理解。几种不同解读之间存在着一定的张力，前者诉说两株"枣树"是如何被看到的，强调的是借景抒情；后者则表达两株"枣树"是如何呈现的，彰显的是给人的视角所带来的冲击。二者之间的差异构成了文学史叙说与理解之间的故事。

除此之外，文学史文本因开放性而导致的差异性，还常常会出现在如下的两个叙说过程中：一是文学史作者对时代背景、文学事件等做概要性的介绍；二是文学史作者叙说作品中的故事。这两个过程给予文学史作者发挥自己叙说能力的机会，使其得以依据自己预设的观念和框架来进行叙说。就文学史作者的叙说而言，因其对时代背景、文学事件等所作的介绍是概要性的和主观性的，因而其所叙说的性质有一定的虚构性。另外，文学史作者

---

① Gertrude Stein, *Four Saints in Three Acts*, in Carl Van Vechten (ed.), *Last Operas and Plays by Gertrude Stein*, Baltimore and London: Johns Hopkins University Press, 1995, pp. 441, 440-480.

所介绍的作品是虚构的，其所介绍的内容理应也是虚构的。显然，上述这两方面的叙说都具有程度不同的虚构性，这也是产生故事性的原因之一。然而，由于文学作品中的人物、事件等与真实世界存在着某种关联且具有一定的文化意义，从某种意义上说，这些人物、事件等在文学史中应该具有本体地位。这样一来，其虚构性就会有所减弱，而真实性会有所增强。而倘若文学作品中的人物、事件等没有明确或具体的所指对象，与对真实社会的陈述相比较，它们的本体地位及其价值的外溢效果就会受到一定的限制。可见，两种本体地位的强弱会导致故事性的强弱，但却不能消除其故事性的存在。

文学史文本的开放性还指写作时间与阅读时间之间的差异。这一差异也会演化出阅读的故事性。与文学作品出版同代的读者和晚于文学作品出版的读者，对同一部作品的接受是有差异的，前者或许会关注作品中的人物和事件与当下社会之间的关联；后者则更多地为小说所构建的栩栩如生的人物和事件所吸引。即便后者也关注到作品中人物、事件与当时社会之间的关系，在很大程度上也是出于某种（研究）兴趣而已。譬如，美国作家I.B.辛格因经常在作品中写自己身边亲戚朋友或街坊邻居，而遭到他们的不满甚或愤恨。对于相隔了半个多世纪的中国读者而言，我们很难实际考证他具体写了哪些真实的人和事，也无法切实体会不满或愤恨辛格的那些人的阅读经验。这种因阅读时间和地域而存在于文学史读者与作者之间的差异性，也从另一个侧面说明了文学史作者和文学史读者并不完全处在同一个结构关系内。文学史读者、文学史作者以及文学作品之间出现的这种“异结构”关系，也演绎出了文学史阅读的故事性。

不过，文学史文本的开放并不是向任意一个方向开放的。文学史文本的开放过程与文学史作者和读者认知结构的对立与统一，受到当下主流社会意识形态的导引甚或管控。文学作品在文化机制中是具有一定的地位和重要性的。主流社会的意识形态会将文学史组织起来的材料（如作家、作品、文学事件、文学思潮等）逐一审核过滤并予以重构，以此来调节当下阅读的开放方向和开放度量。这种有塑性的文学史是否能真正反映文学所应有的历史内涵和发展轨迹，这是个问题。在某些极端的文学史写作中，读者很少能甚或并不能从其独特的形式外真切地窥见（作家的或作品中人物的）命运的悲戚、欲望的煎熬、灵动的精神或娴雅的风韵。初读洪子诚的《中国当代文学史》便会有这种感觉。在他的笔下，文本的开放方向是既定的，程度是受限的，缺乏多维性和层次感。严谨而又断然的判断替代了富有张力的陈述或呈现。串联的章节很少有对具体文学作品的分析和评价，而更多的是对作家和文学事件的评判，将一部生动、多变且又有些酸楚的当代文学史简化为文学现象的堆砌，给读者的感觉是，这部《中国当代文学史》缺少对精神和情感历程的诉说，鲜见对文学现象的剖析，更无法从文学事件中抽绎出这些现象背后的发生规律。他在叙述中敏捷地“左躲右闪”、欲言又止——他不像是在叙说文学的历史，而更像是记叙文学政治的或文学意识形态的历史。譬如，他没有分析臧克家为何“在40年代就表现了急切地向现实政治迫近的姿态”，也没有说明为何冯至在“40年代后期[……]思想艺术取向发生了变化”，“在田间受到批评时，艾青也受到责难，但性质要严重得多”[1]等问题。而针对“‘五四’以来的诗人在进入50年代之后，相当一部分‘老诗人’从诗界消失”的这种“整体性的现象”，他给出的解释是“文学、政治环境”的“窄化”。[2]至于何谓“窄化”，为何“窄化”，何种力量使之“窄化”，其轨迹如何，“窄化”对中国的诗歌创作与发展有何启示等，洪子诚则一概不论，采取了回避的策略。

一般说来，一部文学史中的最基本要素是作家、作品以及与文学相关的文学事件、文学思潮或运动等。之所以把作家和作品放在首位，确实是因为作家是其作品的创造者和文学思潮或运动的肇始者或参与者。在作家的世界中，既有受到文学传统滋润或限制的一面，也有受到他们所处时代激励或鞭策的一面。他们的创作在思想和形式上对传统的继承或创新，无不微妙地带有各种不同的时代印记。从这个意义上说，文学史作者如何叙说和评价作家的审美思想、意识世界及其相关作品，如何从众多的作家及其创作中析出文学发展的脉络及其规律，如何分析作家及与作家相关的人和事在文学思潮或运动中对该文学思潮或运动所起到的作用，如何厘清作家、作品与时代消费之间的关系，以及文学与其他文化现象之间的关联与互动等诸多开放的层面，都无不关系到该文学史写作的意义、可信性以及合法性等。

第四节　潜文本与超文本的故事性

其实，文学史文本并不能把所有的与文学相关的事情说清

① 洪子诚：《中国当代文学史》，北京：北京大学出版社，2010年，第61、63页。

② 同上书，第60页。

楚。一些聪明的作者将有些未能言及或不便言及的事情，隐含在文学史文本的字里行间或曰文本的“下面”，形成一种潜文本，如上面一节里提到洪子诚“左躲右闪”的写作策略和巧妙地用词（如“窄化”）等。洪子诚在提出“窄化”这一概念时，先提到“‘五四’以来的诗人在进入50年代之后，相当一部分‘老诗人’从诗界消失”，然后又说“这种整体性的现象，主要不属自然的更替”，并认为“造成这一情况的文学、政治环境的原因是，对新诗‘传统’的选择使诗歌‘主流’‘窄化’，将一批诗人排除在诗界之外”。[①] 洪子诚为了表达和让读者理解隐含在“窄化”后面的“文本”，做足了铺垫：他将“老诗人”“传统”“主流”“窄化”等都放在引号内，似乎是想表明这些词语的特殊意义（如专用性和含混性）并引起读者的格外关注。

“老诗人”无疑是指中国诗界中的一个特殊群体。从常理上讲，倘若我们肯定五四传统，就应该肯定这些从五四走过来的“老诗人”。然而事实却并非如此。读者不仅会问：难道五四传统与放到引号里50年代后形成的“传统”就那么不同，以致使这些携带着“五四传统”的“老诗人”在50年代后“消失了”，而且还特别指出这是一种“整体性的现象”，且不属“自然的更替”？洪子诚没有具体地叙说那些曾经信奉“民主与科学”，张扬浪漫、独特而沉思的“老诗人”是如何整体消失的；也没有感叹这样一群自由灵魂的消失该是怎样的一种悲壮。不过，从他的话里话外我们大体上可以感受到“窄化”的内涵，以及由“窄化”所造成的严酷现实。

① 洪子诚：《中国当代文学史》，北京：北京大学出版社，2010年，第60页。

当然，洪子诚也为读者可能读出的“窄化”含义留有了“余地”。他辩解说“老诗人”的整体消失，还因为“某些诗人的创作个性、艺术经验，与此时确立的写作规范发生冲突，导致他们陷入创作困境”[①]。其实，这句话并不能说明从事文学研究多年的资深教授不知道自己的这句话有些言不由衷、似是而非。试简单推演一下这句话所蕴含的潜文本：

a）“老诗人”的创作有个性，有艺术经验；

b）诗歌写作有了新的规范，这个新规范让“老诗人”的创作陷入了困境；

c）制定写作规范的依据有多种，诗人的艺术经验应该是其中的一种；

d）诸多写作规范中至少应包括艺术的和政治的；

e）与“老诗人”的艺术经验相冲突的写作规范应该不是艺术的；

f）某些“老诗人”的“创作困境”应该不是艺术经验造成的。

从上面的推演和其“左躲右闪”的写作策略来看，洪子诚似乎在告诉读者，他在写作中不得不承担着某种双重的责任：既要陈情又要皈依——在陈情中皈依或在皈依中陈情。然而，无论哪种情况，都直接或间接地叙说着有关中国当代文学史，特别是书写中国当代文学史曲折复杂的故事。

洪子诚本人在谈及写作中国当代文学史时所说的一番话，也

① 洪子诚：《中国当代文学史》，北京：北京大学出版社，2010年，第60页。

印证了上面的推演。他说："我们谈论的'历史'和我们的'记忆'有关。[……]这种种的经历、体验，在今天，对我们文学史研究，会带来哪些影响？[……]但无论如何，有没有这种亲历和体验，在对'历史'的处理上，是有许多不同的。"① 1939年出生的洪子诚该有怎样的历史记忆，我们不得而知。从他"左躲右闪"的写作策略来看，他一定是有过"深刻"的历史记忆。这段话还从另一个侧面说明了在叙说文学史的背后，我们可以意识到文学史文本所言及的一切，均与某些或大或小、各类形式不同的文本相关联。它们联合起来共同形成阵势强大、具有重要参考价值的超文本，支持、补充、修正、阐释或颠覆文学史文本中所言及的一切。

对文学史而言，这里所说的"超文本"是一种客观存在。它不仅是指语言学或文体学意义上的具有一定关联性的文本，而且还指包括文学、政治、经济等社会环境在内的、将各种不同时空的文字信息、政策信息、环境信息等组织在一起且具有开放意义的各类"文本"，共同构建了有关叙说文学史的故事。洪子诚的那本《问题与方法：中国当代文学史研究讲稿》（以下简称《问题与方法》）就是这样一部与《中国当代文学史》形成互文性的著作。

洪子诚在《问题与方法》一书中，针对中国当代文学史及其写作中的问题进行了讨论（如当代文学史研究现状、文学史的"写作"、当代文学史的关注点、当代文学面临的压力、当代文

① 洪子诚：《问题与方法：中国当代文学史研究讲稿》，北京：生活·读书·新知三联书店，2015 年，第 16—17 页。

学的“一体化”、批判性失去之后等），对他多年前出版的《中国当代文学史》进行了有益的补充和说明。譬如，他在《中国当代文学史》中讨论90年代文学状况时有许多言犹未尽的细节和观点，有关这方面的内容在《问题与方法》一书中，得到了进一步的叙说、完善与补充。[①]

另外一个例子是梅维恒主编的《哥伦比亚中国文学史》与其他著述之间的互文性。这部文学史从总的编排上来看是按文类进行编写的。不过，有意思的是，他将隋代、唐代之前的文学归为“基础”，这似乎在暗示这一期间的文学无法进行归类。其他文学史的编者，如孙康宜和宇文所安主编的《剑桥中国文学史》，则主要是按朝代来编写的。隋唐之前的文学如同其他朝代一样，均是按照作家作品这条线索叙说的，与号称按文类编写的《哥伦比亚中国文学史》形成了鲜明的对照，清晰地表明了二者之不同的文学史观。

《哥伦比亚中国文学史》的作者之一施寒微，在名为“基础”这一编中，写“佛教文学”这一章时指出，“佛教进入中国之后，这一来自印度的宗教和哲学渗透到了中国文化社会的各个层面”，“佛教的‘心’在六朝的思想界和文学界是一个极其重要的概念。[……]对心的抽象状态的清晰描述，使得中国文学理论家和批评家能够演绎出具有前所未有的复杂性和精微性的美学观念。由此，佛教便成为中国文学的驱动力之一，尽管它的影响

① 洪子诚：《问题与方法：中国当代文学史研究讲稿》，北京：生活·读书·新知三联书店，2015年，第153—166页。

力并不能得到条分缕析的追踪”。[①] 其实，施寒微的这一说法承袭了梅维恒的观点，与之形成了一种“互文”。梅维恒早在1983年就撰文指出，对于中国虚构叙事而言，佛教具有本体论的重要意义，极大地影响了中国虚构叙事的发展。不仅如此，他还说：“在佛教思想渗透到中央王国后，中国小说的质量就与前截然不同了，可以说是完全中断了[中国的]叙事传统。”[②] 他以“敦煌变文”为例，来证明中国叙事传统因佛教的传入而发生了“中断”。

佛教传入中国的时间大约为东汉末期[③]。据史料记载，“东汉时期做事的人都是读书人，都是经过考试的”[④]，即人们都是通过苦读“五经”而走上仕途的。这其实就意味着，儒家思想和道家思想已经成为汉文化的核心思想。因此说，佛教在东汉末年的传入并未从根本上改变儒家和道家在中国传统文化中的地位。主要写于唐代及随后的五代十国期间、发现于晚清时期的“敦煌变文”是佛教传教者，为赢得更多的信徒而采用的一种文体，即主要是指其借用中国的传统叙事方法，将佛教思想融入中国传统叙事或民间故事的一种写作方法。从这个角度讲，所谓“变文”，最初“变”的不是中国叙事传统，而是佛教原有的传教文本[⑤]。中国的叙事传统是以《左传》《山海经》《史记》等为代

---

① 梅维恒主编：《哥伦比亚中国文学史》，马小悟等译，北京：新星出版社，2016 年，第 174、184 页。

② Victor H. Mair, “The narrative revolution in Chinese literature: ontological presuppositions,” *Chinese Literature: Essays, Articles, Reviews* (*CLEAR*) 1983, 5(1/2): pp. 1-2.

③ 中国佛教协会：《中国佛教》，北京：中国社会科学出版社，2004 年，第 10 页。

④ 钱穆：《中国通史》，叶龙记录整理，成都：天地出版社，2018 年，第 65 页。

⑤ Cf. Guoqiang Qiao, “A Critical Response to Western Critics’ Controversial Viewpoints on Chinese Traditional Narrative and Fiction Criticism,” in *Critical Arts: South-North Cultural and Media Studies*, 05 Feb 2020, pp. 1-12.

表的叙事传统，这一传统并未因佛教的传入而被中断。施寒微和梅维恒的观点与众多研究史料中的观点[①] 又形成了一种互文，叙说了与他们有关佛教对中国叙事传统影响的不同故事。

美国学者托马斯·帕维尔指出，“存在不是一个谓词，而是用来指涉真实世界的”[②]。说得直白一些，即存在不是孤立的，而是与存在的语境等构成某种关系且产生互动。对我们讨论的文学史而言，这里所说的真实世界或语境，更多地是指向上文所说的超文本（即包括文学、政治、经济等社会环境在内的、将各种不同时空的文字信息和政策信息等组织在一起，且具有开放意义的各类“文本”）。文学史中所提到的作家、作品、文学事件等不是孤立存在的，而是有其产生的多种原因及因相互关联而产生的互动。时代变迁等原因还会致使其意义不断地消解或增长。文学史作者在写作时会依据与当下的关系而预设文学史观、审美趣味和价值取向。这些预设对遴选文学史实、构架文学史写作框架和采用叙说话语方式等具有决定性的作用。在这种情况下，多数文学史作者不会也无法和盘托出所有的文献资料，或拿出一定的篇幅来叙说与预设相悖的故事，也不会引用或列出更多的参考文献或直白地告诉读者自己取舍文献的真实原因。但是，文学史的潜文本和超文本会告诉我们更多文学史作者未能言及的故事。读者也会在阅读中根据自己所掌握的知识来补充文学史中所省略的

① Cf. Andrew H. Plaks, “Towards a Critical Theory of Chinese Narrative,” in *Chinese Narrative: Critical and Theoretical Essays*, ed. Andrew H. Plaks, and Kenneth J. DeWoskin, Princeton, NJ: Princeton University Press, 1977, pp. 309–352; John C.Y. Wang, “Early Chinese Narrative: The Tso-Chuan as Example,” in *Chinese Narrative: Critical and Theoretical Essays*, ed. Andrew H. Plaks and Kenneth J. DeWoskin, Princeton, NJ: Princeton University Press, 1977, pp. 3–20.

② Thomas Pavel, *Fictional Worlds*, Cambridge: Harvard University Press, 1986, p. 13.

部分，勾连出文学史中各种直接或间接关联的事件，纠正文学史所误说的历史事实。

由以上的论述可以得出如下的结论：对一个文学史作者而言，每一个故事都是一个叙述——既可以从由叙述而构成的故事链中寻找出文学史的故事性，也可以从隐含在与这种叙述相关联的一些其他要素（如叙述者、事件、读者等）构建的深层次中分析出文学史的故事性。总之，本文所论证的主要观点是文学史故事性的三个基本特征，即“往事”“差异”以及“构建”。这三个基本特征具体体现在文学史框架的构建、文学史文本的开放性以及文学史的潜文本和超文本中。这三者或有互为重叠之处，但还是有所不同：文学史框架揭示的是因其支撑性和约束性而演绎出来的故事；文学史文本的开放性主要指向阐释的多种可能性，不同的阐释演化出不同的故事；文学史的潜文本和超文本道出了文学史文本内部和文学史文本与外部相关联的故事。

第九章

文学史的叙事时间

在研究文学史的写作时，我们有时会忽略文学史中的叙事时间问题。常识告诉我们，文学史之所以称之为文学史，即有“史”的存在，文学史的时间自然就应该是按照作品出版、文学思潮的出现、文学事件的发生等时间的先后顺序，而做出的一种线性排列。其实不然，任何一种文学史，从本质上说，都应该归类于叙事，即文学史作者对发生在某一段文学历史中的“事”或“事件”所进行的一番叙说。保罗·利科认为，叙事与时间之间存在着一种结构相互性关系，其呈现出来的状态是，“把时间看成是一种影响叙事性语言的存在结构；而叙事性又是把时间当作最终所指的语言结构”[①]。也就是说，叙事性语言存在结构的构架与时间的构架密切

① Paul Ricoeur, “Narrative Time,” in Brian Richardson (ed.), *Narrative Dynamics*, p. 35, Columbus: Ohio State University Press, 2002.

相关，即“只有通过某种叙事模式叙说出来的时间才是人类的时间；叙事只有成为时间存在的一个条件，叙事才具有意义”[①]。从这个意义上来说，叙事都是受一定时间的牵制与影响的叙事。这就意味着一切文学史其实都是经过文学史作者的叙说而成的。这种“叙说”的特性决定了文学史的时间，都是经过重新界定过的时间。对时间的这一新的界定，不仅指出了文学史上真实发生的事件与文学史文本中排列的事件在顺序等方面的不同，而且还强调了文学史文本叙事时间结构量级上的差异。总之，文学史中的“时间”不再单纯是个前后时间顺序的问题了，它还牵涉到某种叙事模式的问题。换言之，有不同的叙事模式，将会有不同的叙事时间的存在。反之亦然。

本章依据这种“结构相互性关系”的原理，通过对文学史时间诸种存在形式的分析，来说明文学史时间的内涵、存在方式以及对文学史叙事型构所产生的影响。

第一节 文学史的时间形式

文学史的时间形式大体上可以分为两大类：一是显性的文学史篇章结构的时间安排；二是隐性的与叙事语言、方式、结构等叙事性相关的安排。通常，文学史作者会按照一定的时间顺序来安排与文学史相关的作家、作品、文学事件、文学思潮、社会场景等。这种安排虽然是显性的，比较容易辨析，但是在这些显性的安排中，却隐含了许多不同量级的叙事性构建。这里所说的不

---

① Paul Ricoeur, *Time and Narrative*, Vol. 1, trans. K. McLaughlin and D. Pellauer, p. 52. Chicago and London: The University of Chicago Press, 1984.

同“量级”主要指以下两种情况：一是指文学史的叙事时间结构量级；二是指时间的事实性陈述和虚构性陈述。

为何在“显性”的名目下，还呈现出如此复杂的态势？这是由文学史的特殊性质所决定的。文学史中一些文学事件看似是按照时间顺序安排的，但是它们却与一般意义上所说的线性时间顺序不一样：线性时间顺序是按照严格的时间先后顺序排列起来的，即是真实发生的时间先后顺序；而文学史中的时间顺序虽也是按照一定的时间顺序排列起来的，但这种依据叙述层次和逻辑关系而排列起来的历时性顺序结构，与真实的历时性顺序结构存在一定量级上的差异。即便是共时发生的两个或两个以上的事件，叙说中也会构建起一个具有先后顺序或因果关系的时间结构。

文学史的叙事时间结构可以分为两个层级：其一是显性的，即文学史完全按照时间发生的先后顺序，来安排文学史需要记载的诸多作家、作品、文学事件等；其二则是隐性的，即依据叙事语言、叙事方式、叙事结构、叙述层次以及逻辑关系而构建起来的一个时间结构。譬如，洪子诚在《中国当代文学史》[①]开篇第一章写下的一段话，就显示出了这种时间结构在层级上的差异：“四五十年代之交，中国社会发生急剧变革。二次大战之后世界范围两大阵营对立的冷战格局，中国40年代后期内战导致的政权更迭，是这个期间发生的重大历史事件。”[②]这段引文中提到的

① 为了更好说明问题，本章将以洪子诚的《中国当代文学史》作为引用的例证，主要是考虑到集中引用一本才能更好地体现出一位文学史家的史学观念以及框架结构，而不是说只有这一本文学史才符合本章的论述要求，这是需要特别说明的一点。

② 洪子诚：《中国当代文学史》，北京：北京大学出版社，2010 年，第 3 页。

“四五十年代之交”和“二次大战之后”两句话，表达了两个类似的时间概念。即这两句话共同构成了第一层级的叙事时间结构——所叙事件的发生均在这一叙事时间结构之内。从实际时间上来看，这两句话的排列顺序并不表示两个不同的时间，而是相同或重叠的时间。这两句话还是这一段落甚或这一章节中一个带有统领意义的叙事时间结构。然而，假如从叙事层次和逻辑关系上来看的话，便会发现问题，即由这两句话所构建的时间结构，有些不合常理。

按理说，从区域的角度来看，“世界范围”里“二次大战之后”，显然要大于“中国社会”中的“四五十年代之交”。区域先“大”后“小”，或者说用“大”来统帅“小”才符合逻辑。洪子诚之所以在该处没有按照这样的时空逻辑来叙说，而是坚持把“中国社会”中的“四五十年代之交”这一时间，置于“世界范围”里“二次大战之后”之前，以此来形成首位叙事这样一种隐性叙事时间结构，是有着特殊的叙事层次和逻辑关系的考虑的：洪子诚要谈论的毕竟是中国当代文学史，他自然要以中国社会中的“时间”为首要的时间。这种由文学史作者根据叙事需要而构建的叙事时间，就属于是文学史叙事时间的第二层级。在这一叙事时间层级的框架下，洪子诚可以按照自己的叙事目的，将20世纪50、40和20年代三个不同时间放在一起叙说，并且还可以对这些“时间”做出自己的判断。正如他说：“四五十年代之交的社会转折，影响、推动了中国文学的构成因素及它们之间关系的剧烈错动。”[1]这一判断还构成了文学史叙事时间的深层意

① 洪子诚：《中国当代文学史》，北京：北京大学出版社，2010年，第3页。

义，即这个由文学史作者所构建的叙事时间，揭示了该时间对文学史所产生的影响和赋予了文学史所应有的意义。从这个角度说，这个由文学史家构筑出来的叙事时间，是一种具有文学历史性的叙事时间。

文学史叙事时间的事实性陈述和虚构性陈述，也构成了一个与上述不同的时间量级。事实性陈述，主要指的是具体而准确地叙说文学史上所发生的文学事件、所出版的文学作品等。譬如，洪子诚在书中提到“1954年11月，中国文联和作协主席团联席会议做出的《关于〈文艺报〉的决议》”和“1955年5月，上述机构的关于胡风‘反革命集团’问题的决议”[①]等，都属于是一种事实性的陈述。虚构性的陈述则有两种：一是指文学作品中所叙说的时间；二是指看似介乎于事实性和虚构性二者之间的事实性陈述，但其本质上却是属于虚构性的时间陈述，如上面所说的那种具有文学历史性的叙事时间。

在以上的三种时间观念里，即事实性陈述时间、虚构性陈述时间和文学历史性的叙述时间，最后的一种时间观念最为重要。因为在绝大多数的文学史著作中，不但是它构成了主要的叙事时间框架——构成文学史情节结构的主要时间线索，并在很大程度上主宰着文学史的叙事进程，而且也是文学史得以顺畅叙说和表达文学史作者的文学史立场或价值取向的一个主要策略手段。有关这一点，从洪子诚在谈及“50年代的诗歌事件”时，对时间的策略性穿插安排上可以明显地看出来：他先是提到“1956—1957年的‘百花时代’诗歌的变革及其受挫”和“1958—1959年的

① 洪子诚：《中国当代文学史》，北京：北京大学出版社，2010年，第25页。

‘新民歌运动’和新诗道路讨论”，然后又回溯“50年代中期的文学变革要求”并进而又提及1957年《诗刊》和《星星》期刊的开放姿态，1958年经济、文化的“大跃进”，《人民日报》在4月14日发表题为《大规模地收集民歌》的社论，4月26日周扬主持中国文联、中国作协、民间文艺研究会的民歌座谈会，以及同年5月召开的中共八大二次会议等。[①]显然，为了说明“50年代的诗歌事件”，洪子诚在此调用了大量与50年代这个时间概念相关的文学事件。而且对这些文学史事件的架构并不完全是按照线性时序来叙说的，而是依据文学史叙说的自身逻辑来构建这些事件发生的时间节点，以此凸显由这些节点性事件所构建成的总体社会氛围。换句话说，作为文学史家的洪子诚，有些想法和观点他似乎不愿意直言，而是有意识地通过对发生在这一段时间内的一些相关文学事件的穿插与罗列，来暗示其文学史观和潜在的价值评判。由此不难看出，以上的时间结构，即经过文学史家重新架构过的时间结构，都是有意味的时间结构，它承载着文学史家对这段文学历史的认知水准和价值取向。

这种由文学史作者按照叙述逻辑和意义表达而构建起来的时间结构，一方面，本质上是基于事实性陈述的时间，即文学史之所以为文学史，在真实的时间里所发生的真实的事件还是最为重要的，只是由于在其构建的过程中不得不出现的主观性和叙事性，而使其具有了虚构的特性；另一方面，这种表达主观性的叙事时间同时也隐含地表达了其当下性，因为文学史作者所做的一切构建，都是基于其当下的阅读经验和心理认知。换句话说，文

① 洪子诚：《中国当代文学史》，北京：北京大学出版社，2010年，第77—80页。

学史作者在写作的过程中，尽管要遵循客观、真实的原则，但这种“真实”和“客观”不可避免地会带有主观意志性，即文学史作者是按照自己的认知来观察、遴选和构建某些具有时间节点性事件，并按照自己的理解来对它们进行构建和叙说的。这样一来，必然会导致两个问题的出现：第一，文学史作者所叙说的某一时间点上的事件，并不是最为原初的那个事件，而是在一定程度上脱离或构建了新的与这一事件相互关联的事件；第二，站在当下这一时间点上看过去某一时间点上所发生的事情，由于文学史家的站位、心境或认知的不同，对文学史的叙事便难以保持所谓的客观性，即叙事因时间距离等原因而被赋予了新的涵义。

这样说是否意味着已经文本化的文学史与那个真实的、没有经过叙说加工过的文学历史存有巨大的分歧？就时间性而言，说二者不可能完全重合，是毫无疑义的。但是，这两种文学史之间却是可以沟通和互指的，正如现象的时间观与宇宙的时间观是两个不同的时间观一样。现象的时间是微观而又具体的，而宇宙的时间则是宏观而又抽象的。这两个时间看上去不同，似乎没有必然的联系性，但是我们却可以从现象的时间推演出宇宙的时间；也可以从宇宙的时间来看现象的时间。文本化的文学史的时间观与历史上真实发生的那个文学史的时间观与此有类似之处，即双方通过彼此都互能看到影子。

这其实也说明了这样一个道理：文学史家所构建起来的那个文学史，与真实的文学史在很大程度上是不可能完全合一的，彼此间会存在某种距离或差异。这种距离或差异就是由“叙事”本身所造成的。文学史家为了尽可能地缩小这种由于叙事所造成的距离或差异，让所叙之事最大程度地接近事物的原始风貌，让读者感到所叙之人之事真实可信，他们往往会采用模仿的方式，来叙说文学史上的人和事。这里所说的模仿当然不是原封不动地模仿，而是一种阐释意义上的模仿。它包含有两方面的意思，一方面是指文学史作者在对已经成为过去的人和事认知的基础上所进行的模仿；另一方面也是指文学史读者通过阅读对文学史文本中的人物、事件、观点等而形成的一种认知。保罗·利科把这种阐释性模仿看作是一种现象，认为这种现象的模仿具有三重性，即**模仿I**[文本建构之前（prefiguration），特指行动世界，强调生活实践先于叙事]、**模仿II**[建构（configuration），主要指的是依据模仿I构成的叙事本身或作品文本]和**模仿III**[重构（refiguration）]，是文本世界和读者世界相遇之处，读者通过阅读实现文本的回归）。不过，利科虽然指出了模仿的三重性，但却并没有论及模仿II与模仿I和模仿III之间难以确定的关系，因为模仿I中不仅存在文学现实，除此之外，还存在包括党派、政治等在内的诸多现实——复杂而夹缠；而模仿III中不仅包括一般意义上的读者，且还包括指导或管制一般读者阅读的监管部门等。它们有时会直接或间接地影响模仿II对时间等文学史问题的表述。此外，模仿II在对一些重要节点性事件进行叙说时，因考虑到模仿I和模仿III而故意回避这一重要节点性事件，对文学史进程或具体作家的负面影响，从而会把原本具有多面性的时间，“调节”成单一维度的时间。

以上三个模仿型构之间互相牵制、互相影响的复杂关系，足以说明文学史作者在当下对已经成为过去的时间，进行叙说其实只是一种历史的叙说，即它是对过去这一时间的存在，经过模仿这一“调节”过程后的叙说，而并非原原本本地再现。从这个意义上说，这里所说的模仿，带有某种主观感知性和倾向性的特征。这也决定了文学史的时间性结构问题，只能是一个相对合理的问题。总之，从文学史的三重模仿互动的角度看，文学史的写作过程其实就是一种通过有意味的“文学史情节”体现出来叙说的过程，并且寄寓于文学史的叙事进程之中。这个叙事进程不仅包括文学史本身的叙说，而且还包括读者对这一叙说的理解和阐释。

这一点也不难理解，我们可以从中国新文学史中有关周扬与胡风之间的现实主义之争中窥出某些端倪。从20世纪30年代“左联”开始，周扬与胡风就因对现实主义理论的不同理解与皈依而产生了纠纷。这是文学史上一件众所周知的“事件”。按道理讲，这应该是文学史家重点着手处之一，即两人是如何由最初的观点之争上升成路线之争的、这场“争论”如何影响了中国新文学的发展进程和一些相关作家的创作乃至政治生命等，多数的文学史几乎对此一概选择轻描淡写或干脆不予置评。另外，多数中国新文学史，特别是20世纪80年代之前的新文学史，将20世纪30—40年代进行了地理上的和政治上的分割，即在分割的过程中，只将解放区的文学写进文学史，而对国统区的文学创作，特别是那些被认为是“反动文人”的创作则涉及甚少。由此看来，中国现当代文学史的政治化问题，其实就是模仿I和模仿III对模仿II之间相互纠结、互动或影响的关系。

第二节　三重模仿互动中的文学史情节

从叙事的角度看，文学史其实像小说一样，也是有情节的。在小说中，同一个故事可以用多种方法来叙说，不同的叙说构成了不同的情节。文学史也是如此：同一个文学事件若采用不同的叙说，也可以构建成不同的文学史情节。而从阐释学的角度看，不管是小说的情节构建还是文学史的情节构建，都不仅仅依赖于叙说。除此之外，它还依赖于解读。叙说是一种言说的行为，有一个与时间相关的过程；解读是一种精神活动，也有一个与时间相关的过程。这两种与时间相关过程的关联与互动，就共同构成了文学史的情节。

叙述学界曾对情节有过多种界定，譬如有学者从叙事的运动角度，把情节分为两种，"改善"的叙事运动和"恶化"的叙事运动；[①] 也有学者从女性主义角度，把情节看成是性别构建的一种行为[②]；有学者从阐释和心理或认知角度，把情节看成是制造意义的行为或精神构建或影响读者阅读的一种力量[③]；还有学者运用可能世界理论，把情节看成是虚构和真实叙事世界的交互作用[④]。但是，无论从何种角度来界定，情节的基本概念指的都是

---

① Claude Bremond, "Morphology of the French Folklore," *Semiotics* 2, 1970, pp. 274-276.

② Cf. Nancy K. Miller, T*he Heroine's Text: Readings in the French and English Novel, 1722-1782*, New York: Columbia University Press, 1980。

③ Cf. Paul Ricoeur, *Time and Narrative*, Vol. 1-3, trans. K. McLaughlin and D. Pellauer, Chicago: University of Chicago Press, 1984-1988; Peter Brooks, *Reading for the Plot: Design and Intention in Narrative*, Cambridge, Mass.: Harvard University Press, 1992。

④ Cf. Marie-Laure, *Possible Worlds, Artificial Intelligence and Narrative Theory*, Bloomington: Indiana University Press, 1991。

时间的顺序方面，因为不管是哪种界定，情节都与讲故事和理解所讲的故事相关联。而讲故事和理解所讲的故事，其中就包含了时间的各个方面因素。从这个意义上说，讨论文学史情节，时间是其中的一个重要话题。

讨论文学史中的时间与情节间的关系，需要分成两步：首先，需要重新界定一下文学史的时间——把过去研究文学史只研究文学史文本中的时间，扩展到研究与整个文学史编写与阅读相关的时间，即将文学史史实中的时间、文学史文本中的时间以及文学史文本阅读中的时间都包括进来；其次，再考察这一重新界定的时间，在构建文学史情节中所起到的作用与意义。为了更好地说明问题，本章拟以利科的三重模仿理论为基础来展开这一讨论。

从阐释学的角度说，利科提出的三重模仿之间的互动，是构建文学史情节的重要动力之一。三重模仿之间互动的结果，构成了现实世界、讲故事和理解所讲故事的一个完整的时间链。文学史的情节是由模仿I和模仿III与模仿II的互动和进行的内、外部“调节”中而构建起来的。从这个意义上说，模仿II即文学史文本中的时间是一种经过与模仿I和模仿III互动和调节之后的时间。这样说有两层意思：其一是说模仿II中的时间概念，是文学史作者依据模仿I（主要指文学史实与社会语境）中的时间，经过精心设计和构建好的时间；其二是说文学史文本读者在阅读中，会参照模仿I来认知和评判模仿II中的时间。这种认知和判断，在一定程度上会影响或改变文学史作者，从而影响或改变模仿II。

如果这个假设成立的话，将模仿I和模仿III加入进来之后，文学史的时间跨度不仅从模仿II（文学史文本）向模仿I和模仿III

两边延伸，而且还在不同程度上分别改变了模仿I、模仿II和模仿III中的时间。从三种模仿形成相互融合、影响的角度来研究模仿II，就不是“只把文学文本作为唯一的操作概念”，而且还“关心的则是重构操作的整个弧线”，[①] 即包括与阐释相关的作品、作者以及读者在内的全部因素。事实也的确如此。一部文学史不仅指印刷出版的文学史文本，还指未写进文学史文本的那些社会现实、基本史料以及文学史出版后的阅读与接受情况。譬如说，该如何排列这些事件的时序，不仅要依据模仿I即客观现实，而且还要考虑模仿III的诉求。这样一来，模仿II即文学史文本中事件的时序安排，实际上是在模仿I和模仿III的互动中完成的。

我们可以设想，假如洪子诚写作和出版《中国当代文学史》这本书不是在21世纪的前十年，而是在更早一些时间写的，或许会是另外的一种写法。不可否认，模仿I与模仿III，特别是模仿III对洪子诚的写作产生了十分明显的影响。从某种意义上可以说，所有这一切的互动与影响，共同构成了《中国当代文学史》这本书写作“重构操作的整个弧线”中的大故事情节。而在这个大故事情节中，又嵌入了许许多多小的故事情节。譬如，洪子诚为何与另一位文学史家陈思和不同：陈思和在《中国当代文学史教程》中把五四新文学视为中国当代文学史的逻辑起点，洪子诚则把这一起点放在了20世纪50年代[②]。洪子诚的中国当代文学史上编是以50—70年代为一个时间单位，下编又只以80—90年代为中国当代文学史的下限，这种时间划分想说明什么？具体说，洪子

① Paul Ricoeur, *Time and Narrative*, Vol. 1, trans. K. McLaughlin and D. Pellauer, p. 53. Chicago and London: The University of Chicago Press, 1984.

② 参见陈思和：《中国当代文学史教程》，上海：复旦大学出版社，1999 年。

诚是如何遴选史料、如何写作初稿，出版社是如何审稿、报批、出版的？读者又是如何接受的？所有的这些与写作和出版相关的理念、过程等，在三重模仿的互动中，分别组成了一个个富有时间节点的故事情节。

毫无疑问，时间在这里起到了重要作用，成为编撰中国当代文学史故事情节的动力和贯穿始终的红线。从这个角度讨论，我们可以清晰地看到现实中事件的时序、时间结构与文学史文本中叙说事件的时序和时间结构是不尽相同的，有时还会有很大的差别。同样的文学史史实采用不同的叙说方式构建起来，构成了不同的文学史情节，并在一定意义上反映了文学史情节的复杂性。

从阐释学的角度看，文学史与一般意义上的编年史不同。编年史的主要特点之一，是按照事件发展的先后顺序来记载历史事件；而文学史则不仅要按照一定的时序来构建文学发展的脉络，且还要表达文学史作者的人文情怀、道德、思想观念以及政治立场等。换言之，文学史中包括时间在内的任何一种安排和表达，都或多或少地体现了作者所事先预设的文学史观。

正如前文所说那样，文学史中的时间划分，与一般编年史中的时间划分是不一样的。后者是按照年代或朝代顺序来进行划分和叙说的，所以在行文时不必考虑时间的调节问题；文学史除了需要按照一定的时间顺序来安排文学事件等外，在具体的行文中还需要对时间做出精心的“算计”，以便划分好文学史的时间单位，并根据叙说的逻辑和价值取向来确定文学事件，在文学史叙说中的时间结构或时序、时长、时频并需要调整叙说的时间策略等。可见，所谓的“算计”时间，其实是在“算计”文学史的故事情节，即文学史作者通过采用省略或嵌入某些时间节点、缩小或扩大某些时间距离，勾连一些看似相去甚远的某些时间节点或按照写作意图故意构建对称或不对称的时间部分等方式，构建出一些让读者感到错综复杂，却又富有因果关系的故事情节。在此基础上，文学史作者还可以根据需要再嵌入性格各异的人物和意义深长的事件，从而让故事情节变得愈发跌宕起伏，引人思考。

为了更好地说明以上内容，即文学史作者所制定的时间框架与文学史故事情节构建之间的关系，我们还是回到洪子诚的《中国当代文学史》中来，仍然以在第一部分中所引用的洪子诚的那段话为例。在这段引文中，20世纪20年代、20世纪40—50年代不是按照时间出现的先后顺序排列的，而是被洪子诚以倒叙或交替的方式安排在叙说中，即原来的自然时序被打乱，读者看到的是几个与原来的时间节点所不同的时序。从文学史的构建角度看，这种时序的重建具有多种作用。其中，最为重要的作用是，这种通过“调节”而完成的时序与自然时序相比，能塑造出更有张力和更富内涵的故事情节。这样说的原因是，洪子诚之所以要把文学史的自然时序，“调节”成几个时代互相穿插、交替，也就是非自然时序，其实是有自己的考虑的。由于种种原因，他可能有一些观点和想法不便直言。但是如果彻底不说，又没有办法完成这段文学历史的写作。无奈之中，他只好通过对40、50、30和20年代的一些社会政治事件、文学事件的穿插、回溯方式，来构建起一个特殊的时间框架——这个框架自身便暗含着是非曲直的功能。所以说，这一时间框架，从表象看浮现出来的是故事，而隐含在故事背后的是具有一定意义指向的情节。有关这一点，从洪子诚在谈及当代的政治抒情诗时可以看出来：

> 广义地说，50—70年代的大多数诗歌，都可以称为“政治诗”，即题材、视角的政治化。[……]这一个概念大约出现在五六十年代之交，但其典型样态在五十年代初（甚至更早时间）就已存在。[……]从艺术渊源上说，政治抒情诗接受的影响来自两个方面。一是中国新诗中有着浪漫风格的诗风；[……]。当然，更直接的承续是30年代的“左联”诗歌，和抗战期间大量出现的鼓动性作品。另一是接受西方19世纪浪漫派诗人、当代苏联，特别是马雅可夫斯基的诗歌遗产。①

为了说明当代“政治诗”的发生和发展的来龙去脉，洪子诚先后提到了不同时期的一些时间节点。他在该处所采用的叙说方法颇为有趣，由“50—70年代”这一更晚一些的时间点出发，一直往后倒叙。这个倒叙的时间链基本上是按照十年为一个计算单位的。与50年代相关的，他前后提到过两次。这是可以理解的，因为他谈论的是其心目中的中国当代政治诗。需要注意的是，在50年代之后本该提到40年代时，他却突然用嵌入的方式，以“甚至更早时间”一语略过，然后直接跳到了五四、30年代和更为久远的19世纪。

这种时间上的跳跃是一种有意味的跳跃。按理说，40年代的文学现状对中国当代政治诗写作有巨大、深远而又直接的影响。洪子诚对其的略过，应该不是一种无意识的疏忽，而是一种经过精心设计后的有意回避。至于要回避什么，我们不去深究。不过，这种回避至少说明了两个问题，即一方面说明了采用的这种

① 洪子诚：《中国当代文学史》，北京：北京大学出版社，2010年，第81页。

时间倒叙，并不完全是一种线性的和时间结构均等的倒叙，而是主观上经过有目的的调节而组织起来的；另一方面也揭示出所有调节的时间，都是一种三重模仿互动中的存在时间（这里主要是指模仿III对模仿I和模仿II的影响）。这两个方面的互动结果，最终以这种方式体现在洪子诚对这一段政治诗的叙说中，即他以调节时间的方式，构建出一个有些残缺的时间结构，并由此而演化为符合其叙事逻辑的故事情节，以此来表达或被迫表达了某种欲说还休、半遮半掩的思想意蕴。

除此之外，洪子诚所构建起来的这个有些残缺的时间结构，还有着另外的一层意思。30年代的政治诗与50年代的政治诗虽然都可以冠以“政治诗”这样一个名称，但是这二者之间却有着本质性的不同。这个不同不仅是指其写作时代背景的不同，更是指其价值取向的不同。洪子诚不提40年代，有可能是想通过逾越40年代，让50年代的政治诗与30年代或更早的一个时期、一些流派相关联，以此来达到模糊30年代和50年代这两个时期政治诗不同性质的目的。正常情况下，文学史写作不能为了叙说的通畅或某一叙说目的，而有意识地忽略一个至关重要的时期。所以说，这种通过忽略或淡化某一时间节点而构建起来的文学史情节，看似波澜不惊，但却能深刻地折射出叙说者的写作策略和文学史观。

面对这种通过忽略某一时间方式来写就的文学史本，一般的读者是可以理解的，毕竟不能要求每个文学史家都必须要硬碰硬地面对历史，何况有时也并不具备这种硬碰硬的条件。但是应该承认，这种有意识地忽略某段时间的本身，会在一定程度上掩盖文学历史的真相。从这个层面上说，文学史写作中所处理的时间应该是一种面向读者的“公众时间”，而非个人的“普通时间”[①]，即还是应该在最大程度上客观真实地反映历史的原貌。而任何对时间的不当删减或关联，都会在一定程度上弱化这一“公众时间”的功能，有时甚至会遮蔽或歪曲这一时间所蕴含的真实历史意蕴。

除了采用上面提到的文学史时间的增减之外，文学史的情节结构还可以利用文学史的双重时间结构来进行构建。所谓的双重时间结构指的是叙事时间和按自然时间顺序排列的时间。这两种时间的关联和互动共同构成一种情节的双重时间结构。[②] 叙事时间指的是在文学史叙说中，按照不同的时序、时长、时频等的比例，把按照自然时间顺序排列的时间，和不是按照自然时间顺序排列的时间合理调配起来的时间。这种叙事时间在帮助构成变化多端的故事情节的同时，也从另一方面说明了文学史情节既有其真实性的一面，也有其虚构性的一面。假如不是按照自然时间顺序排列的时间，在文学史中出现的过多的话，其虚构性就占据了主要的地位；反之亦然。另外还有一种较为普遍的现象是，即便是完全按照自然时间排列的文学史实，因史实的时序、时长以及时频排列原因，也难免具有一定程度上的虚构性。譬如，洪子诚在《中国当代文学史》第三章第一节中，虽说几乎完全是按照自然时间将发生在20世纪50年代这一期间的“频繁的批判运动”中的事件排列起来的，但是这种排列在展示其文学史实真实性一面的同时，也具有其虚构性的一面：说其真实，主要是指书中所罗

① Paul Ricoeur, “Narrative Time,” in Brian Richardson (ed.), *Narrative Dynamics*, p. 41. Columbus: Ohio State University Press, 2002, pp. 35-46.

② Ibid.

列的单个事件都是真实发生的；而说其虚构，则主要是指这些事件的排列虽然在时间上是依次的，但是在因果关系或承续关系上，并不一定就是真实的或不一定全部是真实的，至少会有部分是不真实的。因为所有的事件都有其具体的因果，忽略这些具体因果而简单地按时间顺序，直接地将个体事件衔接起来，虽说有行文简洁的好处，但却掩盖了那些个体事件的（部分）真实性。

还有一个较为普遍的现象值得注意。许多文学史作者所构建的叙事时间并不是完全按照一定比例来安排自己的叙说，而是采用了倒叙、多叙、嵌入、增加或减少时长等多种方式，来凸显或弱化某一事件在文学史中的重要性或关联关系。这种通过凸显或弱化方式构建起来的情节，在增加了叙说张力的同时，也彰显了文学史作者的文学史观。

第三节　作为时间的叙事进程

这里所说的叙事进程是指文学史时间诸多表达中的一种。詹姆斯·费伦给叙事进程（narrative progression）这一术语下的定义是："把叙事当作一个具有动力的事件，即一个通过时间让讲述和接受双方都必须要动起来的叙事。"[①] 费伦对叙事进程的这个界定牵涉叙事的许多方面，如叙事动力、讲述与接受之间的互动关系等。而关联起这许多方面的介质则就是时间这一概念。也就是说，时间串联起各项叙事要素，并且在时间的推进中完成整个叙事任务。

① James Phelan, "Narrative Progression," in Brian Richardson (ed.), *Narrative Dynamics*, p. 211. Columbus: Ohio State University Press, 2002, pp. 211-216.

那么，应该如何来理解时间在串联起各项叙事要素，与完成整个叙事任务中所起到的作用及其运行的内在机制？结合费伦在其他场合中的论述，基本可以从以下的三个方面来加以理解。（一）费伦把叙事活动看成是“综合了两个动力的系统：一个掌控叙事的内在逻辑，即从开始到中间再到结束逐步展开的叙事进程；另一个掌控读者对这一展开而产生的兴趣和反应”[①]。（二）如果要想使讲述者和接受者的双方都能够动起来，作者需要在叙述中制造出某种不稳定或张力，以此来催生这个叙事进程并让这个进程得到发展。一般说来，制造这种不稳定或张力的途径有两个：一是“指未确定事件中的故事因素，特别是指人物及其所处环境”[②]；二是指“未确定的话语因素，其中包括价值、信仰、观点、知识、期待”等。[③]（三）这一个方面其实是针对费伦提出的两个动力系统之一，即“掌控读者对这一展开而产生的兴趣和反应”的进一步说明：读者对叙事进程的反应主要包括叙事中的模仿、主题以及综合因素三个方面（其中，读者对叙事模仿因素的反应，主要是指叙事中“介绍的人物和世界是否与现实中的一样”；对主题因素的反应主要是指，读者“对叙事中人物的概念功能、文化、意识形态、哲学、伦理等问题感兴趣”；对综合因素的反应主要是指读者，“对人物和作为人工构建的更大一些的叙事感兴趣”[④]。费伦让读者参与到叙事进程中来，即

① James Phelan, “Narrative Progression,” in Brian Richardson (ed.), *Narrative Dynamics*, p. 359 . Columbus: Ohio State University Press, 2002, pp. 211—216.

② Ibid.

③ Ibid.

④ Ibid.

读者也成为叙事进程中的一个重要要素，主要是从认知角度考虑的。这一考虑是具有革命性的，即它不仅拓展了叙事进程的疆界，增加了叙事进程中的叙事要素，而且还延伸了整个叙事进程的时间和对叙事进程的认知。

费伦对叙事进程所作的这些多方位阐释，为解读文学史叙事进程提供了一个很好的路径。我们可以先从他提出的两个叙事动力系统入手，即通过观察这两个动力系统来看文学史作者，是如何通过引入不稳定或张力因素来推进文学史叙事进程的，然后再藉此推演出文学史作者的时间观和价值取向，以及读者对这些不确定因素的认知等。还是以《中国当代文学史》为例，看一下洪子诚在文学史叙事中是如何构建这两个动力系统的，以及在这两个动力系统中，又是如何制造不稳定性或张力的。

从时间上看，《中国当代文学史》的内在叙事逻辑，是沿着20世纪50年代以来中国文学发展的脉络写下来，直至20世纪90年代末。但是，这一书写的逻辑起点却不是在20世纪的50年代，而是40年代。这样的一个逻辑起点很容易让读者产生这样的理解：20世纪50年代以来的中国文学是承续了40年代的文脉，或至少是部分地受到40年代文学及其相关文学思潮、意识形态领域斗争或政治运动的影响。无疑，这样一种往上追溯式的关联，就给50年代文学的起点和发展的内涵，增添了某些不稳定的、具有张力的故事因素。这容易理解：毕竟40年代的文学、生活和政治天地都与50年代以后有所不同。正是这种“不同”，给50年代后的文学史叙事带来了某些张力或者说不稳定的故事因素。

诚如前文所说，构成一部文学史叙事进程往前发展的主导动力因素，就是这些不稳定的故事因素。这一点在《中国当代文学史》一书中表现得非常明显。通读《中国当代文学史》，会发现构成该文学史的基本动力因素，就是我们所说的那个不稳定的故事因素。为了证明这一点，我们可以试看一下：

该文学史的第一章是专门来讨论40年代文学的。作者在该处分别叙说了“40年代的文学界”“左翼文学界的‘选择’”“毛泽东的文学思想”以及“‘文学新方向’的确立”等。在一部以20世纪50年代为起点的“当代”文学史中，拿出一个章节的篇幅来论述40年代的文学状况，是个颇为值得令人深思的现象。此外，在接下来的三章中虽然开始讨论50年代的文学了，但是作者在行文中不断地回溯50年代之前与文学相关的人物与事件。譬如在第四章的第四小节，谈及了“‘七月派’诗人的遭遇”。按道理讲，一部讨论20世纪50年代以来的中国当代文学史，在谈及这类的话题时，读者期待更多的是“七月派”诗人在50年代以后的遭遇——毕竟他们是横跨了两个时代的诗人。然而，洪子诚在此却并没有按照读者的期待去写。而是在罗列了阿垅、鲁藜等二十位诗人的名字之后，笔锋一转，引入了“在40年代后期已受到有组织的批判”[①] 的艾青和胡风。这一出其不意的引入，在给叙说50年代“‘七月派’诗人的遭遇”的故事中，平添了“未确定事件中的故事因素”和“未确定的话语因素”的同时，也给读者理解这些诗人的遭遇增加了一些不确定性因素。

另外，洪子诚在该处还特意提到胡风写于1949年11月的“英雄史诗五部曲”，并借此点评说：“长诗虽然热烈赞颂解放区、毛泽东和新中国的诞生，但对中国近现代历史的认识和想象，

① 洪子诚：《中国当代文学史》，北京：北京大学出版社，2010年版，第66页。

对历史所作的叙述，显然与已经确立的叙述方式存在很大差距。”[1] 这句引文颇有玄机，即一句原本并不长也不复杂的话，由于使用了一个“虽然……但……”这样含有不确定话语因素的句式，从而使整个叙述充满了不稳定性和张力。

这还远远不是全部。应该说，构成这一部分叙事进程中最大的不稳定因素或张力，是落在了这一节的结尾处，即以荃麟为代表的胡风批判者和该文学史读者，在认知胡风事件时所表现出来的差异。从叙事进程的角度分析，这一章的结尾处可分为三个层次：洪子诚先是摆出胡风在1948年发表的言论，即“诗应该是对于人民受难的控诉的声音，是对于人民前进的歌颂的声音，诗应在前进的人民里前进”[2]。这段引文中最关键性的词语应该是“诗”和“人民”。胡风对这两个关键词的解释是，诗“在前进的人民里面前进，并不一定是走在前进的人民的中间了以后才有诗”。而“人民”就“在你底周围”[3]。对于这样的表述和解释，除非是十分了解胡风提出这些主张背后的故事，否则普通的读者恐怕看不出有何不妥。然后，在没有做出任何过渡性的叙述情况下，洪子诚就以客观之口吻，评点了胡风的这番话：“在这里，胡风对抗了‘题材决定论’，强调了诗人的‘主观精神’的质量在创作中的重要性。从当时的历史情境而论，这些言论，也是正对与工农‘斗争生活’有更多关联的‘解放区诗歌’在当时已形成的垄断地位的。”[4] 显然，这一评点看上去似乎并不带有

---

① 洪子诚：《中国当代文学史》，北京：北京大学出版社，2010 年，第 66 页。

② 同上书，第 67 页。

③ 同上。

④ 同上。

主观评价的意味，只是陈述了胡风在当时所处的情境。然而，在这种貌似客观陈述之中留置了悬念，为接下来引用荃麟批判胡风的话做了铺垫。

至此，整个这一部分文本的叙事进程，在引用荃麟的话中戛然而止了，即这一整个章节就结束了。不过，作为文学史的叙事进程其实还远远没有结束，还需要《中国当代文学史》的读者来完成对胡风、“七月派”、荃麟等这部文学史中所有史料和该书作者洪子诚的认知。

通过对上述叙事进程的分析可以看出，洪子诚在对这个文学事件的叙述上花费了一番心思：他先是引用胡风的话来阐发自己的诗学主张和立场，接下来又引用了荃麟的话来对这一主张和立场进行批判。这样的引文毫无疑问构成了这一部分叙事动力的不稳定因素。尤其是荃麟的那句“对于革命仇恨的火焰的燃烧而已”[①]，在给读者诸多思考的同时，也留置下了许多悬念。

这两段引文的非同质性和随之衍生出来的问题，说明阅读认知的张力并没有随着叙事进程的结束而减少，相反滚雪球似地增多了。因为对这段文学史有所了解的读者还知道，荃麟并不是第一个站出来批判胡风的。早在1958年，即荃麟撰文批判胡风的六年之前[②]，舒芜的文章《从头学习〈在延安文艺座谈会上的讲话〉》就被《人民日报》转载了。《人民日报》在转载的“编者按”中指出，胡风的文艺思想“是一种实质上属于资产阶级、小资产阶级的个人主义的文艺思想”[③]。除此之外，与胡风相关的

① 洪子诚：《中国当代文学史》，北京：北京大学出版社，2010年，第67页。

② 参见荃麟：《门外诗谈》，《诗刊》，1958年第4期，第3—12页。

③ 《人民日报》，1952年6月8日。

事件还有不少，如他与周扬之间的矛盾、1955年全国人大常委会做出批捕的决定等，这些为大家所广为熟知的事件虽然在叙事的进程中被省掉或忽略了，但是这些潜在的事件非但不会被读者们所遗忘，而且还会作为一种背景或事件参与文学史叙事的重建。从这个角度讲，文学史叙事进程既是指与叙事相关的文本内的时间安排，也是指与认知相关的文本外的阅读与接受。它会随着文学史料的不断发掘和读者的不同时代的诉求,而呈现出文学史文本叙事与文学史读者认知相互作用的一种动态叙事构建。

这种读者在理解和接受一个文学史叙事时，会自觉不自觉地把自我的叙事框架带入进来的特点，决定了在整个文学史的叙事进程中，读者是异常重要的一环。其重要性之一表现在，他们的解读全部或部分地填充了作者写不出来的或不便写出的内容，从而形成了一种对这一叙事进程的认知性张力；其次，读者的参与不仅使文学史叙事进程更加完整，且也使这一进程变得更复杂化和更具有时代性特征。

综上所述，文学史的叙事进程是一个颇为复杂的系统工程，它与文学史自身的那些史料、人物以及历史场景密切相关。但是，该进程又不完全是由这些人物、事件或客观史实所构成的，而且还由文学史作者的文学史观、预设的认知期待，对史料的主观选择、对叙事结构和叙说方式的设计安排，以及读者的参与等所构成的。有时文学史的叙事者甚至出于某种现实性考虑，不得不有意识地让原本应该完整的叙事进程变得不那么完整或残缺，有时还不得不借助于暗示、隐喻等手法，但不管怎样，这种非完整的或隐喻性的叙事进程自身也能折射出某一段文学史故事情节的复杂与无奈。

第十章

文学史叙述的基本动力

本章把“阐释”设定为文学史的一种基本叙述动力，主要是基于如下考虑：一部文学史中含有多个知识体系及与其相关的叙事线索，另外还会牵涉一系列的互文性问题。这些体系、线索以及互文的行进并不是各行其是，互不关联的，而是由在一定认知取向统摄下的阐释，推动或牵引着这些大大小小既有联系又有区别的系统和线索前行。

文学史与一般意义上的历史不同。它除了由文学事件、文献资料和具体作家等所构成之外，还包含了不少主观性的因素，如分析、评价由作家所虚构出来的文学作品等。文学史的这种“实”与“虚”的互为统一性，决定了文学史的写作不仅要在叙说的众多历史事件中，发现和阐释这些“事件”的意义，而且还要从已有的文学史料、作家的创作过程及其所出版的文学作品中发现并阐释出意义。从这个角度来说，文学史的写作过程就是对“意义”的重新认识与构建过程。而这种重新认识与构建的过程，其实就是文学史写作者对历史上已发生的事物及其这些事物之间的关系所做出的阐释过程：原本那些零打碎敲的文学事件、作家作品之所以最终能给人以启发的价值系统面目出现，依仗的就是文学史写作者对这些事物及其之间关系的一种阐释。假如缺少了这个阐释环节，便无法发现和揭示隐含在文学事件与文学作品中的那个或明或暗的意义链，因而文学史的写作也就失去了应有的价值。从这个层面来说，可以把“阐释”界定为文学史写作中的一个基本动力。

总之，面对同一时期的文学历史之所以会有多种不同的文学史著，其原因就在于文学史作者在撰写中所要处理的与文学史相关的问题有多种。而且，这些问题的处理受到文献资料、知识体系、叙事线索以及互文性等的制约。本章将从阐释结构、再叙述和认知阐释的三个层面，探讨文学史、文学史的本质和语境，以及文学历史能被不同时代的人不断叙述、再叙述的原因，并提出撰写文学史的主要动力就是在一定认知取向统摄下阐释这些问题的观点。

第一节　文学史：一种阐释性结构

这里所说的文学史结构，主要是指文学史文本内各构成因素之间的关系、各因素所呈现出的诸多不同的知识体系，以及其外在的构建形式。这些关系和知识体系不是天然存在的，主要是由文学史作者凭着一己之力构建起来的，体现了文学史作者对文学发展历史及相关社会关系的一种认知。

这样构建起来的文学史因其所面对的文学史实大都是客观的，所以常常被认为是客观地反映了文学发展的真实面貌。其实，这种客观归根结底是一种阐释性的客观。换句话说，任何一种文学史都并非天然就是这样的一种历史，而是文学史作者对文学发展历史和相关社会文本（如时代精神、社会思潮或政治事件）等不同系统的知识，所进行的一种再认识和再阐释的结果。

从现有的文学史写作情况看，文学史被一代又一代的学者不断地重新阐释，其基本原因无非有两个：一是进行微观调整，增减部分内容或修改一些原有的观点；二是宏观布局，推翻已有的框架结构，重新构建文学史的框架。前者所采用的方法，一般是在按年代时序编排而成的文学史框架内，增加一些新发现且考证过的文献史料或删减一些不重要或不实的文献史料，或对一些作家、作品以及文学事件等作一些订正性修改、补充或评价等。这种写法的例子有很多，如孙康宜等人合著的《剑桥中国文学史》、夏志清的《中国现代小说史》、程光炜等人合著的《中国现代文学史》等。后者所采用的方法则是另起炉灶，以期通过重新构架的方式来阐释或表达自己对文学史的认识。这种写法的例子也有许多，美国剑桥大学出版社出版的系列新编文学，其中王德威等学者合著的《新编现代中国文学史》等是非常典型的一例。除了上述的两种写法之外，还有一种“重新”书写的方法，即将文学史的关注点投放在作品上，有让文学史成为文学的历史的意思。这类的文学史也有一些，譬如勃兰兑斯的《十九世纪文学主流》、陈思和的《中国当代文学史教程》等。然而，文学史写作者不管是出于何种原因和采用何种的写法，其目的无非是想通过这样或那样的改变，来重新阐释自己对文学历史的认知，即达到所谓“温故而知新”的目的。从这个意义上来说，通过重新构建来进行**重新阐释，就是重写文学史的一个主要动力，同时也是一种方法。**

一般说来，阐释是归属于叙述的，即它是叙述的一种，其主要功能是用来陈述观点并说明事物变化的原因、事物之间的联系和事物发展的规律等。所以说，文学史的叙述是一种阐释性叙述。它的主要功能也是用来清源正本，说明文学史实、作家作品及其各类史实与作家作品之间的关系，并藉此揭示文学发展的规律。需要明确一点的是，文学史阐释的对象并不仅仅包括这些显性的文学事件、文学作品或文学语言等，它还包括那些隐含在文学事件、文学作品或文学语言背后的东西，其中包括对上述各项内容的一个总体认知或体悟。

基于以上认识，可以说文学史中需要重新阐释的内容有许许多多，但最需要重新阐释的有以下两大方面：文学事件和文学作品。这两大方面看上去是并列在一起的，其实阐释起来颇有差异。前者更多会牵涉到与社会相关的一些要素，如真相、权力、政治、文化、历史等；后者则主要牵涉到与文学审美、批评等相关的一些要素，如价值、合理、主题、风格、结构、叙述等。对文学事件的阐释，其目的无非集中在求证史实的真相，即力求对事件及与事件相关的人物做出实事求是的客观评价并寻求其中的意义；而对文学作品而言，阐释的目的则主要是对作品所叙说或描绘的那个文本世界及其相关人物、故事以及作品的价值取向等有一个深刻的认识，总结出作品中并没有直接说出来的东西，并能从中受到一些教益或让情感得到某种程度的宣泄或升华。

无论是对文学事件、文学作品还是对二者的总体认知体悟而言，合理、有效的阐释不是随意形成的，而是建立在某种阐释思想与某种阐释信息基础上的，即有了合理、有效的阐释思想和阐释信息，才会有合理、有效的阐释关系结构的存在。这一关系结构可以称之为**阐释结构**。这个阐释结构很重要，因为阐释结构的不同，其阐释的结果也会相异。譬如，我们在评价一个文学事件时，需要考虑的不仅有事件本身的构成因素，而且还要考虑如何构建和阐释这一文学事件所需的相关因素。文学事件的构成因素主要有主导和参与该事件的人物、事件本身、事件发生的起止时间和地点（或范围）以及该事件的前因后果等。对这一切所展开的阐释过程及对其的定性，会因它们之间结构关系的不同而相异。

对此问题的考察，先以西方的文学为例。从西方文学的发生与发展来看，所谓的文学事件，几乎从来都不是一件只与文学相关的单纯事件，而是与众多其他因素相关联的事件。西方的现代文学成就斐然，但它绝不是某个或某些作家一拍脑袋写一部或几部作品就造就出来的。西方现代文学之所以出现，必定有诸多催生其出现的因素，如时代的变迁、文学“前文本”的存在等。单纯从文学史的角度看，西方现代文学出现之前稍远一些的，有开启人类心智的启蒙文学；近一些的有张扬个性、挣脱理性束缚或反叛传统的浪漫主义文学，以及直面社会现实的批判现实主义文学等。而从时代变迁的角度来看，18世纪下半期开始的工业革命、19世纪30年代中期至1848年止的英国宪章运动、1789年7月14日后在法国爆发的三次大革命和1871年巴黎工人举行武装起义等社会运动，都从不同角度改变了西方社会的组织和思想结构，并推动了西方社会由传统向现代的演化。究竟是哪一种因素导致了西方现代文学的产生，其直接或间接的因果关系显然还需要从西方文学、西方社会和西方的科学技术等多个方面加以综合考虑。总之，所谓的文学现代性并不完全是从文学自身产生的，而是有着许多潜在且深刻的社会历史背景。

欧洲19世纪现代犹太文学的发生与发展是一个典型的例子。法国大革命的爆发对犹太人产生了巨大的影响：自公元前586年耶路撒冷圣殿被焚毁，犹太人沦为巴比伦之囚之后，19世纪中叶，生活在法国的犹太人第一次被授予了公民地位。这一事件直接或间接地影响了生活在其他欧洲地区的犹太人。继欧洲主流社会的启蒙运动之后，生活在西欧、中欧和东欧的犹太人，也感受到了社会的和经济生活领域里所发生的巨大变化。他们先后在19世纪下半叶开始了自己的思想启蒙运动：学习世俗文化，转移到城市中心居住等，走上了与主流社会相融合的道路。而在这之前，传统的犹太人抱残守缺，将自己封闭起来。他们除了《圣经》和《塔木德》两本犹太经书之外，既不学习世俗文化（如数学、物理等科学知识和绘画、雕塑等异族艺术），也排斥欧洲主流社会的一些具有进步意义的现代思想。他们的文学创作多局限于诠释传统犹太文化和宗教的思想观点。而自从接受到欧洲启蒙运动的影响后，他们便改变了过去那种独尊犹太宗教文化传统和犹太集体主义思想的传统，学习并仿效欧洲主流社会所倡导的个人主义和自由主义精神等，由此而肇始了现代犹太文学。

中国现代文学的诞生与发展，与其有着许多相似之处：先是晚清时期的社会动荡不安，即1840—1842年间的第一次鸦片战争、19世纪60年代至90年代洋务运动、1894年发生的甲午战争、

1898年的维新运动等，都极大改变了中国社会的经济结构、阶级结构、思维方式以及思想意识形态。这些巨变都给当时的文学创作带来了直接而深刻的影响。因此，钱理群等在谈及五四新文学革命时，首先提到了“晚清以来文学变革的态势与思想资源”“裘廷梁等呼吁提倡白话文”“维新运动”等，并认为“文学因时而变的信念和关注社会变革的使命感，其向传统文学观念与手法挑战的激进的精神，都为后起的文学革命所直接承袭”[①]。与此同时，他们还注意到清末民初域外小说翻译、西方现代思潮对中国的影响，及至1917年前后“终于出现了对中国的命运影响极大的新文化运动”等。[②]孙康宜等人撰写的《剑桥中国文学史》、夏志清的《中国现代小说史》等，在阐释这场发生于20世纪初期中国的“文学革命”时，也是把它的萌芽、发展与其之前的社会思潮、文化变革，甚至语言变革等联系在一起。

从文学史写作者们对这段耳熟能详的“文学革命”所展开的写作态势中可以看出，写作者们在阐释某一文学事件时，绝非仅仅围绕着这一个“事件”自身来展开写作，相反要扩及这件“事件”的周边诸种事件。这种“扩及”是非常必要的，它有助于打开文学史的叙述空间。譬如就中国现代文学的肇始而言，如果只考虑“文学革命”这一事件本身，而不去考虑那些被夏志清、钱理群、孙康宜等人所提到的与“文学革命”相关联的因素，就很容易忽视了“文学革命”发生与发展的复杂性，把这

① 钱理群、温儒敏、吴福辉:《中国现代文学三十年》，北京: 北京大学出版社，1998年，第3页。

② 同上书，第3—6页。

场原本由诸种因素促发而成的“革命”，简单归结到了胡适、陈独秀两人的身上，从而把一个有着历史必然性的文学革命运动，阐释成由某一两个人物的出现，而导致的一个偶发性的文学行为。

“就事论事”式或截取一段历史式的阐释方式，能捕捉到问题的一些表象，但并不能说明问题的全部。要想全面而具体地说明问题，必须要将如何阐释这一问题所需的其他相关史料互为关联。换句话说，对文学史的阐释既要依据一些具体的文学史实（如文学事件、作家、作品等），也要认识到这些具体文学史实之间的相互关联性和影响历史进程的那些隐含的因素。显然，文学史的写作并非一个把各种资料简单地摆置、拼贴到一起就万事大吉的工作，相反它要求文学史写作者面对浩瀚的文学史实，首先要为自己的文学史写作计划构筑出一个既能自圆其说又能上通下达的阐释结构。这个阐释结构的深度与广度，决定了这个文学史的深度与广度。

毫无疑问，构建这个文学史的阐释结构的同时，其实也就是在构筑文学史的阐释范畴。即是说，构建阐释结构的过程，就是对若干的阐释对象以及相关的史料进行辨析、分类的过程。当然，止步于此，还不能算是一个完整而独立的阐释结构。在此基础上，文学史写作者还必须要以某种价值为尺度，对这些辨析和分类的内容予以命名与评价。总之，文学史的这个阐释结构总体说来具有二重性：分类的功能和评价的功能。

需要指出的是，文学史的阐释结构是多种多样的，即使面对的是同一时期文学历史，其阐释结构也是不同的。这不难理解，不同的研究路径、不同的价值理念和不同的社会–美学追求，决定了有不同阐释结构的产生。这就对文学史写作者提出了更高的要求，即在对真实文献阐释之外，还要尽可能地使用一些新型的分析工具，以便适应对过去事件的阐释需要“回到过去”的现实需求。不要轻视了分析工具，它能在某种程度上改变旧有的阐释原则、标准和价值观，从而构建出一套新的阐释结构。

从某种程度上说，文学史的写作过程就是一个不断发现新的结构因子与新的阐释结构的过程。而且这个过程永远处于动态中，即一个新的结构因子和阐释结构又会为新的阐释、新的阐释构建的产生提供契机，并进而构成一种新的关系。新旧因子之间、新旧阐释结构之间的这种周而复始的互为勾连与更新，便聚合成一种继续叙说文学史的动力。

第二节　重写文学史：一种再叙述

从叙述自身的角度看，有关叙述动力的说法也是多种多样的。总体上说，西方学者主要是从文本内部切入到叙述本身的，主要讨论的是将叙述动力归结为一种持续展开、勾连各种叙述因子的结构，而不是将各种看似互不关联的事件罗列到一起所构成的系统。

不过，在西方学者那里，到底该如何看待事件与叙述的关系，却并没有达成共识：一些学者认为，事件与叙述密切关联，但在如何定位事件叙述动力之间的关系方面存有异议；另有一些学者是把情节视为叙述动力的，即认为情节统领故事中的事件安排，所以说情节将事件变成了叙事；还有一些学者把故事的结尾当作叙述动力，认为结尾在塑造叙述方面起到了主要作用——结尾书写开头，塑造中间，而在叙述中，一切都会被构建中在场的结尾所改变。①

这些看法都从某个特定角度揭示出了叙述动力。但遗憾的是，他们讨论的大都是叙述动力本身，而没有将主导这些“动力”的相关因素，特别是外部因素考虑进来。事实上，一切叙述动力都不是单纯由叙述自身所产生的，而是由叙述与其他诸多因素互动而形成的合力产生的。尤其是对我们所讨论的文学史叙述的阐释而言，这种“合力”在很多时候都会成为叙述的一种主要动力。这也是必然的。因为，从阐释的角度看，阐释所关注的并不只是文本内部叙述因子之间的关联与互动，而且还关注阐释与文本内部相关的诸多外部因素之间的相互关联与互动，并从阐释者的角度来阐释这些关联与互动所蕴含的意义。从叙述的角度来看，阐释实际上与翻译有些类似。翻译是把外文译成自己的语言，阐释则是用自己的话对某个事件、人物或观点等进行解释。② 译者要在理解原文的基础上，尽量“设身处地”地转达出原作的意蕴。阐释者也一样，即要在理解阐释对象的基础上，用叙述的方式将其中的含义表达出来或将其中所蕴含的意义发掘出来。不管是阐释还是翻译，都需要有理解和表达这两个具有一定**主观性**的环节。也就是说，在这两个环节的行进过程中，阐释者和译者实际上都是在把原文本中的一个作者变成两个（或更多）的作者，即由阐释者或译者出面来替代或充任原文的作者。阐释者或译者在处理同一个文本时，都要面对并转述文本内的相同

① Cf. David Herman, Manfred Jahn and Marie-Laure Ryan (eds.) *Routledge Encyclopedia of Narrative Theory*, London and New York: Routledge, 2005, p. 353.

② Ibid., p. 211.

话语及该话语所蕴含的意义，并进而构建一种忠实于原文的**再叙述**。

充任阐释者的文学史作者大致如此。文学史作者在解说文学事件、文学思想和评介文学作品时，也毫无疑问要经历“理解”和“表达”这样的两个环节，也要面对并转述文本内的相同话语及该话语所蕴含的意义，并藉此构建出一个尽可能还原文学事件真相和释说文学思想、文学作品应有之义的再叙述。

大致说来，该处所说的文学史的再叙述有两种情况：一种是采用“内部”单一功能的阐释方式；另一种是采用“内外兼顾”多功能的阐释方式。前者是指阐释者只关注阐释对象内部各部分之间的关联与互动，看它们之间如何互动并共同作用于阐释对象。这种方法的功能单一，即只强调对阐释对象释说的一致性。英美新批评对文学和文学史的叙述模式，大致采用了这个路数。后者则不仅关注阐释对象内部各部分与阐释对象之间的关系，而且还特别强调一些外部因素与阐释对象的关联与互动。这种方法的功能是多种的，即在关注阐释对象内部释说一致性的同时，还着重揭示作用于阐释对象背后的诸种因素及其外溢影响。多数的文学史写作采用的是这一种写作理路，即不仅要看某一文学事件、文学思想或文学作品内部各部分之间的互动与关联，而且更要看这一文学事件、文学思想或文学作品与外部相关因素及其在文学史链条上的关系与互动，在此基础上做出实事求是的判断，并进而形成对意义的重新认识和重新构造。

有关这样的叙述理念——内外勾连、互为作用的叙述理念，在很多的文学史写作中都有所显现。譬如，围绕着中国现代文学的发生，在程光炜等人编写的《中国现代文学史》的开篇提出，

"早在文学革命运动发生后不久的20世纪20年代初，这一时段的文学便以不同的形象进入了历史叙述"①。他们的这一判断所依据的是胡适在《五十年来中国之文学》一文里所说的"'这五十年（1872—1922）是中国古代文学的结束时期'，也是白话文学获得最后胜利的时期"②这段话。假如程光炜等人在论述这个问题上到此为止，就可以断定其采用的是"内部"单一功能的阐释方式，即是依据胡适文章所言而做出的一种判断。然而，程光炜等人并未停留于此。他们在辨析了梁启超的《五十年中国进化概论》之后又指出："如果说对新文学的结构分析可以得出这样的结论，即1917年开始的文学革命标志着中国古典文学的终结，那么，发生学的分析将显示：这一终结的起点和过程都展开在近代中国的历史实践之中。"③这段话表明，在程光炜等人看来，中国现代文学的发生并非空穴来风，而是有其深刻的社会基础和漫长的准备过程。不过，在谈论新文学时，他们并不认可简单地堆积文学史料，也不主张对"众多非确定性的事实做出历史因果的解释和判断"④。对他们而言，中国现代文学的"发生"这个概念，"既不是指起源或通常意义上的历史联系，也不在于为新文学的出现寻求一个事件性的界标"⑤。说白了，他们重视的不是文学史的纵向追溯与勘测，而是把重心集中在新文学发生时期各种因素之间的有机关联与互动，以及由此而生成的某种社会

① 程光炜等：《中国现代文学史》，北京：北京大学出版社，2011 年，第 19 页。

② 同上。

③ 程光炜等：《中国现代文学史》，北京：北京大学出版社，2011 年，第 21 页。

④ 同上。

⑤ 同上。

性机制的范畴。为此，他们从“近代知识界的形成”“白话的兴起”“近代诗文界的革命”等角度，来说明新文学发生的各种社会因素及其对新文学的影响。

相比较于程光炜等人对新文学的再叙述，孙康宜和宇文所安主编的《剑桥中国文学史》，对中国文学史的再叙述则显得有些“另类”[①]。在这部文学史中，“新文学”是被放在“1841—1937年的中国文学”这一框架下进行讨论的。至少从体例上看，这种写法与国内外其他学者（如钱理群等主编的《中国现代文学三十年》和夏志清独撰的《中国现代小说史》以及前面提到的冯光炜等人合著的《中国现代文学史》等）所编写的有关这一时期的文学史，有着较大的区别。

《剑桥中国文学史》中有关中国现代文学这一部分，是由王德威主笔撰写的。他所采用的这种再叙述框架结构，其实是有其特定想法的，即不能把所谓的“新文学”单独拎出来进行讨论，而是要把“新文学”放到一个特定的历史阶段中去考察其发生的过程，抑或说把其作为中国文学现代化过程中的一个现象进行讨论。正如他在文本中追问：“中国文学何以成为‘现代’？”他对此的回答是：“回答这个问题的方式之一，是强调这一疑问产生的历史情境。追随着政治学家和（文学）史学家所勾勒的故事脉络，中国文学走向现代的过程可被描述成由一系列进步因素构

① 譬如，孙康宜等人主编的这本文学史的章节命名是混搭的：有些章节（下卷第三章“清初文学”）是按时代（朝代）来命名的；另有些（如下卷第五章“说唱文学”）则是以文类来命名的；还有些则以问题来命名（如下卷第四章“文人的时代及其终结”）。

建，及表现这一系列进步因素的过程。”[1]虽然他用的是“回答这个问题的方式之一”的句式，但其实这正是他回应“新文学”产生的一种方式。从某种意义上说，王德威对这段文学史的再叙述，显然是具有一种与历史对话的性质。这种对话是沿着两个层面展开的，一方面是与中国现代文学史所发生的“事件”进行对话；另一方面也是与其他的文学史作者及其已有的文学史著述进行对话。以这两种对话为根基，展开自己对这段文学史的再叙述。

有关这一点也可以从其篇章结构中解读出来：他在对这一时期文学正式展开论述之前，先来了一个宏观“历史情景”的扫描，既提到了“文学写作与阅读的新论争”“文学的改革与重建”等问题，又提到了严复、梁启超对旧小说“试图变其毒性为灵药”“与文学改革者们设立的新政治、伦理、经济甚至是人种之间的界限”的剖析，还提到了“谴责小说”“骈文写作”“桐城派”等派别。[2]其次，他在对这一时期文学的论述中，还提到了“五四运动”与“文学革命”之间的关系，甚至还认为“在五四时期和其后数十年中，文学创作终于转变成为一项政治行为，成为一门鲜血和墨汁同等重要的职业”[3]。也就是说，他所关注的不只是这一时期的文学，而且还思考这一时期文学与社会或时代之间的关系。

---

① 孙康宜、宇文所安主编：《剑桥中国文学史》（下卷），刘倩等译，北京：生活·读书·新知三联书店，2013 年，第 463 页。

② 同上书，第 462—509 页。

③ 同上书，第 518 页。

这种明显偏重历史情景的叙述方式，似乎表明他对其他文学史研究者所推崇的“新文学”这一术语，并不是特别感兴趣。而这种不感兴趣的本身恰恰表达出他对这一时期的文学有着另一种维度的认知，即他更在乎的并不是包括语言在内的文学形式之“新”，而那些由文字和文字改革所引发出的时代精神之“新”，才是他所关注的重点。明白了王德威的这一价值设定，也就明白了为何在对这一时期文学发展情况的再叙述时，这部文学史会强调五四运动的重要性，认为其是“标志着中国现代性的开端”[①]的原因。

王德威在自己主编的《新编现代中国文学史》（*A New Literary History of Modern China*, 2017）中，仍然沿用他在《剑桥中国文学史》中的写作路数。不同之处是，他将现代中国文学的肇始时间大大地提前了，认为中国现代文学的肇始时间点有多个，如17世纪的杨廷筠（Yang Tingyun, 1562—1627）撰写的宗教小册子（《代疑编》《代疑续编》《圣水纪言》《天释明辨》）就是其中之一。[②] 在杨廷筠前后的还有李贽（1527—1602）、袁宏道（1568—1610）、凌濛初（1580—1644）等。[③] 这部文学史对中国现代文学肇始时间所做出的改变和重新的叙说，似乎不仅

① 孙康宜、宇文所安主编：《剑桥中国文学史》（下卷），刘倩等译，北京：生活·读书·新知三联书店，2013 年，第 517 页。

② 严格来说，有关中国现代文学肇始时间这一章并不是王德威撰写的，而是由中国台湾学者李奭学（Sher-Shiueh Li）撰写。不过，这部文学史是王德威主编的，整部文学史的写作思路和构架应该与王德威密切关联。这里将整部文学史归于王德威更多的是为论述方便而已。

③ David Der-Wei Wang (ed.), *A New Literary History of Modern China*, Cambridge and London: The Belknap of Harvard University Press, 2017, pp. 29-30.

表明王德威并不满意于自己在《剑桥中国文学史》中所界定的中国现代文学的时间框架，而且还道出了王德威及这一章节具体作者李奭学（Sher-Shiueh Li），对中国现代文学的另一种理解以及重新对之进行阐释的努力。或者说有关“肇始时间”的问题，成为他们新编和重新叙说中国现代文学史的一种动力。

这部文学史中的第二个特点是，对“新”的追逐与排斥。具体说，在这部文学史中，有着对“新”的普遍运用，如“新感觉派”（Neo-Sensationism）、“新小说”（New Fiction, New Novel）、“新人道主义”（New Humanism）、“新文本派”（New Text School）等。显然，作者喜欢把这段文学历史中的流派、思潮与“新”互为连接，但奇怪的是，作者却没有将最应该与“新”联系到一起的，也是被国内学者所普遍使用的术语——“新文学”，作为关键词列入索引之中。

综合以上情况，说明王德威和他的合作者并不想与目前已拥有的现代文学史写本相衔接，相反他们力争从已有的概念和范畴中逾越出来，不仅重新界定了中国现代文学的时间边界，且还重新叙说了这一时期文学的内涵。从认知诗学的角度看来，这种重新界定和重新叙说并“不是一件微不足道的小事”，而是“一件带有革命性质的大事——分类本身就是对事物的一种再认知”。[①] 这种再认识、再叙说的本身，就是推动文学史发展的一个动力。

---

① Cf. Peter Stockwell, *Cognitive Poetics*, London and New York: Routledge, 2002, p. 27.

第三节　本质与语境：文学史的认知阐释

文学史的存在和发展需要一种动力，阐释本身就是文学史的一种根本性叙述动力。有关这一命题还可以从认知的角度加以印证。

文学史的认知阐释可以从两个不同的角度来予以观察：一个是从文学史作者的角度；另一个是从文学史读者的角度。这两个角度都非常重要，它们决定了认知阐释的方向和范畴。对文学史作者而言，在认识和构建某段文学的历史时，首先要对自己所要遴选和使用的各种文学史料、相关作家及其作品等有一个认知的过程，并在写作中逐渐完成这一认知的过程；对文学史的读者而言，也同样面临着一个认知的问题，即在接触到一种文学史文本时，需要对文本自身进行一种认知，并在参照、阅读文学史各种史料和文学作品等中完成这一认知。但是，不论是从文学史作者还是从文学史读者的角度来看，对其认知的完成都需要建立在对两个问题的解答之上：第一，文学史文本要向人们叙说些什么？第二，文学史的本质又是什么？或者说到底是什么样的原因使得文学史具有了这般本质？因本章探讨的范围主要是设定在文学史作者这里，即关注的是文学史作者对叙述动力的阐释与认知，所以对上述两个问题的回答，主要还是从文学史作者的角度行进，而读者的角度则为辅。

第一个问题可以从文学史写作实际所肩负的任务来回答。所谓文学史写作看似纷杂、庞大，似乎无所不包，其实也并非如此，而是有其一个特定的阐释范围，即它的主要任务是对既有的文学事件和文学作品及其相关的创作过程予以叙说，并通过这样的叙说来厘清文学发展的规律，厘清文学对人类社会的理解与对人生价值、人类情感等方面的诸种认识与界定。当然，理论上的概观是如此，而文学史作者一旦进入具体的文本阐释中，就会面临着无穷的麻烦。所以文学史作者为了避免头绪太多的繁杂，一般会依托于文学事件和文学作品这两大要素来展开阐释，即通过这二者来发现和阐释意义。

文学事件是文学史写作中最绕不过去的一个点。它的发生与存在集中地反映了作家与社会之间、作家与作家之间的一种互动关系，进而从某一层面勾勒出文学史的面貌。然而，这两种关系都处于一种过去式的状态中，所以在以当下人的姿态来认知这两对关系时，要尽可能地揭开自然或人为"层垒"史料的面纱，而深入到历史的本来面目中去。这个环节是必不可少的，因为不是所有时代的文学史写作都能够完整地揭示出事件的真相，或是因为缺乏文史资料（或是根据二手资料）而不能道出真相；或是因为如《俄国形式主义历史与学说》一书的作者V. 厄利希所说的那样，"由于政治审查制度使得[19世纪俄国]公开批评现行体制变得几乎不可能"[①]。不管是哪一种情况，都会妨碍文学事件的真实性。

与文学事件的非真相性相比，文学作品也存在着一个隐喻性的问题。文学作品之所以被称之为文学作品，就是因为它不是历史记录或社会调查报告，而是因为它有着独特的表达方式：作家们多半会采用"迂回"或"含混"的方法来表达其思想情感，以

① V. 厄利希：《俄国形式主义历史与学说》，张冰译，北京：商务印书馆，2017年，第18页。

此来增强或削弱文学作品与社会之间的关联。而且这种“迂回”与“含混”是一种普遍现象，哪怕是作家直接将自己的生平与创作关联起来，他们在创作中往往也不会将自己对社会和情感的认知直截了当地书写出来，而是会采用某种“机智”且不露锋芒地融入其作品中去的策略。作家们的这样一种转换与替代，就给文学史作者对这些作品的理解与阐释带来了诸多困惑，出现了一千个读者有一千个哈姆雷特的问题。这样一来，文学史作者对作品的每一次阅读都会变成一种新的挑战，对作品的阐释也会因此而出现前后差异和见仁见智的一些问题。不过，对文学史写作而言，这些见仁见智，即基于先前、但并不止于先前的阐释是有意义的，因为正是这些观点各异的阐释，赋予了文学作品的不同价值和意义。从某种程度上说，正是这种不同的阐释构成和丰富了文学史的叙述动力。

还有一种情况是，文学史作家提到某部文学作品时，常常会单纯地对一部文学作品进行阐释。这样做远不如对同时代的或同类型的多部文学作品，或与其他民族同时代或同类型的多部文学作品放在一起进行比较性阐释，更具充分性和有效性。没有比较，就不能够更有效地在比较中建构起一些原本作品所未曾有的关系。而一旦进入到同种类型的关系框架中，这部作品就有了与其他作品相互勾连、相互阐发的可能性，从而使其自身也具有了增值的意义。因此说，比较也是一种阐释的方法，它既能扩大阐释的对象，也能使阐释诉求趋向于多元化。由比较所带来的这种新的阐释方法和阐释疆域的扩大，也是文学史叙述的一种动力。

对上面第二个问题的回答，是在回答第一个问题的基础上概括而成的，即文学史的本质可以简略地概括为：通过对某一历史时空中的文学发展历史的叙说，来发现人类情感与社会现实之间的隐秘关联，并揭示由这种关联所衍化出来的文学思想和文学发生与发展规律给人们所带来的思想启蒙与社会改良等。正是在这种意义上，一代又一代的文学史作者通过自己的叙述或再叙述，把发生于历史上的不同文学事件、各式各样的作家作品，以某种形式统一、规整起来，以此方式让读者体悟到人类精神与情感，以及这些精神与情感所赖以存在的现实物质世界。总之，经过文学史作者这样的一个带有价值取向的再叙述，一些原本零打碎敲、互相之间并无联系的文学现象、孤立的作家作品有了一种呼应与共鸣的磁场。与此相一致，文学的历史就成了“一个持续的链条，不断地在进行阐释和重新安排”①的过程。

除了带有假定性因素之外，对文学史的本质做出上述界定，其实也有其自身的必然性。因为，从文学史的读者来看，要真正理解、读懂和评价一部文学史，必须要从两个方面出发：第一，以文学史作者为根本，阐释其写作的动机、相关文学作品和文学史料的运用情况，以及对文学作品和文学史料的分析与判断情况等；第二从语境入手，将文学史文本放到与文学事件、作家作品等多种语境中进行考察，以便更好、更全面地揭示出文学事件、文学创作与人类社会发展之间的关系。由于语境问题与对文学史文本的理解有着密切的关系，所以还需要继续多赘言几句。

① Friedrick Nietzsche, *On the Genealogy of Morals*. Ed. Keith Ansell-Pearson, Trans. Carol Diethe, Cambridge, UK and New York: Cambridge University Press, 1994, p. 210.

该处所说的语境，可分为狭义和广义两种类型。从文学史叙事的角度看，狭义的语境主要是指文学史文本内结构、事件、作家及其作品等各叙事因素之间的关联与互构；广义的语境则不仅是指文学事件或文学作品与现实社会之间的互为语境，还指此一文学史与彼一文学史或与其他众多文学史的互为语境。这两大类语境既可以分开阐释，也可以放在一起互为阐释，即在具体的文学史中它们可以相互关联与互构，构成一种可以共同扩张和共同演绎的语境空间。从这个角度来看文学史本质的话，因为无论是狭义语境还是广义的语境，都具有在原来的基础上可以扩大、增容乃至于构建出新的阐释对象的功能，所以语境也算是文学史的一个叙述动力。

当然，在理论上可以把语境与文学史作者分开来谈，但是在具体的实践中，文学史作者与语境其实是无法截然分开的：首先，文学史作者如何构建文学史的框架、如何评判文学事件、如何看待作家并分析其文学作品，并非一件随心所欲的事情，而是要受到一定外在条件的影响或限制的；其次，文学史作者撰写文学史时离不开其所生存的社会环境，时代精神的影响，即其写作计划和写作所遵循的原则都在一定程度上受到其生存环境和生存方式的牵制。从这个意义上讲，文学史的写作在很大程度上客观地反映了时代精神、社会思潮和符合时代精神的阐释原则。这种反映可以称为一种存在性反映——是作为一种社会存在的文学史作者遵循当下社会写作规则，并在理解了文学史与社会关系的基础上对自己的写作姿态和文学史料所进行的调节。

为何要说是存在性反映？因为几乎任何一位文学史作者在社会环境面前都会程度不同地调整自己的姿态，只不过这种调整有的是主动，有的则是被动的。有关这一问题有大量的事例可以印证。譬如，自19世纪下半叶起直至20世纪90年代苏联解体之前，俄国/苏联文学批评家和文学史写作都在很大程度上受到了当时社会现实的影响，把政治和社会考量放在首位。在这种社会风潮的影响下，俄国/苏联文学史家们便“以社会公诉人严厉而又充满不信任的眼睛，紧盯着从事创作的作家”，并且“首先根据社会和政治信息来评价艺术作品”[①]，为此他们不惜舍弃对文学作品本身的美学分析。苏联时期的文学史写作即是如此。苏联学者阿尼克斯特撰写的《英国文学史纲》就是其中一部具有代表性的文学史。这部文学史就是以所谓人民的立场和以阶级斗争为纲，分析和批判了自中世纪以来至20世纪上半叶的英国文学，缺乏斗争性的品质，从而将文学史写作变成了一种与社会政治思想直接相关的一种媒介。

中国的王瑶与前文中所提到的王德威，则是另外两个与语境密切相关的典型例子。扼要地说，王瑶与当时社会的主流社会关系是一种遵从的关系，即他在撰写《中国新文学史稿》时，几乎是完全接受并采用了当时的话语体系和思维方式。在这样的一种关系牵制之下，王瑶的这部文学史就直接或间接地反映了他所处的那个写作环境；美国哈佛大学的王德威接受哈佛大学出版社的邀请，主编《新编现代中国文学史》（2017）时，也存在一种主题先行的问题，即他由于“受思潮或时尚的裹挟[……]将文学史写作变成践行后现代理论的一种尝试”[②]。如果说王瑶的文学史

① V. 厄利希：《俄国形式主义历史与学说》，张冰译，北京：商务印书馆，2017年，第14、13页。

② 乔国强：《论文学史的故事性》，见《南京社会科学》，2021年第1期，第119页。

写作是受到社会政治语境的影响，那么王德威的文学史写作则受到了后现代文化语境的影响。当然比较而言，也有一些受政治、社会和时代语境影响较少的例子。譬如，孙康宜和宇文所安主编的《剑桥中国文学史》（2013）就受时下思潮或时尚的影响相对小一些。他们对中国文学史的理解和阐释基于前人，但又不囿于前人，基于当下但却又跳出了当下的生存环境，从某种程度上找出了中国文学发展变化的轨迹，并解释清楚了这一轨迹所产生的原因和趋向的根据，体现出了作者们试图把文学史的发展尽可能地从社会政治语境中摆脱出来，把其尽可能地置于一种美学语境中的努力。

显然，文学史写作看似是一项个人或集体对某段文学历史进行筛选与编排，体现或张扬的似乎是个人或群体的认知和美学思想。其实事实并非这样简单，一部文学史的诞生，包括对其的理解与阐释，都有着种种时代或社会的局限性。文学史写作看似是可供人自由挥洒的一个空间，其实这个空间里有着各式各样，看得见与看不见的禁锢。从某种意义上说，文学史作者叙述文学史的过程，就是社会语境与美学语境互为冲突又互为统一的过程。在这个过程中，阐释，即对社会、时代、文本、作家以及种种意识形态和美学规则的阐释，便成为叙说这一个又一个相互关联、相互构建关系的最初动力，从而也成为文学史可以不断地叙说的基础。

综上所述，当把文学史理解并设定在叙述或叙说的价值维度时，真实性问题则是一个需要进一步探讨的新话题。从叙述的角度来看，真实的文学史——与历史完全合辙一致的文学史，是不复存在的。诚如前文所说，一段文学的历史时空也就是与各式各样社会要素、美学观点深度融汇交织的时空；过去只能通过史料和记忆来追溯，而无法原封不动地拼贴复原出来。从这个角度上讲，任何一种文学史的建构，归根结底都是一种对所有史料进行阐释的建构，即是“我”或者“我们”基于某种美学认识或价值立场所作出的一种阐释。正是基于对文学史本质的这样一种理解，本章认为阐释和重新叙述，不但是重写文学史的一个主要动力，同时也是重写文学史的一种有效方法。

主要参考文献

阿尔泰莫诺夫、萨马林等：《十七世纪外国文学史》，田培明等译，上海：上海译文出版社，1981年。

安伯托·艾柯：《开放的作品》，刘儒庭译，北京：新星出版社，2009年。

贝尔纳·瓦莱特：《小说——文学分析的现代方法与技巧》，陈艳译，天津：天津人民出版社，2003年。

贝内德托·克罗齐：《历史学的理论和历史》，田时纲译，北京：中国人民大学出版社，2012年。

丙申（沈雁冰）：《"五四"运动的检讨》，《中国新文学大系1927—1937》文学理论集一，上海：上海文艺出版社，1987年。

陈平原：《中国小说叙事模式的转变》，北京：北京大学出版社，2010年。

陈平原、夏晓虹编：《二十世纪中国小说理论资料》（第1卷），北京：北京大学出版社，1989年。

陈思和主编：《中国当代文学史教程》，上海：复旦大学出版社，1999年。

陈思和：《新文学史研究中的整体观》，见《复旦学报》1985年第3期；冯光廉、刘增人：《中国新文学发展史》，北京：人民文学出版社，1991年。

《辞源》（合订本），北京：商务印书馆，1988年。

程锡麟等：《叙事理论的空间转向》，傅修延主编：《叙事丛刊》第一辑，北京：中国社会科学出版社，2008年。

《COBUILD英汉双解词典》，上海：上海译文出版社，2002年。

丁易：《中国现代文学史略》，北京：作家出版社，1955年。

董乃斌：《文学史学原理研究》，石家庄：河北人民出版社，2008年。

高概：《话语符号学》，王东亮编译，北京：北京大学出版社，1997年。

F. R. 安克斯密特：《历史表现》，周建漳译，北京：北京大学出版社，2011年。

顾彬：《二十世纪中国文学史》，范劲等译，上海：华东师范大学出版社，2008年。

汉斯·凯尔纳：《语言和历史描写》，韩震、吴玉军译，郑州：大象出版社，北京：北京出版社，2010年。

何兆武：《历史与历史学》，武汉：湖北人民出版社，2007年。

何兆武主编：《历史理论与史学理论》，北京：商务印书馆，1999年。

洪子诚：《中国当代文学史》（修订版）“前言”，北京：北京大学出版社，2010年。

洪子诚：《中国当代文学史·史料选：1945—1999》，武汉：长江文艺出版社，2002年。

洪子诚：《问题与方法：中国当代文学史研究讲稿》，北京：生活·读书·新知三联书店，2015年。

胡适：《中国新文学大系·建设理论集》导言，《胡适说文学变迁》，上海：上海古籍出版社，1999年。

胡适：《五十年来中国之文学》，见《文学变迁》，上海：上海古籍出版社，1999年，79—157页。

胡适：《建设的文学革命论》，见姜毅华主编《胡适学术文集》，北京：中华书局，1998年。

黄子平、陈平原、钱理群：《论“二十世纪中国文学”》，见《文学评论》1985年第5期，第3—14页。

加斯东·巴什拉：《空间的诗学》，张逸婧译，上海：上海译文出版社，2009年。

姜玉琴：《1917—1920的新文学肇始于分流》，广州：花城出版社，2009年。

杰拉德·普林斯：《叙述学词典》，乔国强、李孝弟译，上海：上海译文出版社，2011年。

李旭初、王常新、江少川：《台湾文学教程》，武汉：长江文艺出版社，1996年。

鲁迅：《中国小说史略》，见《鲁迅全集》第九卷，北京：人民文学出版社，1998年。

鲁迅：《摩罗诗力说》，《坟》，北京：人民文学出版社，1980年。

鲁迅：《秋夜》，见《鲁迅全集》（第二卷），北京：人民文学出版社，1981年。

罗兰·巴尔特：《历史的话语》，李幼蒸译，见汤因比等：《历史的话语》，张文杰编，北京：中国人民大学出版社，2012年。

马竹清：《婚姻道德和情爱人性的悲歌——浅谈〈雷雨〉〈大雷

雨〉》，见《戏剧之家》2014年14期，第49页。

勒内·韦勒克、奥斯汀·沃伦：《文学理论》，刘象愚等译，南京：江苏教育出版社，2005年。

雷蒙·威廉斯：《关键词》，刘建基译，北京：生活·读书·新知三联书店，2005年。

梁启超：《论小说与群治关系》，《新小说》第1号（1902年）；另见舒芜等编：《近代文论选》(上)，北京：人民文学出版社，1959年。

陆剑杰：《莱布尼茨"可能世界"学说的哲学解析》，见《社会科学战线》1997年第4期，第51—59页。

鲁迅：《〈草鞋脚〉（英译中国短篇小说集）小引》，《鲁迅全集》（第6卷），北京：人民文学出版社，1973年。

罗兰·巴尔特：《写作的零度·译者前言》，李幼蒸译，北京：中国人民大学出版社，2008年。

玛利安·高利克：《中国现代文学批评发生史》，陈圣杰等译，北京：社会科学文献出版社，1997年。

梅维恒主编：《哥伦比亚中国文学史》，马小悟等译，北京：新星出版社，2016年。

瑙曼等：《作品、文学史与读者》，范达灿编，北京：文化艺术出版社，1997年。

浦安迪：《中国叙事学》，北京：北京大学出版社，1996年。

钱理群、温儒敏、吴福辉：《中国现代文学三十年》（修订本），北京：北京大学出版社，1998年。

乔国强：《美国黑人作家与犹太作家的生死对话——析伯纳德·马拉默德的〈房客〉》，载《外国文学评论》2004年第1期，第23—30页。

乔国强：《美国格特鲁特·斯坦因先锋戏剧研究》，见《上海师范大学学报》2018年第3期，第5—12页。

乔国强：《论文学史的故事性》，见《南京社会科学》2021年第1期，第117—126页。

钱穆：《中国通史》，叶龙记录整理，成都：天地出版社，2018年。

荃麟：《门外诗谈》，《诗刊》1958年第4期，第3—12页。

散木：《其荣也至极 其辱也难堪——刘大杰与〈中国文学发展史〉》，《中华读书报·文化周刊》，2009年3月4日。

申丹、韩加明、王莉亚：《英美小说叙事理论研究》，北京：北京大学出版社，2005年。

盛宁：《人文困惑与反思——西方后现代主义思潮批判》，北京：生活·读书·新知三联书店，1997年。

斯拉沃热·齐泽克：《事件》，王师译，上海：上海文艺出版社，2016年。

司马长风：《新文学的分期问题》，《新文学丛谈》，香港：昭明出版社有限公司，1975年。

斯特凡·约尔丹：《历史科学基本概念辞典》，孟钟捷译，北京：北京大学出版社，2012年。

孙康宜、宇文所安主编：《剑桥中国文学史》，刘倩等译，北京：生活、读书、新知三联书店，2013年。

田仲济、孙昌熙主编：《中国现代小说史》，济南：山东人民出版社，1984年。

T. S. 艾略特：《艾略特文学论文集》，李赋宁译注，南昌：百花洲文艺出版社，1994年。

V. 厄利希：《俄国形式主义历史与学说》，张冰译，北京：商务印书馆，2017年。

王瑶：《王瑶全集》第8卷，石家庄：河北教育出版社，2000年。

王瑶：《中国新文学史稿·自序》，北京：开明书店，1951年。

王瑶：《中国新文学史稿·编辑例言》，上海：上海文艺出版社，1982年。

王瑶：《中国新文学史稿》（上），上海：新文艺出版社，1953年。

王瑶：《王瑶全集》（第3卷），石家庄：河北教育出版社，2000年。

王瑶：《中国新文学史稿·重版代序》（上），上海文艺出版社，1982年。

威廉·K. 维姆萨特、门罗·C. 比尔兹利：《感发误置》，见史亮编：《二十世纪西方文学批评丛书：新批评》，成都：四川文艺出版社，1989年。

温儒敏：《王瑶的〈中国新文学史稿〉与现代文学学科的建立》，《文学评论》2003年第1期。

夏中义、刘锋杰：《从王瑶到王元化·代序》，桂林：广西师范大学出版社，2005年。

夏志清：《中国现代小说史》，刘绍铭译，桂林：广西师范大学出版社，2014年。

徐斯年：《黄摩西的〈中国文学史〉》，《鲁迅研究月刊》2005年第12期，第23—32页。

许志英、邹恬：《中国现代文学主潮》，福州：福建教育出版社，2001年。

亚里士多德：《诗学》，见伍蠡甫：《西方文论选》，上海：上海译文出版社，1979年。

朱栋霖、丁帆：《中国现代文学史1917—1997》，北京：高等教育出版社，1999年。

严复：《本馆附印说部缘起》，《国闻报》（1897年10月16日至11月18日）。

杨匡汉、刘富春编：《中国现代诗论》，广州：花城出版社，1985年。

杨庆祥：《“重写”的限度：“重写文学史”的想象和实践》，北京：北京大学出版社，2011年。

杨周翰、吴达元、赵萝蕤：《欧洲文学史》（上卷），北京：人民文学出版社，1980年。

杨义：《中国现代小说史》，北京：人民文学出版社，2005年。

杨晓迪：《悲剧框架中的〈大雷雨〉与〈雷雨〉》，见《洛阳师范学院学报》（哲学社会科学版）2012年第1期，第68—71页。

杨周翰、吴达元、赵萝蕤主编：《欧洲文学史》，北京：人民文学出版社，1979年。

叶开：《一部富于批判精神的文学史》，《中华读书报》，2008年10月15日。

叶子铭：《中国现代小说史》，南京：南京大学出版社，1991年版。

袁寰：《〈雷雨〉与〈大雷雨〉轮状戏剧结构比较》，见《求索》1985年第6期，第109—112页。

约翰·克娄·兰色姆：《新批评》，王腊宝、张哲译，南京：江苏教育出版社，2006年。

张闳：《第一千〇一部中国现代文学史》，见《中华读书报》，2008年10月15日。

章培恒、骆玉明：《中国文学史》“前言”，上海：复旦大学出版社，1996年。

赵毅衡：《“新批评”文集》，北京：中国社会科学出版社，1988年。

赵毅衡：《新批评——一种独特的形式文论》，北京：中国社会科学出版社，1986年。

郑振铎：《新文坛的昨日今日与明日》，《郑振铎选集》（下册），福州：福建人民出版社，1984年。

郑振铎：《中国俗文学史》，北京：中国文联出版社，2009年。

郑振铎：《插图本中国文学史》，上海：上海世纪出版社，2005年。

《中国佛教》，北京：中国社会科学出版社，2004年。

周策纵：《“五四”运动史》，长沙：岳麓书社，1999年。

周扬：《新文学运动史讲义提纲》，《文学评论》1986年第1期。

周葱秀：《试评中国现代小说史》，《文史哲》1987年第5期。

朱乔森编：《朱自清全集》（第8卷），南京：江苏教育出版社，1996年。

Aldridge, A. Owen. *Early American Literature, A Comparatist Approach*, Princeton: Princeton University Press, 1982.

Altman, Rick. *The American Film Musical*, Bloomington: Indiana University Press, 1987.

Ankersmit, F. R. “Historical Representation,” in *History and Theory*, Vol. 27, No. 3, (Oct., 1998), pp. 205-228.

Bishop, Morris. “Literature and Literary History,” in *The French*

Review, Vol.24, No. 5 (Apr., 1951), pp. 415-420.

Bremond, Claude. "Morphology of the French Folklore," *Semiotics* 2, 1970, pp. 274-76.

Booth, Alison. "The Changing Faces of Mount Rushmore: Collective Portraiture and Participatory National Heritage," in James Phelan and Peter J. Rabinowitz, *A Companion to Narrative Theory*, Oxford: Blackwell, 2005, pp. 337-339.

Brooks, Peter. *Reading for the Plot: Design and Intention in Narrative*, Cambridge, Mass.: Harvard University Press, 1992.

Buchenau, Barbara and Annette Paatz (eds.), *Do the Americas Have a Common Literary History?* Frankfurt am Main: Peter Lang, 2002.

Budick, Emily Miller. *Blacks and Jew in Literary Conversation*, Cambridge University Press, 1998.

Cadden, Michael. "Rewriting Literary History," in *American Quarterly*, Vol. 41, No. 1 (Mar., 1989), pp. 133-137.

Cameron, J. M. "Problems of Literary History," in *New Literary History*, Vol. 1, No. 1, New and Old History (Oct., 1969), pp. 7-20.

Chatman, Seymour. *Story and Discourse: Narrative Structure in Fiction and Film*, Ithaca and London: Cornell University Press, 1983.

Chmiel, Mark. *Elie Wiesel and the Politics of Moral Leadership*, Philadelphia: Temple University Press, 2001.

Cohen, Ralph. "Genre Theory, Literary History, and Historical Change," in David Perkins (ed.), *Theoretical Issues in Literary History*, Cambridge and London: Harvard University Press, 1991, pp. 85-113.

Craig, Hardin. *Literary Study and the Scholarly Profession*, Seattle,

Wash., 1944.

Croce, Benedetto. Introduction to Francesco de Sanctis, *History of Italian Literature*, trans. Joan Redfern, New York: Harcourt, Brace, 1931.

De Man, Paul. *Blindness and Insight: Essays in the Rhetoric of Contemporary Criticism*, 2nd edition, rev. Minneapolis: University of Minnesota Press, 1983.

De Man, Paul. *The Resistance to Theory*, Minneapolis: University of Minnesota Press, 1986.

Divers, John. *Possible Worlds*, London and New York: Routledge, 2002.

Doležel, Lubomír. "Possible Worlds of Fiction and History," in *New Literary History*, Vol. 29, No. 4. Critics without School? (Autumn 1998), pp. 785-809.

Elliott, Emory et al., *Columbia Literary History of the United States*, New York: Columbia University Press, 1988.

Ferguson, Frances. "Planetary Literary History: The Place of the Text," in *New Literary History*, Vol. 39, No. 3, Literary History in the Global Age (Summer, 2008), pp. 657-684.

Fogle, Richard Harter. "Literary History Romanticized," in *New Literary History*, Vol. 1, No. 2. A Symposium on Periods (Winter, 1970), pp. 237-247.

Frow, John. "Postmodernism and Literary History," in David Perkins (ed.), *Theoretical Issues in Literary History*, Cambridge and London: Harvard University Press, 1991, pp. 131-142.

Finkelstein, Norman. *The Holocaust Industry: Reflections on the Exploitation of Jewish Suffering*, New York: Verso, 2000.

Frye, Northrop. *The Anatomy of Criticism: Four Essays*, Princeton: Princeton University Press, 1957.

Harris, Wendell V. "What Is Literary 'History'?" in *College English*, Vol. 56, No. 4 (Apr., 1994), pp. 434-451.

Hawkes, Terence. *Structuralism and Semiotics*. London: Methuen, 1977.

Helmreich, Alan and Paul Marcus. "Time Line of Black-Jewish Relations," in Alan Helmreich and Marcus, Paul (eds.). *Blacks and Jews on the Couch*, Westport: Praeger Publisher, 1998, pp. 15-28.

Herman, David. et al., *Routledge Encyclopedia of Narrative Theory*, London and New York: Routledge, 2005.

Herman, David. *Story Logic: Problems and Possibilities of Narrative*, Lincoln and London: University of Nebraska Press, 2002.

Howe, Irving. *A World More Attractive: A View of Modern Literature and Politics*, New York: Horizon Press, 1963.

Howe, Irving. *The Literature of America: Nineteenth Literature*, New York: McGraw-Hill Book Company, 1970.

Huxley, Aldous. "Visionary Experience,"in John White (ed.), *The Highest Sate of Consciousness*. Garden City NY: Anchor Books, 2012, pp. 34-57.

Girle, Rod. *Possible Worlds*, Chesham: Acumen, 2003.

Jameson, Fredric. "Demystifying Literary History," in *New Literary History*, Vol. 5, No. 3. History and Criticism I (Spring, 1974), pp. 605-612.

Jay, Gregory S. "Paul de Man: The Subject of Literary History," in *MLN*, Vol. 103, No. 5. Contemporary Literary (Dec., 1988), pp. 969-994.

Jones, Howard Mumford. "The Nature of Literary History," in *Journal of the History of Ideas*, Vol. 28, No. 2 (Apri.-Jun., 1967), pp. 147-160.

Kremer, S. Lillian (ed.). *Holocaust Literature. An Encyclopedia of Writers and Their Work* (2 volumes). New York and London: Routledge, 2003.

Kripke, Saul A. "Semantical Considerations on Modal Logic," *Acta Philosophica Fennica*, 16 (1963), pp. 83-94; rpt. in *Readings in Semantics*, ed. Farhang Zabeeh, E. D. Klemke, and Arthur Jacobson (Urbama, 1974), pp. 803-814.

Leibniz, G. W. *Theodicy*, Charleston: Create Space Independent Publishing Platform, 2014.

Lewis, David. *On the Plurality of Worlds*, Oxford: Blackwell, 1986.

Lovejoy, Arthur O. *The Great Chain of Being: A Study of History of an Idea*, Cambridge: Harvard University Press, 1936.

McDonald, Christie V. "Literary History: Interpretation Inside Out?" in *New Literary History*, Vol. 12, No. 2, Interpretation and Literary History (Winter, 1981), pp. 381-390.

McGann, Jerome. "History, Herstory, Theirstory, Ourstory," in David Perkins (ed.), *Theoretical Issues in Literary History*, Cambridge and London: Harvard University Press, 1991, pp. 196-205.

Menzies, Peter and Philip Pettit. "In Defence of Fictionalism about Possible Worlds," *Analysis*, Vol. 54, No. 1 (Jan., 1994), pp. 27-36.

Meyerhoff, Hans. *Time in Literature*, Berkely, Los Angeles, London: University of California Press, 1974.

Miller, Donald. *City of the Century: The Epic of Chicago and the Making of America.* New York: Simon & Schuster, 1996.

Miller, Nancy K. The Heroine's Text: Readings in the French and English Novel, 1722-1782, New York: Columbia University Press, 1980.

Morize, Andre. *Problems and Methods of Literary History*, New York: Noble Offset Printers, Inc., 1966.

Morley, Henry. *English Writers: the Writers before Chaucer*, "Preface," London, 1864; W. J. Courthope, *A History of English Poetry*, London: 1895.

Nietzsche, Friedrick. *On the Genealogy of Morals*. Ed. Keith Ansell-Pearson, Trans. Carol Diethe, Cambridge, UK and New York: Cambridge University Press, 1994.

Nolt, John E. "What Are Possible World?" *Mind*, New Series, Vol. 95, No. 380 (Oct., 1986), pp. 432-445.

Novick, Peter. *The Holocaust in American Life*, Boston and New York: Houghton Mifflin Company, 1999.

Ostow, Mortimer. "Black Myths and Black Madness: Is Black Antisemitism Different?" in Alan Helmreich and Paul Marcus (eds.), *Blacks and Jews on the Couch*, Westport: Praeger Publisher, 1998, pp. 85-102.

Pavel, Thomas. *Fictional Worlds*, Cambridge: Harvard University Press, 1986.

Pelc, Jerzy. "Some Methodological Problems in Literary History," in *New Literary History*, Vol. 7, No. 1, Critical Challenges: The Bellagio Symposium (Autumn, 1975), pp. 89-96.

Perkins, David (ed.). *Theoretical Issues in Literary History*, Cambridge and London: Harvard University Press, 1991.

Phelan, James. "Narrative Progression," in Brian Richardson (ed.), *Narrative Dynamics*, p. 211. Columbus: The Ohio State University, 2002, pp.

211-216.

Plaks, Andrew H. "Towards a Critical Theory of Chinese Narrative," In *Chinese Narrative: Critical and Theoretical Essays*, in Andrew H. Plaks, and Kenneth J. DeWoskin, Princeton (eds.), NJ: Princeton University Press, 1977, pp. 309–352.

Perkins, David. *Is Literary History Possible?* Baltimore and London: The Johns Hopkins University Press, 1992.

Prince, Gerald. *A Dictionary of Narratology*, Lincoln & London: University of Nebraska Press, 2003.

Qiao, Guoqiang. "A Critical Response to Western Critics' Controversial Viewpoints on Chinese Traditional Narrative and Fiction Criticism" in *Critical Arts: South-North Cultural and Media Studies*, 05 Feb 2020, pp. 1-12.

Ryan, Marie-Laure. *Possible Worlds, Artificial Intelligence and Narrative Theory*, Bloomington: Indiana University Press, 1991.

Ricoeur, Paul. *Time and Narrative*, Vol. I, translated by Kathleen McLaughlin and David Pellauer, Chicago and London: the University of Chicago Press, 1983.

Ricoeur, Paul. "Narrative Time," in Brian Richardson (ed.), *Narrative Dynamics*, Columbus: The Ohio State University, 2002, pp. 35-46.

Riggs, Thomas (ed.). *Reference Guide to Holocaust Literature*, Farmington Hills: St. James Press, 2002.

Ronen, Ruth. *Possible World in Literary Theory*, Cambridge: Cambridge University Press, 1994.

Rosen, Gideon. "Modal Fictionalism," *Mind* 99 (1990), pp. 327-54;

Ryan, Marie-Laure. *Possible Worlds, Artificial Intelligence, and*

Narrative Theory, Bloomington: Indiana University Press, 1991.

Spiller, Robert E. et al., *Literary History of the United States*, New York: Macmillan Publishing Co. Inc., 1973.

Spiller, Robert E. et al. *Literary History of the United States*, New York and London: Macmillan Publishing Co., INC., 1973.

Stein, Gertrude. *Four Saints in Three Acts*, in Carl Van Vechten (ed.), *Last Operas and Plays by Gertrude Stein*, Baltimore and London: Johns Hopkins University Press, 1995.

Stein, Gertrude. "Plays," in *Lectures in America*, London: Virago Press, 1988.

Stockwell, Peter. *Cognitive Poetics*, London and New York: Routledge, 2002.

Sturgess, Philip J. M. "A Logic of Narrativity," *New Literary History*, Vol. 20. No. 3, Greimassian Semiotics (Spring, 1989), pp. 763-783.

Thomason, S. K. "Possible World and Many Truth Values," in *Studia Logica: An International Journal for Symbolic Logic*, Vol. 37, No. 2 (1978), pp. 195-204.

Toolan, Michael J. *Narrative: A Critical Linguistic Introduction*, London and New York: Routledge, 1988.

Veit, Walter F. "Globalization and Literary History, or Rethinking Comparative Literary History: Globally," in *New Literary History*, Vol. 39, No. 3, Literary History in the Global Age (Summer, 2008), pp. 415-435.

Webster's Ninth New Collegiate Dictionary, Springfield: Merriam-Webster Inc., 1983.

Wang, David Der-Wei. *A New Literary History of Modern China*.

Cambridge and London: Harvard University Press, 2017.

Wang, John C.Y. "Early Chinese Narrative: The Tso-Chuan as Example," in *Chinese Narrative: Critical and Theoretical Essays*, ed. Andrew H. Plaks and Kenneth J. DeWoskin, Princeton, NJ: Princeton University Press, 1977, pp. 3-20.

Wellek, René. "The Mode of Existence of a Literary Work of Art," Southern Review, VII, 1942, pp. 735-754.

Wellek, René and Austin Warren. *Theory of Literature*, 3rd edition, New York: Harcourt Brace, Wellek, René. "Six Types of Literary History," in James L. Clifford and et al., *Egnlish Institute Essays*, New York: Columbia Unviersity Press, 1947, pp. 107-126.

Welleck, René. *A History of Modern Criticism 1750-1950* (Vol. 6), New Haven and London: Yale University Press, 1986.

Wimsatt, William K. Jr. and Cleanth Brooks, *Literary Criticism: A Short History*, New York: Alfred A. Knopf, Inc., 1957.

再版后记

在北京大学出版社张冰主任和朱丽娜编辑的鼎力支持下，这本《叙说的文学史》（第二版）即将出版。借此机会，向二位所给予的帮助和付出的努力表示衷心的感谢！此次再版，有所修订，即在原来的基础上又增加了三章内容（第八、第九和第十章）。书中的其他部分章节也做了一些必要的修改与增补，在此予以特别说明。

在多年的学习和研究过程中，我对有关文学的历史书籍一直有着强烈的好奇心，曾对史书中所说的一切几乎都是深信不疑。后来，陆陆续续地阅读了一些有关中国和外国的文学史书，发现不同的文学史家有不同的写法，即便面对的是同一段文学历史，不同的文学史家也会有着不同的关照视角。渐渐地，我对诸多文学史本中所罗列的或所描写的有关作家、作品以及文学事件等所出现的差异性，产生了浓厚的兴趣。由此出发，我对“文学史”到底是如何写出来的，为何研究者们面对完全相同的一段文学历史，竟然会有那么多完全不同的言说方式产生了疑问，于是便想冒险探索一下。

在以往的文学史写作观念里，真实性、客观性，或者说文学史作者能否返回真实的历史场景中去，被人们视为是文学史写作的根本性问题。我也曾笃信这一观念，把真实、客观作为文学史写作的一个底线要求。但是，如果撇开这种熟悉得不能再熟悉的理念与说法，而往深层开采的话，禁不住会问：何谓真实？又何谓客观？换句话说，文学史中的真实与客观到底该如何确定？譬如，在我们的面前摆有十本文学史，且这十本面对的又都是同一段文学历史，但是它们对这段文学历史的评价和作品的评价，甚至包括一些文学史实的描述都不一样，那么到底该以哪一本为准？如果说谁的名气大，谁的文学史本就权威，那么又有谁能证明这位名气大的文学史家所罗列的事实与所做出的结论，就一定是更符合于历史真实、客观的那一个？如果说这十本文学史都各有千秋，不以哪一本为“标准”，而是把它们对照起来阅读，让彼此构成一个互文性文本，即通过此种办法，以求能最大程度地反映出文学史的真实面貌，那又怎么能说文学史是真实、客观的呢？

一部文学史看上去琳琅满目，复杂多样，其实它主要还是由三部分构成，即文学作品部分、社会背景与文化思潮部分，以及文学史作者的价值观部分。从根本上说，文学史中的这三大部分没有哪一部分是纯真实、纯客观的：文学作品历来是仁者见仁、智者见智，一百个读者有一百个哈姆雷特，从未有过一个所谓的纯真实、客观的标准存放在那里；文学史作者的价值观部分，更是与时代价值取向和个人的价值认知与审美认知联系在一起的，即在正常的文学史写作过程中，不会有一个，也不应该有一个先验的文学史价值标准像我们日常所见到的太阳那样一成不变地悬挂于空中。即便是有这样的标准，也难以贯彻始终，也总会受到这样或那样因素的影响。以上两点都意味着被选入文学史文本的文学作品，以及文学史作者对其的解读与评价都不是纯客观的，里面掺杂时代精神与文学史作者个人化的认知和审美价值取向等种种外在与内在的因素。

按理来说，相比较于上述二者，文学史中的社会背景、文化思潮以及作家群体部分似乎是纯真实、客观的，因为它们是历史上所发生的真实事件，有着可以考证、还原的时间、地点和人物的客观实在。然而，就是这些看似客观、真实的事件与人物进入文学史后也并非就一定那么客观。国外的文学史不谈，以中国的新文学史为例。在中国新文学史中，最重要的文学思潮和事件莫过于五四新文学运动了。它既是新文学的起点，也是新文学诞生的基础。按理说，这件有关新文学来龙去脉的重要事件，应该是无比真实与客观的。重要的是，它离着我们的时代也并不太遥远，有着大量的记载和史料可以参考和追溯。然而，事实却并非这么简单。

首先，围绕着新文学的肇始时间，就众说纷纭。有的文学史研究者认为应该以1917年为起点；有的主张是1919年；还有的主张要以1894年甲午战争前后为标准；当然，更有把新文学的肇始时间往前大幅推进的，如周作人在1932年出版的《中国新文学的源流》一书中，就把新文学运动的起始时间界定在了明末。如何认识与设定新文学运动的起点，是一件非常重要的事情。它不但关系到如何构建新文学的时空问题，重要的是还关系到新文学的性质问题。换句话说，起点不同，意味着架构这段文学史的观念不同。

其次，有关文学史中的作家以及对这些作家的定评，也同样不是所谓客观、真实的。20世纪80年代初期，在夏志清的《中国现代小说史》传入中国大陆之前，现在知名度颇高的张爱玲、钱锺书和沈从文是没有被列入现代文学史中的，即在其之前的文学史作者眼中，这三位作家并不具备进入“史”的资格。然而，自从夏志清在其“小说史”中发掘并高度赞扬了他们之后，其后所出版的文学史不但纷纷地把这三位作家收入，而且其在文学史研究的格局中还呈现出越来越重要的趋势。特别是张爱玲，原本人们是把其视为通俗作家的，因为她的成名作《沉香屑·第一炉香》是发表于上海通俗文学期刊《紫罗兰》上的，但是自从夏志清评价张爱玲的小说具有“大悲”的特质，即她所反映的人生悲哀是“荒谬与无聊的一种非个人的深刻悲哀”[①]后，此后的文学史家就都把张爱玲视为具有现代性的纯文学家中的一员了。与此相一致，曾被以往的文学史本捧得很高的作家，如郭沫若、茅盾等人，在文学史中的地位开始明显地下降，由中心渐渐开始转向了边缘。

这其实也是正常的，既然有的作家需要往上提升，就会有作家需要往下降低，甚至还有可能被逐出文学史。文学史的写作过程归根结底就是一个不断认识、遴选和补写的动态过程。这个过程自身也反证了文学史的写作，从来都不是纯客观、纯真实的事实——它的客观与真实都是经过文学史作家所加工和改造过的。正是基于这样的一种反思与认识，我不再沿着所谓真实、客观这样的一种理念来理解和塑造文学史。并且，为了与这一理念划清界限，我还特意把文学史的写作，命名为一种“叙述”和“再叙述”。

对我而言，这种“命名”本身意味着文学史观念的扭转，即由原本对所谓事实的客观摹写，转向了文学史者的主观叙述。换句话说，与“叙述”或“再叙述”联系在一起的文学史，是一种相对更为注重时代精神与写作者主观能动性或者说创造性的文学史。且不说受到时代精神的裹挟，文学史作者的主观能动性也罢，创造性也罢，都不是肆意妄为的，它是建立在对文学史本质认识的基础上，所以为了让文学史者的创造性有的放矢，我又提出了文学史的叙事性、故事性和虚构性等问题，

① 夏志清：《中国现代小说史》，刘绍铭等译，桂林：广西师范大学出版社 2014 年版，第 283 页。

希冀能够以此更清晰地说明文学史的内涵及其本质所在。

显然，这些充满着不确定因素的概念，与以往构建在真实、客观基础上的文学史是不一致的或至少是有差异的。之所以会出现这种不一致性和差异性，主要是因为启用的研究方法不一样。我一直认为，重写文学史的关键，不是单纯地推翻某个结论或者改变对一个作家或一部作品的品评，而是首先应该拥有一种“重写”的方法和“重写”的理念。当“方法”与“理念”彻底更新了，细枝末节的东西也就随之更新了。正是基于这一考虑，我把叙述学中的一些基本理念与研究方法引入到了文学史的研究中来，所以才会出现了诸如“文学史叙事的述体”“叙事时空”和“叙事伦理”以及文学史中的“秩序”叙事、“表现叙述”等，以往的文学史中所从未有过的观念范畴。

叙述学作为一种研究方法，这些年来在小说、诗歌，甚至新闻媒体研究方面都取得了很大的成就，但是到目前为止，在中外文学史的研究领域里，还从未有学者从叙事学的层面来研究文学史的本质、文学史的构成以及文学史的运行机制等。从这个意义上说，本书是在没有相关的研究资料与成果可以借鉴，一切都只能从“零”的基础上做起的，其所具有的开拓性意义和研究难度可想而知了。不过，感到欣慰的是，经过这些年的不懈耕耘与努力，我所提出的“叙述”性文学史观念，渐渐地在其他学者那里得到了回声，譬如曾军[①]、方小莉[②]、邓金明[③]、路

① 曾军：《文学史写作的叙事危机——评乔国强的〈叙说的文学史〉》，见《文汇读书报》，2018年2月26日。

② 方小莉：《〈叙说的文学史〉：将文学史作为叙述文本》，见《中华读书报》，2018年2月14日。

③ 邓金明:《文学史的语言学模式与“话语”的文学史——读乔国强〈叙说的文学史〉》，见《中国图书评论》2018年第5期，第98—105页。

程[1]、张旭[2]、江守义[3]等学者都曾有专文对其予以评介。当然还有更多的同行也渐渐开始理解和接受了这种文学史观，从一些会议的发言和所发表的文章中可以领略一二。

毋须讳言，讨论文学史，所必须要面对的问题之一是：把严肃的文学史写作与讲述故事相关联，会不会让文学史丧失了一种必要的客观尺度，从而使其沦落成一个让人任意打扮的小姑娘？我以为，严格来说是不会的。用讲述故事来比喻文学史写作，并不是从根本上否定了文学史的客观性，而只是强调文学史除了拥有客观性的一面之外，它还具有想象与虚构性的一面，而这一面却被以往的文学史严重地忽略了。换句话说，叙述性的文学史观，就是试图把忽略掉的要素给寻找回来。只有承认了一切的文学史实都是审美和价值化了的史实，才能最大程度地接近文学史的本质。

同样，强调文学史的叙述性，也并不是有意识地拉低或者否定文学史的客观真实性，而是说对于一位成熟的，有思想的文学史作者而言，即便不去刻意地强调真实、客观，也不会离着真实、客观太远。还是以夏志清的《中国现代小说史》为例。诚如前文所说，夏志清把过去没有入史的作家发掘出来，写入史中，并且给予了前所未有的评价。他的这种振聋发聩的做法，在某种程度上改变了现代文学史的写作格局。尽管如此，他的一些过激观点也并没有得到其他文学史作者的完全认可。譬如，在《中国现代小说史》中，他对钱锺书的《围城》评价甚

① 路程：《文学史的内在解剖：评乔国强教授〈叙说的文学史〉》，见《中国比较文学》，2019 年第 2 期，第 206—210 页。

② 张旭：《文学史叙事的虚构与真实：评乔国强的〈叙说的文学史〉》，见《探索与批评》，2019 年 12 月，第 174—180 页。

③ 江守义：《从叙事文学研究到文学史叙说：乔国强叙事学研究的拓展》，见《符号与传媒》，2021 年第 1 期，第 199—212 页。

高，认为该小说不但是中国现代文学史中写得最有趣、最细腻，而且还可能是最伟大的小说。按照常理来说，既然《中国现代小说史》被人们所推崇与追捧，那么该书中的观点自然也应该被推崇与追捧。

然而，实际上却与夏志清的赞誉大相径庭。《围城》这部出版于20世纪40年代的小说，除了随着影视剧火了一把，加之钱锺书由后台步入前台等因素之外，《围城》这部小说自身并没有得到太高的赞誉，更无人在其后的文学史本中沿着夏志清所设定的“《围城》是中国现代文学中最有趣和最用心经营的小说，可能亦是最伟大的一部”[①]这个线路走。同样，在夏志清的《中国现代小说史》中，张爱玲的文学地位几乎与鲁迅平起平坐——他在书中论述张爱玲所用的篇幅与论述鲁迅的篇幅几乎是一样多。夏志清的这一“壮举”不但使张爱玲的小说风靡一时，而且也使她成了众多文学史中不可缺少的重要作家之一。但是需要注意的是，到目前为止，没有一本文学史认为张爱玲的小说可以和鲁迅相媲美，也几乎无人用与论述鲁迅一样多的篇幅来论述张爱玲。这些事实都充分说明了文学史上的优秀作家和优秀作品有可能会被历史所淹没、遗忘，但是这些人一旦被重新发现，其历史价值和美学意义还是会有一个大致的看法与标准的，并不会因某人的“吹捧”或“贬低”而从根本上改变了这个作家或这部作品“命运”的总体走向。这是由共同的历史语境与约定成俗的审美标准所决定的。

总之，由于文学史自身的复杂构成因素及其独特的嵌套式双重结构，所谓的文学史都是由文学史作者叙述出来的，而且这种叙述都是有着自己特定的角度和层面的叙述，即不是完全的、客观的，而是受到时

① 夏志清：《中国现代小说史》，刘绍铭译，桂林：广西师范大学出版社，2014 年，第 309 页。

代的和个人的价值和审美取向所限。从这个意义上说，没有一本文学史可称为最真实或最完善的。它所反映的只不过是不断增加和修补史料，不断完善对文学历史的认知，以及不断出版更多体现文学应有之义的新版本。当然，这需要不同时代的许多人共同努力才能完成。

乔国强

2023年6月26日